肖达中短篇小说集

路线图

肖 达 ◎ 著

长 春 出 版 社

全国百佳图书出版单位

图书在版编目（CIP）数据

路线图：肖达中短篇小说集／肖达著. -- 长春：
长春出版社, 2025. 1. -- ISBN 978-7-5445-7570-6

Ⅰ. I247.7

中国国家版本馆CIP数据核字第2024RG8764号

路线图——肖达中短篇小说集

著 者	肖 达	
责任编辑	贺 宁	
封面设计	宁荣刚	

出版发行　长春出版社

总 编 室　0431-88563443

市场营销　0431-88561180

网络营销　0431-88587345

地　址　吉林省长春市南关区长春大街309号

邮　编　130041

网　址　www.cccbs.net

制　版　长春出版社美术设计制作中心

印　刷　长春天行健印刷有限公司

开　本　880mm×1230mm　1/32

字　数　275千字

印　张　13.75

版　次　2025年1月第1版

印　次　2025年1月第1次印刷

定　价　69.80元

目　录

盲

1

在这段时间里，宋词正与一个女人谈案子。

准确地说，不是宋词与这个女人谈案子，而是那个女人与她谈。

当然，当事人到律师事务所来，自然是谈案子的。问题是除了案子之外，这个女人还谈其他事情，她的表述让宋词感觉时间正像对面这个女人的满头卷发，扭成了团，无法理顺。于是，宋词便打断对方枝蔓丛生的讲述，让她书归正传。女人便一笑，以有其他事情为由结束谈话。

宋词每每在送走这个女人之后会怅然若失。

往往如此。

这个女人出现有一段时间了，可是直到现在，宋词还没有搞清楚她讲述的意义，被讲述的事件正从一个事件走向一个故事，宋词像一个贪听故事的孩子，希望将故事听下去。有时候，宋词坐在律师事务所的办公桌前，等着那个突然造访的女人；有时候，她甚至会问秘书一句：河边柳今天来找我没？

那个女人自称小柳，还说，我姓河边柳的柳。

难道还有这样表述的？宋词当时正接一个电话，她示意河边柳在靠墙的沙发上坐下，但河边柳径直走到宋词的对面，稳稳地坐到一把椅子上，真像突然栽到岸边的柳树，坚定不移地戳在那儿了。

宋词除了在大学里教书之外，还一直做着律师。"当律师的人就是每天在一堆喊痛的人里摇旗呐喊的那个。"宋词总是这样说。

宋词把杯子里的最后一滴牛奶喝完，胡乱收拾了碗筷，以最快的速度换衣服背包穿鞋子。在早上七点钟，她必须准时出门，否则时间就来不及了。

宋词要经过一片绿地，过吉祥街早市，途经法官公寓正门，绕过喷水池，到雕塑公园门前的班车站点，她在那里等班车到学校去上课。这段路说长不长，说短不短，所需时间二十分钟。

那天，喷水池用来向上喷水的巨大兽头不见了，只有一只粗壮的兽身立在水池中央，远远看过去，是被砍断了头的脖颈向天空愤怒地喷射着透明的血液。

宋词经过吉祥街早市这个路段时，一般会贴着马路右侧往前走。右侧是一排被围栏挡住的三层连排别墅，很长，要花掉宋词七分钟，好在那些围栏上爬满了各种颜色的牵牛花，牵牛花后面的园子里还有各种长势喜人的蔬菜。有一家的围栏上爬着一丛妃子红蔷薇，花朵开不败似的，开成了一面花墙。

宋词经过那一排别墅区的时候，妃子红蔷薇的女主人正站在高于路面半米的自家园子里跟几个穿着工装的民工说话，宋词听到那个还穿着睡衣睡裤头发蓬乱的女人说："到秋头子，我把这些花拔了。"接着，那女人又把这句话重复了一遍，声音高了许多。民工们七嘴八舌应和着。宋词从那女人的口音里立刻听出这女人的来路，转头看了那女人一眼，那女人也正看着宋词。

一个中年民工在修一家别墅的围栏基座，他在两段断墙之间吊了一根白线，蹲在地上往墙上贴大红色的瓷砖，嘴里叼着的半截香烟一噘又一噘，仿佛在帮着手使劲。另一位老妇人戴着一顶白色凉帽坐在围栏的台阶上看街景，一个中年妇女拉着一个背着书包的男童从街对面的小区里匆匆而来，男童一直是小跑的步伐。

宋词感觉到了妃子红蔷薇女主人一直在高处俯视着她，便把头转向早市。

有一个干瘦的穿戴如乞丐一样的老头儿顶着一只旧斗笠，背着一只大编织袋子走在马路正中。宋词发现老头儿正扭着脖子看什么，斗笠挡住了半边脸，身体歪斜，像走在钢丝跳床上那样一脚深一脚浅，踉跄不稳。宋词看明白了，穿斑马纹短裙的姑娘正从路的左侧耸腰挺胸地走过来，她身上的斑马纹裙子超短，超瘦。

摩托车这时从上坡冲下来，险些与一辆心不在焉的面包车相撞。红色短袖衫的年轻人急忙左转，宋词听到了尖锐的刹车声，再转过头去，宋词在车轮和各种颜色裤腿的缝隙里，看到了一只打滑的脚、半截向下倾斜的身体，还有跌落在地上的斗笠。这一切都是瞬间的事。

宋词和妃子红蔷薇的女主人发出相同的惊叫。

她们同时奔向倒地的老头儿，还有其他人也围过来——四五个民工，看街景的老妇人，中年妇女和背书包的男童，还有其他人。看不到老头儿身上有血，他仰面躺在地上，四肢摊开，晨光沉重地压住他的眼皮，不管怎么唤他，那眼皮都纹丝不动。有人伸出手去试试他的鼻息，"不会出人命吧？"那人收回手说。

宋词从人堆里挤出来，急忙从包里掏出手机拨打120。

开摩托车飞驰而过的年轻人拨开人群，神情焦虑又慌张。年轻人的旧摩托车停在老人倒地的十米开外，还没有熄火，突突地响着。

宋词一眼就认出这个开摩托车的年轻人是法官公寓的一号门门卫。她上班经过那里时，年轻人笔直地站在那儿举手敬礼。有时，宋词来不及摸出门卡，年轻人已经为她把门打开了。宋词还记住了这个年轻人的名字，金三顺，跟眼下热播的韩剧里的女主角名字一样。

金三顺把摔倒的老头儿扶起依在他身上，问身边的人，谁有水？宋词翻挎包，把一瓶矿泉水递到金三顺手上。老头儿紧闭着嘴，矿泉水顺着他的嘴角流到脖子上，前衣襟湿了一片。

金三顺抱着那个老头儿移到一株糖槭树下，望着马路上一片白亮亮的积水发呆。

120急救车和警车一前一后到了，也不知道是谁给110打了电话。宋词看到警察在询问那个救人的金三顺，但他们把那辆还突突响的旧摩托车给扣下来。金三顺在跟那个警察解释，声音很大，"我是救人的，我没碰到那个老头儿，真的，我是救人的，不是撞人的。"警察说，你喊什么？一切都会水落石出。

宋词对警察公事公办的话有些不满，站出来跟一个警察说，我看到那个老人是自己摔倒的，他一路歪斜着走过来，不会有病的吧？你们怎么扣了人家摩托车？旁边的人也说那个年轻人是见义勇为，不是肇事者。

一个年轻的警察在忙着做笔录，冲宋词笑了一下，说，呀，老师，是我啊，我是你学生，我叫刘洋。宋词哦哦应着，看到另一个年长些的警察忙着往 120 车上抬人。

到了班车站点，宋词还有些后悔没有留在现场替金三顺当证人。

天响晴响晴的，后来宋词不断回忆那个早晨的时候，响晴响晴这个词不断出现在她的脑袋里，甚至比她律考时背诵的那些法律条款还真切。

那个清晨的前些天，一直阴雨，不分昼夜地下雨。半夜里隔着窗帘，哗哗的雨声和轰轰的雷声搅得宋词无法安睡。可是，那个早上，是街道上有大片积水的响晴天。

2

这天，宋词的课讲到证据这一节，在讲完了所有内容之后，她给学生留了一道思考题，她复述了金三顺那个案子。她假定警方通过现场勘查证实在金三顺的摩托车的把手上发现了新鲜擦痕，同时，在被撞倒的老人上衣右侧肩部和腹部发现了擦撞痕迹，经法医鉴定：老人是后颅脑撞击地面导致颅脑损伤死亡。但是，所有在场的人都证实老人是自己摔倒的。宋词这样问她的学生，如果你为金三顺做律师，你会如何做？刚好下课的铃声响了，宋词便让大家回去好好思考一下，下次上课她要提问。

宋词跟她的学生聊天时会说，也许有一天你会遇到需要你法律援助的人。

宋词下班回到家，像丢了贵重的东西似的，心里老是折个儿，回头去看包，把里面的东西都翻出来看了一遍，钱包在，钥匙包在，U盘在，讲义在，学生的平时成绩表也在。看看房门边吧台上，自己的雨伞也在。儿子小博在房间里做作业，刚与丈夫通过电话。

什么都在啊，怎么会如此心神不宁？突然想到了父母，便打个电话过去，母亲好像正在做晚饭，在电话里说，挺好挺好的啊，我跟你爸都挺好，我正炒菜呢，没事我挂了啊。

宋词跟自己说，我这是怎么了，便去厨房做晚饭，心里酸酸的味道。

晚饭的时候，宋词除了给儿子夹菜之外，一句话没说。她收拾好厨房，走进儿子的房间坐到儿子身边说，小博，妈妈想问一件事。小博扑棱一下子把脑袋转过来，眼神像极了一早宋词遇到的金三顺，恐慌而惊惧。宋词说，你都十一岁了，怎么这样胆小？男孩要胆如虎，气如虹。小博想了一下，不知所以然，应了声，嗯，知道了。宋词又说，妈妈问一个问题，你要如实回答。小博放下正写着作业的笔，在椅子上坐好，做出洗耳恭听的样子。

"我问你，如果你在路上遇到有人摔倒在地，你会跑掉呢，还是冲上去把摔倒的人扶起来？"

"我们老师早讲过了，但两位老师讲得不一样啊！"

"怎么个不一样法？"

"我们班主任刘老师说，我们要发扬雷锋精神，当别人遇到困难的时候，我们要帮忙，就是路见不平一声吼，该出手时就出手！我们政教处的杨老师，就是那个大胖子，他今年给我们上过一次法律课呢，他说现在是法治社会，小孩子不要做警察应该做的事。比如见到有人落水了，第一时间不是跳进河里去救人，而是应该拨打110；比如看到失火了，不是冲进火海去救人，而是应该拨打119；比如看到有人在马路上摔倒了，不是跑过去把那个人扶起来，而是应该拨打120。"

就在几天前，小博拿一本薄薄的小册子给宋词看，小博说："妈妈，我借给你一本书看看，《雷锋日记》。"小博又补充说，"妈妈，雷锋可真是一个好人啊，老大级别的。"

想到这儿，宋词一时无语，小博继续写作业。

宋词想，如果需要，我会为金三顺提供帮助的。

3

一周过去了，宋词再没有在法官公寓的一号门看到金三顺。这孩子可能是辞工了吧。这天夜里，宋词把那个车祸的现场又回忆一遍，她先是躺在床上想，可是每一次到金三顺的摩托车出现的关节点上，就卡住了。几次三番下来，每到关键时刻便被丈夫的鼾声打断。

宋词轻轻下床，光着脚，踮着脚尖移进北阳台，裙角扫着硬木地板上纱窗帘里泄进来的一片月光。

夜半的北阳台上放着一把椅子，宋词坐上去。月亮还在楼前，北阳台外便是黑黢黢一片，对面谁家的灯在窗帘后还开着，草坪边上的一盏地灯黄得如落到地上的月亮，可窗外被夜抹了一层黑漆，那几处还亮着的地方，是夜的手劲没有使匀，漏了空隙。黑色被阳台外的天地默认了。

宋词使劲回忆，她想自己有没有在某一个关键时间点遗漏了什么，可是想来想去，觉得自己没有错，那个老人并不是金三顺撞倒的。这么一想，好像心就安了些，可不知道为什么，总有一种说不出来的感觉，惶惶的。

坐了会儿，宋词回房睡觉去了。这一夜宋词睡得好，她心里想，如果可以，她会替金三顺出庭作证。

4

河边柳有日子没到宋词这里来了，她第一次坐到宋词的办公桌前时，宋词所在的律师事务所的刘秘书早跟宋词打过招呼了，她说，宋律师，那个女的来了好几次了，非找你不可。宋词放下包，顺口说，知道了。抬眼看这个通身灰下去的女人，疑心这张灰得骇人的脸刚刚从美容院打过肉毒素出来。女人扭着脖子也在看宋词，目光犹疑，似有千言万语全关在紧抿着的薄嘴唇里。

河边柳起身把宋词办公室的门关了，又用后背靠了一下，回头坐定。

"我想跟你说一件事，宋律师，我希望你以律师的职业操守守口如瓶。"

"嗯，请说。"

河边柳又转头去看房门，"不会有人打扰我们吧？你能确定我的话不会被他人听到吗？"

"不会。"

这间办公室并不像其他写字楼的敞开式隔断格局，而是封闭牢实的房间，门不是玻璃门，而是紫檀色木门。

"我跟你说，"她谨慎地说，"我现在活得生不如死，知道为什么吗？"女人自问自答："我摊上了毁了我一生的大事。"女人的眼睛立刻浸满了泪，她含着泪的眼死死盯住宋词的眼睛。

"无论我说什么他们都不相信。"

宋词打断了对方的陈述，她说"你这样说话可不行，我不是心理医生，我是律师。你先告诉我是什么案子，你是原告还是被告，你是起诉还是答辩，你的诉讼请求是什么？然后，你要把事情的来龙去脉说清楚。"

"我只想告诉你一个秘密。"

"好。"

楼下马路对面的建筑工地上正哐哐打夯，据说，要建一座城市标志式的高建筑，主体楼约一百层。具体是多少层大家都在传说。

"我跟你说。"女人探过头来，语调低下去，"我跟你说，我就在对面那座正建设的大楼的一家公司上班，现在公司搬到南环路上去了，新公司租了一层楼的五个房间，我在最里面那间工作。我在公司的重要部门，财务室，我是出纳。你知道，在我们公司那一片，原来是法场，是杀人的地方，所以公司搬到那里之后就不太平。值班的老杨说半夜里他常听到脚步声，后来我们老总觉得这个老杨神神道道的，在公司里散布这种谣言对公司不利，就把他开了。在老杨被开除的这天晚上，公司的财务室出了事，放在保险柜里的五万元现金不翼而飞。我们都不知道警察得出了什么结论。财务室一共三个人，一个会计两个出纳。警察分别找我们谈话，看样子我们三个人都脱不了干系。这件事过去了两周，生活刚刚恢复平静，可放在保险柜里的五万元又不见了。第二天我上班迟到了两个小时，我一进门，发现警察正在财务室里办案，他们在检查监控摄像探头。一个警察在做记录，我扫了一眼，他在一张纸上画了一个图，图是几组线条组成的，但我看那些线条跟我手提包的纹路非常像，我不由自主地按了一下，挎在背上的包。说实话，我不想让警察的眼睛跟着我的手，他的目光非常锐利，穿过我的包，他能看到我包里放着的票子。我转身离开。在走廊里，保洁员对我说，听说又丢钱了，我想我没必要跟她说话。我一直走到大楼的平台上去，似乎所有的阳光都堆到了平台上，晃得我睁不开眼。当时我只有一个念头，从那个大楼上跳下去。我就在那里站着，眼前一片漆黑。可是，我在那一片黑色里看到红光从眼角旖旎而去，投到我身后的影子上，我背上的那个背包混在影子里，像我身上长出来的翅膀。不是说有阳光的地方看不到阴影吗？我的影子怎么会在那个阳光最好的正午无处躲藏？"

这时秘书推门进来，正说话的女人一激灵，倏然耸身，转头愣眼。

秘书通知宋词去开会。

等到宋词回到她的办公室的时候，那个女人不见了，办公桌上有一张纸条，上写"后会有期"。宋词拿那张纸条琢磨了半天，字写得很漂亮，一个以写阿拉伯数字为生的人会把汉字写得这样漂亮吗？宋词把那张纸条扔进办公桌抽屉里时这样想。

这女人让宋词觉得蹊跷，她坐在宋词的对面语速极慢地讲述了一个故事的开头，在那个故事里，有人物，有场景，有事件，但宋词怎么也推断不出来这个故事将向什么方向发展。

5

所以，河边柳不来，宋词会想起这个人来。

可是，金三顺的事让宋词总有些心神不定，这天河边柳又不请自来时，宋词说，今天我心情不太好，你长话短说吧。河边柳说，我这是一个很长的事，没法长话短说，我不白白占用你的时间，我付费，就当是咨询费，你看怎么样？宋词说，我不是为了咨询费的事。我现在无法静下心来听你讲你的故事。河边柳笑一下，牙齿很好看，再仔细端详这个女人，似乎五官都是经过整容的，只是手法好，可以假乱真。河边柳立刻感觉到了什么，便说，你不用这样看着我，我这一身皮囊全是真的，如假包换。人家都说我长得好，像整过容一样好。

"你的字写得很漂亮，不像是搞财务的人。"

河边柳清了下嗓子，说："我本来也不是搞财务的，我大学里学的是哲学。"宋词审视的目光暴露了她内心的怀疑，河边柳说："我本人就是长长的故事。但我对自己的秘密一直守口如瓶。"

"我接着上次的事继续讲，我不是在楼顶的平台上见到了自己的影子吗？你都想不到啊，结果那天夜里，我在梦里见到了我自己，我在梦里拼命跑啊，跑啊，就想甩掉那个跟着我的我。我一直把自己跑醒。我对着满屋子的黑色一身冷汗。我的背包就在床边的地板上，包是不值钱的高仿 LV，但里面的东西值钱啊，是百元成捆的五万人民币。"

宋词说："你偷了保险柜的钱？"

河边柳说："就是嘛，谁都会这样想，但那不是事实。那天晚上下班时，我发现保险柜里有五万现金，我怕再失窃，觉得把这个钱放在我包里最安全，第二天一早我上班就放进保险柜里。可谁能想到第二天我上班迟到了，等我到单位时，警察都在了。后来我跑到楼顶的平台上，这让我离说出事实真相越来越远。于是，我做出一个决定，决定趁人不注意的时候，把包里的五万元放进保险柜。但我仔细想了想，不行，我觉得这样做有问题，原来丢失的五万元怎么办？你别用那种眼神看我，原来丢失的那五万元跟我一点关系也没有，我不是窃贼，可是，没有人会相信我。"

河边柳喝了一大口水，接着说："后来，我想，我如果把十万元偷偷放回保险柜就没事了。可我没有另外的五万元，我得筹钱。我给我的一个闺蜜打了电话，她同意借给我，并说过几天就把钱打到我的卡上。我不敢把钱放在家里，也不敢存到银行里去，就一边等我的闺蜜把钱汇给我，一边背着那五万成捆的现金上下班。真是度日如年啊。有一天，我突然发现，我包里的钱早就不在包里了，包里是一团报纸。我回忆自己是如何丢了这些钱的，可是无论如何也想不出来。我开始怀疑自己是不是记错了，我从来没有将保险柜里的五万元放进包里，那件事与我一点关系也没有。为了求证这件事，我开始给我的一个闺蜜打电话，她是有钱人，非常有钱，我想如果我借钱，一定会找她借的。"

"那你后来怎么做的？"宋词问。

"那天，我神不守舍地来到她家，她家住高档小区，进去一次真不容易，但那个保安让我进去了。保安还对我说，你好像很久没回家了。他的话让我莫名其妙，这本来就不是我的家。我在那个别墅区转了一个上午终于找到了我闺蜜的家，那个早上，是响晴响晴的天，之前一直阴雨，街道上都是积水。我登上门前的几级台阶，在她家的门前按门铃，一声两声三声，门内毫无反应。她家的花园里种着各种蔬菜，一面墙壁开满了蔷薇花，粉色的。"

"是粉色的蔷薇吗？"

"是的，俗称妃子红。"

"你闺蜜住南环路？"

"是啊，你怎么知道的？那天还发生了车祸，一个老头儿被撞死了。"

"你看清了？"

"我看清了，但我想我说不清。有证人证明那老头儿不是被年轻人的摩托车撞倒的，所以，我说不清。就像我没有偷保险柜的钱，我也说不清一样。"

6

宋词最近非常忙，她要准备省教委教学评估的公开课，手头还有两个案子近期要出庭。但是，宋词总是一副心事重重的样子，常常在做事情的时候中途停下来发呆，愣神之后又不知道刚刚为什么"断片"了。

有个遗产继承案子的当事人请她晚上出去吃饭。在酒桌上，她一连喝了四瓶啤酒，她问人家，你都那么有钱了，还要绞尽脑汁争遗产干什么？你不觉得这是无理无德吗？你亏不亏心啊你？你们这些人为什么这样贪得无厌？把当事人问得一愣一愣的。

夜里，宋词从梦里惊醒，她在梦里看到自己从脚开始，整个身体变青，变黄，最后，她变成了摇曳在河岸的一棵水草。她看到金三顺从河水里冒出黑脑袋来，双臂拼命拍水游向她。

窗外有一只鸟在叫，一声短似一声。

此时，是凌晨三点。

宋词翻身起床，今天她要再跟河边柳认真地谈谈那场车祸的事。

笛卡尔的迷墙

吕晓云的香水

后来，他们夫妻俩谁也没提这件事。

妻子走进丈夫的房间，丈夫半躺在床上读一本书，妻子在雪白的光线里与那些黑字遭遇，说出来：你读这些东西干吗啊？累眼累心。丈夫的眉心处皱起一块像在思考的皮肉，但眉眼里生出一副吃惊的样子，他说，我梳理一下笛卡尔的哲学，再印证一下人生。丈夫把那本白皮黑字的《笛卡尔哲学原理》冲妻子晃一下，似笑非笑。妻子回身开始打扫家里的卫生，她说，不是真的吧？

妻子的话被窗外突然而来的鸟叫声打断，婉转优美有节奏感，像回放的某段名曲中乐器发出的鸣音，总之像极了人造的鸟叫，俏皮得不得了。妻子停下手里的活儿，向窗外张望。

是什么鸟在叫啊？她向她丈夫询问。她丈夫也侧过头听一下，拿不出答案来。妻子说，听着就是乐器里发出来的，很有刚性，这鸟嘴不像是肉长的，你说是吧？丈夫说，你可以当音乐听也可以当鸟叫，难道这不是一件最简单的事吗？

这俗世上就有这么两类人，一类是累人的人，一类是被人累的人，累人的人"知周之梦为蝴蝶，蝴蝶之梦为周"，妻子就属于被人累的人，她被既定的观念所左右，无法从现象中抽身转舵，没办法！

现在，她继续痴迷地耐心地在窗外最近的几棵树上寻找那只鸣歌的鸟。黄金榆是金叶子，紫锦木是红叶子，核桃树是绿叶子，无限层次，色彩绚烂，随便哪片叶子之后，都能藏下一只婉转歌喉的鸟。

一只白猫慌慌张张跑过去，它脖子上的铃铛声惊动了树叶后面的鸟，鸟呼啦一下飞起来，眨眼间就停在了另一棵树上不动了。

妻子在一堆碧绿的树叶里找到那只羽毛碧绿的小鸟，过一会儿，它叫一声，仿佛声音又不对。一群麻雀呼地翻飞而去，它们肯定叫不出这种声音来的。丈夫说还找呢？问了一句，就踢踢踏踏走出门去了。丈夫走过的身后，带起一股香水味。

前几天，妻子接到一条微信留言，晚上下了班便去跟老同学吕晓云见面，她在电话里告诉她丈夫说吕晓云回来了，今晚我请她吃饭。丈夫嗯两声，听不出对这件事有没有兴趣。妻子习惯了——很多时候不是商量某件事而是通知某件事。夫妻之间你通知我，我通知你地处理家庭事务，也不是一件让人愉快舒心的事。

请吕晓云吃饭过去两天了，头发上还有香水味，最先提出抗议的是丈夫，他走到她床头时对她说，这香水味太呛鼻子了，抽着鼻子很愤怒的样子。妻子答道，这是吕晓云从澳洲带回来的，她非让我打开试试看看喜不喜欢这种香型，我只是往耳后和头发上喷了两下，真的，就两下。妻子的话还没说完，丈夫早走了出去，妻子又嘀咕，我就是喜欢用香水！嗅味也是人间烟火的组成部分。这话等于她是对着空气里的自己说的。

不过，她还是洗了一次头发，洗头发的时候还特意清洗耳后点香水的地方，没用，几天过去了，香水的味道还有，一扭头一转身的不经意间，淡淡的香水味便在鼻尖缭绕。办公室的同事有会说话的，走在她身边说，你的香水味真好闻，她就笑笑说同学从国外给带回来的。那个同事立即说现在被这微信群搞的，大学同学群，中学同学群，小学同学群。我妈还有集体户群，哈哈，多少年不见的人都出来了。她一笑，心想，可不是嘛，她的手机里也有好几个群，只是她很少在群里露面说话。尽管如此，半年时间她已经捐献出去三四千元了，有的都不知道捐款对象长什么样了！

这不是重要的，重要的是，一闻到这种香水味，吕晓云就在眼前活灵活现起来。

吕晓云是唐果的同学，也就是高号的同学。高号是后转到她们这个班的，高号原来是学中文的，他那位做高官的父亲非让他学哲学，就转到哲学系来了。高号带着所有文艺青年的范儿，骄傲自大狂放不羁，有时候也绅士一下，比如在校园诗歌朗诵比赛会后给获奖的同学献个花请大家吃个西餐之类的。唐果当时在班里年龄最小，一般活动也不参加，她哪里知道当年高号献花的人是吕晓云呢！后来大学毕业五年之后，唐果跟高号结了婚。外贸工作的吕晓云没来参加他们的结婚典礼。在街头超市的旁边，吕晓云说，唐果，你跟高号结婚了？唐果说嗯嗯，吕晓云说，没想到，上学时就交往了？唐果笑嘻嘻地说是啊！吕晓云手里提着的袋子哗啦啦散了，滚了一地黄澄澄的金橘。

那一班学哲学的人，除了几个到学校教哲学的，所从事的工作都跟哲学不搭边，进机关的最多，都混得了一官半职，比如高号；做生意的有几个，有发财的有失败的，比如日进斗金的吕晓云和贫居困厄的老岳。唐果一直在学校里教书，没发财也没做官。几十年下来，就一句话：那是白云苍狗啊！

打壁橱的木匠

唐果装修房子想省钱，就想找个木匠来打壁橱，高号对此是无所谓的姿态，摊着两只手说你看着办吧。高号对很多事都是无所谓的姿态，所以唐果习惯了亲力亲为。唐果在早春的卫星广场右侧看到一小丛开在小转盘里的迎春花，还没绿透的草坪上黄色的迎春花开得十分拘谨和焦灼不安，相反，或蹲或站的那些短工，吸烟聊天坐在迎春花前面却不时爆发出嬉笑声。再往前一点点，一些自行车和摩托车把手上挂着木板或者纸壳，上面简单地写几个字：木工、电工、漆工、水暖工，等等。唐果等红灯一停就穿过弯道直奔那堆人过去，在忽然刮来的一股春风里头，唐果的丝巾在胸前蹦跳了一下就招展起来，那是她身上最有颜色的地方，杂色的鲜艳。唐果瞥眼间看到一个民工蔫不声地望向奔跑的宝马车，扭着脖子把那辆车送过转盘。

唐果就向这个木工走去，在唐果看来，老实厚道严谨往往都是那些身材偏瘦蔫不声的人，这个木工适合唐果的判断。

木匠站起身，说，我可以做，我得先看看房子面积再谈工钱。

唐果也觉得木匠说话有道理，就在前面引路，向一辆出租车招手，木匠在身后说，要是你不在意，你坐我的摩托车，我带你。唐果转回身看着木匠的眼睛，又看了看木匠黝黑泛黄的脸，她的确有些犹豫。木匠诚恳地说，没事，我开摩托车有三十年了。木匠仿佛说错了话，又低头说你们城里人有钱就愿意打车，你打车吧，我跟你后面。

木匠健步跨上摩托车，动作跟他的年龄很不相称，摩托车突突响，他扭过头看唐果，像在问：你决定不坐我的摩托？

唐果回身两步，坐到摩托车后座位上，木匠在转过卫星广场的弯道时大声说你往前靠抱住我腰，你们城里人金贵，别摔着碰着。

唐果的新房子在五楼，唐果在前面引路，走到最后开门时开始呼哧呼哧喘气，木匠拎着头盔背着大工具袋在唐果身后跑着上楼梯，一声不响。

木匠看完了打壁橱的位置，量过了尺寸，一一记到小本子上，说七千到九千吧。又补充一句说举架高面积大，我收这费用不高了。唐果根本没有概念，也觉得贵，但木匠都大老远地来了，赶人家走又不对，就说那就取中间数八千好不，木匠说完工后你看着给吧，你不会亏待我这农村人。这时候木匠的眼睛在墙壁上扫了一圈。

客厅是西照阳，墙壁更显得雪白空大，北墙壁上，一束光穿过半开的玻璃门缝隙，从阳台上一盆茂盛的发财树叶间投过来，墙壁的那些雪白便有了深深浅浅的影子，唐果的一张代表证挂在那片深浅的影子里，那是四壁唯一的一个挂件，红底黄字，是唐果的名字。

工钱讲好了，唐果以商量的口气问：师傅，今天就开工吧。木匠踌躇不决，他说三天后开工行不？我手头还有活儿没收尾。三天后我多带几个人来。唐果交了两千块钱定金。

出门时，木匠盯住墙上那个代表证看，停下脚步，读上面的字——哲学学会——唐果。他自语，我舅舅也是学哲学的，又问唐果，这是谁的证啊？唐果说是我的。木匠说这可真巧，我小时候有一个同学也叫唐果。唐果这时候手里拿着钥匙正在换鞋，心里想着儿子高考报志愿的事，就随口说了一句我这名字俗，大众化，很多人起这名字呢。木匠说不俗，我就经历过一个叫唐果的。唐果下楼时没话找话说师傅你是哪里人啊？木匠说安广富余的。唐果就站到了二楼半的楼梯缓台上，再说出话来鼻音特别重：你对那个唐果还有这么深印象啊！木匠在身后说咋能没有印象呢？穿件水蓝色裙子一双小红皮鞋，能歌善舞，脸面俊。她父母都是老师。

唐果低头往前走，高跟鞋踏在台阶上，每一步都不轻松，她用右手扶住栏杆下楼，说，见到也不认识了。木匠的工具袋打着胯骨，铁器们在帆布袋子里哗啦哗啦响，他说，能认识。

唐果这时就有些激动，转过身对着木匠，似乎在说你看我是不是？木匠在这时已经先唐果一步去推开走廊的户外门，他躬着背推门的后影，在唐果看来，完全幻成了几十年前一个调皮男孩的身形。

木匠在阳光下又恢复了中年男人的样子，他突然说我们那些小学同学有好几个都上天堂享福去了。前几日刚建了微信群，东西南北的同学差不多都找到了，就没找到唐果，听说她跟父母回省城了，也有人说她出国了。唉，我们那帮同学都当爷爷奶奶了，一堆老眉咔吃眼。

然后，木匠就在耀眼的中午发白的光线里哈哈笑几声，那张露出黑牙的嘴，好像突然间绽放在深秋的一朵黑色大丽花，嘲笑一下广阔无垠的时光。

翟同学的四舅

转过一天，唐果给木匠打了电话，上午打了一次下午又打了一次，还是没人接，怎么打都是占线状态。上午给木匠打电话时，唐果在班车上，她想确认这个木匠是不是姓翟。

唐果在乡下一所小学读书时班里有个姓翟的同学。翟同学细长黑脸，身子单薄，在小学校北边一处土房子里跟他的四舅一起住。他四舅比翟同学高一头，也是细长黑脸，给村子里放羊，还自学高中课本。那土房子有点孤单，靠着通向后沙岗的土路，向东南边有一片空地，有一口四圈被木栏围起的水井，牲畜饮水的大木槽从井沿的右首伸向西边，月光之下像一个巨人从井里爬出来，又慵懒地就地躺下不走了的样子。唐果小时候很怕这口水井，每每经过，必绕路而逃。就这样怕着怕着，有一天，有人在小学的校门口议论翟同学的四舅害相思病跳井淹死了。

听到这个消息的傍晚，唐果放学后战战兢兢地绕过那口水井回家，进了院子跑进灶房，想跟母亲说翟同学的四舅跳井淹死了。在晚饭的时候，唐果看看父亲严肃的脸忍住了自己，没敢说出死人这件事。

第二天，唐果上学迟到了，她绕过了无数间大大小小的房子和院落，穿过了杨树带和榆树林，在村庄的最东走到最西，再转回来走进小学校门。

她整个人脚步轻飘，仿佛被一只大手牵着往前迈步走，还伴着歌曲声，那曲调是傍晚在翟家院外时常听到过的，是一首欢快的曲子，开始是喜气洋洋的，好像一个人踮着脚往上跳跳跳，等到再也跳不上去的时候，就往地下缩紧身体，萎着，咔嚓咔嚓烦躁地响，那是忧伤到惊心动魄的欢快啊！

夕阳的半截阴影里，翟同学的四舅，那个拉胡琴的人，竖着坚硬的头发，坐在一只木墩上头拉琴。他在膝盖上垫一块四四方方平平展展的蓝格大手绢，甩腕，调弦，长长短短的吱嘎吱嘎声响不断，最后那一声，长弓的颤音无限长，又被猛地回腕收住。在此刻，翟同学的四舅在嗓子眼那里发出几声吭——吭——吭，头仰向左再仰向右，扫视左边的天空再扫视一下右边的天空。天空往往十分高远，他的目光被乡村傍晚的炊烟拉回来，最后深情又迷离地望向一二百米外的小学校。小学校的围墙阻挡了他的一半视线，剩下那一半，刚刚好跌落在女教师宿舍的北窗上。

有些时候，那只小板凳上坐着拉琴的是翟同学，他四舅蹲在旁边，目光还在前面的花格北窗上。

唐果的班主任刘老师住在女教师宿舍里，刘老师从师范刚毕业，从县城里分来的。

那天，唐果的班主任刘老师在校门口的一棵老杨树下拍打掉唐果身上的灰土，用一只小手绢擦擦唐果的脸蛋。老杨树的飞絮在她们眼前飘舞，唐果觉得自己的身体有一刻停止了呼吸，她看见翟同学的四舅斜靠在另一棵杨树上拉琴，杨絮弥漫了他的脸。唐果的耳朵里灌满了音乐。

刘老师一边跟她讲道理一边领着她走进教室，在讲台上，刘老师说小朋友上学的路上不能乱跑啊，乱跑是犯错误。讲台下立时一片哄笑声。唐果就看到了细长白脸的翟同学了，翟同学耷拉着脑袋，两手捂着耳朵。

刘老师拉着唐果的手把她送到座位上去。

唐果在下课的空当凑到刘老师身边，小声说，老师老师，相思病是什么病？刘老师还是一个姑娘，她说，哦。唐果又说别人说翟同学的四舅是相思病害死的，做鬼也是相思鬼，见女的就抓进井里去。

刘老师呼一下转过身捂住唐果的小嘴，别瞎说，这是封建迷信，你小孩子这么一点点大，怎么乱说这种话！唐果又贴着老师的耳朵说，他拉胡琴时总看着老师宿舍的北窗呢。刘老师急忙说，别瞎说。

手机接听器

这天晚上，唐果准备上床睡觉时，手机在墙角充电。已经用了五年的手机，有些不好用了，最明显是经常没电，所以唐果每天下班第一件事便是把手机从包里拿出来，快步到墙角去充电。

夜半时分，月光从窗帘照进来，黑影的手机像童年记忆里的那口深井的水槽，拖出一条更暗的细影子，斜躺在地板上。唐果睡不着，看着那手机的影子，忽然手机的指示灯红了，接下来里面有人对话。把唐果吓了一跳，她伸出脖颈冲另一个房间喊一声，还看电视啊？还不睡？另一个房间住着高号，他忙着写材料之类的事时，就住在另一个房间里。

这一声喊后，什么声音都没有了，房间里的夜晚，泼了墨汁，黑的那一处，黑得彻底，亮的那一处，是黑色幽默上的一点笑声，可能是因为等待了太久，这笑声极其模糊，亮的那一处便不能独立存在了。

唐果拿过手机来看，在大学群里，有人提同学会的事，看来已经到了筹备的最后阶段，主动出资赞助的同学已经开始征集大家的衣服号码了。

在这个夜晚的早晨，唐果回到了童年，而这个夜晚的此刻，唐果进入了她的青年时代，去参加同学会也是在时光里往回走，沿着那条来路再回去，这本不是坏事，问题是往回赶路的过程中，难道不会想到这路上的诸多不快吗？与其如此，莫不如不去触碰，反而还挺愉快，就像在家里，她听到高号大声唱歌，她就无比欢乐。

但是这一次，高号特别执拗，高号在第二天早上的晨曦里以完全讨好的语调对唐果提出建议：为什么不去呢？嗯？去，一起去，去参加草原之旅。

唐果看着高号的脸，就觉得整个房间的窗子都是黑的，只有高号的脸在这一黑暗中煞白，这种白，让唐果心下轰然一响，怅然若失，沉睡在唐果身体里那个年轻的唐果，梳着一根马尾辫坐在教室靠北窗第一排第一桌右首。高号在某一天通过她的座位，并碰到她的头发，她转头让目光跟着高号。高号一路走下去，一直走到最后一排座位，他没回头道歉。因此唐果注意了他，他个子高，偏瘦，白，长发，且独来独往。直到大学毕业，唐果没单独跟高号出去过。其实，高号在班里露脸的时候不多，老岳会在失踪几天之后在班里宣布，我带高号到我的家乡去吃羊肉喝羊汤了。然后给大家看一些在乡下草地里拍的照片，照片里有高号有老岳还有一群脏兮兮的羊。老岳调侃地给大家解释说他当过最大的官是羊倌。

唐果把自己从过去领回来，迷糊着说，好像到了雨季啊，怎么草原之旅呢。

高号一直不说理由，只说"咋不去呢？去！"这让唐果莫名其妙，高号不是一个爱凑热闹的人，这次的积极表现令唐果不好打击他，便说，还有三周呢，到时候再说吧。高号说，去，咋不去呢！唐果扑哧笑喷了，也不知道为什么觉得这样好笑。

唐果这天没课，上午去了一次早市，在早市上遇到了一个长得跟木匠一模一样的人,她躲开那个人,又跟在那个人身后摸出手机,她给木匠打电话,她明明听到了身边响起了电话铃声,但是这时那个跟木匠长得一模一样的人却不见了。早市上人来人往的,想在人来人往的地方找到一个人并不容易,在提着果蔬袋子回家的路上,唐果一边想自己去追踪那个木匠很无聊,又不能控制自己注意眼前走来走去的人。甚至在回家之后,她又拨打了木匠的电话。木匠没接电话,但是他回了一条短信,说对不起东家我现在不方便接电话有空我打给你。这条短信没有标点。不知道木匠是因为忙,还是不会用标点。

中午,吃过点心后,唐果读一本书,手机插在墙角的充电器上。她在书上读到台湾女作家的一段文字:

"我看见一个僧人,从幽静的巷子里走出来。灰色的僧袍被风吹起一角。僧人脸上满是皱纹,眼神静定,步履稳重。"就觉得十分好,仿佛那个僧人的脚步正一步步沉稳地踏上楼来。

手机里突然传出一男一女的对话来,听声音男的人到中年,女的是不是年轻不好判断,声音沙哑。开始女的有所顾忌,掐着嗓子尽量让声音柔和,她在向男人索要什么东西,是钱,首饰,房子,股份,经营权,婚姻?等等,只是没有爱。男人那边已经很不耐烦了,这个男人不停地说,你以为是一个游戏吗,一场艳遇吗,一次邂逅吗,一段偶遇吗,一单买卖吗,一个玩笑吗,一场战争吗,一出戏剧吗……语速急切,声音尖利,后来就像胡琴发出来的声音了,叽叽喳喳的。

唐果把手机拿过来,那些声音没有了,手机又恢复原态。

遥远的人

阳光在阵雨的空隙间闪耀，天空渐渐显出蓝色，有云朵聚集成无数大大小小的动物，追赶车子奔跑。原野辽阔，高高低低的绿块子拼接起来，托着远天。国道出奇宽阔干净，黄色的道线仿佛忽悠浮动，被车轮碾到后面。

参加同学会的路上，车子里载了三个人，唐果和高号，还有同住这个城市的另一位姚同学。姚同学是司机，车也是姚同学的，唐果和高号属于蹭车。几百公里的路，唐果觉得过意不去，买了水和一袋水果，对姚同学多加客套恭维。姚同学倒是开朗，一路朗声说笑，偶尔回忆一下过去的大学故事。

其间，唐果接了一个电话，起初她以为是木匠打来的，木匠在完工之后与唐果偶有联系，多半是谦卑地问候，他说，唐果你好啊，结束的时候说唐果再见。好像从他嘴里吐出来的唐果两个字被他一直叫着的，熟得不能再熟了。如果唐果有空儿就跟他聊一会儿，问问他的庄稼，他的工作，他的老婆和孩子们，有一次谈起木匠家乡的打瓜来，从土壤、种植到收获，连踩打瓜取籽的长木槽都聊了半个小时。但木匠更愿意聊他的小学同学，有时张三有时李四，唐果就听着，但也往往两个人的聊天就到此打住，唐果不知道说什么比较合适。

唐果从包里把手机翻出来，一听声音不是木匠，是一个做医生的中学同学。医生在电话里说，咋回事，忙啥呢最近？唐果瞥一眼高号，高号蜷起四肢，头搁在膝盖上，眯着眼睡觉。之前，唐果还跟高号说，你看你看城外的天空都不一样啊，辽阔通透，我算可以看到天边了。

唐果回医生说，瞎忙呗，现在忙着去草原同学会呢！

这个医生不是临床医生，他说他把人的细胞放在容器里培植，长成他所需要的东西。开始，唐果并没在意，甚至没仔细想过这是一项什么工作，只说你行啊你，洋博士了。上中学那会儿你淘气，打篮球玩吉他给女生塞纸条，你也没怎么用心读书吧？医生说，那是那是，一半心思读书一半心思玩。唐果说现在不玩了吧？医生呵呵笑两声，说现在是所有心思都在玩，工作本身就是一种玩。医生因为做细胞研究工作，把细胞放进培养箱里养，在细胞自由生长的时候，他是空闲的，除了读写一些研究报告之外，会突然微信唐果，有时候打电话来，或者把他家澳洲院子里的花果拍下来给唐果分享一下喜悦。有一天他突然在电话里说，其实我中学就恋爱了。从我刚上初中开始，我天天在你眼前晃，你没发现？这话让唐果怔了一下，说，啊！是不是真的啊？我怎么不知道？医生说，我哪敢让你知道！就是现在爱你，我也不敢让你知道啊！唐果回了一句，你可别瞎扯了。

但是后来医生来电话她依然接，医生不来电话她也不会主动打电话找他。唐果有时在夜晚偶然望见天上的圆月，吓一跳地对自己说，啊！这么亮。突然间怦然心动，竟然迅速准确地算出地球另一边是什么时辰。可是，实事求是地说，很多时候，在唐果这里，这个做医生的中学同学是不存在的，他只是生活在地球另一边的一个男人的声音而已，就像翟同学他四舅的恋爱一样遥远。

大叶杨一直跟着车子往前赶，终于在树荫尽头，他们在休息站下车休息，于是，唐果停止了与医生的通话。这时她发现东北南北的天空都如此开阔，像她的眼角开了口，眼"界"无遮无拦的。也就是这时她突然想到医生做实验的细胞来处，难道不是在死人的身上取下来的吗？他们把细胞取下来装进一个透明的容器里，这个容器里装着几个人甚至几十个人的细胞，然后，他们调温，控制，观察，记录，打算培植出新的细胞，这难道不是再造人吗？这么一想，唐果也不知道为什么，她想到的是医生同学从尸体上提取细胞的那双手，便突然感觉十分恐怖。

老岳，岳大侠

所谓的草原之旅是一部分参会的同学去草原，另一部分同学由于有各种各样的事务脱不开身去不成，所以第一个晚宴就特别重要，因为第二天一些人就打道回府了。

妻子回忆说：

大家都说这个夜晚注定是不眠之夜，都非常兴奋。酒店的贵宾餐厅里放了三张大餐台，那晚到会的也有三十几人吧。我和高号进了餐厅就各奔两张餐桌，我这桌女同学互相敬酒之后，话题都围着吕晓云打开，可是吕晓云远在澳洲，有同学提议微信呼叫她，一呼就呼到了，吕晓云现场直播了对同学们的祝福和不能参加同学会的遗憾，后来她就摇晃着镜头让同学们参观了她在郊区的 Big house。大家都有些喝醉了，有同学说，吕晓云，你从镜头里跳出来，跳出来吧，大家都想你，美女。这时候吕晓云那边就下线了，不知道谁在身旁说这是去坐时光机去了。另一酒桌的一男生探过脖子喊了一嗓子说，要说坐时光机来，那得是老岳。

　　时间在喧嚣中转瞬即逝，觥筹交错中已近午夜。有同学开始离座到其他两桌去敬酒，也有同学到这一桌来聊天，酒店餐厅的服务员收着双手立在门边，脸上早没了精神，餐厅的经理来催过几次了，最后那次被一个有钱的同学挡了回去，他告诉那个年轻人说今晚我包了这个餐厅，一万块够不够？一个同学大声嚷道：一枚钱币象征着我们自由的意志。另一个同学立马接上说这是博尔赫斯说过的话。有个同学问这里谁是拜金主义者举手，傻傻地向吊灯伸出几只手来，有钱的同学没一个伸手的。

　　我趁着混乱溜出来，在酒店门口，老岳在一片黑魆魆里奔将来，酒店大堂门廊下的灯光中，老岳一点没变，看起来还不到四十岁，我一时恍惚，就笑，说，岳大哥，你怎么一点都没老，你吃了仙丹灵药了？老岳潇洒地跳下台阶，就完全站进了树影里，仿佛一只大鸟在夜里收紧了翅膀，变成了树影下更黑一层颜色的影子，怕被找到。老岳说想同学啊，提前好几天就在这里候着大家了，几乎跟每个同学都单独会过面喝过酒，刚才我在晚宴上喝得最多，喝趴下好几个，都老了，不胜酒力。我掏出手机给高号打电话让他早点出来，老岳说你不用催他，他也快来了，马上散场。又沉吟一句，人生哪有不散的筵席？

　　就像老岳说出的话是箴言谶语，果真酒席就散了。高号走在一堆人的最前面，几步跨到我身边，拉起我的手说找我半天了。那些跟在后面同学走过我们，一个个跳下台阶，回宾馆去。

高号也喝多了，爆几句粗口调侃从身边走过去的男生。老岳在身边说唐果你也不管管？

在宾馆的后街一处灯光下，老岳站住不走了，绕过这条几百米的窄街，就是他们落脚的宾馆。老岳像喝醉了酒那样忽然脚步蹒跚，语意混乱，我扶住他，才发现他那么高而壮的大男人，却轻得仿佛没有重量，我开玩笑说岳大哥你这轻功练到多少级了？他笑答，反正一般人类是赶不上我了，我近乎神。老岳说还没喝够，找个地方继续喝。出于对老岳身体健康考虑，我不同意夜半三更继续喝酒。老岳说今天不是高兴嘛，酒逢知己千杯少，我也挺孤单，好久好久都没尽兴喝酒了。就在老岳拉长了声调不无揶揄地说"好久好久"的时候，在昏黄的月光里，老岳的脸向下拉长，松垮下来，躬腰塌背，发如白雪。时间在这一刻在老岳的身上大动手脚，显出了最残忍最超然的本质。

月亮躲在云层里生长了很久，现在终于长到肥胖，超出我几十年以来见过的所有月亮。无垠的月光之下，暮色早已经褪尽，一切都是影，一切又都是形，对面远处的一盏路灯留下半面光芒，另一半被挡在建筑挡板后面，从我这里看，那一处一半明一半暗的所在，就是老岳的背景。

夜已寂寥，烧烤店的老板已经收了其他餐台，留下这一张，是因为同学老岳扬起手里的啤酒瓶跟老板说，就这一瓶，喝完就走。

丈夫回忆说：

我觉得仿佛有一股夜风从哪里吹过来，背后的一棵大叶杨树发出巨大的哗啦哗啦的喧哗，前面左右那些餐台空无一人，烧烤架下的铁炉里炭火一明一灭，那个小老板完全隐在黑暗中，唯有紧箍身体的白色 T 恤发出灰白的光，从远处望过去，像一张虚拟的白脸。又一股夜风飕飕地吹来，那虚拟的白脸竟开始移动变形。那晚，绝对是有月亮的，或者天空有云，不时会把月光挡住，所以四下里暗影重重，天地万物影影绰绰，像舞台的巨大幕布，不知道怎么回事，倏忽之间，就变换了时空，对面的老岳手里还端着酒杯，还说着话，可是，声音也不是他的声音了，脸也不是他的脸，整个人都不是他了。可问题是，我还是我，我还在我的时空里，而老岳变换了时空就坐在我对面。他一只手拿着俄罗斯肉串，一只手举着酒瓶。我在另一个时空里看着老岳，我为什么可以证明我还是我呢，因为接下来我听到自己的声音在跟老岳说话，我的声音非常清楚地骂了老岳一句老渣渣，然后就提起了上次他来我们这座城市时给我丢人现眼那件事。我问他那次他为什么喝那么多，为什么在我离开之后还在宾馆里闹人，砸东西，耍酒疯，不是酒店服务员打电话把我叫去赔偿了人家的损失，人家就打 110 报警了。

老岳好像并不在意我的指责，说，我这不是因为想你吗？我想你，也想大家啊！说着说着声音就哽咽了，我急忙抢下老岳的酒瓶，叫来老板说算账算账！

老岳回忆说：

大约一个小时前，唐果与高号从同学会的晚宴上退下来，有几个同学已经喝过了头，还有几个已经人仰马翻了，高号自然是人仰马翻之一，所以唐果借故高号血压高不能多喝酒就把高号硬拉下了酒桌。从酒店到宾馆大约有三百米的路程，那段路正搞改建，一路深深浅浅，路灯或明或暗，人在树枝里穿行，一不留神撞到一物体上，半截水泥柱，建筑隔板，或者其他在黑暗里看不清楚的东西。唐果就气愤起来，埋怨高号喝酒从来没有节制，埋怨高号非得来参加这个同学会。气愤得实在受不了，你疯了啊你！

我突然就站到了唐果和高号的前面，背着光，粗壮的影子一下子把两个人的视线盖住。

高号比唐果先发现了挡住他们的人是谁。高号以惊喜的声调大声说，我去，岳大哥岳大侠。

我当年在班里年龄最大，比其他同学大五六岁吧，是社会青年考进大学的，又是武侠小说爱好者，不管跟谁介绍自己，我都这么说：老岳，羊倌云鹏。也就是自嘲一下。

我的人生倒也是奇怪的，往往在身陷绝境时，都能峰回路转，一生两次厌世，又两次起死回生，前次的生是生在俗世，后次的生是生在永恒。第一次跳井因为失恋（不想再提，也不值得一提），第二次因生意失败再跳井。绝对不是同一口井，捞我上来的人却都是年轻人。第一次救我的人趴在我身上哭天抢地，四舅啊，你别死啊！第二次捞我上来的人跟我要钱：翻遍了我的口袋找钱。我看在眼里笑在心上，仿佛检视我自己的人性一般，惭愧之心油然而生，老脸火烧火燎。不如死了算了，一挺脖一伸腿一闭眼，一了百了。

我在半夜时分，面对自己悔恨难当，我有两条道路可以选择：一、沿着月光下的大路一直往前走，洗心革面重新做人，做一个粪土金钱的人；二、把自己推进井里，沿着一条深黑色的幽径行走，九曲十回，道路险阻且漫长，冰冷、孤独、沮丧。

可是，我想亲人想朋友想同学，舍不得放不下，想到发疯处，我突然跌入另一个时空，一切回到从前。这次同学会我提早就到了会务组，跟每个同学都单独喝过酒，聊过天。唐果和高号是我安排最后见面的同学。

明天我还得继续走自己的路去，我的路没有尽头。

后来的事

后来，唐果和高号夫妻俩谁也没提这件事。甚至两个人都怀疑这件事有没有发生过。

有一次，丈夫高号倒是问过妻子唐果这样一个问题：有时候你看着一个人，慢慢就发现这个人不是你认识的那个人了。你有没有遇到过这种事？妻子唐果答，怎么没有，有时看镜子里的我，我也不认识我自己呢。唐果知道接下来高号要提老岳，忙打个暂停的手势说，打住打住，不提也罢。高号执拗，说，有人说他死了有十年了，跳井死的。

唰的一下，四周的温度降下来，冷气压住了燥热。

晚上，唐果接了一个电话，打了一个电话。医生在打来的电话里说，我回国了，现在正在出租车上，我夫人说跟你是同学，电话里传来吕晓云的声音，喂喂，唐果，我是吕晓云，有时间我们见个面吧，我给你带了一瓶香水。

唐果在给木匠的电话里，听到木匠显然在劳动现场，背景声音非常混乱，木匠冲电话大声喊：唐果，唐果，是你吗？仿佛呼唤久别的人。唐果问了一句，你有个四舅吗？木匠答，有啊，也是学哲学的，你认识他？他死了有十年喽，跳井死的。

又过了五十年，这一天，在中国东北澄澈碧蓝的天空下，唐果看到一只几十年前的翠鸟，在午后金色的光线里振翅，从一棵闪亮的黄金榆树枝上起飞，转瞬间又落到了另一棵树上。时间仿佛从没开始，亦从未结束，它恒定在魔盒钟表的指针上，一切如初。

风吹过灵魂，吹掉灵魂里这一天的种种印象、烦闷和尘土，那些被推近的人和事，终究又被缓缓拉远，直到无法看见，消失在一张照片、一段影像资料、一页纸上，无数的熟悉不熟悉的脸叠加成一片尘世，将数年间的岁月塞满，笛卡尔就哭了。笛卡尔哭着说："人通过意识感知世界，世界就是间接被感知的，世界可能是真实的，也可能是虚假的。"

路线图

1

　　杨桃从楼上往下看，大雪。漫天白雪成团连片，白花花的世界自天而降，密不透风。

　　在城市里，雪的大小总是被我们忽略，往往我们一抬头，看到的是雪的城市，而不是雪飘落下来。城市的所有建筑阻隔了我们投向天外的视线，我们眼睛里看到的，往往是结果，忽略了过程。因此，那天我们看到的，的确是一片白色的城市。

　　相信那个风雪的傍晚，走出校园的杨桃感觉到了城郊的校园外，暗藏着阴冷杀气。天宇苍茫寂寥，树木坚硬如刀。

　　无论从哪一个角度看，走在雪地里的杨桃都出奇矮小。听一个同事说，他看到矮小的杨桃缩肩拢臂，背着一只酷奇包，在纷飞的大雪里走出校园。那个同事说，他看到穿着白色羽绒服的杨桃不一会儿就淹没在白雪之中了。

现在，我们可以确信，杨桃的酷奇包里装着讲义、优盘、手机，还有手提电脑。

这之前，杨桃在学校的单身宿舍里住了一周了，是借了学生的一间宿舍住的。学生宿舍在东宿舍楼。这栋楼外是一片平原，站在楼内向外一望，除了远处一个村庄，便是一望无际的原野。有一条国道斜穿过那个村庄，如一把匕首由宽变窄，生硬地刺去。国道这边的另一端，是一家新建的工厂，工厂没有工人，只有几排厂房被围在灰色围墙里。有人问起为何几年也不见开工，看门的答道：为了占地。为了占地的工厂离校园不远，北侧，近邻国道，185 郊线车的对面。

去年，一个来自南方的学生，穿着毛衣毛裤，在冰天雪地里，瑟缩于车轮之下。意外时有发生。

杨桃提着她的包走进学生宿舍，身后跟着抱着被褥的学生。宿舍里有相对的两张双层床，上下四个铺位，四个铺位都是绿垫子。身后的学生将一床被褥替杨桃铺好，杨桃说，谢谢你。

后来，有同事问起杨桃在学生宿舍住得怎么样，她淡淡地说，挺好的。

杨桃有来头的家世，让所有教工们对她另眼相看，她便显得孤单，噤声敛气，温婉恭谦。除了大家一起出去聚餐时主动埋单之外，她很少说话。同事中有好事者问起杨桃的哥哥是不是在省里做高官，杨桃矢口否认，表情上略带厌烦。久而久之，背地里就有些微词了，"又求不着她，看把她吓得。""真能装，故弄玄虚。""干得好不如生得好啊！看看人家杨桃生在高官家里。"还有更难听的："说不定是哪一路的哥呢？没准是干哥。"

知识分子成堆的地方，事多，杨桃装听不到，回家跟母亲说这事，母亲说，当没听到，做好你的工作就是了。

有一次，系主任把杨桃叫到她的办公室，大谈自己的儿子。拉拉扯扯半个小时，最后说儿子考了三年公务员，今年终于考上了，可就怕面试出问题。杨桃坐在系主任对面，让头发挡住半边脸，嗯了一声。

系主任又说："要是有人替我们说一句话，问题就解决了。"杨桃还是嗯了一声。

系主任见杨桃如此冥顽不化，脸色在好看与不好看之间游移变换，声音像枝头上唱歌的鸟，婉转顿挫，腔调渐现隐忍："能不能让你哥给市里打个招呼？我这辈子也没什么奔头儿了，就这一个孩子，所有希望都在孩子身上，这事就求你帮忙了。"

杨桃更深地低了一下头，目视地面，回答却非常干脆，"我帮不上忙。"

从此，系主任不爱搭理杨桃了。打电话给她，或者不接，或者对杨桃说，"这事你别找我，找你们教研室主任去。"

杨桃向学校报精品课的材料报了三年了，每一年都在系里压下来，系主任这样解释："每年省里只给咱们学校一个精品课的名额，你觉得你的材料报上去能批吗？既然不能批，为什么要报？"

大家只知道住在学生宿舍的七天里，杨桃好像一直在写什么东西，写的是什么，谁也不清楚，只觉得七天来，杨桃神志恍惚，丢三落四，面色惨白如纸。

杨桃在傍晚离开校园的那一天是周五。班车在四点一刻开出校园，而杨桃离开校园的时间是班车离开的半个小时之后。

她匆匆下楼，直奔校门。这个时间，天色已晚。

2

行政楼上宽大的电子屏在傍晚时分的暮色里，是一块黄色的闪光。这闪光里滚动着文字，不必看，杨桃也知道上面写着的字。这些字，滚动了一周了，是申报精品课的通知。

杨桃路过那些字，走向校园的大门，大门外的旷野，雾一样的青白，阒寂寥寥，寒风卷处，她不得不把自己缩小。

以往大门外近处的小广场上，会有一些黑出租车，是当地小镇上的人往市内跑私活赚外快的。杨桃很少坐这种黑车，她有时自驾车，有时乘185郊线车回市内。偶尔，她也会坐上叫作快客的小型面包车。这种快客车终点站是火车站北站，杨桃家住城南，从火车北站到城南，刚好是这座省城的直线长度，太远。这个傍晚，杨桃选择坐快客回家显然不是明智之举。

杨桃站在185郊线车站点跺脚，出奇冷，雪不见小，迎面打来，如张牙舞爪的子弹，弹弹坚硬。路上的车子开始打开了前灯，灯光扫进雪地，一溜橘黄的河流冲开雪道。一辆快客飞速驶过招手的杨桃，杨桃跳着脚跟着快客奔跑了几步。

时间变得难熬，一分一秒地膨胀，杨桃陷落在难熬的时间里，眼神有些迷离，嘴唇抖动发紫。

　　一个黑车司机顶着一顶白色的绒线帽缩着背，踮着腿小跑过来，鼻和嘴呼哧呼哧喷着的白气，似簌簌作响。说，"大姐别等郊线车了，上我车，现在车里有三个人，就差一个，你上车就走。"

　　杨桃竟没有迟疑，跟着那个黑车司机跑向小广场的另一端。那辆白色的捷达车窝在雪堆里，突兀出一个雪包。

　　杨桃在上车之前向车里扫了一眼，后座上有三个人，男的，五大三粗，眼光凛冽，表情僵冷。不是学生，不是教工，她看到了一只瘦骨嶙峋的大手用力按着坐在中间那个男人的腿上。杨桃略有犹豫，随之感觉到咚咚心跳。这时，出租车司机已经坐进了驾驶室，他向杨桃挥手，咧嘴大喊："上车啊上车啊！"

　　杨桃向 185 站点看了一眼，又顺着国道向更远处望去，她没有看到大客车。一面灰白色在远处里，那家工厂，死一般沉寂。司机开了车门探出半个身体说，大姐啊，你行不行啊！还等 185？你要是没钱，老弟给你出，快上车吧。

　　杨桃坐到副驾驶位置。

　　学校大门的门卫在这个时刻刚好向门外探出头来，从大门的照明灯里，他看到杨桃老师蹚着雪跑向小广场的一辆黑出租车，她的前面，一个男人戴着一顶白色帽子。门卫看了一眼对面墙壁上的石英钟，五点半。

　　他该下班了，于是收拾手套和帽子，把钥匙交给接班的年轻人。走出门时，看到那辆黑出租在眼前一闪而过，扬起一堆雪粉。

　　这个时候，天色完全黑了下来，迎面看不清对方的五官了。门卫自语：这雪恐怕是要下一宿了。

3

杨桃屏息侧目，一路上双手抱包一声不出。车窗外的原野快速融进黑色里，偶尔有一两盏昏黄的灯，在远处越来越近，随之被甩到身后。

身后那个喷着酒气的男人突然开始语无伦次，"我要杀了他，我要杀了他，我要杀了他！"不管这个男人如何喊叫，其他两个乘客一声不出。黑暗里，沉默比叫喊更加可怕。那个刚才对杨桃快言快语的司机，也不作声，两眼死盯着前方的路。

杨桃先是听到了身后有金属的撞击声，接着是肢体搏斗声，这些声音混杂在男人们粗粝的喘息声里，咕咚咕咚响。杨桃座位的后背上，不断被硬物撞击，在车子的颠簸中，深一下，浅一下地顶进后腰上。杨桃将身体前倾，但她闻到了血腥的气味游丝一样，丝丝缕缕从身后飘来，弥漫了身前身后的空气。

身后的三个男人安静下来了，有那么一刻，杨桃在这安静而温暖的出租车里充满爱怜地想到了前男友，一个长着一双竹竿样长腿和一对扁脸小眼的男人。说不上是谁抛弃了谁，杨桃厌倦了前男友撒谎时紧眨不止的眼睛，还有搁在自己身上如竹竿一样干瘦的白腿。

或者与那个前男友结婚了，孩子也能打酱油了吧？杨桃有时候会这样问自己一声。

之后，前男友再前男友，十年的时间，三五个总是有的，长则一年，短则半个月，走马灯一样换人。有一次，摩肩接踵的人群里闪出一张油汗的脸和肥厚的嘴唇。他惊讶地说，"没想到在这里遇到你，还好？"杨桃一怔，想不出对面的人是谁，便说，"还好还好。"那男人笑道，"我们约会过。"接下来眼神里的暧昧添杂醒醒。杨桃嗯嗯两声，拔腿便走。过后想，不知道是对方认错了人，还是自己认错了人。

当然，杨桃有时候也是很可爱的。有一次，她在半夜里打电话给一个男人，那男人在睡眼惺忪中问，哪位？杨桃说，是我。我想跟你说一句话，男人说，说，大半夜的，闹鬼啊！杨桃便冲着手机嘻嘻笑，说，咱们谈恋爱吧。房间里四下寂静无声，杨桃听到养在窗台上的玫瑰叭的一声开了，床头这边萦绕着一股香水的甜味。男人在电话那头嘿嘿笑着说，我追了你八年了，怎么今天半夜里想起来要跟我恋爱了？杨桃半天没出声，说，我的玫瑰花开了。

爱情本是好东西，可用得多了，也会腐败变馊。现如今，人们总是用新的记忆覆盖旧的记忆，尥腿向前跑，谁能说痛比记忆还长久？

远远的，蜿蜒的灯光沿着河岸逶迤着兜了个圈，由远及近。过了一道铁道的闸口，路变宽，前面一排重型货车堵了路。有人影从前面向这里走来，探头看看，挥着手臂比画着，出租车司机嗯嗯使劲点头。身后一个粗着嗓音的男声叫："上土路上土路。给油给油！"司机还想分辩些什么，一段白亮的硬物从司机的后颈逼过来。杨桃忙把目光转向车窗，身后那个男人又说："兄弟对不住了，救命要紧。"

车子箭一般冲进一片雪地，拐上土路。杨桃只觉得整个身体上颠下簸，每根筋骨都断得七零八落。

时间变得漫长又短暂，一列火车鸣着长笛，驶过来，又奔过去，进入黑隆隆的原野。

杨桃看到了璀璨的城市，宛如闪光的湖，四周是黑色的岸。

身后一个人喊，停车停车，人快咽气了。一家诊所的白色牌子竖在眼前，身后的两个男人搀扶着瘫软的另一个人跌跌撞撞冲进诊所的玻璃门内。

这里是哪儿？杨桃问了一句，司机说，谁知道这是哪儿啊，司机东看看西看看，背对着杨桃说，这是城北。

杨桃的包不见了，走出很远，她才发现那个在茫茫雪地里独行的身影如刀削一样空空荡荡。包没有了，手机就没有了，所有录在手机通讯录上的电话号码，一个也记不起来。她觉得大脑的所有皱褶，平坦得如一块运动场。

4

杨桃没有止步，她追逐着一盏灯，在灯的尽头好像有更多灯隐约闪现。雪一会儿大一会儿小，仿佛雪本身就是夜晚，夜晚本身就是雪。风从前面来，一会儿又从后面来，包裹着她，考验她的脸颊会不会比风还硬。

如果她埋头走路，她看到的只是脚下一片乱哄哄的脚印，这些脚印或深或浅，有长有短，却没有一个是清楚的。如果她在风里抬起头看看前方的路，她马上就看到了那盏变换着大小光圈的灯，还有更远处许多时隐时现的光亮。

杨桃期望这时有行人路过，老远的，她也会紧跑几步冲过去，或结伴而行，或打听一下路线，她无法在这个寂静的路上，独自辨识方向，找到一条捷径。有一刻，她站在原处，四处张望，没有人经过，比四处里的黑色更让她胆战心惊。

几个人走过来，背着包，提着杂物，杨桃问，请问这里是哪里？

那些人走近了，一个人在灯光下嘻嘻笑，说，我们也是赶路的，不知道路。

杨桃再问一句，没人回答，呼啦啦从她的身旁急匆匆走过去。

杨桃跟着他们后面走，大约十米，然而，他们越走越快，离她越来越远。

她看到了路边有一个烧烤摊，一个中年男人在收摊。他重重地把家什搬到脚蹬三轮车上，低声咒骂一只扬头听他训斥的大狗。气光灯下，男人脸皮粗糙，眼神恶劣，他停了手里的活儿，冲着马路骂天气，满腔仇恨。

后来，骑着三轮车的男人从后面赶上来，超过去，又折返。嘴上的烟头一明一灭。

"要不，我带你一段？"

"不用。"

三轮车就跟着杨桃的身边慢行。

"车费你看着给，我不多要。"

"我打车。"杨桃转脸看了这男人一眼，说。

男人粗鄙地笑道："这里你能打到车？做梦吧。轻轨站不远，坐轻轨吧。轻轨比地铁好。"

"为什么？"

"轻轨在地上，地铁在地下。"

"地上和地下有什么分别？"

男子哈了一声说："地上是做人，地下是做鬼。"

杨桃便不说话。

男人对三轮车里的狗说："人家瞧不起咱这破车，不坐拉倒，咱不上赶着，上赶着不是买卖。谁比谁差哪儿了？都是三顿饭一张床，都是爹生娘养的，都有生老病死，你当官的有退休那天，你发财的有破落那天。站着比谁高，躺着一样高，最后都去阎王爷那报到。有啥了不起的！"

男人在身后高一声低一声跟他的狗说话。说倦了，突然嗷地喊一嗓子，像夜空被刺了一刀，又被撞回来，咕咚一声落到雪地上。接下来是歌声，听不出是什么词，听不出什么调，每到停顿，那只狗便呼噜一声，和一下。那男人的嗓音像是受过专门训练过的美声。

到了轻轨站，那男人在身后大声跟狗说："就当今晚咱学雷锋了，她瞧不起咱，咱也送她一程。这叫仁义。"

杨桃进了轻轨站浑身哆嗦，视力突然模糊。她甚至想回身跟那个一路跟在后面的男人说一声谢谢。

橙红的轻轨在地下轻轨站台的灯光里，颜色十分耀眼。杨桃一时无法适应这种颜色，坐到座位上时，举目望出去，空荡荡的车厢里，有两个年轻人低头看手机，一个中年妇女系着一条花色繁杂的丝巾，抬脸正向她张望，沧桑、憔悴、心事重重。

轻轨车厢进出的门上方，有一块路线牌，杨桃走到跟前去，眼睛却一时看不清站名。她只能看到一条条线在那张图上纵横交错。喇叭里报着站名,用中文和英文两种语言,昏沉的灯光下,这两种语言像灯光一样含糊不清，仔细听，广告语的声音甚至比站名更清楚——是在卖一种药。

杨桃发现她的脑袋里的一张地图不见了，她用力想，却无论如何也不能把那块牌子上的线路与脑子里的地图联系起来，只觉得熟悉，却没法判断。她站在那块牌子前很久，望着窗外黑影幢幢的楼宇一闪而去。

杨桃转过身向车厢里的两个年轻人求助，她问这是哪儿啊？

年轻人说，你要去哪儿？杨桃说，我要回家。

年轻人相视而笑。接着，他们都下车了。杨桃跟着他们下车了。

5

雪停了。

杨桃站在十字路口上，四处有车有人有灯光。耀眼的灯光，打得她满脸满衣，金光灿烂。杨桃坚定地站在那儿，仿佛缩小成一粒沙粒，迷失在一个巨大而璀璨的时间沙漏里，茫然失措。因为十字路上的任何一条路的方向都充满了不确定性，勾引着她。这样看来，不是雪迷失了某个方向。

杨桃向出租车招手，竟没有一辆车子停下来的。

闹市啊，繁华的地方啊，怎么会打不到车？

杨桃向前走了一会儿，她看到一个寂静的公车站，广告牌上的一个男子手里举着一座楼，冲着她笑。站牌上有一排站名，她在密码一样的字里找不到她通常乘坐的车号。

一个穿着深色的衣服的人，从马路的对面向这里跑，跑到近前，对杨桃说，我看你在这里转悠半天了，你在干吗？

杨桃想了想，还是回了话，说，等车。

那黑衣人说，夜半三更，你等不到车了，车都回家睡觉去了。车需要休息，路也要休息。休息的时候它们在思考，决定把哪一类人送到哪一条路上去。当然，走在路上的人更需要思考。你回头看看你身后那些人，那是不懂思考的人。

杨桃便看到了一条马路的左侧酒店里走出来的一群男女，他们嘻嘻哈哈地笑，一声比另一声还高，夜空里便是一片诡异的笑声。

杨桃说，我脑子里的路线图不见了。

黑衣人说，你确定是现在不见的？你能肯定不是很早以前就不见了？

杨桃说，我没注意到是什么时候不见的，但现在肯定是不见了。

黑衣人说，以前你的路线图就不见了。但你不是一直还在走路？所以，路线图见与不见都不影响你最后的方向。其实大家最后都会走到一条路上去。

从酒店里走出来的那伙人路过他们，黑衣人自语。"终日拈火择香，不知身在道场。"

黑衣人点了支烟，没有要走的意思。黑衣说，你从哪儿来？杨桃说，我从单位来，黑衣人又问，那你要到哪儿去？杨桃说，我要回家。

黑衣人说，回家这个概念有点含糊。杨桃问，那你从哪儿来，要到哪里去？黑衣人说，我从应该来的地方来，要到应该去的地方去。

杨桃突然就笑了，"废话"。

黑衣人说，大家都说废话，我为什么不能说？

他们都在那里无声地笑。

杨桃正正经经地说，我要到自由大路去。可我脑袋里怎么也找不到路线图了，丢了。

黑衣人说，你的心太急，急而不定，不定而不静，不静不能安，不安何以能虑？你脑子里的路线图丢了很正常。不过，没有路线图没关系，无非是多走走路。多走路多见风景。比如你吧，你要到自由大路去，那你知道不知道从现在站着这个位置起步，你得先找到解放大路，沿着解放大路走，你才能走到自由大路上去？是很长的一段路呢。

杨桃说，没关系，我有的是时间。

黑衣人点头说，我知道你有的是时间。时间就是用来打发路的，人是用来打发时间的。但谁也打不败时间，只能把时间当成恋人。

杨桃说：我们是顺路吗？你能陪我一起走吗？

黑衣人说：不顺路，我刚从自由大路回来。现在我要去飞跃路。我不能陪你一起走，我不是那个陪你走路的人。

杨桃说：你能给我一个提示吗？比如我可以以最短的时间走到我的目的地。

黑衣人说：不能，所有的提示都不靠谱。我现在不给你提示，别人的提示你也不要相信。就像雪，你相信了它，雪融了，是水。

杨桃说，你像是在给我布道。

黑衣人说，这个世界没有道，只有心。若无心，人则不人，物则非物，道何来之有？

黑衣人转身淹没在黑色里，像一面巨大的镜子深处投进了一个背影，越陷越深，直到幻成一面镜子。

杨桃举头望向夜空，寒星闪着冷光，如钉在一件巨大深蓝褂子前襟的无数纽扣，又刺穿了那件褂子，想透露真相。杨桃觉得自己快步走进了那个真相，四处里金星炫目。

6

绵细的雪里，飞扬着风，杨桃素面白衣，发丝一缕缕飘到半空里，衣袂飘然，容颜姣好。她站在突出的一块悬崖处，把自己站成了披枝盖叶的玉树。

可是，稍一低头，杨桃便看到深不见底的深渊。更远处，天与地接壤，云涛汹涌，天地相合，无半点纰漏。身后的那个人只差半步，感觉到他局促的呼吸。杨桃说，如果你拉住我，你会跟我一起掉下去，或者我们站成两棵树；你如果打算逃离，眼下为时不晚。

这梦醒来时正值医生在说话，他靠着病床站着，说病人被人送进医院时已是凌晨，轻度昏迷。又用安慰的语气说，这种病患我们经常遇到，生命既脆弱又顽强，没事没事！

眼下，杨桃的病床在十四楼，单间，靠窗。在落地窗的敞开式的格局里，杨桃最先看到了一片苍色天空，无云，无风，满天明亮。接下来，她看到了一只放在她枕边的男人的手，骨节包在细白的皮里，指甲修剪整洁。男人的另一只手里拿着一沓打印纸，上面的字迹清晰明了。男人掂着那沓纸说，这个故事好，最上乘的。又说，我来接你回家。

杨桃脑子里的路线图哗地一下子展开，一抹阳光穿过玻璃照耀在那张路线图上，又轻盈又温婉。

现在，从我们这里看过去，熙熙攘攘的街道上，杨桃与一个女子擦肩而过。那女子的相貌与衣着打扮与杨桃一模一样，女子越过杨桃的身体，走进色彩鲜明的人群，她们之间便有一条荡荡流淌的人河，把两个人越推越远。

不知道杨桃有没有注意到这个女子，但我们看到，就在杨桃与那个女子一错身的当口，她的手紧握住另一只手，她的脸，美艳如花。

但是，很快，我们又发现，这张脸消失不见了，转瞬间，诞生一张新脸。

我们知道，大学教师杨桃，家住南环路市府西街的伊甸园花园小区 13 栋 2206 室；我们知道，偌大的伊甸园花园小区隐藏在一片树林里，楼房依四面缓坡错落其间，缓坡推下来的深处，是一片变化莫测的湖水；我们知道，杨桃在傍晚时分经常站在自家窗前注视着湖面，看别人在小桥上自此岸到彼岸来往穿行，但自己从未通过那座桥；我们还知道，自此以后，再没有人在那个小区里见过杨桃。

杨桃到哪儿去了呢？我们无所知晓。

立交桥

1

早上，我们的齐立阅老师途经一棵松树的瞬间，被一只漆黑的松果砸到右肩，车钥匙顺着指缝溜到甬道上。齐老师抬头看看身旁那棵黑松，顺便估算一下它的树龄，百八十年吧！这么一想，心里便无由愤慨：暴殄天物。

齐老师常常在我们的司空见惯中发现悖论。

那棵枝干遒劲的黑松戳在小区曲折的道路旁边，肯定不是一天两天的事了，它显然跟小区的建立一起到来。这些齐立阅以往没看到，就像我们没有发现真理之前，并不能对真理进行求证是一样的。

齐立阅拾起钥匙，软风从一棵杏树上刮来，迎面将又甘又苦的花香贴到他脸上。一只鸟倏地飞过头顶，落到被仔细修剪过的草坪里，是白翎长尾的花喜鹊，它正回头注视着对面走来的男人。

　　而此时，楼角的夹缝里，一轮红日正光焰充盈，半天朱霞，一寸寸淡去。

　　当年买下了现在这栋坐落在龙月开发区的别墅时，齐立阅心里十分兴奋，差不多是奔走相告了，他打电话给张王李赵，张王李赵纷纷羡慕，全是溢美之词。环境好啊。远可望山近处临水，大口吸气，似绿水青山尽收眼底。谁能说不好啊！后来，有同事称道齐立阅有眼光时，齐立阅的亢奋情绪已经有所收敛，谦虚地说，我是瞎猫碰到了死耗子。

　　其实，我们的齐老师对这处房子一直是非常得意的。

　　直到他供职的学校搬到了一座小镇上。

　　市郊的小镇在城北，他家住城南，一南一北，相距百公里还多，最主要的是，途中要经过一座立交桥，是一座建筑结构错综复杂、有无数条道路的立交桥。

　　齐立阅瞄着那堆庞大又生冷的钢筋水泥，如初生的婴儿识不破世间万物，且忐忑，且惊恐。

　　隔了五十年的时光，齐立阅一眼瞥见东北乡村的一盘火炕上那个襁褓里不肯静眼的男婴。屋外风雨晦暝，鸡鸣喈喈。站在炕沿另一端的父亲探过头来，这位乡村教师反复吟诵《诗经·郑风》里的一节——"风雨如晦，鸡鸣不已。既见君子，云胡不喜？"隔了一会儿，再诵颂一遍。年轻的母亲，头上包着绿格方巾，脸色越发苍青，她突然惊喜地指着窗外的两道横空而出的彩虹叫道：啊！桥啊，双桥啊，天桥啊！男婴哇的一声哭出来，震得椽头上一双雨燕凌空斜飞，这几日来萦绕在齐家众人头顶上的窒息空气，终于悉数尽散。父亲拍手蹈足,叹道,我儿有桥何惧遇水，我儿有桥何惧命冲华盖？这之前，齐立阅出生一天两夜不肯发声，气若游丝，昏迷不醒。乡里一个算命先生听说齐立阅死里逃生，完全出乎他的预测，再不肯踏进齐家门槛。他跟人说，命理千变万化，天数气象万千，我不说破，说破遭天谴，谁也别再找我算命问卦了。自此，萎靡成墙角晒太阳的干瘦老叟。

但是啊，齐立阅自小遇到桥就犯怵。连坐火车过江桥，他的心脏也会骤然停跳，江桥一过，又恢复正常。这种事他讳莫如深，谁也不知道。

现在，这座立交桥就横亘在家与单位之间。齐立阅琢磨需要从哪里上路又从哪里离开，他甚至担忧所有过桥的车辆应该从哪里上路又从哪里离开。他的人生仿佛从中间轰然截断，一头在桥这边，另一头在桥那边，连不上。

据说，这座立交桥是当今桥梁建筑史上设计最令人赞叹的。

可是，还有一说，说这立交桥的设计师在交出图纸，收了设计费之后，杳无踪影，不知所终。按理说，一位大师级的设计师，行踪不定举止怪异也在情理之中，问题是这座立交桥通车之后不到半年，交通事故接连不断。主管这座立交桥建设的副市长在下桥的一百米处，意外遭遇交通事故——他快速驾车撞向一辆重型大货车，他的车头和他的身体被撞成了柿饼子。他不是醉驾，是一大早赶往省委做工作汇报的路上。之后不久，有一名农民工从高高的桥头上跳了下去，当场毙命。谁也不知道为什么他要选择这座桥自杀，他也是这座桥的建设者之一。

关于立交桥的传闻，齐立阅是否听说过，我们不得而知，我们知道的是，后来齐立阅的人生的确因为这座立交桥而改变。

2

齐立阅头一次开车上立交桥就走错了路，他本来是开车到学校去上课的。在那个烟雨洇洇的早上，他将车子开到了飞机场。

飞机场的所在地叫龙岗。岗南是机场，岗北是火葬场，等于一岗两用。

齐立阅在雨雾里寻找方向，一眼就看到了火葬场高耸的烟囱和烟囱里袅袅升起的青烟，似有哀乐声缥缈如丝在耳边缠绕。阴雨的天气里，四处湿漉漉的，好像什么都能粘到头发和衣服上，连哀乐声也粘到衣服上了，弄得衣服的颜色也黯淡无光。那个早上，他的心情和脸都是苍黄的。

那天，教学院长领着教学督导组一伙人查课，是例行查课。橐橐之声在楼道口逶迤而来，他们不进教室，站门外、站窗下，各自脸上表情严肃。领导们办公桌电脑上都有校园内的视频监控，教师、学生的一举一动全是现场直播。例行查课就跟现场办公一样，为的是更直接地"督导"。

在五楼518教室门外的走廊里，督导们走了一个来回。后来，由教学院长领头，鱼贯而入课堂。第一节课，齐立阅没到；第二节课，齐立阅也没到。教学督导组一行六人，加上院长，一共七人在课堂里如坐针毡熬了两个小时，齐立阅还没到。

发现518教室无教师讲课的还有几位盯着校内监控看的其他几位院长。

那时，齐立阅正瞪着眼睛在飞机场返回立交桥的路上。再上立交桥，齐立阅在心里恶骂——撞鬼了。

齐立阅无故旷课，不记下来也得记下来了，这是教学事故。

齐立阅无话可说。仅这一次教学事故也就算了，后来这样的事故在齐立阅身上屡次发生，真是撞了鬼了，如鬼使神差一般匪夷所思。

我们的齐老师为了能顺利通过立交桥，不知道多少次在电脑上研究各种立交桥的结构特征，自己默画草图，时间一久，心里脑子里都是曲曲折折的线条了。他是用心的了，但用心和结果是两码事，每上立交桥，五次有三次他走错路线。在立交桥上他总是晕头转向。阴天转向，晴天转向，白天转向，夜晚更转向。

齐立阅每一次迟到都撞到了枪口上，而且，枪枪中弹。通报批评也上了学校的电子滚动屏。

这天下午，齐立阅走出行政大楼的二号电梯，拐进走廊，一路上他跟所有遇到的人点头微笑，在没进院长办公室前，他还没有想好怎么跟院长开口认错，可是当他坐到院长的对面时，脑子里突然出现一个寓言故事，那个故事就自己从他的嘴里长了脚一样奔跑而出。

他是这样跟院长开始谈话的：

院长，今天我出门不久就拐上了立交桥，车行半路，我看见三个动物沿着快行道向前奔跑，它们准备到一片森林里去分食猎物。之前，它们合伙在一起打猎，成绩还不错，有一只野猪一只野狗，还有一只山羊。当我与它们擦肩而过时，我听到它们正在争吵，因为分配问题各不相让。狐狸要求三一三十一，平均分配；狼不同意，它认为它跑得快，下嘴准，应该五五分成，没有狐狸的份。狮子呵斥同伴，它这样说，我是林中之王，如果没有我，你们一只猎物也抓不到，此其一，我可以得到三分之一；其二，我威猛无比，动作敏捷，我又可以分到三分之一；再次，我身体巨大食量惊人，我又应该分到三分之一。剩下的那份昨天晚餐我已经吃完了，所以，那些猎物都是我的，没你们的份。在这群动物里，狐狸最弱小，但狐狸最狡猾，狐狸脸上露出狡黠的微笑，它说了一句话，其他两只动物立刻都一声不出了。当时，我的车子速度怎么也减不下来，所以我没有听到狐狸究竟说了什么威慑的话来。院长你说，狐狸说的是什么呢？

院长耐心听完齐立阅的故事，嘿嘿一笑。

院长是从乡长做起的，上上下下的各路牛鬼蛇神什么没见识过？他本来这段时间是紫脸膛儿，那天下午，他坐在齐立阅的对面有一瞬间紫脸膛儿刹那间灰白。我们的齐老师没看到领导脸上的风云变化，他光顾着怎么把自己的故事讲得动听点。他的目光落到院长身旁的一棵斑马万年青时，甚至后悔没有在那群为争夺食物而飞奔不止的动物里加上斑马。

后来院长的脸膛儿恢复了紫青色，说，你不是问我狐狸说了什么吗？我现在告诉你，狐狸说，再狡猾的狐狸也斗不过好猎手。

一时间，空气都呆滞了。就像你听完一个悲情的幽默笑话之后，突然间四周的空气都不好意思喧闹了一样。

齐立阅把自己分成了两个，一个自己拿眼睛瞥向三楼窗外的校园大门，在大门那儿，目光跟地面形成一个斜角，一条斜线在阳光之下闪着金边不断加宽，形成一条搭向窗口的金桥。齐立阅看到一双外八字的脚，有力地踏在那道金光上向他走来。齐立阅的另一个自己谦逊地站直了身体，向领导解释他讲那故事不是来见领导的本意；又解释上班迟到不是他的主观故意；又解释他对学院的批评没有反对意见，甚至他讲到了他出生时的奇闻逸事。他说，我从小就怕桥，上了桥就脑子晕啊。

院长对齐立阅的赘述早没有了耐心，他说，你没听说过条条大路通罗马吗？为什么学不会变通？难道你因为怕桥就不走路了？难道你上不了桥就不能从桥下走？最后他说，这些事你直接去跟教务处解释。然后，他低头摆手，像驱赶一只嘤嘤叫唤的苍蝇。

这时候，那个迈着八字脚的人带着金光踏着桥面从窗口走进来，走进齐立阅的身体里，齐立阅的身体和胆量在空气里迅速强大。这个人在齐立阅的身体里想发发脾气。

院长和齐立阅都看到一只画着青山绿竹的细瓷茶杯，高高抛起，重重摔下，在院长室的大理石地面上，这只刚刚还放在院长办公桌上的漂亮瓷杯，粉碎。

3

立交桥是齐立阅上班的必经之路，它像一朵盛开在齐立阅必经之路上的硕大菊花，长着无数错综复杂的花瓣，远远地矗在那儿，而且永远在那儿，坚硬生冷。

每一次将车子开上立交桥，齐立阅便感觉自己是爬在一片冰冷钢铁菊花瓣上的七星瓢虫，五彩光鲜的壳，却经不住轻轻一击，生与死都在那只手的操控之下。

齐立阅也是做过尝试的，坐班车上班，或者坐轻轨上班。可班车点离他家太远，学校不同意，因为他一个人增加一个站点。坐轻轨也不行，他要先乘坐公交车，然后才能到轻轨站，更远。他只得开车上班，只得通过立交桥。

所以，齐立阅就会一不留神将车子开错方向。

有一次晚上，他下班回家途经立交桥时，又转向了。他把车子一直开往了龙岗的岗北火葬场。如果不是在半路上遇到处理交通事故的交警把他拦了下来，在那个蛙声阵阵的夜晚，不知道他要在错误的路上跑多远呢！

交警是一个年轻人，也可能是刚从警校毕业的，满嘴都是哲学。交警说："这人生啊，飞机场是开始，火葬场就是结束。把开始跟结束弄到一起了，好像是把人生的轮回接到了一起，成了一个圆圈，没了开始也没了结束，真是有创意。"

齐立阅在那个明月高悬的夜晚，倚着车点着一支烟，在茫茫黑夜里，向东看看，向西看看，向南看看，再向北看看，四个方向都看完了，回身上车。跟自己说，原来我的房子是与火葬场在一个中轴线上啊！

这么一想，再回到家之后，再打开窗子之后，就隐约听到来自火葬场的哀乐声，他心里就很别扭，就再也不想到窗前站着吸烟看风景了。

孙艳说，你心里有问题，哪来的哀乐声？你耳朵出问题了吧！是揶揄的腔调。孙艳常用这种腔调跟他说话，或者不跟他说话。

　　这话是孙艳在周末的早晨说的。在明亮的客厅里，涌进来的晨光扫在西墙壁上，齐立阅顺着那光线看上去，他挂在墙壁上的一幅字画不见了。现在，一幅画替代了那幅字，画里是阳光灿烂的牡丹，红的花，绿的叶，喜庆热闹。齐立阅的那幅字呢？"志于道，据于德，依于仁，游于艺。"——那幅字哪里去了？

　　那年父亲在一张油漆斑驳的土黄色八仙桌上展开一张浅黄麻布，毛笔蘸饱墨汁，一行字，一挥而就。父亲点着他的鼻子呵斥，12个字，你还没背熟？你没脑子？父亲将墨盘扔进院子，院子里一阵鸡飞狗跳，那只逃跑的狗，一直冲到院门边，回头冲着房门口的父子呵呵喘气。父亲手里滴着墨水的毛笔，悬在齐立阅头上两寸的地方停下来。从黄泥的墙角起来一阵风，风把杨树腐叶刮到父亲的脸上，正挡住一只愤怒到流泪的眼睛。父亲迎着风的身体，仿佛正分分钟塌瘦下去，骨相突兀可见。从那一刻起，少年齐立阅才发奋读书。父亲说，君子之风，够你学一辈子。这字画你留着。齐立阅把那字画留着，一直挂在别墅的客厅里。

　　我的字画呢？齐立阅对着走进餐厅的孙艳问，再问一声，孙艳不回应，她低头吃饭，过了会儿，奚落道："这是高档小区，房子好，物业好，景色好，啥啥都好，怎么就你会在这么好的地方听到火葬场的哀乐声？"

　　齐立阅还继续问，我的字画呢？

4

雨赶在齐立阅找到孙艳办公楼前停了，风还不甘心，夹着雨丝迎面扑来，在身后荡去。

齐立阅把车停进地下停车场，在门卫那里说我是孙艳的丈夫。门卫非常客气，把几楼几号门牌都说得一清二楚，还热情地告诉他进大楼乘右首的电梯，因为左首那台电梯坏了两周了。

孙艳坐在公证处的一间处长办公室里忙着，她看到齐立阅后，先是一愣，接着说，你先坐那儿等会儿。

那是一个棕色皮沙发，沙发前是一张木茶几，看上去像会馆大堂里摆的那种大茶几。从孙艳身后的玻璃门望出去，偌大的办公区隔成无数工作台，工作台后面坐的那些青年男女们，都着制服，表情上也像体制内的人。有一对中年夫妻站在工作台前正办理什么业务，男的黄脸，女的白脸，他们突然就吵了起来。黄脸男用手里的一个红皮的小本子敲女人的头，白脸女夺路而逃，她把声音留置在室内，"我让你一分钱也得不到。"

孙艳抬起头问，你有事？有事怎么不打电话？

齐立阅盯着孙艳，像与久别的人在马路上不期而遇，愣怔片刻。

他说，我有事。

有一个电话打进了孙艳的座机，孙艳做了一个手势，示意别出声。她接电话用了十五分钟。这十五分钟里，齐立阅的目光望向孙艳头顶上的石英钟。十五分钟的时间，足以让齐立阅对石英钟下面那张春风得意的粉脸女子做一个大致的人生回想。

时间真是怪东西，能成就一个人，也能祸害一个人。这么想着，齐立阅便冲着孙艳说，我的字画呢？

你有病吧？

齐立阅又说，我的字画呢？

孙艳冲着齐立阅说，走，出去再说。

七转八拐，踏着楼角背后的一片阴凉，跨过一些散碎纸片和生活垃圾，齐立阅和孙艳站到了马路边。

夏风如漏网之鱼，急匆匆逃命般卷过楼角，扬起孙艳的丝巾，齐立阅挥手挡一下那飘来的丝巾，目光越过孙艳的卷发，看到橙色的轻轨车厢在马路对面两层楼高的高架桥上飞奔而过，轻轨开过的空档，齐立阅辨识出更远的一片绿树和一座尖顶的红楼。他看到自己在二十年前的夜色里腋下夹着厚厚的教案，穿过惠民路，过横竖两条街道，再沿着二航院的红墙走一段，到了那栋红楼。在那儿，他给电大和夜大的学生讲课，每节课开始，他会说，大家好。表情又严肃又亲切。

后来孙艳说，你知道我们那些女生背地里都叫你夫子吗？齐立阅说，不知道啊。孙艳说，你真不知道？那你的自信哪儿来的？孙艳此时还在春城至上海的列车上当列车员。

孙艳似乎等不得绿灯亮起来，冲着刺眼的阳光对着空气说，我说齐老师啊，你有病还是没病啊？你怎么就咬住咱家的客厅墙壁上挂着一幅字画呢？

又一辆轻轨在高架桥上开过去。齐立阅突然就愤怒了，大口喘气。

孙艳说，你先回家，车子我晚上开回去。你打算怎么走？

你可以乘坐轻轨，可以打出租车，可以乘公交车，你还可以步行。如果你非得步行，你得走上二十四站地。你想怎么走？你不是怕桥吗？我建议你坐轻轨回家，在桥上走得多了，你就不怕了。轻轨一直在离开地面的道路上走，离开地面的道路不就是桥吗？

孙艳对齐立阅撇嘴笑一笑。孙艳走了之后，齐立阅怀疑孙艳刚刚拉了一下他的右手。我们的齐老师，在一片喧嚣的市井声里望向蓝天——马路对面的高架桥在阳光的照耀下有些飘摇不定。

5

关于那幅字画，孙艳坚持说她从来没见过，她越这样说，齐立阅越觉得不对劲，急赤白脸地吵，逼得急了，孙艳就说，我卖了，我卖了个大价钱，所以，我才买了这栋房子。

齐立阅大哭一场，哭声如牛，再不跟孙艳说一句话。

孙艳说，你当我是空气啊，咚咚地下楼。

齐立阅看到了孙艳愤怒的背影和在黑夜里挺起的细长脖子，听到大门咣当关上，看见孙艳车子的尾灯忽地亮了，又忽地灭了。

窗外小花园里的花草几天的工夫，就蔫了一片，齐立阅站在窗前看几只小麻雀在花园的一棵锦带树上蹦来跳去的，有一只跳得最好，上上下下的弧线非常曼妙，从齐立阅的角度上看，它在喜盈盈地用翅膀过桥。

齐立阅想隔着玻璃跟这只小麻雀说说话，他说，喂！喂了四次，发出四声，小麻雀像听到了什么，腾地飞走。在这栋大房子里，齐立阅有些日子不说话了。

齐立阅把自己想说的话都说到课堂上了，每次上课都满堂灌地讲，从教学内容到人生理想，尽职尽责，多数学生很喜欢他，选他的课。一个特别幽默的学生评教时给他的评语是："满意：认真；不满意：太认真；建议：不必太认真。"齐立阅面对这样的评语深思良久。在心里问自己：我成了古董了？但他还是沾沾自喜的。他不无显摆地把学生的评语拿去教务处，跟教务处主任说。

教务处主任睡眼惺忪，办公桌右侧的长沙发上还有午睡的诸多痕迹，一本书摊在茶几上，他推了推那本书，看了齐立阅一眼，捋一捋头发，起身的动作缓慢，但他起身站在齐立阅面前之后，立刻阳气回转，万物花开。他热情友好地从净水器接了一杯水。喝水喝水，他说。

教务处长挡着一些光亮在跟齐立阅说话。朝阳的大玻璃窗，尽管是阴天，也分外亮堂。

教务处长仔细看了学生写的那句话之后，满脸笑容，低着头对那张纸说，咱们的学生有水平啊。见齐立阅没反应这才恍然大悟，又满脸笑容地抬头看着齐立阅说，咱们的老师更有水平呀。

然后，就没下文了。

教务处长斜着身体坐到桌前看电脑，如同一半身体还保持着对齐立阅的招呼，另一半身体已经给了电脑的屏幕。齐立阅是坐在沙发上的，伸过脑袋往电脑上扫一眼，屏幕上一片密密麻麻的文字，有红有绿有黑，像一幅画一样。

6

　　齐立阁手机电话簿上有一串的名字，很多名字跟人对不上号，不知道谁是谁，就那么排在电话簿里。本来齐立阁是想删掉这些碍眼的名字的，后来懒得删，就那么放着，那些名字就像黑屋子里的一堆精灵藏匿着。齐立阁想找个人说话的时候，把手机电话簿里的名字翻过来倒过去看几遍，就如看到一张张没有五官的脸，结果，一个电话也没打出去。

　　有天夜半，齐立阁的手机响了，响了两声，断了。手机是放在卧室里充电的。卧室里只睡着齐立阁自己。孙艳睡在楼上。自从搬进别墅，他们就分房睡了。如果有活动，齐立阁就到孙艳的床上去活动，之后他抱着枕头下楼再回自己的房间。黑灯瞎火的，磕磕碰碰，齐立阁也向孙艳提出过抗议，但孙艳说睡一张床上她睡不好。后来，齐立阁发现与孙艳睡一张床，自己也睡不好了。两个人就这么分着睡，有活动就凑到一起，没活动就分开。

　　齐立阁索性关了灯，两眼盯着地板上的一处月光。手机躺在墙边一角的地板上，接着墙壁电源插头，月光照不到那儿，是一块长方形暗影，而房间，成了大于那个长方形暗影的长方形盒子。这么一想，齐立阁便有点毛骨悚然，翻个身，头对着墙。

　　手机恰在这时响了，一声，再一声。在寂静黑暗的夜晚，声音大而急促。齐立阁起床，跑到墙角，手机铃声断了。他看看来电显示，是一个陌生号码，他把电话回拨过去，是忙音。

　　他突然想跟人说说话，管他是男是女，是人是鬼呢，聊几句也好。

第二天夜里，几乎是同一时间，手机又响了，这一次手机没在墙角充电，这一次手机还放在文件包里。从下班进了家门，它没被齐立阅拿出来过。

手机铃声响了一声，又一声，等响到第三声的时候，齐立阅跳下床，快步奔进客厅里去，他的文件包放在进门的玄关柜子上。

孙艳从楼上穿着睡衣下来，在楼梯上走了三个台阶，向下伸出乱成一团的卷花脑袋，说，这么晚了还有电话，你怎么不接啊，老齐。说完上楼，接着是上卫生间的声音，再接着，是楼上卧室关门声音。在这一系列的声音里，手机铃声一直在响，齐立阅在文件包里翻手机，手忙脚乱，等到他终于把手机翻出来了，手机铃声却停了。

是零打头的那种网络电话，想回拨都没可能。

第三天夜里，手机又响了，齐立阅睡得沉，等他把手机抓到手里，响声停了，一看，又是零打头的网络电话，这时候齐立阅想，管是什么电话呢，管他是人是鬼呢，他都要接这个电话。

第四天夜里，齐立阅就把手机放到了枕头边上，就等着电话铃声响起。一夜都没睡好，快到天亮的时候，手机铃声也没响，让齐立阅白等了。

吃早餐时，齐立阅实在忍不住，就又像自言自语，又像是跟孙艳通报情况："这手机好像是闹鬼了，半夜总是响，就昨晚没响。"孙艳立刻接过话去说："没响动比有响动还可怕呢！"脸上的表情有点意味深长的。"是谁打来的呢？"齐立阅又像是自说自话。孙艳像没听到齐立阅说话，把碗筷往餐桌上一推，出门上班走了。齐立阅在屋子里转一圈，再转一圈，每一步都像是踏在桥上那样不踏实。

手机就放在裤兜里，他想随时听到电话铃声。

就这样，齐立阅好像白天也在等待那个电话，夜里也在等待那个电话。

齐立阅本来想找个同事问问人家有没有遇到过这种情况的，但又不好意思开口，所以只得作罢。这天是周三，齐立阅上午四节课，他一早起床收拾一下就开车上班了。

音响里正放着班德瑞的《原乡》，舒缓得像车轮下的路，铺开来，一直接到天边那一处霞光里去。齐立阅一连几天没睡好，现在听着舒缓的音乐有些犯迷糊。刚上立交桥时，手机响了，是一个年轻女人的声音"你好！""好"，齐立阅说。然后，停了一会儿，女人又说"真不好意思。"齐立阅说："不客气。"又停了几秒，女人说："我一直给您打电话，但一直不好意思开口。"齐立阅说："哦。"这时齐立阅发现他走错路了。便急忙挂了电话，调转车头往回开。

接下来一连几天，那个电话没来，再接下来的几天，以及更长的时间里，这个电话再也没打进齐立阅的手机。

7

一场秋风，再一场夜雨过后，路边的杨树叶湿漉漉地黄了，黄成了半空里两条明黄的油彩，草长莺飞的夏天就这么过完了。

像喘了一口长气，齐立阅终于把那个电话的事吐了出去。于是，一个夏天像被水洗过之后的棉布，缩了水，皱巴巴地堆在齐立阅的记忆里，懒得去翻检。

龙岗的岗南还是飞机场，岗北还是火葬场，龙岗还是龙岗，还立在立交桥的西南方向。开车经过立交桥时，齐立阅还会走错，甚至走错的时候更多。

孙艳移民去了加拿大，办移民的整个过程都没跟齐立阅说一声，临走的那天，她再一次跟齐立阅重申：家里大厅的墙壁上从来没挂过一幅字画。

这个学期，齐立阅没课，他一个人足不出户二十天，在这二十天里，不开手机，不开电脑，不开电视，更为严重的是，他不开灯。不开灯麻烦就大了，借着窗外别人家的灯光，走路磕磕绊绊，有时候他会撞到墙壁上，有时候他会撞到家具上，还有一次他竟撞到了一面穿衣镜上。在四处灰暗的光线里，那穿衣镜里的人着实把齐立阅震撼了，是一个灰色的柱子，竟无头。齐立阅伸手去抓那根柱子，这才看清原来镜子里是自己。我的脑袋呢？齐立阅异声问自己。

齐立阅回身上床，一睡再睡，三天之后，他从床上爬起来时，东方刚刚破晓。齐立阅翻身下床，依次在房间里开灯，所有的灯都打开了，拐进厨房，点火做饭。那一顿饭，他跟自己喝酒，一瓶干白一滴不剩，他仔细咀嚼每一颗饭粒每一片菜叶，一顿饭细嚼慢咽了整个上午。末了，他特别想打个电话给人谈一下人生的体会。他把电话打给了一个毕业多年的学生。那个学生在电话里热情高涨，他说，老师您来啊来啊！我们聘您做顾问，我们这所山区小学已经来过四期支教老师了。

当晚，我们的齐立阅老师在网上订好了机票。

出发这天，齐立阅本来是不想开车去机场的，可是，他睡过了时间，一早醒来时，距离飞机起飞只剩下半个小时了。紧迫的时间，让他没法多加考虑。开车的路上，他给侄子打了一个电话，让侄子到机场来把他的车子开回去。

将车子开出市区，一直奔向立交桥。齐立阅在心里说，这一次可不能开错方向，否则就误机了。又一想，不会错，不加思考，他也会把车子开到飞机场去。以往，不都是这样的吗？这么一想，心里就踏实了，心里一踏实，就突然想到了夏天里那个莫名其妙的电话来，还有那个女人。

在将近立交桥的时候，手机突然响了，声音特别响。

那个女人在电话里说：是我啊。你看到一个孩子没有？

齐立阅问：孩子在哪儿？

女人说：就在立交桥上。

我们的父亲

1

季天平的这栋楼是自己建的，楼上住人，楼下开店，店铺里卖的是家电，名为天平家电商场。前些年生意好，人家都说季天平是季半城，大老板。季天平大方厚道热心公益，也偶尔在恰当的时候，来一句又文化又品味的小幽默，高出小镇那些有钱人很多，比如别人说他有钱，他就幽默一句"最多就是小土豪，呵呵"，挺实在挺可爱的样子。于是便有人奉承：倒是出身不同啊，就是有文化。天平马上把自己的身段拉下来，做出卑躬屈膝低三下四的样子，说："过奖过奖，不敢不敢。"人家说季天平有文化还有另一层意思，因为季天平的父母都是教师。

那时，季天平生意好呢。如今大不如从前，如今是网购年代，吃穿住行，都可网购，本来家电还比服装生意好做些，可是，镇南来了一家京东电器直销，季天平的生意江河日下，卖出去的货，多是电饭锅豆浆机热水器这样的小家电，最好的，也就是卖几台冰柜，根本赚不到几个钱。天平艰难地维持着，为了节省开支，辞了司机，自己开车下乡送货。冬天天寒地冻，下乡送货是苦差事，每次送货回家冻得跟冻萝卜似的。

2

父亲在这个冬天常向窗外张望，望什么呢，他望对面新开业的"盛巴黎"服装商店。店员盼盼在最冷的腊八这天轻快地迈进店门，还没站稳就不停地给人讲"小貂"真好，真是暖和！她只穿了一件薄毛衫套裙，裙子下摆是半尺长的流苏，仿佛碧绿的夏天跟在她腿上，供人艳羡。

父亲就在那时下定了决心。他走向大门的步子有点大，腿吃力，深一脚浅一脚，身子看上去矮了一截。推开商场的大门时，父亲借着大门合上的力量靠住身体，盼盼这时转回头看到父亲走下台阶。

在父亲与盛巴黎商店之间，隔着一道白光，那是入冬以来铺在马路上的积雪。白光晃得父亲眼前发黑，就像盼盼黑色小貂糊到了父亲的眼眶上，父亲就顶着这层黑色往前走，如陡然置身深夜，脚步踉跄。

前几天父亲到银行去了两次，第一次他把存折给窗口里的工作人员看，工作人员说您的存款还没到期，还有两个月到期，现在取出来利息收入少很多呢。父亲嗯嗯两声把存折收好，回家。过了两天，天更冷，商店卷帘门上窗户上都是厚厚的冰。季天平每次下乡送货回家时，进了店门就说"冻僵了，冻僵了，死人都得冻活了"，他眉毛睫毛都是霜，浑身带着冷气，身上的羽绒服看似又短又薄。

父亲在第二天顶着雪又到银行去了，义无反顾地取出两千元，父亲跟窗口职员说，钱就是用到有用的地方才是升值。

再贵也贵不出这个数，父亲这几天一直这么想。可是，这两千块钱一直在父亲的羽绒服内兜里待着，被捂得热乎乎的。

去年冬天父亲突患心梗，半夜发病，十分凶险，差点要了命。出院以后他常跟母亲讲心脏发热，手脚无力。病后，父亲一直是家里的重点保护对象。

在那些天里，父亲偷偷做了市场调查，只要有穿貂的顾客进店，他便凑上去搭话，问人家暖不暖？至于价钱是多少，他没问。

进了盛巴黎服装店，有店员没顾客，店面显得特别宽敞和大气。老板娘描眉画眼，娉婷着身姿跟在父亲身后，身上的香水味打鼻子呛人。"您老这是要买什么衣服啊？喝杯热水慢慢选？"父亲用手绢擦擦眼睛和鼻子，眼睛被寒风吹出了泪珠，挂在嘴唇边，像流出的鼻涕。

父亲转了一圈，在皮草柜台站住，拿出眼镜看价签，指着说，要这件，有折扣吗？老板娘说这件？给谁买啊？父亲没搭腔，说我穿上试试。镜子里这件衣服肥大些。老板娘说，这衣服您穿显大，换一号小点的，我这有小号。父亲对着镜子左右看看，说，真能保暖？屋子里暖气充足，是感觉暖和。于是父亲问最低价多少钱？老板娘略一停顿，说这大雪天一早到现在还没开张呢，您老要是相中了，我就等于给您带一件，进价，不挣您钱。父亲说，那也用不着，你也是做生意，给我一个最低价就行。

老板娘说这已经是最低价了。父亲口袋里的两千元一分没剩。往回返的路，仿佛是那些票子一张一张摆过来的，父亲一脚一脚踩在那些票子上丈量尺寸，只隔了一条马路，父亲走了十多分钟。父亲先是把那个装着皮草外套的袋子提在左手上，可是他很快发现，他左手的力量是很不够的，然后他换了另一只手提袋子。起初还好，可当一辆大货车疾驰而过的时候，那个袋子险些把他带倒。他用浑身的力气往上一拱，把袋子扛到肩膀上往前走。积雪在父亲的脚下唱一首关于疲劳的歌，父亲的心情倒是畅快的。

父亲提着大服装袋子进门，踏踏脚，跺几步，鞋子上的雪落尽，往楼上走。盼盼的眼睛跟着父亲手上拎的袋子，一直跟到父亲上楼才把目光收回来。

下午母亲下楼来，盼盼就拉住母亲的手说，奶奶，爷爷上午提着一个大服装袋子上楼了，我认出那是装小貂的袋子，爷爷给您买小貂了？

母亲先是怔一下，说，不可能，爷爷买菜都挑最便宜的买，怎么可能买那么贵的衣服？母亲回到楼上窸窸窣窣地四处找找，大衣柜也打开看了，没找到。父亲坐在沙发上看电视，音量调到最小声，几乎听不到声音。父亲经常这样看电视的，他说电视放大声和放小声对他都是一样的，他看字幕不听声，听不清楚。

你找啥呢？父亲问。母亲说没找什么，收拾收拾。父亲抿嘴偷偷笑笑，嘴角都藏着喜悦，没再说话。

晚饭一家人坐在餐厅里一起吃饭,季天平吃完起身要走,父亲说"天平,晚上你到我屋来一下"。季天平应一声嗯,走出去,下楼,坐在商店的一把椅子上吸烟看电脑,屏幕上有无尽的摄影美图。天平的摄影作品参加过省展,还得过大红证书,自生意难做以来,他没心思摄影,看电脑上这些美图也只是习惯,只是为了吸烟。他从不在父亲面前吸烟,因为父亲看到他吸烟就会表现出很生气的样子,天平总是偷偷地在父亲看不到的地方吸烟。

外面的天,已经黑透,天平只打开了台灯,商场的各个角落也黑着,天平的脸在光亮里显得特别突兀,沉甸甸的白。

父亲一直等天平到晚上八点,天平还没上来,父亲沉不住气,问母亲"天平又出去了?"母亲说我看看去。

天平跟在母亲身后进门来,也不问话,就那么靠门站着。天平在家里是很少说话的,也许是因为排行老小,从小都是听父母哥姐的,没有发言权惯了,那些由天平说出来的妙语都给了外面的朋友,就连跟妻子雯雯他也很少开句玩笑。父亲在家里是有威严的,天平和雯雯都怕他。天平刚开家电商场那会儿,父亲把所有积蓄都给了天平,又凭自己几十年在同事朋友中建立起来的威望跟人借了钱,才帮天平把商场开起来。当时父亲等于是商场的掌舵者,进货卖货,看门上锁。不过,父亲有时是添乱的,雯雯跟婆婆说,我们跟顾客讲价都讲好了,爸爸非要我们把零头抹了。父亲因此开了家庭会议,狠狠批评了儿子和儿媳,说你们都挣了很大利润了,那些农民挣钱不容易,给抹个零头就穷了你们?过后母亲跟儿媳赔礼道歉:雯雯别往心里去，别听你爸的，你们该怎样卖货就怎么卖，你爸老糊涂了，咱不跟他一般见识啊。雯雯说妈你放心，没事的，我们背后都把我爸的话当乐子讲呢。现在父亲基本不参与商店的事了，原因是父亲在开卷帘门时有好几次记不住开锁键和关锁键，卷帘门坏了好几次。

父亲说：天平，我给你买了好东西，给你一个惊喜。父亲像对一个少年那样说话。父亲掀开被单，从被子的最下层把那个服装袋子拉出来，打开，以动作语言点评似的指指，"貂皮的"，他说。

天平说不要不要。父亲说你穿上看看，暖和，下乡送货冻不着。母亲也把衣服往天平身上比，非让穿上，说穿上穿上，不穿你爸不高兴。天平往后躲：唉，我不要，我不喜欢这种东西。母亲不甘心，不知道是为父亲不甘心还是为没有讨得儿子开心不甘心，母亲把那件大衣硬往儿子身上套。母亲没有成功，儿子已经把身体贴到房门上了，看脸上的表情，如果没有房门挡着，他会毫无迟疑地夺门而逃。

那天夜里，父亲的睡态像个婴儿，他侧卧，躬身，抱头，脸朝墙壁，他先是跟母亲说睡吧，然后把那件大衣搭到椅背上。闭灯后房间里有月光投进的光亮，所以在屋里黑色的东西更黑，椅背那里像黑夜的一块墨迹，父亲这里是那墨迹的衍生体。母亲收了目光，听着走廊里的脚步声，知道天平刚才出门就下楼去了，这会儿又走上楼。上楼脚步很沉很慢，提了重物一般，母亲便突然想起来，儿子今年也是年过五十岁的人了。

这个晚上，王禹在饭桌上指着他老婆的鼻子大骂，你眼睛瞎了？谁的钱都坑，你那是什么皮草？全是化纤。

3

晌午，在阳光下，父亲脸色比平日里看着健康，黄白里透出红来。父亲仰头看天，冬日的太阳显得温柔，看上去，父亲是睁着眼睛盯紧了太阳似的。父亲背后那棵槭树早剩下了漆黑的枝干，跟枝繁叶茂和红叶飘零时节相比较，这瘦骨嶙峋的样子，仿佛夕阳跌进山谷，已经找不出原有样貌。父亲望天的神情十分专注，如同望眼欲穿，穿出一条广阔的道路，供人品味和行走。一个老人，在寒风里当街这样站着，势必会引来好心人的关注，果然，在父亲兴致正浓的时候，就有人向父亲这里张望。最先跑过来的，是父亲儿子的同学，做警察的王禹。王禹的警车已经开过了父亲背后的那棵槭树，他扭着脖子，认出来那个穿着黑色皮草外套的老人好像哪里不对，再仔细看看，发现这是老同学季天平的父亲，于是下车，锁车门，噔噔噔踏上几级台阶，跟老人站在一起。王禹说您老这么站着不冷吗？我送您回家去，这死冷的天，冻感冒了怎么办啊？说着去拉父亲。

父亲回头看这个跟他说话的人，眼前一阵发黑，王禹的脸和警服棉衣都成了黑色的，如太阳深处的黑洞，黑里透着白光，比洪荒时代还要荒凉，胸前的警牌倒是亮晶晶的发白，是那黑洞的一道门，所有的白都从那里射出来。父亲很歉疚羞愧的样子，又不甘心，小动作拨开王禹伸向他袖筒的手，说，没事，我一点不冷。王禹说您冷不冷我也得送您回家啊，父亲说我计算出结果就回家。

王禹也向天空望上去，天空空茫，晕眼如海。诧异过后便说天这么大，计算不出来。父亲往背后的树干退一步，不过身体与树干之间还有空隙，站成并排的两棵黑黢黢的老树。父亲说我不是计算天空的面积，我是在计算阳光的线条有多少。王禹马上明白过来，知道他应该做什么了。他显出十分认真的样子，一只胳膊盖住头顶，眯起眼睛再望一眼天空，说，您老没找对时辰，大晌午的，太阳的光线软了，折出几道弯，这个时候计算出来的结果肯定是不准的。父亲想了想，眼睛发亮，很惶恐地说，你这话很有道理，容我想想。王禹便忍着寒冷，在原地踏步，他转一个小圈，又转一个大圈，转大圈的时候把父亲圈在他的脚印里，父亲低头看到了那些烦躁不安的脚印，突然明白过来，说，你的数学没我好，你的情商比我高。王禹搀着父亲往台阶下走，边走边说，那是那是，情商不高咋破案子啊。

坐进王禹的车子，父亲说，你看你工作这么忙，你还得送我回家。王禹嘿嘿笑，说我不送您回家您儿子要是知道了，还不得怪我啊。父亲的脸上现出一丝笑容，左手摸摸右胳膊。王禹眼观六路地讨老人家开心，说您老怪不得说不冷了，原来这穿着貂皮大衣呢。

杏树镇在这一带是较大的镇子，因为以前它是县府所在地，后来县委、县政府搬家了，杏树镇便如同一朵开败的鲜花，繁荣不再。不过旧有的格局还可以的——南北两条宽阔的柏油马路，在镇中心的小广场处婉柔携手，捧出一个大广场，广场安置了一座悍马石雕、几处石桌石凳，也有长木椅和无数花花草草，挺有规模的街心花园；马路两侧的槭树越来越开枝散叶，过了二楼飘窗，秋天一到，便如一处处烧在半空里的火焰，沿街的商家都迷信，觉得这预示着生意红火兴隆，便自动给门前的槭树领养了，又浇水又施肥的。本是杏树镇，但是街边你是看不到杏树的，据说原来镇领导也指示在街道两侧遍栽杏树，打算春看花秋看果，可是，总有人把那些没有扎根的杏树连根拔了，或扔在垃圾箱边上，或不见踪影。有人给镇长提醒：商家迷信，觉得杏树跟苦杏密不可分，不利财运呢。镇长便让人把采购来的树苗种到镇东南的泡子去，沿泡沿儿栽种，给这泡子取名杏湖。当下，你再想看杏树，去处有二：一是找有院子的人家去；二是去镇东南的杏湖去看。春风扬沙两场，春雨滴滴如油一夜，第二日杏花骨朵张嘴吐艳，彩云一般，这一处那一处停在人家的窗前屋后；而杏湖畔的杏花开得晚几天，却齐整，如火如荼。镇东北稍远也有一湖，水面辽阔，鱼虾自由生长，狄芦春绿秋白，湖面荡几只木舟，湖畔飞翔水鸟，也是景观。这两处湖水像镇子一双水灵灵的大眼睛，外来人，都奔着这双眼睛来的，东南赏杏花摘杏子捡杏核；东北游湖划船钓鱼喝鱼汤跟如雪的荻花拍照片。这个镇子就这么多景了，父亲在这里教书一辈子，现在却常常迷路。

王禹两脚油门，就稳稳地停在季天平的家电商场前了，店员盼盼冲楼上喊两声："爷爷回家了，爷爷回家了。"跑上去拉住爷爷的胳膊。王禹见季天平不在店里就跟盼盼说了声再见，转身出门。父亲在王禹身后招呼，请王禹到楼上喝杯茶暖和暖和再走，王禹伸手摆两下，说"您老安全到家，我这心里就是热乎的啦"。商场临街西向，阳光正如金水泼地，王禹仿佛踩着金光走出门去。父亲登上二楼缓台，母亲已经站在楼口等着。父亲吃力地抬着腿，还自己嘀咕"眼泪巴嚓，鼻涕拉瞎，里倒外斜"，母亲听了，说："老季啊，你这是上哪儿去了，让人担心！"父亲脱掉外套，仔细挂到大衣架上，拍了拍，抚摸几下，抬脸贴到毛皮上蹭蹭，热烘烘的，自语："这东西是好"。坐进沙发椅里，也不回母亲的话。母亲就又提高声音再说一遍。父亲伸出右手摇一摇，"我听不见你说什么，别说啦。"过一会儿，又自语"王禹这孩子可是真不错。这么多年怎么就没提拔起来呢"。母亲接过话来"谁知道呢"。不知道父亲是真听到了母亲的话，还是真的没听到，听起来两个人像是你一言我一语的对话。父亲已经躺床上休息了，母亲想再说些，也闭了嘴。

4

我们常以自我裁决的方式回忆以前的事，快乐便在瞬间转移到痛苦那里去，因此，我们大多数人是逃避过往的时光的。父亲的过往都已经幻作云烟，他把时间切成几段，第一段和最后一段之间是广阔的空白，好像他有一双飞翔的翅膀，从懵懂的童年一下就飞进了耄耋之年。他把童年的贫困与老年的富裕相比较，时时刻刻都觉得幸福无比。

他从不过生日，过了七十岁之后，从不提自己的岁数，可岁数偷偷地长啊，父亲已经八十五岁了。过生日这天他是被家人骗到饭店包房的，大包，四桌，有三十多人，都是季天平的朋友。

父亲坐到主位上，背后是一幅喜兴而灿烂的牡丹鹤寿图，墙壁上到处有凸起的条状镜子，父亲的脸，一会儿在东墙上，一会儿在西墙上，仿佛这生日宴上有无数个父亲掌控着局面。

生日宴的局面是相当火爆热闹的，大家都在敬酒，一轮一轮的，王禹进门时已经酒过三巡。他先喝了三杯自罚，然后当着大家的面把一个大红包送到父亲手上，王禹说孝敬您老的，生日快乐，长命百岁！酒桌上热闹，只有父亲听清楚了王禹的话，父亲一半清醒一半糊涂，回了王禹一句你也长命百岁，边上不知谁就这个话题都举起酒杯，高声调喊长命百岁。这时候王禹极其认真地说：人间万事，什么也不重要，重要的是长命百岁。王禹本是很认真地说话，可因为王禹天生一双笑眯眼，平时又用惯了黑色幽默的腔调，就让这人生智慧成了一句嬉戏。好在天平笑着接一句：此为悠悠万事，为此为大。后来王禹提前告辞，说有公务在身。边上一朋友说这大雪嚎天的，你这老胳膊老腿的，还出去抓人啊？王禹一指那朋友，又语出惊人：我年过五十，还有五十年呢。

父亲打开王禹的红包给母亲看，母亲数了一遍，又让父亲数，父亲用左手指弹右手里的一沓红票子：这怎么行！2000元，这么大的人情收不起，还回去。

日光像一团懒洋洋的蜷猫卧在床头，红票子放在那里，颜色越发红。母亲有个主意，母亲说把这礼金给天平，他们是同学，多年来必定人情往来不少。父亲说那行，给天平去处理。

天平不收，那个红包就搁在母亲舍不得扔掉的旧缝纫机盖上。

5

　　一个冬天，父亲都穿着他的黑皮草出门。

　　父亲喜欢与人合影，专和穿皮草的人合影，他先用手机拍下来，然后到华美照相馆去冲洗照片。父亲的写字台上已经摞了很高一摞照片了。父亲把那些照片一张张给母亲看，都翻看完了，他问，你看出什么门道了？母亲想了想说，看出来了，你的拍照技术越来越好。父亲明白母亲是哄他开心，咧嘴笑：拉倒吧，你们谁也没看出来，这些人的皮草都比我的贵，都花了大头钱。

　　父亲有时摇晃着脑袋专注地跟你说话，像他的脑仁都从他专注的目光里散掉了，他与在大学里做教授的大儿子地平讨论国际大事国家大事，地平待听不听的，父亲的脑袋就摇晃得更加厉害，好像脑仁也就飘散得更快。父亲每每在谈话结束后都会提到王禹，为王禹不能提拔抱不平，起先地平还解释一下，后来就说爸你不是一直都研究对数吗？我看看你的研究手册。地平是理科重点大学博士毕业的，理科功底深厚，父亲很服气的。父亲翻出一堆练习册，上面的字迹工整。地平翻来覆去看，目光在那些数字和公式上做片刻停留之后，很真诚地手指一个数字说，爸，你这个得数算错了，不信你看看。父亲急忙在床头的一堆报纸里取了眼镜，戴上，接过地平手里的练习册往窗口走，地平把靠背竹椅移过来，稳稳放在父亲的屁股下，说，你再算一遍。父亲一个上午都会坐在那里演算下去。父亲也有事情跟地平商量，比如有次地平搞社会调查，路过家门口，匆匆下车看望父母。父亲高兴，下楼给儿子买西瓜，中间停下来喘息几次才把一个西瓜提上楼，可这时地平已经起身决定走了，父亲说这不行，我还没说上话呢。父亲目光如炬盯着地平的眼睛说，我长话短说，耽误不了你的大事。地平只好停下脚步，司机把身子退到门外，父亲推上门，好像这个世界就他和儿子两个人了，声音越说越大，父亲由于莫名地激动紧张，脑袋晃动加快，他眼睛里的儿子也在跟他晃动。他把一只手压在另一只手上，试图保持身体的平稳。地平把父亲安排坐到沙发上。父亲说我要陪老白他们上省里告状去，我必须得去，老白他们什么话都说不明白，都去过两次了，父亲伸出食指和中指，在空中晃动。在地平这边看，这手指的造型就像是英文的 victory。地平说这不都胜利了吗，还告啥？您老好好的，我这有事得赶快走。说完抬手去拉房门，向门外露台喊：妈，我得走了。母亲说来了来了，从露台上下来，怀里抱着两个装满黄酱的罐头瓶，这是带给儿子拿回去的，地平每次回老家都带两瓶母亲亲手做的黄酱走。这时候，父亲被晾在一边，父亲眼巴巴的目光跟着眼前的娘俩转，他看见老伴把两个罐头瓶子放进红色的手提塑料袋，看到大儿子从母亲手里接过那个袋子，看到那个袋子在正午的阳光下灿烂起来，像火苗烧着了儿子的蓝裤子，他冲口而出：着火了。好在屋里的另外两个人都没听见，他们在对话，儿子说：妈，你就让我爸爸安生点吧，告什么状啊！拖欠工资这事，跟我说过两年了。地方有地方的安排，就等等吧。没钱我给你们，行不行？说着说着就有些急躁。母亲说，别听你爸的，他一阵明白一阵糊涂的，白老师都死了一年了，再说工资今年初就补发了。娘俩边说边下楼，在大门口儿子又嘱咐母亲说别把父亲当健康人，他心脏的三根血管有一根是堵塞的了。

我们很难了解父亲的想法，他穿着他的皮草一早出门，有时跟母亲招呼一声，有时不招呼，等到回来母亲问一句你去哪了？父亲装听不见。父亲多半在回家时会带回点什么，一塑料袋便宜的蔬菜，几只便宜的水果，或者一两斤打折的炉果。那些蔬菜多半会被母亲扔掉，因为蔫到实在没法吃了；母亲会帮着父亲把那几只过季的水果吃完；一两斤炉果有一大半进了小泰迪狗的肚子。好在父亲都是在家里没有了他买回来的东西之后再买新的来，但是他每日都会出门的。其实，父亲只是在"二百货"转转。出了季天平的家电商场，不用穿过马路，只要沿着商家们的台阶往前走，只三百多米的路就到二百货了。二百货是镇子里最大的商家，温州人开的，服装副食果蔬杂货小家电，商品很全。父亲去看看走走。

6

过小年，父亲照例走进二百货，当父亲在水果摊位边踌躇的时候，他看见王禹从日用百货那里侧身探头，父亲迟疑了一下，脸上有些笑意，他看到王禹的一只手侧伸出来，做推摆两个动作，父亲这才看到两个鬼鬼祟祟的年轻人站在三步开外的货摊旁，其中矮壮的那个，右手握着刀柄，刀刃触到猪肉案板上。营业员也发现了什么，她夸张地叫出声，两个年轻人一前一后箭一般射向大门。父亲看到王禹也跑出去，冷风从敞开的大门那里灌进来，父亲蹒跚着往门外走，商场的大门砰然关闭。

父亲看到没有行人的街市一片白雪的光芒，有嘎嘎发着怪叫的飞禽飞过头顶，向白色深处飞去，太阳无比硕大，亮到发黑。父亲眼前白花花的积雪翻滚出无限波涛，又一起向他涌来，顺着他的手臂向身后滚滚而去。父亲张开手臂，拥抱那些白色的波浪，向前走。他看见王禹卧在雪地里，像压在一只装满鲜血的袋子上，白雪正慢慢地被殷红浸染。王禹的头发显得特别长，在雪地上凭空冒出黑烟。父亲蹲下去理理那些黑烟，闻到了火药的味道。

父亲颤抖的双臂收拢，用力脱掉身上的皮草，盖住王禹和那摊血。风卷进父亲的袖口，父亲叨念着：现在你不冷了吧王禹？委屈你了。

7

父亲突然跟母亲说，你说怪事不，刚才我看见天平从我身旁走过去，我喊他他也不理我，我就追几步，我想问问他看到我为什么不理我，为啥不叫一声爸。可到了他跟前，你说怎么样了，我一下觉得我小时候就认识他，我们一起上过学放过牛挖过野菜，只是他现在面目老了，谢顶了，像一个老头子。母亲问，那你看到王禹没？父亲嘲讽地笑一下，说，我哪能看到王禹呢？王禹不是抓坏人牺牲了吗？

父亲说这话这天，是清晨，父亲做对数的练习册又用了两本，这两本新练习册摞在以前的练习册里，红色书脊特别显眼，仿佛小学生班级干部的两道杠袖牌，父亲指着说，两道杠，班副级别。

露台上的一盆野韭菜已经钻出来嫩芽，似乎有欢快而湿润的空气，从广阔无垠的绿色原野吹来，到处是清香气息。父亲站到露台上，仰头面向东方一轮朝阳，仿佛他用了很长时间走过无数夜晚之后踏进晨曦，很疲惫又很畅快又欣喜的样子。在这个早晨，母亲眼见着父亲的头顶上长出黑发来，宛如父亲的皮草，黑亮黑亮地闪着光。

母亲拿来一面小镜子对着父亲的脸，说，你看看你看看，你长出头发来了。父亲伸手把母亲送上来的镜子挡开，说我还用镜子看。我用手一摸不就摸出来了！

父亲从脱发、谢顶到完全光头消耗了几十年的时光，大概从六十岁起，他已经开始不用剃头理发了，他没用过生发水之类的东西，但他自己发明了一套脑操，每天早起之后和晚上睡觉之前，他都要做脑操，从六十岁开始到八十五岁，数数日子，二十五年啊，春秋冬夏，一天没落下过。只是从没有星点作用。

父亲把手臂悬在半空，又放在头上摸一下，如同抚摸小婴儿那么小心翼翼，他走到穿衣镜前，先远看看，又揪起几缕头发仔细看看，突然问母亲，这是真的吧？母亲忙不迭地说，真的真的，像假的一样好看。

父亲便一下坐到竹编沙发椅上，问母亲，这椅子是木头的还是竹子的？母亲说你糊涂了，这不是女儿怕你摔倒给你买的竹沙发椅吗？

父亲说我当然没糊涂，我就想看看这是不是在做梦。

母亲指了一下外面的太阳，又指了指阳台上的花花草草说，大白天的，哪来的梦？

事情到此本是一个大好的结局，可是谁也没有想到，父亲突然想起一件重大的事情。他是这样跟母亲进行推理的。他说，老李，你说我这头发是真的吧，我刚才揪了能觉出头皮疼，这就是说这头发是长在我脑袋上的，对吧？你刚才也印证它是真的，你还说像假的一样好看，咱们顺着这个思路往回想，最好的真的就像假的一样，反过来说，好看的假的，其实就是真的。母亲被父亲给绕糊涂了，但母亲一向不辨是非地顺从父亲，多少年下来已经习以为常了。母亲说就是就是。父亲得到了母亲的鼓励，顶着一头黑发说，那我那件皮草也是真的呗！因为别人都说那毛皮像假的一样黝黑锃亮。那王禹的死也是假的吧？

父亲抓起一顶帽子戴上，转身往楼下走，自己嘟囔道：不戴帽子我怕他们说我戴了假发。我去找一找王禹。

无法安置的鸟

1

　　以前，我一直认为童年没有爱的人，才会喜欢饲养宠物；后来，我认为童年有太多爱的人，才会喜欢饲养宠物；到现在，我发现我的结论等于没有结论，因为我的童年谈不上有爱，也谈不上没有爱，现在也一样，我还单着，一个人。也许我认定一个人在这个世界上本来就是对的，所以，我寂寥的天空里，容不下任何宠物。

　　这只鸟在我眼前，它长着一张奇怪的，突出于鸟头，大而长，圆而尖的喙，这让我更加不想要这只鸟。

　　这只鸟的喙让我想到了一句成语——不容置喙，这个成语是能杀人的，可以感觉到血光在尖厉的声音里闪耀，直到让那些无法说话的人窒息死亡。

　　不是我矫情，这是这个成语给我的真实感受。

送给我这只鸟的人是我的学生,一个二十岁的男孩子。

有一天我去上课,我发现他走进教室的腿一瘸一拐,经过我的讲台时,我问他,你怎么了?他说我腿受伤了,我说你喷一喷云南白药喷雾剂吧,这种药特别管用。那个学生冲我腼腆地笑一下,说,这里买不到啊。我说,那我下次上课给你带来。

这个学生坐在教室的最后一排课桌后面,平时我没怎么注意过他,但一眼就可以看出来是乡下来的孩子。

以前,我有时会把一两张百元票子送给我的学生,尽管我也不是有钱人,但我好像比一些来自贫困家庭的孩子要富余一些,我不知道我是出于什么样的心理接济我的学生,而我的同事说话就有些刻薄,他们说我心里有无法安放的爱。对此,我无所谓。

再去上课是下周的周二,我包里带了一盒新买来的云南白药喷雾剂,我把那盒装着两瓶早晚使用的药送给那个学生,那学生憨厚地笑着接过去,什么也没说。

后来,我就把这件事忘记了。

下面我要讲的是那个学生在下一个学期送给我一只鸟,也是关于这只鸟的故事。

那天,天出奇蓝,蓝到晃眼,我眯着眼看前方的天,感觉天空是盖下来的蓝色头盔,只是这只头盔盖住了所有脑袋,大家眼力不够,就不觉得天空是一个头盔了。

他也眯着眼,紧张地站在我面前,我认不出他。我说,你找我有什么事吗?他说,老师,你不记得我了?我说,我不记得。他说,我就是那个腿受了伤的学生,你怎么不记得我了呢?接着,他把一个鸟笼子从身后拿出来，一只长着巨大黄金喙的黑鸟出现在我眼前。

他说，老师，这是我特意从我们家乡带来的，鸟笼是我自己编的，鸟是我从山上捉来的。

可是，我不想要那只鸟，因为那只鸟长着一张奇怪的喙。那只鸟正在鸟笼子里瞪着眼睛斜睨着我，它肯定看出了我的心思。

现在，它的主人早已跑回教室了，它被装在笼子里提到我手上。我幻想它是我捡到的一个孤儿，这么一想，便提着它走向办公楼。在走向办公楼的路上，我遇到了一个人，这个人也长着跟这只鸟喙一样的嘴。

暂且把这位长着鸟喙一样嘴的女士称为喙女士。

喙女士从对面走过来，白花花的一片阳光衬着她火红的裙子，整个人如火球一样滚过来。我这样描述人家有些不厚道，可是她的红色烧得我脸色有些不好看。她冲着我大呼小叫，哎呀，亲爱的，你拿着什么鸟啊？

谁也想不到，我笼子里的鸟突然大叫了一声，含糊不清，却吐出来几个字，仔细一辨别，是滚开滚开。就像我说出来的，声音跟我有些相似。喙女士愣在那儿，我也愣在那儿，她说，你怎么骂人？不知道这个"你"指的是我，还是那只鸟。

她围着笼子看，转了一圈，又转了一圈。我明白，她说想知道是鸟在跟她说话，还是我在跟她说话。她试着对鸟说，你好你好，鸟愣愣地看着她，一言不发。她觉得无趣，嘴角还是向上提着，做着微笑友好的样子，说，这是只什么鸟？就在她一转身间，鸟说，关你屁事，关你屁事。这几个字吐得一清二楚，还是很像我的声音。她不得不转过身，说，这鸟怎么还骂人呢？

"嗯，一看就不是好鸟。"这句话是我说的，这句话的声音一直把这位喙女士送进办公楼。

我从来不说粗话。

可是，鸟骂人是我的责任，何况骂的人是喙女士，这让我非常忐忑，我便提着那只鸟跟在喙女士的背后，想跟她解释一下。怎么解释呢？实话实说这只鸟是我学生送给我的，刚刚转到我手里，这鸟在我手里的时候一句话也没说过，我也没教过它说话，刚才鸟的出言不逊跟我一点关系也没有。我这么想着走进办公楼的走廊里。

喙女士的办公室在走廊的尽头，抬眼一看，这一天的走廊特别长，窗子外面的一片湖水正在平地乍起的一阵秋风里汹涌澎湃，灰到远处一片秋色里。就在前些日子，一个学生在中午到湖里去划船，不知道怎么就把船给弄翻了，人落进了水里，正值午休，没有人知道这个来自内蒙古的牧民儿子在考进大学的第一个学期就结束了人生。那学生的落水处，便成了师生们的禁地。当下，那片水刚好在我的眼皮底下，一只孤零零的小舟，在浊浪里漂荡。

喙女士坐在办公桌后面，电脑挡住了半边脸，在这间阳光并不充足的东窗下，她的嘴更像鸟喙。

鸟笼子还提在我手里，笼子里的鸟被灰暗的光线一遮，出奇兴奋。它扑棱翅膀，有一片羽毛就掉在我脚边。喙女士显然刚才受了鸟的打击，可能在这个院子里还没有哪个人这样直言不讳地打击过她。喙女士总是用她类于鸟喙一样的嘴能言善辩，这么多年来，领导和同事们有一个共识，喙女士是"嘴茬子"。这个词是东北话，大概是能说会道的意思，多带贬义。

但不管怎么说，就在刚才，喙女士没有斗过一只鸟。

现在我是鸟的主人，所以，我得为我这只鸟的出言不逊负完全责任。

我站在门边，微笑，我的微笑带着歉意和尴尬，再怎么解释这鸟的确是得罪人了，而且是得罪了不应该得罪的人，她是我的上司，系主任。

傻子也知道这只鸟说出了我的心声，何况喙女士不是傻子。

2

"真对不起，这鸟不说人话。"我站在门边对喙女士致歉，"你别多心。"喙女士装作刚刚知道我站在门边的样子，眼珠迅速在眼眶里转动，尽管她戴着大黑框眼镜，我还是看到她的眼珠几乎在眼眶里转了三百六十度。"你说啥？"她装出什么事也没有发生的样子，随手把一只茶杯放到电脑的另一边，这时候，她的手机响了，声音很大，她看了一眼来电显示，把手机压到一个小垫子下面。手机的来电铃声还坚持不懈地响了又响。

我说："这是学生刚刚送给我的鸟，不知道这只鸟还会说话。"

我又说："我从来不喜欢养动物，鸟也一样，可是学生送给我了，我又不能不要，现在我都不知道怎么安置这只鸟了。"

我的意思很明确,无非是想说明这只鸟是否会说话,会说什么话与我一点关系也没有。

喙女士好像对我的话并没有什么兴趣,她说,一开学一堆事,忙死了。

离开喙女士的办公室,在走廊里,这只鸟竟哈哈笑起来,那声音竟然与喙女士平时的笑声一样,非常夸张,又非常意味深长,吓了我一跳。

在走廊里,我意识到压在喙女士手里的一个科研课题申请报告肯定会肉包子打狗有去无回了。后来事实果真如此。据可靠消息透露,说喙女士以诸多借口在科研处讨论课题时把我的课题撤了下来。

我能理解喙女士,她现在正处在更年期,情绪不稳定,但这又不是最根本的,最根本的是,她在更年期这个年龄段上正在追求爱情自由,这就非常麻烦了。她有一次在酒桌上当众对着刚调入不久的校长发嗲,她说,原来吧,我真不愿意上班,每天一进校门就头痛,现在不一样了,我特别愿意上班,因为学校有吸引力了。这话听上去好像是巴结现任领导,问题是她举杯对着校长那眼神完全是一个女性对男人才有的挑逗式的。这样在众目睽睽之下的露骨示爱,谁都看得出来,但谁都装着没看出来,只有那位校长嘴角露出一笑,眼角的皱纹瞬间活跃,又瞬间消失。喙女士用满眼爱意抚慰那些皱纹,大胆地,旁若无人地。我们的喙女士便开始了恋爱。这恋爱是冒险的,同时也是必定历尽折磨的。有一次喙女士不无感慨地说"有天一早洗完脸照镜子,冷一看就是一个老婆子,再仔细一看是一个少女。

对着一前一后两个女人，我不由悲从心中来，在镜子里几十年光阴的我啊，泪流满面"。同事们听了这话都夸喽女士可以做一个诗人。于是，喽女士在校报上发表了一首爱情诗，连学生都吓着了，没想到他们的喽老师如此对爱情心有不甘。

我花了一年时间做出来的课题申请报告啊！我恨不能把这只鸟从五楼的窗子里扔出去。

回到教研室，有几个年轻教师围过来，逗那只鸟玩："你好！你好！你好！恭喜发财！恭喜发财。"

这只鸟像一只木头鸟，一动不动，缩着脖，瞪着眼，一只爪立着，另一只爪缩进身体里，胆战心惊的样子。它不知道这一堆五颜六色的动物在一个更大的笼子里对它想干点什么。

我大声说：你们谁要这只鸟，白送。没人应声。

3

时至午休，教师老费从餐厅回办公室，路经我身旁。老费高个，不胖不瘦，肚腩不腆，腰板不弯，板寸头，休闲装。离远一看，还是帅哥的身板；近一看，眼神里全是岁月恶狠狠的划痕，寒光彻骨。

这天中午，老费眼睛里的愤怒比满天的阳光还冲，他走到我身边，一条影子刚好挡住我，我被他整个装进影子里了。他在我眼前的脸色是蜡黄中带黑，容易使人想到肾功能不健康之类的病症。但我知道，他肾功能肯定没问题。据说肾功能有问题的男人对异性没什么欲望，但我们的老费好像不是这样的，应该说，他身边还扎扎实实有个女友。关于老费的生活情况我就不多说了，在另一篇小说里，我会继续讲他的故事。

老费扫一眼我手里的鸟笼子，那只鸟缩头藏尾，恨不得把自个儿聚成黑色圆球。老费说，"切"，面孔向上。我说，"你要不，这鸟会说话的"。我说这话时有讨好的声调。老费没加思索，冲口而出，"人都不说人话，何况鸟乎？"

老费的表情让我捉摸不透，但下午，在那个大会上，我不用捉摸就什么都明白了。

下午1点30分，学校正式召开全校教工大会。会议内容是考评中层干部。我们知道，这种考核类似于车辆的年检，你说有意义吧，肯定有意义；你说没意义，那也就没什么意义。

这一次也是跟以往一样，上级派来了一组工作人员发表讲话和监票。之后，由教工在学校当会发下来的一页印着许多人名的纸上画"挑"，有完全称职、称职、不称职，三个标准。

看到会场里的有些人鬼魅的表情就知道，是想给某个人画上不称职了。

老费是什么时候进入会场的，我没看到。我看到老费时，他正快步走向主席台。我前面说过了，老费是高个子，老费走路一直是挺胸昂头的。这一次，老费走向主席台弓着腰。从我这个角度看过去，老费像一笔又一笔连写的巨大感叹号，斜着滑向主席台。

在此之前，教工们都在会议室里各就各位了，都规规矩矩地在人事处工作人员的小本上签过到了。主席台的多媒体大屏幕上有几个大字滚动播出，由于题目太长，我们只能看到只言片语。当大屏幕正滚动到考评中层干部几个字时，老费已走到了台上。

主席台上，分两排端坐着正副书记正副校长还有上级主管单位派来考评的几个工作人员。老费径直走到讲台那儿，他把多媒体关了。讲台上有一蓬开满鲜切花的花篮，估计是上午人事处派人从鲜花市场买来的，上级领导来召开会议时，都有鲜切花待遇。

老费站在那堆鲜切花的后面，他个子高，整个上半身都挂在一蓬鲜花的上面，远远看过去像一张半身照片挂在大屏幕上。事实上，他的确有一刻就停顿在那儿，嘴角有一抹嘲讽的笑容。

校领导对老费的举动显然没有任何精神准备，七八个人的面目表情完全不同。人事处的小王最先看出了端倪，他快步走到老费跟前，低语。老费把麦克开了，小王的哀求声一下子传遍整个会议大厅。小王闭了嘴，老费开始了长达二十分钟的演讲，语无伦次，还不断被企图上台劝说他的人打断。老费讲话的大致内容是这次考评是不合规定的，因为没有事先通知到所有教工。他说，这是一贯的鸡鸣狗盗行为。

老费讲了二十分钟之后，无话可说了，还杵在台上，搅得考评大会没法进行。老费说了，今天领导不把这件事说清楚，这个会就别想开，谁劝我也不好使。大家都知道老费的项庄舞剑，意在沛公。这沛公不是具体的某一个人，而是职称。老费获得教授资格八年了，可是他一直没有被学校聘任为教授。八年来，每一年聘任教授都没轮到他身上。据说学校里又来了教授指标，不日，学校领导将召开班子会，先定出评委会，之后，讨论教工们职称评聘的事。

领导们自然也知道老费的用意，台下的教工们也知道，这样谁都知道的事，只有老费自己还不清楚。

以我对老费的了解，这个人也不是傻到不懂人情世故的，请客送礼的事他肯定都干过，但领导们恐怕都怕被老费算计了，没有一位领导买他的账，不收他的礼，不吃他的请。这种社会上的通行证，掐在老费手里却路路不通。老费见软的不行，便来硬的，上告，每一次上告都有相关部门来查，结果都是查无实据，不了了之了。

时间就那么熬着，台上坐着的领导低头，或者环顾左右，但谁都不说话，可能都害怕挨老费的明枪暗箭。老费刚才已经不指名道姓把台上的几位领导都骂遍了，那劲头是哪个敢接他的招儿，他就把大家不知道的事抖搂出来。

从没见过这些领导这么严肃的神态，似乎都等着大难临头。

这是党务会议，所以副书记劝了老费几句，老费不接他的话。正书记在老费还在台上语无伦次的时候走下主席台，他经过老费的时候没停下来。过了一会儿，人事处的小王把老费拉进走廊去。副书记及时宣布大会休会。

听到喙女士在走廊里被老费骂得狗血喷头，老费的骂是不指名道姓的，他是这么说的："长着一只鸟嘴，你以为你就是天鹅了？我看你就是不自量力的癞蛤蟆，我看你连谁谁谁手里拿着的鸟都不如。我对娼妓没兴趣，离我远着点，别弄得我一身腥臭。"

我的鸟听到了这句话，立刻活跃起来，在笼子里折腾，不仅如此，它竟哈哈大笑，而后，叫道：娼妓娼妓。就像另一个老费在我的身旁叫嚣。

气得满脸通红的喙女士走过来我身边。

4

这只不开眼的鸟，一天之间给我惹了这么多麻烦，我被它气晕了头。尽管如此，我还是决定把这只无人要的，说话口不择言的鸟养起来，否则怎么办，我总不能把它扔到大街上去吧？

我跟它说话，跟它说不能跟别人说的话。我坐在沙发上跟放在地板上的它说；我站在厨房跟放在餐桌上的它说；我躺在床上跟放在五斗橱上的它说。反正，只要我想说话便可以放心大胆地说，还可以说粗话骂人。有时候，它在鸟笼里欢腾雀跃；有时候，它屏声敛气专心倾听。有一次我在单位受了委屈，回到家跪在地板上放声大哭，恨不得把所有的冤屈都倾泻而出。从此，小鸟也学会了呜呜的哭声。

隔着一条马路，不断有新的商家开业，每一家开业都会搞促销活动，演唱不断。小鸟开始的时候并没有反应，后来，只要窗外歌声响起，不管是男声还是女声，它都会发出呜呜的哭声。

一个同事在某一天我没课的时候给我打来电话，同事问，你最近忙什么呢？我说，忙着养鸟呢。那位同事欢快的哈哈大笑声从电话里传过来，震得我耳朵发痛。我说，你笑什么哟，有什么好笑的？要不，我把这只鸟送你好了，我听你的笑声跟我这只鸟的笑声一样。同事说，你的鸟现在成了学校里的明星了，无人不知无人不晓。我说，拉倒吧，这鸟，害死我了都。那个同事不阴不阳地说，话不能这样说，这鸟代表了公众的声音。我给你出一招儿，你给它找个伴，估计就不能这样亢奋了，因为孤独它才亢奋，因为亢奋，它才大声喧哗。

我那只鸟在我说话的时候正用一只眼睛瞄我，我说，你说得有道理啊，我看它很孤单，是应该给它找个伴。

小鸟像听懂了我的话，叫道：找个伴，找个伴。

这只鸟竟随时可以学会说人话。

这时候我还没有感觉有什么异样，我甚至没有感觉。

我把这只鸟关在家里，之后跑到城市的另一端的青怡坊去买另一只鸟。

青怡坊这名字听起来总让我想到旧时的烟花柳巷，一个流言肆虐，脂香粉艳的地方。但在这座城市里，青怡坊是专卖花鸟鱼虫的，都是不说人话的动植物。

在青怡坊里转了大半天，终于找到了我要买的鸟了。它们被关到无数笼子里，鸟屎的臭气四处弥漫，一个五短身材的男人穿一身棕色衣服，有像野兽一样的长发。他让我想到了一只困在笼子里的病狮子，他困兽犹斗地圆睁双目，呆望窗外寻找目标。跟着，有一只鸟说，主人好，主人好。我听得真真的，当下心里一颤，循声望过去，在无数的笼子里，到底没看到是哪一只鸟在讨好它的主人。

我问，这些鸟都可以说话吗？店老板不回我的话，只顾将一堆鸟食倒进一个袋子里。我再问一句，有会说话的鸟吗？

我不想买一只不会说话的鸟回去，因为家里那只鸟是会说话的，如果买一只不会说话的鸟回去，它们之间就无法交流了。

我在一排又一排笼子前逡巡，我听到来自不同鸟笼子发出的声音，有男声，有女声，有粗音，有细嗓。最逗人的是一只鸟说：咋不说话呢？是一个女人的声音。然后它自己答：你好你好，是一个男人的声音。

不管了，我就要这只会自问自答的鸟。

我跟店主说，我要这只鸟，它叫什么名字？店主比鸟的语言能力差，他说，没名。只这一句，再什么也不肯说。我将那只会自问自答的鸟带回家去。

路上，我想，鸟比人说话多，因为它不用负责。

5

你别嫌我啰唆，这里我还真得啰唆几句我的这两只鸟。先前的那一只我给它取名字叫珠珠。珠珠是我的名字，现在我送给它，因为它说出来的很多话简直与我心里的想法完全一致。看着笼子里的珠珠，有时候，我觉得它就是另一个我。后一只鸟，我叫它克克，许多年前我的一个男朋友叫克克，现在把面目已经模糊的男友名字赠送给这只刚刚买来的鸟，它也没什么好不愿意的。

我把克克放进珠珠的笼子里，珠珠对新来的伙伴躲得远远的。珠珠显然比克克聪明，它知道避实就虚，趁克克不注意，它狠狠叨克克几口，警示克克放尊重点，别侵占别人的地盘。与珠珠相比，克克完全是一个没羞没臊没规矩的家伙，它对珠珠的警告置若罔闻，依然乱蹦，弄得鸟笼子咯噔咯噔响。珠珠被迫与克克共居一室，不久，只好面对现实。起初它以绝食来反抗，三天不吃不喝，羽毛掉了一地。我拿来它最喜欢吃的食物，它终于意志不够坚定，经不住食物诱惑，吃了，喝了。

有一天我下班，两只鸟在对话，我只听到了一个词——淡定，淡定。这是我经常劝自己的话。

显然不是珠珠说的，是克克说的。这让我非常奇怪，克克自被我关进珠珠的笼子里，它从没开口说过一句话。不管我怎么教它，它都装傻充愣。那个晚上，我睡到半夜，听到一高一低两个声音在读诗，仔细辨别之后，我听明白了，是珠珠在教克克唐诗：春眠不觉晓，处处闻啼鸟。就这两句。一只聪明的鸟开始教化一只愚笨的鸟了。

我没有意识到一个阴谋正在形成。

每天晚上，我提着这一对鸟出门散步，走累了，把鸟笼子挂到一枝树杈上，我坐在它们旁边的木椅上。一个女子，两只鸟，在傍晚的夕阳里相得益彰。它们跟谁也不说话，不管是小孩子逗它们，还是老人逗它们，它们都保持缄默。我也不说话，没什么好说的。

6

现在学校都往城外搬家，不搬不行啊。每三年上级来评估一次，软件是教学质量，硬件是教学设施。教学设施包括校区占地面积。本来我们学校的校区也不算小，但上级说小，必须扩大。这可不是一件容易的事，需要很多钱，需要很多土地。钱哪来？土地哪来？都没有来处。在原校址上扩建吧，不行，原校址在市中心，四处都被开发商建成了一栋栋住宅楼，没地儿了。校领导像热锅上的蚂蚁团团转。一转就转了好几年了，转至最后的方向是把旧楼卖了在郊区买一块土地建校区。新校区建好了，搬家了，领导们商量给教工们盖公寓，在校园的西北角，我买了一套。新房钥匙交到我手上之后，我便搬到校区的公寓去住了。不能我一个人去住，还有我的两只鸟。

　　搬进新楼，珠珠和克克并没有感觉陌生，它们比我的适应能力还强。比如，我突然感觉自己像挤进了一个拥挤的人群里不自在。四处里都是人们的眼睛，有领导的眼睛，有同事的眼睛，还有学生们的眼睛，我等于一天二十四小时被埋藏在众多眼睛里。所以，我的窗帘几乎二十四小时拉着。对此，表示反抗的是两只鸟，它们开始不停说话，有男声，有女声，惹的邻居们误以为我的房间里藏着人。我一个单身女子在房间里藏人，这是很容易引起非议的事，因此，我只好一有机会便跟人解释说，我的两只鸟会相互对话。人家信不信我不知道，但我依然这样解释。为了确保我是一个诚实可信的人，有时候，我会把两只鸟带到楼外走一走，让我的同事和同事的家属们都知道我有两只鸟，这两只鸟有互相对话的本事。但是，事实上，这两只鸟在房间的外面，从来没有过一次对话。

　　这个冬天的雪特别大，整个校园白茫茫一片，而且每一天，这些白色都在加厚。一些老树在寒风里摇着树枝愤怒呼啸，呼呼响。这种事，一般会在夜里发生，一早起床，这些树又变成了好脾气的绅士阶级，像极了某种人的面孔。

在没放寒假之前，学校里有一个重大事件，就是我先前说，评聘教工职称。我们都知道，这一次老费肯定没戏，果然没戏，聘了五个教授，没有老费。这一次就算老费有气也说不出，学校拟定了一百三十几条评聘标准，细致到插不进一根针。老费把那些条款对着自己的情况一一比对之后，在下午黑色的走廊里仰天一声长叹，说，人整人，整死人。

但是这一次老费依然告状，全校一百五十几个现任正教授，他指名道姓告了百分之九十九，那个百分之一没被告到的教授是老费的女友。

在这个冰天雪地的冬季，有个热心人为我介绍对象，本来我不想去的，但热心人一再热心，我只好去相亲。我这样的大龄女子，被一些人认定为家庭的不安定因素之一，所以，为了成为安定因素，我还是去相亲的好。

热心人并不是熟人，是我在一家瑜伽馆里认识的，是一位试图优雅着老去的女子，不快言快语，甚至有些寡淡，也许在我身上找出了同类特征吧，对我又热情又有分寸。她两次打电话给我，让我去见见那个人。

相亲出门之前，我先是给两只鸟洗了澡添了食物和水，我说，你们好好的，我去去就回。克克诚心实意地点头，像是表演一样；珠珠对我的话，待理不理的。我说，你有什么不高兴的？我相亲不关你的事。说完这句话我锁上门走出去，天寒地冻，雪花迎面糊住我眼睛，让我一时难以辨别方向。

相亲约在市内的一家咖啡馆，给我介绍对象的热心人说了：人家也是大学老师，长得一表人才，有才华有教养有品位还有钱，是再好不过的最佳人选了。所以，我在那个大雪天里冻得满脸通红走进那个原木门脸的咖啡馆时，心里多多少少还是充满期待的。

我找个靠近窗子的位置坐下，要了一杯摩卡，捧在手心里，先捂捂手，再暖暖心。心想，这是谁订的这地方啊，除了我，一个客人也没有。真安静，是相亲的好地方。

等了十分钟，你猜不到谁进来了。是我的熟人。别说你想不到，连我自己也没想到。

见到他捧着一束花进来左顾右盼，我心里突然冒出来一句话：人生真是一出悲喜剧呀，跟你配戏的那个人，也许并不是你想要的，可他是上帝安排好了的。

我看到他的脸通红通红的，难得一见的羞怯，这样一看，他还有点可爱。

7

我去相亲的这一天，我的两只鸟终于实现了多日密谋的计划，它们拔开了鸟笼子的铁丝门，并且，它们从我临出门前忘记关闭的气窗里逃了出去。

我在校区里寻找这两只鸟，顶风冒雪。我从来没有想到这校区竟如此辽阔，楼连着楼，树连着树。我需要从这栋楼走到那栋楼，再从这棵树望向那棵树。可是，我的移动和奔跑，并不能追赶上鸟飞向自由的速度。所以，直到天空被黑色吞尽了，我变成了这黑色里的另一只跌跌撞撞的鸟的时候，我放弃了。

那个晚上，我做了一个奇怪的梦。现在我无法说清楚那个梦的来龙去脉。老费在一个房间里突然就出来了，那个房间由金色的围栏扎成，当中有一张巨大的床。在房间的一角，老费如变戏法一样双手捧出一堆食物。看不清他的面目表情，是一张躲在阴影里的没有五官的脸。当时我非常饥饿，我吃了那些食物。然后，他拉我上床，我们就躺在一起了。直到我醒来，我都不能理解自己怎么会在梦里如此卖力地讨好他，与他做爱。

第二天，整个这一天，我不断刷牙，如果不这样做，厚厚的舌苔，总有异味，让我无法喘息。这个梦让我恶心好几天，我这样说，没有贬低老费的意思。我是不能理解自己，我怎么可以在一个笼子里因一堆食物就把自己的肉体和灵魂交了出去？

这个人怎么又会是老费？

但是，很快，这些想法就被另一种更实际的忧虑打断了。

在某个清晨，我听到了我的两只鸟在说话。我的窗前，有一棵高大的火炬树，现在，树叶已落尽，两只鸟在光秃秃的树枝上相向而立，它们竟在对话。它们的对话内容让我花容失色，神经崩溃。它们的话全是我的内心独白，恨的和爱的，口无遮拦。

我跑下楼去追赶它们，企图抓到它们，但一切是徒劳的，它们轰的一声扑簌簌飞到空中，我的手永远也无法触及它们飞翔的高度，它们是那么自由。

我捉不到它们的自由。

我开始了胆战心惊的日子。

　　那两只鸟，有可能会飞到我的领导或者同事家里去。它们会把我跟它们说过的话全讲出来，我将像一块砧板上的鲜肉，被炒熟，然后混着肮脏的唾沫被吞进去。

　　过去了一个月，又过去了一个月。转眼，春暖花开了。校园的榆树莓率先开放，一片又一片，像粉色的花绸布被一只手撕裂了扔到我们的校园里。我知道，过不了多久，这些鲜亮的花绸布会缩水变干，最后，被另一层新长出来的绿色覆盖。这种季节将出现的预期变化，让我的心情好多了，估计那两只藏着我秘密的鸟飞离了我们的校区，我的秘密终将成为秘密。

　　这天中午，在校区吃午饭的路上，老费远远走过来，他提着一只鸟笼子。走近了，他跟我说：我捡到一只鸟，说的全是人话。

　　这是老费自与我相亲之后，第一次跟我说话。

客　栈

1

　　老板娘凤凰依在木板床上，透过玻璃窗，她看到婆娑的树影在微风里摇曳。远天里，一轮月亮挂在窗子的西南角，夜半已过，还是那么圆，还是那么亮，劲道的，就像是当年的她，硬撑着身子也要爬到山顶一样顽强。

　　山里的夜晚，不比城里，一黑便黑到彻底，即便是高处悬着那一轮圆月，也是孤零零的光沉入黑色里，终究融化殆尽，变成无有。有蛙声在溪边一阵阵响，钻进耳朵里来，一声长一声短。

　　凤凰却看到了两个人，从山的北坡钻出树影，正往客栈这里来。

　　那俩人走得真慢，像走了一个世纪那么慢。

　　某个午睡醒来的恍惚间，凤凰也能看到这样的光景：在一片阳光下，一男一女，一对儿人，从山的北坡走上来，阳光好，远远的，能看到男子长方形腰带卡子的白色闪光，再往边上扫一眼，那女子左侧鬓角插着一朵紫色的鸢尾花，也被她看到了。女子的头总在男子的腰间那么高。像一个人衣服上的配饰，挂在那儿，一前一后地游荡。

一面坡地向下，是一望无际的平原，毛绒布一样的草地，展开去，延伸到山的下面的一个狭窄的出口处，那里长了茂密的松柏和其他杂树。风从那里吹过来，嗅得到松香的气息。山的那个出口就像一颗年轻的心长的眼睛，布满色彩斑斓的漂亮楼房和街道，当然，定会有数不清的五颜六色的人们。

凤凰觉得眼睛看得酸了，便收了目光，转身踏着厚厚的红松地板走进小小的回廊里去，在这里，她能更准确地识别那往山上走来的人，却是不知何年何月立在那里的两块石头。

走到回廊的尽头，进自建的室内温泉室，打开水管，温泉水特有的味道缓慢在空气里弥漫，木板墙壁上暗了一层颜色。

那个夏天，也是这家小客栈，也是这间温泉室，也是一样的原木墙壁，满满一池子水，满室的热气，凤凰嘻嘻哈哈笑，笑声传出去好远。

凤凰还喜欢把眉毛画得那么弯，描到眉梢那儿，向上轻轻一挑，"这样的眉，显得人眼有神"。他学汉代张敞画眉，那三个早上，都是他为凤凰画眉，甚至会吟道"妆罢低头问夫婿，画眉深浅入时无。"逗得凤凰直笑。后来，凤凰不文眉，就是为了留下这个念想。

2

凤凰把每一间客房门外都挂上了一个小牌子，牌子下系了一对铜铃，取词牌子，蝶恋花、忆秦娥、如梦令、钗头凤、永遇乐、摸鱼儿、满庭芳。像艳词俪句排在那儿，有客人问起，凤凰说，喜欢，不再多解释，抿笑离开。

风起的时候，风从敞开的窗子吹进来，能听到风里小木牌撞到木墙上的铜铃声，凤凰喜欢这样的声音，不寂寞。

其实，就这几间客房，也从没住满过，旺季的时候也没住满过，淡季更不必说。大多数时间里，这间客栈里，也就常住两个人，一个是凤凰，一个是勤杂工老胡。老胡究竟多大年龄看不出，邋遢的一个人，好像常年不洗脸，一条跛腿，一口黑牙。凤凰说，你要想在我这里干，就把自己收拾干净点。老胡操着当地口音说，我就乡下一个老农，你用我就用，不用我拉倒。老胡好像笃定凤凰离不开他这个帮手似的，倔。

凤凰后来就不再提，好像心思也不在生意经营上。

老胡来应聘时说是"他"介绍来的。

那时候，他已经没了音信了，凤凰便问老胡一些问题，关于"他"的。老胡一一作答，用当地话说："他跟我是光腚娃娃，打小，一块尿尿和泥上房揭瓦，他家老穷了。从我妈那儿论，他得管我叫四舅。后来，老胡又说，要不是他打电话央求我，我才不来这山旮旯地方。有啥好的？"

老胡就这么留下了，做杂事，兼厨师，人能干，少言寡语。

有时候，凤凰心里也不踏实，夜半风起，树梢被摇得呼呼响，赶上连雨天，雨声加上风声，声声骇人。凤凰拥衾呆坐，一坐一个晚上，待到天明，一切都好，露珠都在草叶上，没事。

老胡说，别自个儿吓自个儿，为人不做亏心事，不怕半夜鬼叫门。

第一次发工资时，老胡数过了手里的票子，抬头看凤凰，凤凰便说，生意惨淡，先欠着。老胡说，多少是多啊？生不带来死不带去！老胡又嘟囔道，盗亦有道，君子爱财取之有道。

凤凰一时像被点了穴，悲从心来，转过脸，好歹眼泪没流出来，夕阳西下，余晖铺了满脸满身都是。

3

虽然现在是夏季，但不到暑假，还是淡季，只是前几天住进了一个背着画夹的女孩，是一个脸色红润，细眼睛，高鼻梁，系着一条 Burberry 花格丝巾，腕上戴一串碧玺手链的文艺范儿城市姑娘。

她的身份证凤凰看过了，一个男孩的名字——余飞。

余飞就这样住进了客栈，住"摸鱼儿"那间房。那天，余飞咚咚走过那一排客房，停在门上挂着摸鱼儿小木牌下，转头对身边的凤凰说，就这间了，我喜欢这名字。

"哈哈，有浑水摸鱼的感觉。"又嘻嘻哈哈没心少肺地对凤凰说，我就一个画画的，这样理解这木牌没问题吧？

凤凰对着这个脸色红润的余飞想，这是当年的自己啊。

那天晚餐，凤凰请客，请余飞吃山菜宴。老胡把七碟八碗上齐了，余飞请老胡一起入席。老胡退后一步，在凤凰身后打手势拒绝。余飞对凤凰说，老板娘姐姐，你身后的，不是老板啊？

余飞写生回来，会给凤凰带一束野花，老远就叫道，老板娘姐姐，送你的。

余飞跟老胡也很快混熟了，当着凤凰的面，她送老胡两条香烟，软中华。老胡很不好意思地说，这多贵啊，浪费，我一个粗人，吸不了这么好的烟。余飞娇嗔地说，呵，别客气了，咱老爸有银子，咱老爸的银子不就是咱的？

凤凰也看出来余飞是有钱人家的女儿，看那皮肤，那穿戴，那语调，哪一样都是被当公主宠出来的。

凤凰想，如果自己也出生在这样的家庭里，也不至于落到这个地步。

可能是老胡收了余飞的礼物，对余飞格外用心，每餐饭，换样做菜。有一次，竟对余飞说：丫头，好吃不？俺这手艺可以在大城市开个餐馆不？

这话让另一间房里的凤凰听到了，接着凤凰听到余飞拉长了声调一板一眼像唱戏词那样说，"老胡先生啊，你还是干好你的本职工作吧，别好高骛远。成——不？"

那调调儿，完全是相识多年的老朋友间的对话。

但不管怎么说，余飞给凤凰孤寂的生活带来了些乐趣。

4

凤凰从小跟奶奶住，村庄的最东头儿。如果你从西边来，进村走上一刻钟也没见到凤凰家的老房子；如果你从东边那条大道来，老远的，就看到凤凰家的那棵大杨树了。

奶奶说，这杨树可有年头了，一时半会都说不完它的故事，是一个当兵的栽的。

凤凰奶奶讲到那个当兵的，脸上笑意盈盈。后来，奶奶又黯然伤神，悻悻自语，"没想头了，都走了。这房子就是一个客栈，来了，走了，都是客"。

奶奶坐在板凳上仰头望着房梁，一个旧竹篮子挂着那儿，积年累月没摘下来过，落满尘埃。

这是凤凰第一次听到客栈这个名词，觉得特别好听。

夜里，破房子里闹老鼠，到处咯吱咯吱声，凤凰吓得往奶奶的被窝里钻，喊：有鬼有鬼有鬼啊。奶奶咯咯笑，哪来的鬼？鬼是人造出来的，你不怕鬼，世上没鬼。我看你这个小东西，将来要变成鬼。

凤凰指着柜角一黑暗处说，我看到鬼了，红眼睛绿头发。

奶奶跟邻居说，我这个孙女，人小鬼大，人精，恐怕是长大也没有人敢娶她。

凤凰怕老鼠，奶奶跟凤凰说：把小黑家的大花猫借来。凤凰就去借猫，抱回大花猫往柜角那塞，然后蹲在边上等。奶奶说，天黑老鼠就出来了，不用在那儿等，时候到了自然来，该来的都会来。

那夜凤凰在漆黑的屋子里盯着柜角，一夜没听到闹老鼠的动静。第二天一早，凤凰四处找老鼠的尸体，或者血迹。奶奶说，不用四处找，猫还没抓到老鼠，它逃不了的。

后来，凤凰到底没看到猫是怎么逮到老鼠的，但她看到了地上的一摊血迹。奶奶说，怎么着，我说它逃不了的吧？知道为什么吗？这叫一物降一物。

多少年前的事了，奶奶的模样凤凰都记不太清楚了。人家都说越是想念的人，越是记不得他的样子。细想想，还真是这样，不仅奶奶的模样记不太真切，连一年前分开的他，凤凰也记不太真切了。

像所有套路的故事那样，凤凰被老板叫过去时说，这可是贵客，好好招待。起初他是跟很多人一起来的，谈笑风生的，凤凰是领班，不卑不亢，不巴结，却礼貌周到。

后来他带着家人来。再后来，他一个人来。

他说，有一种树，叫凤凰树，花开时节一片火红，热烈，像青春。要是你愿意，哪年花开时，我带你去看看。

凤凰就去了……也把原来的名字改成了凤凰。他说，浴火如投胎，涅槃可新生，好好，这名字好。

他问，你有什么理想啊？

凤凰说，想在城里办一个民工子弟校。我当校长。

他哈哈笑，说，有为青年。就是志向不大，怎么就没想到去国外读书？

凤凰说，哪来的钱？

他说，我给你钱，存好，别全用你的名字。凤凰听话，全存了。

他们的关系是秘密的，没人知道。凤凰要跟老板辞工再离开，他说没必要，并且一再嘱咐她不要跟原来的朋友来往，凤凰也听话。

凤凰后来住进了山水湾小区的高层公寓，二十层，大玻璃窗，冬天里，满窗的阳光像一块金光闪闪的布，铺在实木地板上。阳光针脚细密，厚实，凤凰踩在上面，背对着窗子，走来走去。她的剪影便牢牢实实地印在地板上，她看着那个影子在地板上晃过来晃过去，仿佛地板就是一个客栈。想起奶奶说的话，来了，走了，都是客。

他说，你管这房子是谁的，你住着就是你的。谁不是客？都是人生的过客。

真的是客，三天后，他在电话里说，我要出趟远门。风客栈已转到你名下，我安排个人去帮你经营。这里不能住了，收拾东西马上搬走，半小时之内。

从没见他说话这样慌张，凤凰看一下手机来电，显示是公用电话。

这个人就消失了。

5

山下来了一位穿着青布道袍的道士，说是能掐会算，预知吉凶祸福。前五百年后五百年的事，他都了若指掌。凤凰不信这个，可是客栈百米远的路边一家小食杂店的老板娘信。她给凤凰送啤酒时，一边往下搬啤酒箱子，一边不停地讲那个道士："可神了，你猜不到吧？他知道我结过两次婚，还知道我老家住哪儿，姐妹几个。妹子，你也算算去，看你将来能不能发财。"

凤凰就半推半就地去了。

青衣道士白面素手，玳瑁墨镜，坐在一个树墩上，布鞋，黑帮白底，一双大脚露在袍子外面，看上去摆放局促。

青衣道士没有跑江湖的油滑，神情内敛，甚至在某一刻略显拘谨。凤凰喜欢，对面坐了，说，都说你算得特准。道士说，不敢，跟师傅学了十年了，不敢说出徒。

你给我算算？

青衣道士仔细端详凤凰，要了凤凰的生辰八字，掐指算算，细长的手指在阳光下显得更加青白不见血色。

青衣道士说"抱歉，我不能给你算"。起身要走。

凤凰说，我不少给你钱，你先算一算我的前生，如果你说得对，那什么都好说。

青衣道士复又坐下，说，你命硬，父亡母再嫁，无兄弟姊妹，从小与祖母或者外祖母相依为命。

凤凰一激灵，"你怎么知道？"

"卦象上说的，不是我说的。你近期有血光之灾。"

凤凰立刻起身，拉起道士，快步走到山坡下。哀求道："大师，求你救我。"

"只有一计可救你，破财免灾。"

"我如何做？"

"将你的银行存款，全部提现，存到一处隐秘处，七天后便可免除灾祸。"

"我没有存款。"

"如果你这样说，我无话可说。"

"那存款是我的名字，但不归我所有，是替一个朋友代管的。"

道士略一顿，说，"让他替你把钱取出来"。

"我找不到他了，早没音信了。"

"还有一法，但不知道你们两个人是什么关系，如果是男女关系，你们身体已合二为一，从占卜上说，这钱财应是你的。你可以处置。"

"我借堂兄的身份证存了一笔。"

"你说谎吧？你家阴气太盛，没有男丁，你没有堂兄。"

凤凰这一次真的信了，实话实说了，"是我表妹"。

道士先要了"他"的名字，之后，又要了凤凰表妹的名字，道士把这两个人的名字分别写在黄表纸上，烧了，说，现在你也可以动这笔存在你表妹名下的钱了。

"这么一大笔钱，恐怕银行不能一次提现的。"

"你在银行里转一下再存，不必提现。"

凤凰是跟着道士一起下山的，在一辆公车的边上，道士便不见了踪影。

凤凰火急火燎赶到银行，银行的管理人员出来接待了她。那个中年人很礼貌地表示遗憾，他说，半个小时前接到通知，凤凰名字下的所有存款包括她表妹名下的存款全部冻结。

凤凰腿脚无力，踉跄着出了旋转玻璃门，依在一侧墙角边上，四处车流，插不进脚步，远处巨大的广告牌子上，貌美如花的女子夸张的红唇，比血还红。

凤凰知道他真的出事了。

6

凤凰坐在亭子里，看余飞在房前房后转悠。起初余飞是背着画夹出去写生，离客栈不远，回头画这间客栈。

凤凰说，这么多好山好水的，你老是画这破房子干吗？

余飞说，我将来出了画册，你这客栈就出名了，你得感谢我。

凤凰看过余飞的画，多是速写草图，画得真切，像相机拍的。凤凰说，你这样写实的画，恐怕卖不上好价钱。

余飞便拿出一张油画，画里的凤凰手里拿着一束花，落寞地远眺。

"真传神。"凤凰说。

余飞又说，老板娘姐姐，你看这雨天，我也出不去了，我给你画张相吧。

两个人一前一后走进凤凰的房间，凤凰换了一身白衣裙，端坐在沙发上。

俩人有一搭没一搭地说话。余飞说，老板娘姐姐，你这天天待在山上不烦啊？凤凰浅笑一下，说，感觉烦的时候，就烦。

余飞说，要是我，烦死。我想你是在等待，有等待就不烦了。比如我，我出去写生，有时候十天半月不回家，我不烦，我为自己的将来做积累呢，有期待。

凤凰说，你想做一个大画家吧？

余飞说，对对，做一个出类拔萃的。

俩人便都笑。

窗外雨紧一阵慢一阵，急雨时，雨是斜着打过来，像有人往窗子上泼水，转眼工夫天地间，便白成一片，像一幅画布在窗外滴着水。

余飞说，姐姐，你有男朋友吗？让我看看照片，我可以把你们两人画到一张画上。

凤凰怔一下，说，我一个人。

余飞羡慕地说，你这么年轻就有这么一间大客栈，真了不起。我以为有人背后支持你呢。原来姐姐也是"剩女"啊。

凤凰说，我是老剩女，没人要了，你还年轻，怎么会成了剩下的？

余飞说，现在的男人都瞎眼，看咱姐，人漂亮，有学历，却遇不到好男人。

凤凰警觉起来，眉头微蹙，一时无语。

老胡从走廊里走过，半个影子印在窗子上，隔着窗子，老胡大声说：老板娘，你出来下。

凤凰起身走出去，老胡把凤凰引到走廊尽头，低头说，那个女孩子，半疯，你最好离她远点。声调是贴心贴肺的那一种关照。

雷声滚滚，这客栈在雷雨里颠簸。凤凰很想缩到卧室的墙角里肆意大哭一场，却忍了，说，我知道。

7

太阳在傍晚的时候露出了脸，不远处的溪水拼了命地往山下赶，不要命的样子。在那条溪水的尽头，阳光洒出最后一点亮色。山口那儿，一片远天那儿，一线绛红在缓慢扩散，一转眼的工夫，树木和草地暗下去，影影绰绰的灰色从四下里随着凉下来的风，慢慢聚拢。只有那条通往山下的路上，还有些许夕阳的光芒。

凤凰看到有一个黑点一点一点扩大，最后，她看到一个人向客栈走来。那人半路上有那么一刻是犹豫的，他甚至在溪水边蹲下，冲着夕阳扬起一片水花。

凤凰看清楚了，她知道来人是谁，但她没有动，就那么站着，手搭在额头上，刚好盖住了鬓角边上的蓝色鸢尾花。

更远处的树林里人影幢幢。

老胡老远迎上去，老胡的那条跛足行走如飞，竟是好腿。老胡抓住他的手。一起往回走，走过凤凰身旁时，他冲凤凰笑笑。凤凰说，回来了？

暮色四合，雾气渐起，紫色的雾霭浸透黄昏。

坐在回廊上，凤凰听到老胡与他的对话。

老胡说："快半年了，在外面过得好吗？"

他说："好什么？丧家之犬，惶惶不可终日。"

老胡说："回来就踏实了。"

他说："是踏实了，不为了踏实我也不会到这里来。再看看家乡的山和水。"

老胡取笑他说："还有美女。"

他说："在机场时怎么不抓我？"

老胡爽朗笑道："一切都在掌控之中。"

他说："你还是老样子，那么沉着冷静。"

老胡说："你给我们开会的时候，经常这样教导我们。"

他说："那咱们啥时候回城？"

老胡说："不急，客栈是落脚歇息的地方，但不是永居之地。今晚先好好喝一顿。明天一早就下山。"

老胡冲着走廊喊："小余，准备酒菜，今晚咱们陪领导好好喝上一顿。"

余飞响亮而欢快的声音从凤凰身后响起。

"是，遵命！"

明天一早，这家客栈里的人，将要移到山下的某一家客栈里去，只是换了一个空间。

秘 密

1

那个人又说了一遍，确定这是一个事实。

这时候，我跟他都走在路上。距离我们出发的地方已经走出了一半，距离我们要达到的地方，还有一半。但是我们出发地不同，我们终点站也不同。这一点，大家都心知肚明，好在都没说透。

很多事情，不能说透，说透了就没意思了，就像水本来是由两个化学元素组成的，但你从来没说自己口渴了就用化学元素解渴。

可事实上，就是那么回事。

只是他出现在我面前的时候，我并没有意识到还有一半路我就到终点了。的确，这个时候我很疲劳，心动过缓、血脂增高，没准还有轻微动脉硬化，可在华装丽服之下，这一切都被乔装打扮了起来。说实在的，就体能来说，我想，他应该比我还需要"检修"。

出奇的炎热，有一只黄毛流浪狗像一团旧毛毯卷在一起，卧在一棵树下呼呼喘气，它肚皮起伏着，转着头眼睛懒洋洋地盯着路过它的人。在它身后的不远处，一家小超市开着门，花花绿绿的帘子像一扇门板立在那里不动，任是如何稀薄的空气也挤不进去的样子。

他跳过几级台阶，一撩那帘子，随着一阵珠帘脆响，女店主在收银台后面把头转过来，是一张艳俗的粉脸。女店主把目光迅速投到我脸上，大有明察秋毫的会意，转过身道："可真行，怎么又是他来买东西？"一个穿着还算干净的中年民工站在收银台前面，清瘦，青脸，木讷。他对女店主的话置若罔闻，眼睛看着放在收银台上的一堆东西——两瓶雪花牌啤酒、两袋豆腐干、一袋鸡爪，还有两节烤肠，两节烤肠散发着可疑的香气，我这才发现这家小超市收银台的边上立着一架立式烤箱，在透明的箱子里，红肠、鸡脖、鸡腿、鸡翅膀，在哧哧向外冒油。

他随手拿了两瓶可乐，站在那个民工的身后，跟女店主搭讪笑道："也许他最会砍价。"女店主瞄了眼前的两个男人一眼，撇嘴嗤了一声，不置可否，倒是女店主的男人走过来，嘻嘻笑道："他会砍价？他是哑巴。"女店主一边低头结账，一边嘴里嘟囔道："人不可貌相，海水不可斗量。"那腔调既像唱歌，又像默诵课文。不知道她这句俗语是冲着什么来的，我的脸却唰地一下子红到耳根，发烧了。

再回到阳光晕眼的大街上，我不知道往哪里走更好一些，甚至在考虑是不是提早去宾馆打点行装，再上路。他好像也不知道应该往哪里走，他把一瓶可乐递到我手上，站在那只流浪狗的旁边，他，还有我，与那只流浪狗一起躲在树荫下看街上四处奔走的行人和车辆，五颜六色的。

就这么站着。无语。

汗一股股冒出来，似乎我本人是一口泉眼，却不怎么觉得热，只是闷，一颗心大张着嘴，像身边这只流浪狗一样在炎热里喘息，便把他递过来的可乐当成了救命的良药，恨不得一口全灌进身体里，我想，否则我定会提早干涸的。

我还不到四十岁，却觉得自己比八十岁还老迈。所以，我焦虑地把眼睛投向所有可以让我延缓老迈的世界。包括身旁这个离流浪狗非常近的这个人。

不时有人贴着身边经过，艳丽或朴素的女子经常让身旁这个人眼神飘忽，我装出什么也没注意到的样子。

他又继续说："这绝对是真的。"我笑笑算作回应也算作鼓励。其实我对这个人讲的是真的还是假的早已没了兴趣，只是还有一半的路要走，听故事总比没故事听好些。我厚道地笑着，傻相足以让他相信我的笑容看不出任何虚伪的破绽。

2

从火车上下来，感觉自己从一站又到了一站，站站都是差不多的景色，到处是人。人都差不多，老的脸和年轻的脸，脸上有眼睛、有鼻子、有嘴，还有两只耳朵，有的耳朵被藏匿在头发里，却一点也不影响听力。而我，如此恐惧喧闹，所有杂音都会让我辨识不出方向，我拖着拉杆箱躲到一个巨大的水泥柱后面，把身体安置好，低头看了看匆匆而过的各种鞋子和各式各样的腿，这才把头发掖到耳朵后去，让两耳都露出来，手机贴左耳上又换到右耳上，我听到了一个熟悉又陌生的声音在无尽的声音里分离出来，那声音说：我在出站口等你。

很长的一段地下通道，像是在检验我的体能和精神耐力那么长。起初我跟着人流走，后来终于走成了自己，我把通道两侧的广告牌和招贴画也给走光了，除了通道两侧的灯，其他什么也没有了。可是，通道还见不到尽头，在宽阔的通道里，我，一个来自北方的女子，还有我的拉杆箱，显得越加孤单。我没有想到强盗，强盗在我的意识里并不存在，我一路上遇到的人都是人模人样的，看不出来哪个像强盗，更主要的是，这通道里，现在只有我的脚步声，远近都并没有强盗可能出没的动静。但在潜意识里，那时，我还是感觉到了一丝恐惧。

我的恐惧很快就如风里的云一样散尽了，通道的前方露出了一片天光，一排栏杆把一个男人和几辆车挡在后面，那男人远远地向我这边斜伸出手臂，水粉的短袖 T 恤，手臂像一朵要谢的花团里突兀地长出的黄色枝杆。从我这里望过去，那男人的热情全挑在那只一直高举着的手臂上。我不由笑了，现在我想，当时我珠贝般的牙齿，在下火车前化过妆的红唇里，连同我的红唇，一红一白，应该分外妖冶。

走到近前了，偌大的空间里，只有一个男人和一个女人——他和我。相对安静地，点头，微笑，和尽在不言中的彼此确认。

123

之后，我看到更远处的一排铁栅栏的后面热闹的街市，以及停在近处的一辆车子，他说，来，上车吧。他拉开车门，一只手挡在车门上方，我在他的手臂下钻进车子，在车子的座位上，我看到了一束鲜花，是花店卖的那种花束，藕荷粉的玻璃纸把一捧盛开的白百合围起来，扎紧。他回过身来说："没好意思捧着花接你。你喜欢百合吧？百年好合！"

这应该是一个认真的故事，我当时这样想。认真的故事都让人心驰神往，我想他也应该是这样想的。

这么一想，接下来的所有事都顺理成章了，而且，每一个章节都是我以前没有阅读过的。躺在床上，所有激情渐退之后，我跟他讲了这样一个故事：有一天，我坐在我的办公室里往外看，我看到了一只麻雀，它一直飞来飞去，好像一直在找什么的样子，我数了一下，它大约往返飞了九次。他怔了一下，那时他正在我身边仰面躺着，看着天棚，天棚上一盏长着无数水晶吊链的灯。水晶灯没有打开，从进到这间屋子开始，这灯就没有开过，室内的光都来自他头后面的那只床头灯，我可以看到他映在墙壁上的一缕头发，像一根绣花线那么细。接着我又说，有一天我坐在我的餐厅的一把椅子上发呆，我对面三尺远的地方，是楼房的入户门庭，从我这个方向看，门庭的屋顶由九十九块红瓦和九块瓦当和一个根黄脊组成。我坐着的位置，刚好可以看到这门庭的一侧平面，但我知道另一个平面与我看到的平面一样。那天下着微雨，雨积得多了，顺着九十九块红瓦往下滴，像挤出来的眼泪，开始是血红色的，流的时间久了，落到地上时变了颜色，白了。他知道我说这些只是一个背景，不插话，眼睛还直直地盯着天棚上那盏水晶灯，墙壁上他的那根细如绣花线的头发影子，变成一团黑色，一定是在我投入地讲故事的时候，他理过乱了的头发。

我继续说我的故事，我说，那九片红瓦当上长着高高矮矮的蒿草，不多，大约是九棵，最高的那一棵开着橙黄色的小花，约三朵，不是并蒂开的，两朵在上，一朵在下，在下面开着的那一朵竟然比上面的两朵更大，更新，更抢眼——有悖常规吧？我数了数，约有九只肥胖的麻雀在飞来飞去，样子非常可爱，其中有一只最富有活力，像炫技一样，总是九十度地打着旋飞。后来，那只炫技的小麻雀留了下来，在那九十九块红瓦片上啄食，东叼一下西叼一下，翘着爪，迈着悠然的步子，像是说，我是有选择的。

"后来呢？他问我。"

我说："后来，那只小麻雀停止了啄食，它侧着头用一只眼睛看着一个全神贯注注视着它的那个女人。"

那女人穿着白睡衣，薄施脂粉，双臂抱紧，似想把自己缩进一个谁也看不到的空间里去。她目光躲闪，欲言又止，踌躇慌张。

"后来呢？"他又问。

"再就没有后来了。"我说。

他说我懂你的意思，中国人的"九"，不是九。

3

我对他一无所知,所有关于他的咨询,都来自他的自我介绍,他说他早早就出国读书了，一读六年，现在在美国东海岸的罗切斯特市一个研究所做肝细胞研究。我不懂医学，对他的介绍没怎么上心，却记住了罗切斯特这个名字，像所有爱好文学的女士一样，对这个名字有关的那部小说都不陌生，还加上了对浪漫的憧憬。我想这大概是一个兆头，关于爱情的兆头。

我坐在他对面揣测他的年龄，30到40之间，或者40到50之间，很难说得清楚。年龄并不重要，重要的是他在我的眼前，只要我一伸手就可以够到他的脸，他很快告诉了我他的名字和电话号码，以及他的微信号、qq号、电邮信箱地址，他怕我记不住，还将这些写在一张餐巾纸上，他把那张薄纸片推到我手边，字迹潦草，却看得出来字写得不错。我对他的字给予肯定，他嘿嘿笑，说，我从小是照着钢笔字帖练字的，父亲要求很严，每天我都要练字，背古诗词，现在那些古诗词都忘光了，就剩下了这一手字了。我随口说：将来有一天我出国第一件事就是找一家麦当劳店去吃正宗的汉堡，他又嘿嘿笑，说，那我请你吃正宗西餐。

其实我早已满世界飞过无数次了，我这样说，就是不想让他知道我的根底，这么想来，我也实在不是一个诚实的人。

这时候我跟他已经认识九个小时了，我们刚刚结伴从一片河水边走过来，为了躲避酷暑坐在一家茶馆里。

茶馆的四周是全封闭的，亮着灯，是一个完全与外面的炎热世界隔绝的所在。这是一个旅游城市，除了苏绣是可以买下来的纪念品之外，还有一种叫作蹄髈的食品可以买下来带回家去。他买了两块苏绣，一块绣着白马，另一块绣着玫瑰。我买了一袋蹄髈，是准备分手时送给他的礼物。

他喝绿茶，我喝菊花茶，两杯茶分别盛在高玻璃杯和矮玻璃盏里。高玻璃杯里的绿毛尖，像一棵棵突然生长起来的小草，根根挺拔站立，而玻璃盏里的黄菊花瓣在水中缓慢张开，终于在他开口讲话之前达到了极盛。我数了一下，这玻璃盏里刚好是九朵菊花。

他说，说说你吧？

我说，说我什么？

他说，想说什么就说什么。

我记得我的眼珠肯定横空转了几圈，我在考虑是不是说实话的时候，我的眼珠跟我的心一样匆忙。

我说，我没有什么好说的啦，我的人生按部就班，读书、工作、嫁人、生子，我用这四个词概括了我的整个人生。

他想了想，喝了一口茶，一句话没说。

然后，我问他，你住在哪儿？

他说，你呢？我告诉他我来自中国东北的一座城市。

他说，啊，我也来自东北的一座城市，不过，那座城市在大洋彼岸。

4

我无论如何也想不起是如何与他相识的，从茶馆出来我们一起穿过一条叫作留园街的小巷，我在无法辨识方向的路上，同样无法确定我的住处在哪儿，甚至记不起那间被称作景观房的窗外是否可以看到古运河风景，仔细回忆起来，或者我与他一前一后走进房间时，沉重的窗帘早已阻挡了外面的阳光，连同风景。只有灯光我还记得，还有灯影里他映在墙角的一缕头发。

我们是在什么时间什么地点如何相识的呢？我追问自己这件事，但这件事被卡在一个不断涌出烟气的黑洞里，这里没有时间，没有地点，没有所以然。一条孤零零的街上，一个女子冒雨匆匆而来，乱了阵脚的急切，她慌不择路逃进一处巨太阳伞下，迅速融进我的身体里，我张大耳朵，听到雨滴打在伞布上沉闷的声响。

又下雨了啊？我跟身旁的这个男人说。

5

这故事还有另外一个版本。这个版本与他后来告诉我的内容刚好吻合，这种吻合让我一时慨叹不已，可能是我在路途中，一不小心丢失了记忆。

他说，我认识南妮是在路上。他停下来，等待我回应，我说，噢。

这时，我们正并肩走在路上，雨还在下，却温柔了许多，他撑着一把伞，花格子伞盖挡在我头上，我看到的天空是方格子，共九十九块。

他说："那天，我就觉得会有什么事发生，我走路累了，旅途还有一半，所以我需要加加油。我把车子停在加油站，让加油站的蓝衣服的小伙子给我的车加满油，之后我到对面的一个小餐馆去，给自己的肚子喂饱。穿过马路的时候，我看到一个打扮入时的女子从对面走过来，当时是傍晚，华灯初上，南妮从一片霓虹里走出来，身上闪着华彩，顿时四下里的一切都黯淡了。我心里于是默念，如果她也走进这家小餐馆，我就上前搭讪一下。不怕你笑话，在我，这种搭讪不过是旅途中的某一次，你别用那种笑容对我，我实话实说，我是很想在寂寞的旅途中不断奇遇新奇女子，留作回忆。说得真实一点，将来老了那一天，坐在摇椅上闭目养神的时候，我用无数回忆锻炼我的大脑，还有培养脸上渐少的笑容，有点自私，是吧？"

我说是。

他接着说，南妮袅袅婷婷地走过来了，小餐馆里人并不多，有很多空位置，我在里面靠着窗坐着，高背原木木椅，餐桌正中嵌着的烤锅，黑锅盖上还顽固地沾着烤肉味，正因为如此，让我这个饥肠辘辘的人，一下子就找到了人间的味道。在我，人间的味道就是肉的味道，说得坦白一点，这肉的含义，食和色都有，对此，我的解释是，我是男人嘛，天生就是食肉动物。这里我话说得多了，现在回到正题，在南妮走向我之际，我立刻计算了我周边的环境，以确定她走近我的可能性。第一种可能她坐到我左侧的一张空座位上，这样我可以近距离看到她，在眼神的一来二往之中，或者在某一时刻的突发小事件中，我可以立刻冲到她面前，以英勇的姿态假以援手，这是最可以博得女人芳心的高招，尽管这高招已经被世人使用得烂熟了，我再用一次也无所谓；她也可能坐到我身后去，那里也有空位置，连体木椅可以通过震动给我找到接近她的借口，见机行事；还有一种可能，就是她坐到我这张餐桌来，坐到我对面，近如咫尺，就像火车的软卧的包厢那样在一个狭小的空间里可以上演男女故事。我这样想，你别以为我是一个龌龊的人，两情相悦的事，我从来不抗拒，我从不强迫女人，但也不拒绝女人。

我设计了很多上前跟她搭讪的台词，现在看来根本不用了，没想到她在走向我的时间里，我左侧那个位置被一个年轻人占了，我身后那个位置被一家三口占了，她在突如其来的变化中停住脚步，似在犹豫，我及时抬头冲她微笑表示友好，她就坐到我对面来了。

她说，这个位置是空的吧？我说是，然后我把桌角一个插着玫瑰花的玻璃瓶子移至她面前，说：借花献佛。她笑了，她笑起来很好看，眸子里闪烁着既单纯又活跃的光芒，我读得懂这样的眼神，不瞒你说，我预料到我与她之间一定会发生故事。

假如我的人生一直是大步往前走，那一刻，我想停下脚步来，不走了，能耽搁多久就多久，但我肯定不会耽搁一生一世。这是心里话。她也不会耽搁一生一世，或者她比我起身更早，这一点我心里也一清二楚。也许正是这样，我们都很珍惜在一起的时光，像两只从兽笼子里逃出来的困兽，玩够了之后，都会思念笼子里有食物无风雨的生活，毕竟习惯了那种生活。有时候，自由是需要代价的，是冒着被饿死的风险的。

我们相谈甚欢，先谈世界格局，后谈文学艺术，再谈人世苍凉。老熟人一般，她说"白发如新，倾盖如故"。没错，就是这种感觉，现在都无法想起来我们是怎么开头的，恐怕也想象不出我们是如何结束的。

不过，那天傍晚比我以前经历过的所有傍晚都不同寻常，是一个充满着饥渴的傍晚。

　　时间转瞬而过。

　　我有些心动，因而，在与南妮道别时真真不舍。

　　她说她住顺风宾馆，我说这么巧？我也用携程预订了这家酒店。

　　我在七楼，她在四楼。后来，我把她请到七楼上来住。

　　肌肤贴着肌肤的时候，我发现，我对她一无所知。

　　第二天，是一个雨天。城市在休息了一夜之后又充满了亢奋的力量，雨下得兴致勃勃，大街上人们抢着冲向目的地，车子里的人因为长了四条腿总以为比两条腿跑得更快，一辆车子在我眼前激昂地冲过去，它先撞到了一个家庭三口人，接着又撞向了另一个家庭，最后，它毁灭性地撞向高架桥坚硬的桥墩，熄火了。一个人从车门里弹出来，扎扎实实地躺在血泊里，那些血从那个人的头部汩汩而出，很快在我眼前形成一摊紫红的海洋，过后再看身边的她也是紫红的，浑身上下一个颜色。我竟然怀疑南妮从来没有存在过，你别笑，我真是这样想的。

　　现在，我站在马路上，我身边站着她。

　　我恍然大悟，我说：啊！看来我的记忆真的出了问题。

　　我又问，你们在一起几天？

　　他说，你说呢？

　　我又问，有几个晴天几个雨天？

　　他说，你说呢？

　　然后，他意味深长地冲着我笑，他的脸在我面前幻化成了九张脸。

6

　　午夜，有一声闷雷，从我的左耳朵进去，从右耳朵出来，穿过我的灵魂，然后，戛然而止。

　　我是那个叫南妮的女子，我站在一个雨天的路上，四处里，空无一人。

时光门

老杜的午后

上班这天，老杜是第二次到夕阳红养老院。前三天他来应聘过一次，华丽主任在三五个应聘者中挑中了他。华主任特别爽快地说，你别谢我，要谢就谢你自己。老杜有些不解，显露腼腆，就想到自己应聘几个单位了，人家都不用他的狼狈和尴尬。便说，我还谢我自己什么呢？我除了会口技模仿各种声音，别无所长。华主任说，我们就需要你这个特长，不过，那是兼职，不是主业，你主要的任务是户外绿化，修剪草坪树木花草，秋天扫叶子，冬天扫雪。老杜说行。

跳下 136 郊线车，老杜回想应聘时华丽的表情，想着想着，一下子想到了一个细节，在华丽说我们就需要你这个特长前，她从椅子上站了起来，走到老杜的背后，关上办公室的玻璃门，回到自己的办公桌之后轻声说：我们就需要你这个特长。然后她说话的声音就恢复了正常音高和语调了。

老杜还记起出门途经娱乐室时，看到很多五颜六色的老人，他们的衣服普遍是鲜艳的，头发普遍是花白的，胸前都挂着蓝带小吊牌，好像文艺团体准备召开老年艺术家团拜会似的。但仔细看看，这些老人仿佛都在自己的世界里活动，互不相干。有人在折纸，有人在下棋，还有绣十字绣的，靠最里面的一扇窗前，站着向窗外张望的矮个儿老太太，她怀里抱着一个玩具熊。一切都很安静，连洒进来的阳光都是静谧的。那一刻，老杜这几十年来的火躁性子，仿佛被一只神手轻轻抚摸了一下，化成了波澜不惊的秋水。老杜就差跟送他出门的华丽主任表决心了：只要你们不撵我走，我就在这一辈子了，能干动，我在这打工；干不动，我在这交费养老。

老杜也实在不年轻了，面相上看不出来，可是他都六十出头了，这么老的老杜，还有一个非常时尚的名字，杜尚。父母的姓，让他做小学教师的母亲做了他的名字。老杜羞于说自己的名字，跟陌生人一见面，一握手，他就介绍自己说：老杜。他几十年都这么被人称呼着。他像扛着重物那样往前走，光阴一脚又一脚踏在他的名字上，这名字便几乎到了毁尸灭迹的程度。那天，华丽主任在走廊里跟他挥手说：杜尚，杜尚，你周日晚上来报道就行。

下了136郊线车，抄近路走，只要用三十多分钟，经过半个北湖公园，就可以到达夕阳红养老院了。老杜来应聘那天，就是抄近路走的，这一次他还是走同一条路。时候还早，他完全有时间看看北湖公园的风景。

北湖这一片，以前是一片荒地，后来建了湿地公园，楼盘和商家多了起来，人气也越来越旺。不过因为离市区太远，长春本地人又有向南买房的旧俗，再加上不通公交车只有郊线车，午后三四点钟一过，这北湖给人的感觉，真的只剩下湖水芦荻雕塑和树木花草了。就像天堂历来是被隔在人间之外一样，都说那里是美的，真让谁去，都得犹豫，不肯去。

老杜踏进北湖公园是下午的三点一刻，夏末的日光，即使是这个时候还是有力道的，白亮着耀眼着，湖水泼了染料般的蓝，像一朵花悄无声息地开了谢了那么安静。顺着湖水向上望过去，老杜明白了，原来天空是有层次的，最底色的蓝穿过了云朵和日光，投进湖水，又漫漶渲染开去，因此湖蓝如天啊。公园大门口一字排开的各国国旗都招展着，老杜伸手向空中抓一把，没抓到风，树影也不动。老杜想，旗杆高嘛，看似无风却有风。走了两步，再回头看看那些旗子，没招展，都耷拉着脸。

一艘游船开过来，这让老杜的心情瞬间丰盈，但马上又干瘪了。因为怎么也看不到驾船的人，一位老妇人坐在船尾，白衣青裤，腰板挺直，卷发齐耳，干净利落，尽管背对着他，却也觉得十分眼熟。像触动了神经最敏感的痛点似的，他跳起脚，追了两步。

荻苇高及船腰，荷花依傍荻苇，碧绿水粉，仿佛一个人的青葱少年，闯荡世界的雄心总跟对母亲的留恋难舍难分，这种想法突然间模糊了老杜的脑海，心也跟着折了个跟头，戚戚惶惶的。

他迟疑一下，挺身起步，穿过一块草地和几棵绿树，像年轻人那样快步奔向一座旧塔。一口气登上去，在三层处停下来，目光在远处寻找那只游船，可是，他看到的，不过是一方彩色的湖。

老杜从口袋里摸出手机，在通讯录里翻出一个号码，点一下屏幕，通了，对手机大声说，老娘，我现在的工作环境特别好，有花有草有树有湖，还有你喜欢的雕塑。

老杜眼眶发酸，抹一把，手指上湿乎乎的潮了。

收手机，点支烟，下方塔，老杜游魂一样散着脚步，沿着游览线路往前走，他不看别的，只看沿途的雕塑，几十座大大小小的雕塑看过了，却过目而忘。不知道心在哪里。

按理说，游船是从哪里来再回到哪里去的，这湖面也没到"海天一色"的地步，二十几分钟过去了，船也应该回头了呀。

可是，湖面平静得如晾晒在日光下的蓝绸，平展展，连个褶皱也不见。

老杜的心渐渐憔悴。

在心情有波澜的时候，老杜喜欢学各种禽兽的叫声，每一次，都以学马嘶结尾。这次，他依着雕塑冲着对面下坡的一家餐馆又以鸟鸣开始，以马嘶收尾。

对面路坡下露出一张圆脸，一个穿餐馆服务员服装的中年妇女出现了，她冲老杜这边招手，笑靥如花。说，过来过来，饿不饿？过来吃饭吧。老杜就愣在那里，马嘶的后半截被噎在喉咙里，像一匹马将要咽气时发出的声音。

时间已经不早了，一路走来花费的时间，已经超出了老杜的预算，天空已经现出傍晚气象，背对日光的妇女，先前脸上的笑靥一点点剥落，还原了骨骼和皮肉，看上去令人想到风蚀的佛。

在老杜的注视下，那妇女伸出来的手没有缩回，双脚跨到路面上来，说，我给你准备了四喜丸子，老师。

老杜这才听到身后窸窸窣窣的声音，这才注意到妇女涣散的目光，落在他眼睛里的并不多。

老杜看到了白衣青裤的老妇人。身后还跟着一个黑黢黢的小伙子。老妇人和老杜四目相对的瞬间，都有些怔愣，老妇人拍拍头，仿佛试图从白发里拍出她丢失的记忆。中年妇女从白发上拉下那只干瘦的手，说，梁老师，你不能拍脑袋啊，再拍会把你拍成一只小白兔。老妇人和妇女都笑了，笑起来，老妇人的声音很敞亮，让人感觉这个干瘦的老人立时肥胖起来。

老妇人身后的小伙子对中年妇女说，那我就把老太太交给你了，刚才我陪她游湖了，她站在湖边看荷花，我怕太危险，带她上船转了一圈。中年妇女忙道谢，要给小伙子船票钱，人家不要，转身下坡，进苇塘，再一会儿，岸上的人已经听见游船发动机的突突声。

现在，中年妇女已经把老妇人的胳膊挽进臂弯，低下腰又采了朵万寿菊插进老妇人的鬓角。在经过老杜时，她们一起冲老杜笑笑。老杜也冲她们笑笑。老妇人在走下坡道后，突然回身，招呼道：杜尚，杜尚，杜尚。声音缓慢而清晰，又沉重又迟疑又不甘放手，仿佛一个人从岁月深处打捞几枚有纪念意义的金币，能听到时间跟金币碰撞的叮当响声，却无法把控和确信它已经在掌控之中了。

梁老师的瞬间记忆

那一刻，老杜真的晕了，像有一只手把他从沉重的往昔里扒出来，晾晒在日光下。恍惚记起什么，又恍惚忘掉什么。

老杜回身望向雕塑——一匹黑马，一辆黑车，一个黑瘦的赶车人。都朝向西北，那艘游船，现在船头向北而去，还看不到驾船的人。

梁老师转身回望的过程非常短暂，而这个短暂的时间却迅速膨胀，塞满了前尘往事。那座被称作赶车人的雕塑让她入迷，那马那车那人，牵着她，一路磕磕绊绊闯入清醒世界（此前，她好久都不清不楚的）。还有那个站在雕塑旁的男人，她多日已经混沌的脑海突然跳出一个名字，她好像听到一个陌生人喊出了那个名字，再仔细听听，那个陌生人原来就是她自己。她不敢确认这种惊喜，问搀扶她走下路坡的中年妇女说，姑娘，刚才我是不是叫了一个人的名字？中年妇女说，你刚才叫杜尚杜尚，好像是人名，可没听说过这个人。中年妇女歪过头去贴近梁老师的脸说，梁老师，我叫什么名字啊？梁老师说，你叫华主任。中年妇女哈哈大笑，梁老师也笑。中年妇女说，梁老师啊，我不叫华主任，华主任是我妹妹，我是她姐，我叫华美。

梁老师和华美的对话，被夏风送进老杜的耳朵，他靠在雕塑上，心里一时乱七八糟的。

现在，梁老师的脑子也乱七八糟的，吃着华美端上来的饭菜，突然冒出一句：不好意思，这么长时间以来，你总给我好吃的，照顾我，让你费心了华主任，谢谢你。

　　华美给走过去的小服务员递个调皮的眼色，说，梁老师总给我提职叫我华主任，你说我有华丽那么年轻漂亮吗？

　　"华主任，我想起来了，刚才我叫错名字了。"梁老师突然放下筷子说，"那个人不是杜尚，那个人叫上渡。"华美又把筷子递到梁老师的手上，说，梁老师，咱们不管他叫啥名了，杜尚和上渡都跟肚子有关，咱先把肚子吃饱了好不？这是我妹特别嘱咐我给你做的四喜丸子，快尝尝，看合不合您老人家的胃口啊。多吃点，多吃才健康，才长寿，我等着参加您120岁的婚礼呢。

　　梁老师夹了一点四喜丸子放进嘴里，品品味，点头赞道：好吃好吃，是老味，当年我和上渡第一次下馆子就吃的这个。

　　华美笑着说，您喜欢就多吃点，吃完了，我送您回养老院。

　　正说话间，华美的手机响了，华美接了电话就说，放心吧，梁老师在我这儿，正吃四喜丸子呢，挺爱吃的，挺高兴的，放心吧，一会儿我就送回去，丢不了。对对，我就是在雕塑那里找到的，老太太还坐了游船，人家也没收她的船票钱。还遇到一个人，老太太一会儿说那人叫杜尚，一会儿说叫上渡，我也不知道是谁，可能又认错人了。啊？真有上渡这个人啊？啥破名啊这是！是她丈夫啊？那肯定不是上渡了，大白天还撞上鬼了？啊？杜尚是你们新请的员工？是黑瘦，是高个，是挺潇洒的。嗯嗯，在那里学鸟叫呢，还挺好听的。好啦，一会儿我就把老太太送回去。

　　梁老师这时也放下碗筷，拢拢头发，向华美提出一个要求：你能陪我到雕塑那里再看看吗？

华丽的北湖时光

华丽的这家夕阳红养老院开了十多年了。当年，梁老师是一个人来的，带了简单的行李，出租车司机把她送进大楼，她就站在阳光里，白色绸衫绸裤，满头白发，仿佛一朵雪落进来，正一寸寸融化的样子。那时候梁老师只是有些健忘，还能帮华丽教老人们唱歌，也能弹琴。梁老师从不讲自己的事，也没有亲人来看望她，安安静静的，看不出悲伤也看不出喜悦，只有一次过年的时候，她跟华丽提起她的丈夫，叫上渡，会口技，还拿出照片给华丽看，是一个瘦长英俊的男子，眼神很敏锐的样子。

前些日子，梁老师说耳朵听力不太好，华丽就要带她去医大检查一下，看看能不能治一治。梁老师反对去医院，她说神医也治不好，因为她能听到口技鸟鸣，听到丈夫上渡跟她聊天。

所以老杜来应聘时，华丽选中他。

现在老杜跟梁老师相处得十分融洽，只要老杜手头没活儿，就陪梁老师散步，聊天，赏花，表演口技。老杜还喜欢大声给梁老师读诗，现代诗、古诗词都读。华丽问梁老师能不能听到？梁老师说，你不用那么大声跟我说话，我现在能听到，耳朵好使。

东北的夏天就是短，像一只仓皇出逃的老鼠，在人们的眼皮底下眨眼间了无踪影。北湖的荷花都成了残荷，荻苇长出来的白穗子，顺着风倒，仿佛湖面掀起的白浪，天空越加高远，在夕阳放射出红色光芒的时候，能听到一声声雁鸣。

有天夜半，华丽值班，查夜的时候，她借着月光看见梁老师坐在床上往窗外看，就急忙进房间打开灯。说，您怎么不开灯啊，多黑啊。

梁老师关了灯，坐在一片月光里说，华主任，你发现没有？你看这秋天的月亮好看啊，要不怎么把赏月放在中秋呢！华丽说，赏月那得开灯啊。梁老师说，不用开灯，再黑黑不过眼睛，再亮也亮不过眼睛。

这天，梁老师突然小声对华丽说，华主任，你现在收住的老人愈来愈多了，我希望把我调到一个小房间，我习惯一个人住。华丽很吃惊，说，梁老师您一直是一个人住啊。梁老师把华丽拉到镜子前，悄悄地说，你看看，这个人不是跟我住一个房间吗？在走廊里，我也能看到她，有时还跟着我。我想自己住。

华丽恍然大悟，突然想哭，胸闷，眼睛酸，她强忍着，说，好，这件事我马上处理。梁老师说谢谢，谢谢。

华丽回到办公室，回手反锁上门，眼泪就再也忍不住了。她只想放肆地大哭。

按理说，养老院的老人们在她的眼皮底下，一天天走向衰老，是再正常不过的事，她这里，是人生的最后一个渡口，一道光阴之门，难道她不知道这个事实吗？既然知道，她问自己"你为什么还如此想不开？为什么为什么为什么？"

第二天她给老杜打电话，吩咐他带梁老师去湖畔走走。

看到老杜挽着梁老师出了门，华丽才急忙把梁老师房间里所有镜子都收了，又把反光的石英钟挂得更高些。

有些姑娘穿着漂亮的衣裙跟荻苇拍照，老杜就陪着梁老师坐在雕塑下看，老杜吸烟，有时候也给梁老师点上一支，梁老师也不拒绝。梁老师有一次突然说："等我走了的那一天，不要土埋，我要坐船走。我偷偷地走。"说完，还神秘地笑笑。

这段时间华丽给梁老师换了张大床，像婴儿床那样四边带着护栏，不同的是，这些护栏可以放下来，搭到地上。晚上，来给梁老师竖床栏的人，多半是老杜，那时候，梁老师基本已经睡熟了。

老杜这天是上午来看梁老师的，梁老师站在床上，双手把着床栏杆，像幼儿那样迷茫而友善地笑着。老杜突然发现，梁老师是那么小，连脸也比常人小了一圈。老杜给梁老师放下了床栏，照顾梁老师洗漱吃饭，之后，什么事都做好了，太阳把橙色地板照得通亮。梁老师在床沿上喊出来的那句话，把老杜的心喊得一颤一颤的。梁老师说：儿子，你辛苦了。

北湖的太阳桥还在修，已经给拱形的桥廊刷漆了，上午见还是一大半白一小半红，下午就变成了一小半白一大半红，真应了它的名字——太阳桥。梁老师指着那里说，那是时光门，我走的时候就从这道门过去。

梁老师的红鸟

今年的冬天，雪特别多，特别大，茫茫一片白，只有那座赶车人雕塑是黑色。

除了扫雪，老杜常常去梁老师那里看看，有天梁老师站在门廊里看落雪，回身对老杜说，天上还是寂寞啊，这么多星星落下来啊。老杜让梁老师回屋，怕她冻着。

回到房间，梁老师说，好多年前的东北是非常冷的，长春城的大街也结了冰，车马在上面走都打滑，我父亲开了一家大车店，三间房子，一个院，在宽城子北刚进城的道边，南来北往的老客都愿意来我家这里歇脚给马补料，我父亲识字不多，但认读书，从小我便被家里的伙计接送上学。那时候的冬天真的是冷啊，手都伸不出来。

老杜说，现在冬天也冷啊，要不怎么那么多人做候鸟跑到广东、海南去过冬呢？

梁老师说，就是嘛，现在是东北人冬天去南方享福，70年前是南方人到东北来为百姓谋福。上渡就是广东人，他还教过我几天语文。南方人不禁冻啊，手都冻伤了，红肿得像大萝卜，我专门给他织了红色毛线手套。

梁老师话锋一转，问老杜，你老家不是南方的吧？看你有南方人的骨相。老杜笑了，说我祖孙八代都是东北人，我是满族，听我母亲说，我父亲家还在旗呢，正蓝旗。

梁老师不知道有没有听到老杜后面的话，像空气突然沉重起来，压得梁老师抬不起头，她把头搁在两腿上，不一会儿发出细弱的鼾声。

老杜轻轻地给梁老师披件毛衣，抬起脚准备出门，梁老师在身后说，杜尚，你等一下，我有件事想请你帮忙。

您说吧梁老师，能办到我一定办。

梁老师抬手指了一下窗外，你给那个赶车人披件大衣去，这冰天雪地的，他哪里受得了这个冷。

老杜本来想说那雕塑是铁人，不怕冷，但见老太太眼巴巴的样子，就说好，这事容易，明天我给他买件棉大衣穿上。

老杜在走出梁老师的房间后，站在走廊里想了想，给雕塑披件大衣并不难，问题是这雕塑不归养老院管，那是北湖公园的雕塑，人家怎么能同意这件事呢？这影响观瞻呢。他决定跟华主任汇报一下。

华主任的窗口正对着北湖湖面，从她这里望出去，好多雕塑在夏天只能露出三五个细节，现在好了，树叶落尽，空间扩大，天地敞亮，放眼一望，百分之九十的雕塑尽收眼底。华丽指着那座雕塑说，你是说有车有马有人那座吧？老杜说是。

华丽说，那雕塑我熟，叫赶车人，梁老师经常去那里。有时候，这老太太在那里一坐大半天。

华丽忽然端详了一下老杜的面相。说，还真有几分像。老杜说像什么？华丽指着远处的雕塑，说，你看看你的侧脸，你看看你的鼻子，你看看你的腿形，"赶车人"整个是你的青年版啊。老杜探出大半个身子看，说，哪像啊？没看出来。华丽说，我怀疑是以你为模特做的。老杜嘿嘿几声，幽默一句，我收到过模特费。

华丽先去跟北湖湿地管委会协商，人家说公园是湿地的下级单位，这些具体问题得公园自己决定。于是华丽又去找公园领导，去了两次才见到真正管事拍板的人。

王领导也快退休的人了，听了这件事的来龙去脉，感慨万千，仿佛有千言万语，又被千山万水给阻隔了。沉默良久，终于说，我为你点赞。但是你只是给铁人披件棉大衣太难看了，这不合规矩，我跟艺术学院联系一下，看看能不能让雕塑家给这个铁人穿件棉大衣。

这天早晨，梁老师拉紧老杜的胳膊，谢谢你啊，谢谢你，他终于不冷了，你跟我过来看，他穿上了棉大衣啊，戴上了棉帽子，都是他喜欢的红色。

老杜顺着梁老师手指的方向，看到苍茫而寂寥的天地间，赶车人红帽红衣红手套，仿佛一只红顶红身红爪的大鸟，正飞往更苍茫的世界。

梁老师九十八岁生日这天，养老院喜气洋洋，华丽操办了一场隆重的生日宴。梁老师接到了很多礼物，但她最喜欢老杜送给她的红绒帽。

梁老师的生日宴上老杜喝多了酒，便在收发室的沙发上迷糊了一会儿。

大楼的走廊向西开门，那片午后的日光直泼进来，有三四米长。老杜坐在门口的木椅上有一搭没一搭地与看门人聊天，他们先聊起了天气，都说今年的春风来得早。看门人望着天空预测年景收成，老杜提起酒的事情，在当地两种地产酒"榆树钱"和"洮南香"上面，他们话题统一了，意见却相悖，所以，关于这个话题争论比聊天气和收成的时间长很多。突然，一个小姑娘闯进门来，打断了他们的争论。小姑娘大概五六岁的样子，衣服鲜艳得晃眼，身后背着浅浅的光，她半张着樱桃小口，婉转的口哨声从这张美丽的小嘴里唱出来。看门人说了一句这是谁家的孩子，老杜便看见走廊两侧的房门次第敞开，老人们纷纷从房间里走出来，跟在小姑娘的身后，在走廊里绕个弯，有说有笑地从大门里走出去，不断有人加入，队伍越拉越长。

浮 屠

1

前一段时间，这个叫莫妙的女人总是被伤到，手被玻璃划伤，胳膊被地面擦伤。连小区诊所的项医生都说，呀，莫记者，你怎么老是受硬伤啊，你这是怎么了？应该去拜拜佛。

项医生是笑着说这句话的，看不出来有多严肃。

项医生是一个老人了，这样的人消尽了世俗的烟火，头发绒了，脚步慢了，说话轻声慢语，时不时还会说出几句诗意和哲学来，这是让人心情会愉快起来的事。

有一次莫妙感冒了，去项医生的诊所打吊针，在一片温暖的秋阳之下，半睡半醒，就听项医生说，真美啊，像死亡本身。这话把莫妙吓着了，她翻身而起，看见项医生正眯着眼翻看着一本书。诊所里只有项医生和莫妙两个人，白色踊跃在寂静的房间里，眼光所及的地方都有白色，连充满药水味道的空气好像也是白色的。

莫妙问项医生，您在读什么书？

项医生扫了一眼书皮，哗哗翻书页，说，诗。

莫妙感觉有些奇怪，便说，您还读诗啊？小护士从另一个房间里走出来，对莫妙说，项医生不仅读诗，还写诗呢。项医生嘿嘿两声，脸上的表情像是一首朦胧诗，令人费解；又像哲学，让人迷惑不解之后，恍然大悟。

项医生诊所大厅的茶几上，的确摆放着很多杂志和书。杂志一般都是时尚杂志，封面是美女或者帅男的大照片；书籍有历史的，哲学的，佛学的，但从来没见茶几上有诗集。

莫妙说，我能读读您的诗吗？

项医生说，真正的诗人不用写诗，诗就是他本身。

莫妙一想这话，真对啊，觉得项医生是深藏不露的高人。便说，您什么时候有空，我采访您呗。项医生莫名一笑，说"历史的真相比任何文字都有力量"，表情更加深不可测。

一般情况下，项医生是坐在他的办公桌前的，背对着窗，对面是三个隔断做出来的诊室，再里间，是一个药房。其实，项医生很闲，来这个诊所的患者，不是瞧病的，是打针和买药的。

去年的夏天，莫妙到对面一家快餐店遇到了项医生，项医生见她风风火火走进餐厅时的表情，是错愕的。而后招手让莫妙坐到他身边来。那个傍晚，莫妙非常饿，头不抬眼不睁地吃饭。项医生说"慢点慢点，狼吞虎咽，小心噎着，怎么总是这样？"莫妙说"你怎么知道我总是这样。"项医生愣了神，说："我怎么能不知道你总是这样。""我还真总是这样。"莫妙笑着说。项医生又说："你要是梳一对长辫子会是什么样呢？"莫妙对项医生的话感到莫名其妙，想了想说："那我得回到几十年前再考虑梳一对长辫子的事。"

2

项医生的诊所向右，紧挨着一家美容院。美容院门脸不大，在一排商铺中间，像陷在破衣烂衫人群里的旧时代的街头妓女，俗艳地当街嬉笑，花枝招展的。

莫妙定期在这家美容院做面部和肩颈部护理。其实，这些护理也未必有什么效果，但莫妙喜欢躺在那张小床上接受另一双手抚摸自己的感觉。每一次从"开背"开始，到面部护理。她觉得肉体的疼痛一半被剥离出去，整个人毫无顾忌地下沉，而灵魂却穿过身体和美容师佳佳的手升向空中去，自由自在地逃脱了束缚。这时候，莫妙常常睡着，而且还会做一些甜美的好梦。隔着一堵墙壁，就是项医生的诊所，每一次被佳佳唤醒时，莫妙的梦就好像是撞到了墙壁，头破血流地返回到体内。

所以，有一次做完护理出来，她看到项医生坐在诊所门外的一张躺椅上，便说，项医生，您的墙壁把我的梦给撞得支离破碎，鲜血直流。

项医生半边脸遮在蓝白混搭的阳伞下，脸上的老年斑重了一层颜色，头发雪白，像戴着一顶遮阳帽。他眯着眼看喳喳走近的莫妙，最后再将目光落到莫妙的鞋子上，说，莫记者，你这鞋子还是换一下为好。莫妙坐到项医生跟前的一把椅子上，问，为什么啊？我最喜欢这双高跟鞋了，把腿架到另一条腿上晃悠。项医生说，你的步子走得太急，步子太急，难免脚力不够。说完，闭目养神。

过后不久，莫妙的脚崴了，很重，在家里休息了一周。她一瘸一拐出现在街口上时，项医生刚好从出租车上下来，两个人迎面遇到了。莫妙说，不幸被您言中了，我的脚真的崴了。项医生说，谁让你不听话的？路是用脚走的，也是用眼看的。说完，叹了口气，自顾往前走。

一个月之后，莫妙又伤了自己。

莫妙的手被一只从盥洗柜上掉下来的玻璃杯扎破了，流了很多血，怕是伤到了筋骨，这一次，她没去找项医生，直接到大医院去看伤。

项医生的诊所一半在小区之内，一半在小区之外，门脸向街，西向。那个下午，莫妙从小区的大门出来，就能看到阳光正一面一面地铺向项医生诊所的玻璃窗，阳光从玻璃窗上又反射回来，正打在她脚下，她踩着阳光走，能看到自己的影子在脚边晃荡。走出好远，莫妙才想到在那扇玻璃窗里没看到项医生的背影。

大医院永远人满为患，排队再排队，等到莫妙把医生开的各种检查项目做完了，医院的走廊里涌进了灰白的天色，人也一下子就少了。莫妙从里面的药房取了药，转来转去找不到出去的路口，沿着一条白色的走廊往前走。她进了医院从不敢乘电梯，在她看来，医院电梯的狭小空间里，随时随地会推进来一辆躺着人的小车子，很有可能，那个躺着的人身上脸上都盖着白色的单子。

空间的距离往往将时间无限扩大，就像一个走在旷野或者是沙漠上的人那样，他会觉得时间漫长得难熬。

走在寂静的医院的走廊里的莫妙，眼下就是这种难熬的感觉。

项医生在走廊的尽头出现了，莫妙先看到的是项医生的白大褂和一头白发。

莫妙向项医生紧走几步，她热情地喊，项医生！项医生！你怎么在这里呢？项医生像是没听到莫妙跟他说话，他一转身拐进了走廊的另一个方向。从莫妙这里看过去，项医生是走进了墙壁里，他的白大褂下摆一扫，就贴近白色里去了。

也许是出于记者的本能，莫妙向前跑，她想看看项医生究竟走到哪儿去了。

这件事让莫妙心里说不出的疑惑，因为她走到项医生消失的地方时，并没有看到那里有门，但再往前走几步，确实有一条走廊，当然，走廊也是长长地一直伸向远处，被一道白色的门挡住了。那时天色黑了下来，走廊棚顶的感应灯也亮了。莫妙伸长了脖子向走廊的尽头望望，好在她看到了不远处的楼下有一个方形天井，这让她想起来，她正站在四楼。她可以转到天井旁，乘扶梯下楼出去。

在扶梯旁，莫妙站定了，回头向项医生消失的那条走廊望了一眼，她看到项医生身后跟着几个医生匆匆向走廊的另一端走，脚步匆忙。

因为这件事，莫妙再去项医生的诊所给手换药时，就想问问项医生那天为什么装作不认识她。三天换一次药，一共换了三次，九天过去了，她也没在诊所里见到项医生。私下里想，项医生一定是被返聘到那家医院工作了。

3

后来，有一个下雨天，莫妙路经项医生的诊所，在雨雾里，看到项医生站在窗前看雨。隔着一条马路，只能看到项医生的大致轮廓，但莫妙肯定那是项医生。莫妙准备穿过马路奔过来，跟项医生打个招呼，问问项医生在那家大医院里为什么不理她，她甚至想把当时的情景描绘给项医生听。

一辆又一辆车子开过去，路没留下一条间隙让莫妙走，她迈出两步又退回一步，等在车流的这边。雨点打在伞上，啪啪响。有一只燕子掠过她的头顶，一直冲向远处的雨雾，以优美的弧线转身，不仔细看，就像是由哪一只手抛向空中的暗器。马路被飞驶而过的车子和五颜六色的雨伞添满了，拥挤而狭窄。莫妙再次将脚试探着迈向马路那一刻，突然想到关于粒子与空间的学说。

那个学说是这样的，说空间只是一个人为的概念，其实它是不存在的，从物理学的角度上说，无数粒子塞于空间之中，因为物体占据了粒子的位置，因而空间内的物体显现出来的，并不是物体本身，而是粒子缺失的那部分。这样看来，与空间相对应的时间也是不存在的，时间也只是由人们定义的一个概念。

想到这里时，莫妙已经穿过了马路，来到项医生诊所的窗前，这才发现，项医生早不在窗子后面了。她贴着窗子向诊所里望一眼，项医生也没在诊室里。项医生的办公桌上什么也没有。莫妙从半开的玻璃门走进去，诊所里没人，喊了一声，有人在吗？没人应。一抬头，看到诊所沙发的后墙壁上，挂着一幅翻拍的老照片，是一对男女军人年轻时的照片。男军人紧闭着嘴，表情严肃；女军人嘴角抿着，笑意盈盈。男军人肯定是年轻时的项医生，那个留着齐眉刘海和长辫子的女军人应该是项医生的夫人吧？站在这张照片前，莫妙迅速在心里把这个女军人的脸幻化到几十年后，与自己在这个诊所里遇到的老夫人相对照，可是，怎么也无法找到这个人在诊所出现过。再仔细看看，站近了看，再站远了看，怎么看，都觉得这照片上的女军人的眉眼跟谁很像。

莫妙的身后就是一面落地镜子，就在她转回头那一刻，小护士看着那面镜子里的莫妙，惊讶地说，呀，你很像照片上的女人哦。

莫妙指着墙壁上的女军人问：是吗？那是谁？

小护士说，不知道是谁。

莫妙问，你也没问问。

小护士说，问了，谁也不清楚。

莫妙问，你没问问项医生？

小护士说，我来这里上班也没见过项医生。

莫妙问，他不来上班了？

那小护士脸上净是讶异，说，你不知道啊？

莫妙说，我知道什么啊？

小护士指着照片下方空白处说，你看看这行诗，是项医生写的，莫妙仔细读那行字，读出了声音来："每个人有两个瞬间，出发和归来。"

莫妙说，那项医生是出发了还是归来了呢？小护士说，应该算是出发，也算是归来。

莫妙问此话怎么讲？

小护士沉默不语，过了一会说，要见项医生，应该去云天寺。

4

9 月末，莫妙休年假了，这个年假，她哪里也不想去，只想在家里待着。休假第一天，她准备先收拾一下书房。然后，去做个面部护理，再到咖啡店去安安静静喝杯黑咖。

一枚枫叶从天上旋转飘忽而至，跌落到窗台上。从莫妙的角度，一时无法看到枫叶的来处，她便站近点，举目望去，不远处的一棵枫树一半嫣红一半墨绿，像从中间被一支笔左描一笔，右画一笔，于是，两个季节中间折断又连接起来。更远处的一棵树，已通身紫红，先前的绿意不知去向。草坪仍然深绿，只是边角处，现出几片落叶了。莫妙看得有点发呆，就把目光投向天空。

天空正在跟大地对话，大地问天空，你看什么？天空说，我看你每天变幻不定的衣衫，你如此这般是为了挑逗我？大地说，你一年四季也在变换脸色，你是在恫吓我？天空和大地开始争吵,最后都默不作声,当谁也没看到谁。莫妙在心里说话了,你们放眼看看远处,你们本来就连在一起,你们把自己从另一个自己中分出来,是你们的目光如豆。还吵什么吵呢?

莫妙在擦书柜左侧的玻璃柜门的时候,停了手,眼睛盯住一对白瓷摆件——躬身的老头和老太,都是丰盈的脸,慈爱的眼。手上去一碰,这摆件便咕噜一下掉下来,正砸在脚面上,碎了,一分为二,一半一半了。

莫妙的生活是烟火气的,她什么也不顾地咚咚咚蹚着烟火往前跑,浑身上下似乎被火星做了无数茧,时机一到,说不定哪一处火茧便会扑棱而出,燃起星星之火来,烧了自己,燃了别人,大家都不自在。这许多年下来,莫妙常于夜半翻身而走,检查一下自己,到最后,竟然发现,伤痕罗布的心,宛如密不透风的墙壁,想洞开一处为门,已是不可能了。现在,有时候,莫妙像是认不出自己,对着镜子照来照去,除了看脸上的皱纹,还看眼睛。怎么看,都不是想要的那个自己,觉得自己真正是被烈火炼过的。

人怕烈火炼,百炼成钢嘛。

眼下,钢是莫妙的皮,水是莫妙的骨,由内至外,一层层漫出来,时不时地,会水漫金山,水淬钢皮,亮锃锃的。

有一次,在一个企业家与记者协会的聚会上,一个男人对着莫妙的眼睛说,你这双眼睛,就是一首诗啊。说得诚心诚意。莫妙一笑:"还抒情诗呢"。弄得人家很尴尬,但人家大度地装没听到,打哈哈一笑了之。这个人就是老王,王总。王总是啥来头,莫妙没打听过,像所有功成名就的男人那样,即便是相貌并不出众，举手投足间，还是显出了大度。后来，两个人偶有联系，王总有时约莫妙一起吃吃饭，一起喝喝茶；莫妙有时给王总打打电话。关系保持在不见有些想，见了也感觉不到怎么想的程度上。

5

休假的第五天，莫妙的急躁情绪无由而起，站也不是，坐也不是，厌烦透顶。

昨晚接了老王一个电话，约她今天晚上出去吃饭。当时莫妙正躺在床上看加缪的书——《西西弗神话》。一个字一个字看过去，再翻回来重读。加缪让西西弗往山上推一块巨石，然后石头滚下山，再推。循环往复。加缪想说明什么呢？莫妙在电话里倦怠地对老王说，我要累死了，像可怜的西西弗。老王说，西西弗是什么鬼？这大半夜的你累什么，不会是干好事吧？莫妙冲口而出，你能不能形而上一把？老王那边就没话了。莫妙也没话。停了好一会儿，老王讪讪地说，那就改天再说。

这天清晨，莫妙起了大早，提着一桶水去窗前的小花园。她收拾了自己窗前的玫瑰角，给盛开的玫瑰锄了草，浇了水，剪了枝，又凑近一朵晚开的黄玫瑰嗅了嗅，深吸一口气，还觉得花香萦绕不去。草尖上的露珠晶莹剔透，一只脚踏上去，瞬间化为乌有，变成了沾在赤足上的水。

莫妙站在晨光里，目光沿着前楼的脊背往上走，飞过楼顶，向东方望过去。青灰的云翳深一层浅一层成片成缕，在天空中喘息。

喘息声蔓延，强制给莫妙，于是，感觉由心而生的躁气，逐渐升腾，旁边一棵黄榆树里叽叽喳喳的鸟鸣，竟如厮杀激战声，无法忍受。

这些玫瑰是老王给运来的，也是老王帮着种下的，边上还架了一个秋千椅，小园子弄得满满的。莫妙把这处种了玫瑰的地方，叫玫瑰角，跟老王说，这是我的玫瑰角。老王在边上搭了一句，你是我的玫瑰角，等到这些玫瑰开花的时候，趁着月光，可以在这躺椅上干点好事，美死了。老王总是能在莫妙准备与他的感情向前走一步的时候，横刀一扫，把莫妙的两只行进中的脚砍断，变成一只陀螺，原地转来转去。而老王自己，是推大石头的西西弗，上山，又滚下山来。

一个保姆推着一辆婴儿车从甬道上过来，冲着莫妙笑，说，你种的花真好看，你看，开得多好啊。莫妙嗯了一声。回头看了一眼玫瑰们，不知道再说什么好。

莫妙在这时突然想到了项医生，沿着那条小区的红砖甬道往前走，不过十分钟，就是项医生的诊所。可是，项医生不在那诊所里，他去了云天寺。

云天寺位于城东凤凰岭东坡一条平坦的山脊处，常有云雾缭绕，岚气蒸腾。据说此寺始建于清雍正十三年（公元1735年），是历史悠久的寺院。朝拜进香者颇多，也算是香火鼎盛的所在。

莫妙觉得这座寺院应该是可以褪去心火躁气的地方。

城东的云天寺莫妙是去过的，是陪一个信佛的女友去的。女友平时吃斋，胳膊上脖颈上戴着五颜六色的珠链，每一串都有讲头，有来处。那天，站在山脚下，女友抚摸那些珠链的手，像是感情投资，柔软、倾情，嘴里还喃喃自语。云天寺高处的九座佛塔，向上看那些塔，呈现出金字塔的形状，冲着阳光看，塔顶流溢着炫目的紫光，待头脑晕眩过后，那些紫光会变得五彩斑斓。那天女友问莫妙看到了什么，莫妙说，眼睛晃得睁不开，光太强烈。女友嘿嘿笑了，说，光芒万丈，佛光普照。

现在，莫妙想，不知道项医生会怎么说。

6

车开出小区，经过项医生的诊所时，她转头看了一眼，小护士刚好从门内出来，穿着粉色的护士服，脸蛋也是粉红的。车子开到人民大街上时，莫妙还在想，怎么小护士不穿白色的护士服了呢？

人民大街两旁的草坪出奇翠绿，无数棵黑松挂着药瓶站在草坪上，一路站进路的尽头那些色彩鲜艳的楼群里，大叶杨橙黄的叶子被早起的清洁工扫到马路两边，是地上又一道风景。行人不多，车子多，人都被装进了车子里，满街不用腿在跑。

车子出了城，沿着公路往山里开，雾色渐浓，散落在绿色之间的红顶房屋朦胧在一片淡青里，如从天而落的几块旧布。更远的地方，是山口，进了山口，离云天寺就不远了。

临近山口，车子上了乡村公路，树木多起来，成片涌进山里去，绿意却像画上的油彩，每一笔都蘸足了水，淡了，雾更深，十米之内不见人脸。不知为什么，重型车也突然就多起来，隔着车窗,莫妙能听到沉重的车轮压迫地面的轰隆声。坐在车子里,莫妙也感觉到了压迫感。于是,开车就格外小心些。

小心归小心,刚刚过了山口,咣当一声巨响,车子后面遭到猛烈撞击,力量很大,莫妙听到了强烈的爆裂声。

一辆灰色的福特车横在她与一辆重型卡车中间,车子的后半部分斜立,贴在卡车的车头上。一个中年男人挤出严重变形的车门,跑过来,隔着车窗向莫妙道歉,说,对不起,对不起,我已经给交警打电话了。

后来处理事故的警察说莫妙幸运,他说,如果不是灰色的福特替她挡了一下,她恐怕就没命了。

因此,莫妙下车去向那个中年男人表示感谢。当她与这个中年男人面对面时,竟一时恍惚,对面的这张脸,活脱脱是中年的项医生。

莫妙忍不住问道,您贵姓?

中年男人说,我姓项。

温泉的突发事件

　　一只黄眼流浪猫先我一步，嗖的一声蹿过去，我敢肯定，它把我当成了另一只猫，一只穿着花裙子比它大无数倍的猫。它惊恐万状地逃走了，没有回头看。而我，也被这只流浪猫吓了一跳，赶紧退回，在最近的一扇窗子前倚住。我一向对猫和狗充满恐惧，因为我从它们直愣愣的目光里总能看到潜在的威胁，我无法把控一秒之后它会干什么，上来咬我一口也说不定。我的一个朋友就被她养了三年多的小狗咬坏了鼻子和手指。

　　现在，作为人，我像猫那样眯眼对付强烈的光，顺着那只猫奔逃而去的方向，看见一条晶亮的铁轨在夕阳下闪烁着刺眼的黄光伸进远方，并最终汇成一条线，从若隐若现到无影无踪了。我将凭借这条线，回到我居住的城里去。

　　我手里提着一只红色手拎兜，兜子里装了四大玻璃罐蜂蜜。动车将在一个小时之后通过这个车站，带上我。

　　前一天傍晚，我们走到卖蜂蜜摊位前时，卖蜂蜜的人并没有坐在他的蜂蜜摊后面。

我们提着五升装的空水瓶从旅店出了门，就跟着几个人一起往有泉眼的地方走。温泉旅店的老板——老王（他让我们叫他老王），坐在门边的一张黄漆的长条木椅子上，背和头靠着墙，两只长手臂分别摊开搭在椅背上。他以可有可无的姿态和目光对待我们这些正准备步行一公里取山路泉水的人。就像医生看见病人在眼前咽气那样司空见惯。当有人问起泡温泉治病不时，他想了想，说你说不治病年年怎么客人不断呢？他机智地把问题给踢回来。我的确是来泡温泉治病的，一年前我右腿在办公室摔伤，尚未痊愈，不能久站，不能久坐，遇寒遇冷都疼，伤口处冰冷，有朋友劝我来泡温泉疗伤，说这是物理疗法，挺管用的。在朋友的嘴里，这里的温泉水是很神秘的。

被我从村舍里喊出来的那个卖蜂蜜的人更懂得打温泉的品牌，他快步走出木栅墙，脸上洋溢着亲切的微笑，厚道、温暖、谦卑。最后我从那人收起来的笑容上又观察到一点点小认真和小狡猾。我迎了一步。他说啊啊，买蜜啊？刚才我吃饭去了。

他一屁股坐到木凳子上，前面的木板上摆着几罐蜂蜜。我说这是什么蜜啊？他说都是花蜜，我说花蜜有很多种比如椴树蜜，槐花蜜，葵花蜜，玫瑰蜜。他说这是杂花蜜。这话让我立刻产生好感，我觉得这人很实在。我是比较傻的人，我以我的傻来权衡别人的奸，绕来绕去的，我相信自己并且相信别人。在这点上我先生比我聪明多了，他基本不顺着别人的思路走。这时他站在我身后，把我挡在他的影子里。我坐在那个卖蜂蜜的人对面，就觉得哪儿哪儿都是微蓝的光影，有一道强光超过这片微蓝，费劲撞出来，就好像高空中看不见的远处，有道窄门被慌慌张张地打开又忘记了关严实，漏出来的金色特别刺眼。

不久，景色全变。

夕阳已经完全沉到了山的后面，到处渐次重叠暗影，而溪水从树影的最深处流出，哗啦啦响着奔向更深色的树丛里去，天空蓝虚虚的不很实际，路旁谁家的栅栏外一棵木槿树合上了无数粉色花朵，突然让人想到少女时代的短暂时光。有一种奇怪的鸣叫穿过身旁大树的密集绿叶，挑衅般打断我与卖蜜人的对话，我怀疑那是一种会飞的昆虫发出的扇翅声，并不发自某种鸟的鸣叫。后来，宾馆的老板证实了我的推测，他告诉我这一片土地根本没有鸟类，我也认真观察了一下，的确没有任何鸟类。

卖蜜人在这蓝雾一般的傍晚，友善地露出烟熏的黑牙笑道，"放心买吧，不是假蜜。"我买了蜜，忽然想到来时的路上，路对面一户人家的大门上贴着类似于庙宇祭祀用的黄表纸，房门和窗口还挂着一些红红绿绿的纸片，供奉着一尊又一尊佛像。便随口问一句那户人家有什么事吗？卖蜜人想了想，恍然大悟，"哦，是秦家。那院子空了，没人住，有时候秦老三回去照看照看。秦老三因为打架在监狱待了六年,刚出来。他父母也去世了，老婆跟一个来这里度假泡温泉的人跑了。现在秦老三满世界找他老婆，见着胖子就来火，有人告诉他带走他老婆孩子的是一个戴眼镜的白胖子。"我丈夫在一边脸色有些僵硬，因为他自己就是个戴眼镜的白胖子。卖蜜的人又说"那院子邪性，秦老三都不在那院子里住，你们外来的人不知道实情，还是从另一条路回宾馆吧"。

我再一想到那座院子,立刻发怵,好像背后老是站着一个人,回头去看,那人又不在。

返回旅店的路上我们便走了另一条路。另一条路也有一拨又一拨人提着泉水往回走,大家像背对着暮色走在时间里,把自己的影子一脚又一脚踏碎。我们一路顺利地回到旅店,这时旅店老板还坐在椅子上,比起正午莫名其妙的闷热,温度降下来,但没有一丝风,空气依然濡热。他手里摇着一把大纸扇子,还戴着白色棒球帽,帽檐下的脸黑魆魆一片。倒是几步开外的街上,现在出现了各式各样的摊位,蔬菜水果服装日用杂货都有,烧烤架上肉块吱吱冒着油和香气,有人已经坐到露天的餐桌边了,啤酒开了瓶盖,瓶颈那里一圈厚厚的白泡沫,瓶盖扔在脚边,脚边上,就坐着两个穿大花睡裙的中老年妇女,她们百分之百来自某座城市,她们互相并不说话,脸上有一点点骄矜,坐在塑料矮凳上耐心地等着烤肉串,淡定地闲看街景。在她们这一片儿地界,已经进入傍晚的露天餐厅模式,各式各样的餐桌高高低低地支起来了。大街上不知道突然间从哪里冒出许许多多人来,那么多的人,操着不同口音,大都是在半百以上年龄段的人,女性居多,她们着花枝招展的睡衣,怡然自得地在街上逛过来逛过去。时间在这时突然发生变化,一只神奇的手掌横空出世,突然聚拢又握紧,把光阴向后拉,让那些女人们在被岁月浸染得面目全非之后,又回光返照地笑一下。这座小城的特点便是将你人生匆忙的时间整合抚平折叠,让你在最喜欢的年龄上展开心思,忘记你的年龄。所以,如果你突然闯进这个温泉小城,那种穿花睡衣肆意招展的街景,你肯定也是不太适应的。

旅店老板对此视而不见，背对旅店的灰墙坐在高台上，他有时看一眼对面的山，那座高山现在正好把夕阳挡住，而边缘闪烁亮光，像根基不牢靠的危墙，下面的人时刻处在危险之中。我冲这个中年男人笑一笑算作打招呼，他咧嘴回了笑，也不特别热情，也不特别冷淡，就像一个认识的街坊邻居那样。我下意识地看看老板背后的旅店，心想拥有这么大的一栋楼，这可真是有钱人。

没来温泉小镇之前，我用几天时间在网上百度了这温泉小城的几家宾馆，最后给一家叫李白的宾馆打了一个电话，接电话的女子并不十分热情，她跟我报了价。我觉得还不错，更主要是我很喜欢这宾馆的名字。好像去住上一段时间，我就可以借了大诗人李白的光，文思泉涌了，顺利把那本书写完。这迷信一直持续到走进那家宾馆结束。李白宾馆正在大动干戈扩建，只有两三个楼层对外营业，走进楼道，四下里是斧子、锯子、气锤、电钻声。这怎么行呢？我立马决定换一家宾馆，服务员在身旁说现在旅店不好找，是旺季，到处都在扩建。

的确到处都在扩建，空气里除了嘈杂的扩建工程的声音还有水泥尘土的味道，好在街两边大大小小的温泉旅店都在开业，我进了几家旅店，感觉都不可心，跨过窄小的街道，一下子就撞见了这个中年男人，他从一辆小面包车上往下卸5升装的矿泉水瓶子，又自己提着几瓶水进来。他把一瓶水递给一个正进门的客人，那客人欣然道谢，说谢谢老板。老板说"噢"，就完了，各自走各自的路，一个向楼里一个向楼外，只是那装着五升水的矿泉水瓶由一只手递到了另一只手上了，向外走的老板被我们撞到，差不多脸碰脸了，他把一小桶矿泉水往我怀里一放，说拿瓶泉水去喝吧，新打来的矿泉水。我拎着矿泉水往楼里走，那男人在身后从车上往下卸水，又一趟趟地往屋里运，整齐摆在屋角，屋角斜对着柜台，一个白裙小姐站在柜台后面，挺热情又不谄媚地对我微笑，我让这位小姐带着看了房间，觉得还不错，我丈夫在我身边，脸上已经很不耐烦啦，说就住这儿，我说好。

那天，我花了半个小时把自己的行李理好，泡了温泉澡，我丈夫在客房的床上躺着玩手机，他说死热的天出去瞎转悠啥？我说我想看看去，他说有啥好看的，愿意去你自己去好啦。我一想也对，强迫别人是不道德的。我便一个人走出房间，在空调很足的走廊里走了一会儿才找到电梯，下了电梯，又走了一段才进入大堂，宾馆的大堂没有人，空荡荡的，出了转门，我转到楼背面的阴凉处，寻见染着朱漆的原木游廊坐下。一丛竹子在假山背后伸出头来，转轮的水车把水送到对面去，那股水沿着鹅卵石砌成的小渠弯弯曲曲又转回到它的来处。然后，我看到旅店老板从那丛竹子一侧的木吊椅上伸出头来，过了一会儿他又躲进六角亭子里，木吊椅那里楼体投下来的阴凉移位了，就像他一撒手把阳光撒给了那丛翠绿的竹子，让那里立时火烧火燎起来。那个老板穿蓝色牛仔背心黑色九分裤。他在六角亭子一侧木椅子上把一条腿搬到另一条腿上，脚趾一下一下勾搭着人字拖，在我听来，他没有顿挫的陈述，完全是不需要听众的，他的话先从天气说起，他说这鬼天，热死人。我拿眼角扫视下四周，就我和他，我便应道：是热啊，椅背都热。老板并不接我的话，低声嘀咕了几句什么，突然提到他一早进城买猪肉的事，仔细说了进城的时间，说了肉店的名字，说了肉的品质，等等。我一边看手机，一边有一搭没一搭地应着，到最后，我不应了，他还在说，他走了好一会了，我才回过神来，他是不需要我应的，他只想让我们这些住客知道他的管理是多么用心，他的服务是多么周到。

说实话，我不是太喜欢这样表白自己的人。

我看到一个蓝色人影闪过光秃秃的街角，相信旅店老板比我先看到了这个人，他在没有跟我打任何招呼的情况下就顺着楼下的阴凉走回旅店去了。

有时无聊我会在小镇里东游西荡。有条浅水河，由北向南贴着镇子东端流淌，廊桥通过那条河，河对岸有一条路，九曲十弯地直通山顶，所以上山的路不陡不险，基本是走坡道，但是山是很高的，往返一次也要两个多小时，因为无聊，我去过两次。一次没有遇到人，一次遇到了人。在一片高大的松林的尽头，我看到山南坡生长着好大一片核桃林，一种奇怪的虫鸣在高高的树上如拨一种弦子，吱，断了，吱，断了，算不上此起彼伏，空档的那会儿，四周出奇寂寥。

从山上的缓坡处下去一个男人，他通身灰蓝，因为他并不专注走路，让人感觉是倒立的鬼火那样从山顶跳荡过来。他从另一条毛道拐进树林子里，稍过了一会儿，那边传来类似于喊嗓子，啊！咦！啊！仔细听，就能听出喊声里的紧张和愤怒！我急忙沿着来路往回走。然后，我就突然看到了那个人，他从斜坡下冒出来，突兀得像那里突然长出半截植物，一顶大草帽把他压得又短又壮，他身后那些板栗树都显得单细了。他冲着一堆野蒿草狠狠地踢一脚，骂一句脏话，我慌慌张张把身体缩小，另一个人在我身边走过去，又有一些人在那个人的身后走过来。

现在，我已经在这里住了十天了，准备离开这里的前一天，我在宾馆的大堂里遇到老板，便说，明天我退房回家了。他问几点的火车？我可以派司机送你去火车站，我表达谢意之后说我们坐旅游大巴车去火车站就可以，他说那也好，吃过晚饭走就来得及。小城离最近的火车站乘车也要一个小时，晚上九点一刻的火车，我们吃过晚饭再出发完全可以，但我们早饭后就离开旅馆，这样决定，也许潜意识里与我昨天夜里那个梦有关。

昨晚我做了关于那个宾馆老板的梦。我知道按常理说，梦里是有悲喜的，却往往不产生悲喜的原因。那天晚上我警觉到我不应该为一件毫无来由的事情大声哭泣，可又无法掌控。那个老板，脸朝天躺在一块泛青的大理石地面上，他胸口上是一摊鲜血，上面长着一堆没有颜色的蒿草，那些不断向上生长的蒿草越来越粗壮。他身旁站着一个通身灰蓝的人影，那人影始终背对着我，我不知道他是谁。我奋力从深梦里挣脱出来，在黑暗中安慰自己，梦都是假的，梦都是反的。那个晚上我听到雨点从空中砸向地面的声音特别清脆特别响，便睡眼惺忪地从窗口望出去，天色不见曦光，是洗旧的僧袍的一角，一折一转一兜，把除了灰色以外的颜色都裹住了，又拧一拧，沥出雨点，摔下去，经过窗口。过了一会儿，我终于清醒，起身光脚去卫生间，觉得哪儿哪儿都潮乎乎的，趴窗口向下望，怎么想都想不明白——离地面那么远的距离怎么能听到雨点砸向水泥地的声音。雨是清早停的。周边潮气未净，从山腰那里往公路之间，半悬着一层灰色水雾，微风过来，轻飘飘地翻滚打折，一直被肉眼不见的气流拖进远处。无数山峰和低沉的天空合伙裹进灰纱里，世界里什么都没有了。

来泡温泉的这些天，每个早晨都怀疑是阴天，也可能会下雨，但事实上当早上九十点钟的时候，太阳不知道什么时候已经挂得很高变得很小，它已经光芒万丈了。太阳出来了，什么都变得明亮，草地，杂木丛，长进蓝天的美人松，还有近旁的木槿花，草地上缤纷的小野花，都在明亮里美滋滋的。

现在也是。

我们在火车站后面的一大片荒地上老老实实地下了公交车，后面是开阔的空地，到处都长着一簇簇蒿草，其间也有白花花的碱地，也可能正是因为这里是碱性土壤所以没种庄稼。火车站在我们的前面，它是高举架的棕红色平房，一马平川矮趴趴的平顶，颜色和外观设计都像极了国外某条路边上的仓储库房，看上去很闷。

我便对这样的地理环境大感诧异，随嘴便说是这里吗？我们来的时候不是这个火车站吧？我丈夫没有回答我的话，他皱着眉头低头从后备厢里往出拿行李，一起下车的另一个中年男子在我身后边回答了我的问题，他说这里只有一个火车站，现在我们是在火车站的北面，你以前看到的可能是火车站的南面，两面景色完全两样。我们从汽车上一共下来五六个人，这些人在我的前前后后，我们一起往火车站走。穿过那片没有路的荒地，又走了一会儿，我们从候车室北面的一扇大门鱼贯而入。

候车室里候车的人不多，大都是附近十里八乡的村民，像是利用农闲时间进城或者到另一个乡村去走亲戚的样子。我们这些从温泉来的人属于另一类型，所以进门之后，我发现他们都很注意地扫了我们几眼。应该是一列火车刚刚开走，或者这里本来就只通两趟列车，早上那趟已经过去很久了，这趟还要再过一段时间才能来。因此，候车室还积攒不出人气。

我们找个空位放好包裹就坐下了，我正对着北门，其实入口只有北门，南面的几扇门被金属锁链锁着，在检票围栏的后面，是专门供检票用的通道。

我丈夫一直在看手机，估计他在看电子书。候车室挺大，一起走进来的那几个人都不知道坐到哪里去了。

北门是关着的，从北门的玻璃往更北面的地方望出去，能看到连绵起伏的灰绿色山脉，好像还有一条河，因为山的下方出奇银亮闪光。我说了一句那里还有一条河啊，刚才没看见。我丈夫抬头向北门外望了一下，又把脑袋低到手机上，他的胳膊搭在一条椅背上，浑圆雪白的胳膊让人感觉占据了别人的空间，还有，是他完全摊开四肢的坐相，这种旁若无人自以为是高高在上的慵懒样子，也会招人反感。我知道这个看上去养尊处优的人，其实就是工薪阶层，不过是芸芸众生而已，他那一身白胖的肥肉，细腻的皮肤，那是天生的，跟养尊处优的生活境况一点关系没有，一身看上去还不错的行头，也是我在奥特莱斯买的品牌折扣货。他那慵懒的样子也是天生的，从我认识他那天起，他就这副对一切都无所用心的散漫样子。我也曾想把他培养成我希望的样子，但是事实上这绝不可能。

想到这里的时候，我看见一个手里拿着一瓶矿泉水的男人扬着一张暗紫的脸打开北门，他在门口处迟疑了一下就走了进来。这个精瘦的人，脸黑，蓝紫细格衬衫灰长裤旅游鞋，很像来自附近小镇的无业游民，或者已经多次到城市打工而现在已经放弃了某份辛苦工作准备另谋高就的村民。他拿矿泉水的样子很奇怪，他是捏着瓶子的颈，就像掐着一个小动物的脖子那样，手很用力。他不停用那瓶矿泉水烦躁地拍打他的大腿。他在进门之后的第一道通道那里走向东面，他与一排座椅拉开了距离，几乎贴着墙走，眼睛扫视候车大厅，他并没有找个位置坐下来的意思，他就那样在候车室座椅的外道绕圈走走停停，东瞅西看，鼻子发出吭吭的声音，他也不时喝口水，但又不像是口渴想喝水的样子，嘬一口就停下，他的水瓶里始终保持半瓶水。我想这是一个烦躁不安的人，他是在找人，而不是在找合适的座位。他路过我的时候，我看到他手里的水瓶上的商标，是这里地产的矿泉水。

恍惚中，天色向晚，候车室里的电灯亮了。我看了一下对面墙壁上挂着的电子钟之后，决定去一下卫生间，为上火车做准备，因为我们得乘车四个小时才能到家。我跟我丈夫说我去一下厕所，我丈夫跷着二郎腿，听到我的话之后换了一个姿势，把右腿放在左腿上，我本是坐在他右首的椅子上的，他现在扭过去身体的坐姿就等于告诉别人右首这个位置跟他一毛钱关系也没有，我起身之后看了一眼左右前后，候车室里的人仿佛突然多了起来，但还有空座位放着旅客的包裹。所以我就没嘱咐我丈夫替我照看一下我的座位。

卫生间在候车室最东面，我在靠近卫生间的墙边遇到那个男人，他眼皮发沉地路过我，沿着我过来的通道走过去。使用卫生间的人在外面排队，我就靠在墙边等。这样一来，上厕所前后用掉大约十几分钟。

十几分钟之后，我发现那个男人手里捏着矿泉水瓶坐在我的座位上，我丈夫背过身体依然在看手机。现在我都后悔自己不应该非得坐在那个位置上不可，我当时可以往左往右往前往后，随便什么方向走几步，找个座位坐下，或者没有座位我就一直站到火车进站也未尝不可。问题是那时候我的伤腿已经开始很不舒服了，它急切地想坐下来休息。于是，我站在那个男人面前，我与他目光交流了一下，我说，对不起，这是我的位置。他迟疑了。对面座位上的一些人看过来，他又迟疑了一下，我丈夫转过脸说她刚才去厕所了。那个男人站起来。这时候那个男人没有离开，就站在过道上，鼻子吭吭吭响，转着眼球琢磨事情。那个男人上前一步逼近我丈夫，说你没告诉我这位子有人。我丈夫顶了一句这不是人回来了吗？这不就是这位置原来就是有人吗？那个男人被一些旅客拉走，他被几个人围在人圈里，他拼命伸出脖子冲我们这边叫嚷。我丈夫不知道为什么扬起手臂，摇一摇，但他脸上的肌肉是毫无防范的放松状态，那个男人突然冲过来，他嚷叫着，像一只挣脱了狗链的狗。边上的旅客又过来拉他，他和我丈夫厮打在一起，两个人都滚在地上。

我手里提着四罐蜂蜜，一动不动，我看着地上两张紫红的脸四只狰狞的眼睛，还有那个男人手里握着的匕首。

　　然后我看到鲜血从他的眼眶冒出来，命如游丝。我手上的两罐蜂蜜狠狠地砸在他的头上，我不相信是我砸过去的，直到警察找我录笔录时我都不承认是我砸过去的。警察迅速调出监控，但是监控里白花花一片什么也没有，所以只好找在场的人询问谈话。

　　指证我的人是温泉旅店的老板，他说从他的位置刚好就看到我双手举过头顶的动作。其他人都说什么也没看见，当时只把注意力放在地上滚成一团的两个人身上了。警察看来对温泉旅店老板的情况非常熟悉，警察说，秦三又去找你寻仇了吧？温泉旅店老板说没有，我跟他有啥仇？警察指了我一下又问温泉旅店老板你以前见没见过这个女的？他非常肯定地说从来没见过。警察又问我同样的问题，我说我认识他，我就住在他的温泉旅店里。那个老警察踱步过来冲他意味深长地笑笑，走到里间去了。根据我的说法，警察很快认定温泉旅店的老板在说谎话。但是，那个老警察目光如炬地从里间出来，盯了我一眼，他坐到椅子上，一条腿搭在另一条腿上，一只手托着半张脸，他突然对我说，两个人在地上滚成一团，随时发生你上我下，我下你上的情况，这四个大玻璃瓶子砸下去，受伤的可能就是另一个人，不是吗？

　　半年后，那个老警察突然出现在我面前，跟我讲述上面那个故事时，眼神非常灵动，似乎飞出无数蝴蝶，对我产生了巨大的蝴蝶效应。我仔细考虑了一下措辞，我说，那不是我干的。

　　这时候，夜色已深，我一身冷汗地从梦里醒来。

　　我的失眠症已经持续三年了。

半　城

盗窃罪

女人挽着一个男人的手臂走路，她一路走来东张西望，她看到路口半岛里的玫瑰花，心里便想摘一朵；看到人家栅栏里爬出来的瓜果也想摘一颗；看到别墅后门前种着的萝卜也想拔一根。庆幸的是，她一路走一路将偷窃的想法说给身边的男人听，却始终没有实施行动。

他们遇见了将盗窃想法和实施盗窃行动统一起来的另一个女人。他看到她不断盗窃别人的东西，这些闪烁着光亮的东西，让她光辉灿烂起来。

谁也看不出来这是偷来的东西。

他开始喜欢那个已经非常闪亮的女人了，他在喜欢那个女人的同时开始厌恶挽着他手臂的这个爱抱怨的女人。他的目光在四下里逡巡，瞄瞄是否有蒿草茂密的野路，这种地方往往是可以啾啾得让女人兴奋起来的地方。

后来，他向他的女人坦白他当时的想法，他说他当时只想到找个黑暗处与那个女人啾啾。他的女人说你是盗窃人体器官的犯罪嫌疑人。

世事难料

花衣服的女人比白衣服的女人长得矮，矮个子最好别穿花衣服，这个忠告对她来说是没有用的。花衣服的女人和白衣服的女人有一个共同的同事，这个同事有时候穿花衣服有时候穿白衣服，她比花衣服女人高点比白衣服女人矮点，看起来她们三人的关系是挺好的。

有一次，这个同事问白衣服的女人，你的那本教材再版了吗？白衣服女人说，没再版。为什么不再版？下学期学生不是需要教材吗？那我也不再版了。白衣服女人到底没有说出原因。同事也没再追问，追问太多事情是很讨人厌的。

花衣服女人的教材再版好几次了。同事们都说这件事情，好像她占了学院多大的便宜似的。

新学期开学不久，学院召开了一个大会，会议内容是宣布任免中层管理人员，白衣服女人被提拔为系里的副主任。

另有一天，申报科研项目时，白衣服的女人发现学院里最有科研能力的红衣服女人没申报，她觉得奇怪，某一天碰巧在上课的路上遇到红衣服女人，就问，为什么今年没申报科研立项，红衣女人笑一笑，说今年就不申报了。

她没听懂红衣女人的回答。

她想，下个学期可能又要提拔中层干部了。

但是，事实是，下个学期红衣女人没来上班，花衣服女人说她辞职了。这个学期，花衣服女人的科研课题批下来了，她准备在适当的时候，把课题经费好好使用一下。

幽默

女人的丈夫并不是幽默的人，有一次散步的时候，他幽默了一下。

女人在路边看到一种不认识的树，随口问一句：这是什么树啊，叶子很好看。

那棵树的叶子是很好看，一半是红叶子，一半是绿叶子。红的紫红，绿的墨绿。它们成串成串地长，通通是在枝干上长出来的，像小孩子画的儿童画那样不可思议又充满艺术天分。

女人驻足观赏那棵树，又说一句，这是什么树啊？这么怪异的美！

女人的问话虽然听起来像自言自语，但是毕竟是疑问句，站在她身边的人不能装作听不到，不回答。

男人说：这是飞刀树或者不是飞刀树。女人又问了一句，难道这世界上只有两种树吗？

男人说，我只认识两种树，一种是飞刀树，另一种不是飞刀树。

俩人都笑了，他们都看到一队大鸟在头顶上方的天空里盘旋，但是同时他们也看到一只发呆的麻雀躲在眼前的树枝里看着他们。

这时候，天高云淡，风清气爽，所有树叶都闪烁着夺目的光泽，一样一样的。

她

在东北的天气里，露水节这天是天气将冷下来的提示，想到自己在春天的时候观赏水池里紫槐花瓣的情景，女人就感觉那是毫无现实感的矫情。发生过和没发生过又有多大区别呢？从那时到现在，女人回头想想过去的每一天，却一天也没记起来。所以，她觉得她的忘性比记性好。

这天是露水节，她是在手机上看到的，除了手机上的电子文字，她少有读书读报，与人联络也不多，只和一个女人偶有电话联系。"喂，是我，你最近忙什么呢？最近怎样啊？"她一般是这样开头。但是电话那头的那个女人并不主动给她打电话，20年来她只接到过一个她主动打来的电话，内容是问她能不能在大学里帮女儿找个硕导。那个忙她没帮上，因为那个女人的女儿成绩不够好。

露水节这天，四处里得了湿疹似的让人心毛躁。女人这一天没课，她决定到欧亚商都去逛逛，以去掉心里这些躁郁之气。

她是戴了墨镜的，但这墨镜并没起到多少作用，墨镜的质量不够好，挡光的能力差很多，基本上跟没戴没有太大区别。她就戴着这副并不能改变她自己的容貌，也不能改变外面世界颜色的墨镜在欧亚商都里闲逛。是不是应该给自己和家人买几件换季的衣服呢？揣着这样的想法，在每一个柜台前，她都会流连忘返。拐到三楼的男装专卖层，顾客愈加少。仿佛那些名贵的服装都是给空气看的，就在她脑袋里突然蹦出这样的想法的时候，她看中了一款男装，她比量来比量去，在心里估量着价位是否是性价比最划算的。在那时，她甚至想到了那位通电话的女友。因为女友的家庭年收入比她要高很多，女友是开着好车的上班族，女友说她先生每年年底的奖金相当可观。女友那次还说，他们夫妻每早醒来时手与手是紧紧握在一起的。这让她徒然生出许多感叹，思绪杳如黄鹤，脑袋里只剩下了渺茫的空白。

她选定了那件男装，售货员告诉她这是刚刚打折的，可是她竟习惯性地多了一句嘴，她说能不能再打个折扣？售货员是一个涂了睫毛膏的漂亮小姐，她的眼睛在这时候吃惊的样子很像一个卡通图里的小兔子，她说亲姐啊，我没有这个权力呢，这个楼层的男装都是世界大牌子，哪有少于三千一件的啊！

她在那只美丽的卡通小兔子的引导下走向交款台，在这个过程中，她走了很长一段路，就像她的钱铺出了那一段路，她迈上去的每一步都不那么踏实。

一个女人亲昵地依在一个男人身上迎面走过来，眼睛巴巴地望着那个说话的男人。她准备与这个女人打招呼，狭路相逢，不打招呼怎么可以呢，尽管她知道这个相貌近于丑陋的男人不是那个女人的丈夫。

她们擦肩而过。

她在交款返回的路上，被一个柜台的售货员拉住：去年你在我这里买过一件男 T 恤，你不记得我了？

这时候她认定她的墨镜不是她女友不认识她的理由。

后来的日子里，她再想到她的女友时，便会想到无月的夜晚中黑黝黝的田野，又空荡又暧昧又恐惧。

k女士的隐秘行踪

k 女士有相当一段时间与大家失去了联系，她的朋友发现她退出了 qq 群、微信群，电话永远没人接听，但没有人到公安局报警或者拨打 110。

此前，k 女士的母亲在微信上接到了女儿的留言，留言上说妈妈我最近很忙，写作一直不很顺手，我需要好好思考一些问题，这一段时间我退出微信和关闭 qq 了，有事我们电话联系。k 女士的母亲在第二天早上看到了这条信息，她给女儿回复道：好的。

k 女士还在微信上给一个同事发了一条微信，告诉她，自己最近手头有项工作要忙，先从微信退出来了，有事电话联系。那个同事在三天后才看到这条信息，她当时在处理不开心的事情，没心思给 k 女士留言。

k 女士心里想，是否应该给 abc 三位朋友留个言，以免他们在微信上给她留言她不能及时回复。后来，她没留言，因为她觉得自己在他们心中没那么重要，他们在自己心中同样也并不重要。

k 女士跟大家失联之后，没有人找过她，或者问起她。

她的男友每天在下班到家时都能看到饭菜已经做好，有时候饭菜做好了并没人来吃过。他们尚没有同居，只是在往同居的路上走，如果一切都顺利，最后走进婚姻登记办事处去是完全有可能的，起码 k 女士是这样想的。

对门邻居是一对中年夫妻，女儿在法国读书，他们平时家里就夫妻两个人。这家的妻子首先发现了问题：她家好像没人住，窗帘一直没打开过。丈夫说那个男的有段时间没来了，他们到底是不是一家的？妻子说是啥一家的啊？看那男的鬼鬼祟祟的，就是家外有家，我看那女的挺好的。她们可能出门旅游去了吧？男的说，不可能一起出门旅游了，两周前我还在小区的五号门见过那男的。女的有一个月不见了。

小区草坪上的青草都长疯了，迟迟不见物业来割草，野紫菀花在草丛中尽情招展，阳光是那么好，没有不招展的理由吧！

k 女士的窗帘还那样挂着。

关于性和爱情

她在半睡半醒之间，把一个爱情故事反复在心里咀嚼，直到组成一个跟白昼里完全不同的故事。这个故事的开头是一个女人爱上了一个男人，结尾是这个男人爱上了这个女人。

开头的场景是天色在灰白之间，在稍有亮色的远处，一片辽阔的水蜿蜒奔涌而来，她看到自己张开双臂，浮起身体。这时候她还没有看到他，她被河流向后推，水穿过她的身体，抚慰她的肌肤，一涌一涌的浪，身体在浪里一节一节冷下去，她开始在水里退化，长出鳍，还有尾，她变成了鱼，之后就消失了。

她跟别人讲这个故事就完全不一样的了。但每次最后结尾处，她会这样说：那一场恋爱，就像鱼消失在水里。如果跟懂文学的人谈论这件事情，她还会补充一句，博尔赫斯是说"像水滴消失在水里"，我跟他的说法完全不同，即便是在"那种事情"上，也不存在自我消失。比如朝阳只是在海面上被波涛撕碎了，在天上，它依然喷薄而出。EGO 是 EGO，NON-EGO 是 NON-EGO。而已。

各忙各的

一对中年夫妻在各自的房间里，当妻子走到厨房做饭时，丈夫正充满热情和强烈兴趣侧耳倾听。丈夫说了这样的话，他说你听小鸟在窗外说话呢！妻子问他是对话还是自言自语？丈夫说是自言自语。妻子表情真挚地说，那就是我啊！

在另些时间里，妻子被室外的一切所诱惑，她在一天的无数个时刻，穿好衣服戴上墨镜和帽子，借故走出家门。她在广场的一把长椅上坐一会儿，或者在林荫道上走来走去，有时候她会拐进小区门外的小超市里买一块大豆腐回家来，如果晚餐就她自己一个人吃饭，她把那块大豆腐切割成小块放进冰箱的冷冻箱，像要把自己也冷藏起来那样漫不经心。

她自己对自己说：这样足够好。

整个夏天都过完了，秋天已经到来，丈夫站在窗前说姜茨喇花是今年最后一波盛开的花了。开在窗外的一朵朵紫花和粉花都倾听着他那些赞赏又略带惋惜的话。

这时候天空的太阳被阴云笼罩，明媚的阳光被糟蹋了，只剩下了悱恻的微亮。

妻子从厨房向窗前走，在丈夫的身边俯身向外张望了一下，一言未发。她其实没有多少心思看窗外的花草，这几天天空一直是阴云密布的，夜晚躺在床上她能听到一声紧似一声的秋雨声，到处感觉到阴冷的湿气，好像她惴惴不安地心事重重，就是为了等待这场秋雨过去。在她的心里，每年的秋天都是秋高气爽的，天很高很蓝云很白很淡阳光很暖很亮，今年却一直下雨，雨点噼噼啪啪从一只耳朵传给另一只耳朵，像耳朵涌进一条河流，什么都湿透了。

丈夫说，你怎么不回话？妻子说，我的声音都被这连绵不绝的秋雨浇湿了，给糟蹋了，我说出什么来你也听不到。

蹦极跳

gentleman 和 lady，被一男一女分别用作网名。gentleman 主动来找 lady 搭讪，还是 lady 主动来找 gentleman 说话，现在已经无关紧要。

现在 gentleman 称呼 lady 为 mis 蓝，lady 称呼 gentleman 为马老师。学生们也这样称呼他。两情缱绻过后，他两次三番对这种称呼不解，你这样称呼我，像是我的一个学生似的。

蓝去听过他的公开课，他在讲台上的挥洒自如和满满自信，让蓝浑身发热，便有一次跟他说我佩服死你了，马老师立刻小声回应道我爱死你了。他们沿着雨后小巷走，什么人也没有看到。这里距离马老师任教的大学不过十分钟，竟没见到一个到处游逛的学生，蓝说没遇到学生最好，怕影响到你。马老师说，我怕什么，学生看到你走在我身边，一定会艳羡我。说完嘿嘿笑，这笑声好像不是从刚才那个在讲台上意气风发的马老师嘴里吐出来的。

马老师好像很希望把蓝介绍给他认识的人似的，而且，他还想把自己的老婆介绍给蓝认识。这种想法蓝一点也不知道。马老师给蓝一张音乐会的票，票价很高，是意大利歌舞团的来华演出的专场。蓝以为她跟马老师两个人去欣赏这场演出，却不知等到蓝入场之后才发现，马老师携娇小的夫人坐在她的前排，马老师大大方方与蓝握手，还对夫人介绍说这是蓝老师，教电磁学。马夫人有中年妇女的风韵还有小姑娘的矫情，又优雅又可爱，这让坐在后排座位上的蓝浑身不自在，身体越缩越小，脸越抽越白，几百人座位的演出大厅荒芜得如同蓝以往的人生岁月，全是黑喳喳的头颅，看不到正脸。

所以，马老师再跟蓝说些马夫人的不是时，蓝的脑袋里就琢磨一下再回答，这样有时候蓝回答马老师的问话就会停顿几十秒或者超过两分钟。马老师把话题岔开，像在一个圆形广场走路，一顺脚就走到另一条路上去了。

在这一点上，蓝也喜欢，蓝和女网友说，他总能睿智地建立起和谐的氛围，有的人总会弱智地破坏气氛。女网友表示同感，说，是有这样两种人。

再过几年会怎么样呢？蓝常这样问自己，这时候蓝和马老师交往了三年，蓝未嫁，马老师没离婚。这三年里，基本是愉快的，蓝说，以前，我的心是石头做的，又硬又凉，在他的关怀下，现在是温的。

蓝的女网友刚刚相反，以前她的心是温的柔的软的。她有中年妇人的风韵还有小姑娘的矫情，又优雅又可爱。她跟老公从国外回来后就没再出去工作了，原来在国外修的硕士学位以及工作经验都废了。她老公是国内一流大学的引进专家，安家费工资项目经费都令人兴奋，用不着她出去养家糊口。她乐得接受。别人问她做什么工作？她回答家庭妇女。

蓝第一次跟她聊天，她就是这么说的。蓝说，这是最好的职业了。蓝这时候在等马老师出现，他们认识有两个月了，已经见过一次面了。在马老师的办公室外门右上角看到了马老师的姓名和职务，不过马老师不是蓝喜欢的那种有型有款的男子，马老师的浑身上下都可以用各种瓜来命名，头是冬瓜，肚子是南瓜，胳膊和腿是地瓜，这样的怪瓜脸上是看上去一本正经的微笑，蓝觉得瓜也没什么不好的，只要人好便是最好的。

蓝后来跟女网友多聊了几次，女网友的名字经常换，有时英文有时中文，一会儿动物一会儿植物，她基本没有固定网名。蓝问她，你怎么不用一个固定名字？她回答：这世界还有固定这一说法吗？

时间空点

有个小孩，从小捧着一颗心从娘肚子里爬出来，他一出生就不哭，一出生就睁眼。

清晨里，天寒地冻，雪光射在玻璃上。接生婆头上裹着绿格头巾，在一片蒸腾的白气里伸出骨节粗大的双手，揉搓产妇的肚子。凉风从门槛缝隙里钻过来，正吹在产妇裸露在棉被外的大腿上，产妇额头上的冷汗让漆黑的两鬓抹上一层霜花。

外屋那扇已糟烂的木门，因门口结了冰凌，关不严实，张开半张嘴，呼嗒，呼嗒，啃着门框上的坚硬的白冰。

门外的天空还看不到东升的太阳，邻家的半堵仓房山墙刚好挡住了每个清早的日出。

早些时候，产妇的丈夫站在接生婆家的房门外，脸颊冻得通红，鼻尖青紫，他眼睛里汪着一泡浊泪，以一个城市文艺青年的修养，考虑着怎样请这位农妇帮助可怜的妻子接生。

遥远的省城在这个时候早已经苏醒，产妇的婆婆在出门上班的自家台阶上，一脚踏空，身体与白铝饭盒一起翻滚，最终摔倒在人家后院的白色木栅栏边上，撒出来的饭菜在大雪地里腾腾冒着热气。如果她不与丈夫离婚，她现在身边的这几个子女都是"狗崽子"。

产妇的婆婆突然对着天空泪流满面，灰棉猴儿大衣的帽子带被一滴泪水染黑，北京棉鞋和蓝裤子上全是雪。她愤愤地默声诅咒，忽然又想到已被揪走的丈夫和去北大荒农场的大儿子。

这一年"文革"才刚刚开始，那个新生儿的祖父在一间空荡荡的礼堂一角整夜没有合眼，他解下腰带，抬眼向上寻找一个合适的高度，以便在踩翻一把木椅子之后可以结束他的老命。如果说他还有什么可遗憾的，那就是当年烧了祖母的一大把地契的时候，没有抬头看看老宅院角那棵盛开着紫丁香的花树。

祖母跺着小脚站在那棵开满鲜花的丁香树下，骂他道：你这个孽障败家子，你把我埋了吧，就埋这里。

现在，车子途经东朝阳路高干区时，当年的那个小孩子就会对身边的人说他的家原来就住在这里。他公司的副总或者秘书立刻啧啧称赞，只有他儿子在听腻了他的这些话之后，压低变声期的哑嗓说，你这么有钱，你把这院子买回来呀！满眼忤逆不屑。

逆转

雨后第二天，女人提着一只玫瑰红塑料篮子出了门，那只小篮子原来是放在冰箱上面的，她在前几天把篮子里的 30 枚鸡蛋放进冰箱之后，就顺手把它放到冰箱上面去了，因为小巧又是闪亮的玫瑰红，它在那里并不难看。现在她一伸手就把它拿下来了，准备去森林公园采蘑菇去。

女人在两个小时后返回小区，漂亮的红色篮子里只放了两朵松蘑。

她在一条红色的甬道对面望到了拿着塑料袋子和清扫工具的清洁工，清洁工站在一片绿树的前面，目光真诚而自尊地望向她。清洁工说你来，她越过几棵树走过去，她感觉脚下的草坪非常干净，除了青色的草尖就没别的了。她跟在清洁工长杆的竹扫帚后面走，清洁工的灰色劳动服裤脚扫着砖地，腿在肥大的裤筒里显得特别细，裤脚硬邦邦地甩来甩去。她突然想到春天还看到这位清洁工，那时他好像比现在年轻些也比现在白胖些。

她跟在他后面走。道路两边的车位上停着无数车，五叶爬山虎从高高的白墙上面抓紧墙壁爬上去，脚力非常有劲道；更远的地方，她看到了一些春天里开过花的果树，枝上没见红果子。每隔几个门斗就有一块海蓝色的小牌子挂在一楼的门斗上方，上写着白字，是派出所的联系电话联系人之类的内容，更上方的位置，便是架在门廊上的摄像头，监视着来来往往的车辆和行人。二楼的外平台上，住户种了些绿色植物，郁郁葱葱的。一只大狗在平台的围栏里挤出头向下张望着，当它看到前面的他和后面的她的时候，它汪汪几声，让人知道它叫起来了。绣球花由原来的淡绿渐次粉红，夸张的花朵沿着甬道围着楼转。她说，以前走，没看这么仔细过。清洁工说每一次仔细观察都会有不同收获，好风景全在好心情。清洁工形而上的回答让她一愣，忍不住想打探这个人是何来路。但最终没忍住。

女人说，你这工作多好，每天都可以呼吸到新鲜空气又看风景。

他说，我做着一份不能着急，不能赶工，心里又十分着急的工作。清洁工表情吊诡。

小区的最里面，有一片松林，清洁工先走进去，阳光从密匝匝的松叶里透到清洁工的脸上，又跌落到地上，地上有许多大朵大朵的蘑菇，白的黄的都有，像草地上盛开的花朵。清洁工指给她看。会不会有毒呢？这么美。她疑惑地问。他说，不会。又说，丑陋的东西也不一定无毒。

采了一篮子回到家，女人总是不放心，连那只小篮子一起趁着夜色丢进垃圾箱里。

后来，女人在一本文学期刊上读到一篇小说，故事几乎是对这件事情的复述，文笔相当了得。那篇小说的结束很有意思，这样写道："是谁复述了谁的生活呢！"

流浪猫小黄

流浪猫被他洗澡收拾干净之后，非常漂亮，邻居——一个杂货店一个包子铺的人都说这是一只非同一般的猫，特别就在于，他去工地干活的时候，这只猫总是溜着边跷着脚鬼鬼祟祟地在一棵树下潜行。这棵树开满了粉色的鲜花，如果正午太阳正像火焰一样燃烧的时候，这些拼命盛放的花朵便在每一个花瓣的尖上滴出一滴巨大的水珠。水珠看起来是粉色的。这种开花的树在这一带偶尔也会被人看到，但是，我们谁也看不到的是，在花瓣的顶尖处出现水珠。那只黄猫顺着墙角憋着肚子溜到那棵开花的树下，它坚定地抓牢泥土，四条腿显得非常粗壮有力，它仰着头，目光如炬地穿过那些枝枝丫丫，盯住一朵花。

包子铺老板是一个三十多岁的矮瘦男人，根儿十来岁，跟他爸爸一个模子刻出来的，也瘦也白。这孩子出奇安静，仿佛整天活在与我们这些俗人完全不同的世界里。在他父亲给客人端包子递粥的时候，他一般坐在包子铺门前的一个石凳上，对着对面的一棵开花的树念念有词，仔细听下来，他在读一首古诗词，有辙有韵，抑扬顿挫，但是有人让他大声读出来时，他便嗖的一下窜到墙角那里去了。他贴着灰色皲裂的墙角站住，仰头，眼睛望向天空，这个时候，天空的云彩还没有开成巨大的花朵，一块破碎的蓝色塑料袋缠在临街的一棵树上，有微风从更远的楼角跌落到树梢，于是，蓝色的塑料袋鼓胀起来了，高高扬起。

流浪猫卷起一只耳朵，它看向那个孩子，冲着他笑，收起前爪，立起细长的身子，在地上转一圈。孩子在这时便冲着流浪猫噘嘴，喵喵喵叫几声。

有一天，小黄死了。

鸶鹭树寓言

车子是在午后三时路过那块幽蓝的路牌的。那时，天空乱云飞渡，整个天空是一只巨大的盛满水的灰旧布袋，仿佛稍有风吹草动，那破布袋便瞬间撕裂，暴雨倾盆。荒原和山脉以远离尘世的姿态拒绝所有热情，公路冷森森地游弋在荒山野岭之间。

这车子里的人，只有一男一女看到了那块路牌。

女人冲着那块路牌大加赞赏，说像天一样蓝啊，并随口咏颂杜牧的《鹭鸶》：

> 雪衣雪发青玉觜，群捕鱼儿溪影中。
> 惊飞远映碧山去，一树梨花落晚风。

这是很讨人厌的一件事，大家都装作没听见。但是另一个也看到路牌的男子，接话了，话说的还挺有意思的，道：那字都写错了，写路牌的人都没什么文化，还矫情，鸎鹭树，应该是鹭鸎树嘛，对不对？他假装问身边的人。身边这个人是个穿着蓝 T 恤的壮年，姓白，人也白净，个子挺高，又壮，很少说话，眉眼让人觉得是有无数故事在身后拖着的。不仅如此，这车里有人背后说这白胖子是有钱人，这次出游，绝大部分资金是他出的。

车里这八九个人，也算熟人，也是生人，都是净月森林公园的徒步爱好者。就是那种周末的时候，前面有一个人举着一面小彩旗，后面的队伍不断壮大，绕着山走两圈，然后，各回各家的松散组织。但是因为时间久了，面熟了，也有三五结伴去喝酒嗨歌吃夜摊烧烤的，又建了微信群，你拉我，我拉他，微信群里有不下百人。那天有人在微信群里牵头出去旅游，立刻有人响应，最后就凑了八九个中老年。老白是后加进来的，可能是知道消息晚吧，他有半年没参加徒步运动了。

那个读诗的女士，看装扮和面相，算这一车人里年轻些的，但她不属于这个徒步队伍的人，是不是微信群里的，谁也说不清。微信群不是实名制，叫什么的都有，比如白胖子叫黑三儿，车里那位最年长的女士叫胭脂，前面接话那位男士，叫牙签。

小紫对自己的一切资讯讳莫如深，住宿时，总是自己包一个单间，游玩的时候有时也溜边，让人不好上前问她的底细。这也就让人更加对她的底细有兴趣。

有用心观察的，说她跟老白是一起的。

大家一致认为这个猜测是有道理的。出发上车的时候，老白把她的拉杆箱塞进旅游车下面的行李箱内，老白说小紫，你这箱子够重的。东北人一般说东西重都说沉，但老白说重。小紫说话也哆，小紫在车下哆声媚眼地回了老白一句：女人出门带衣服多嘛，老白便不说话了，老白经常在跟别人对话时停下来，咧开嘴笑，腮边现出酒窝来，整个五官，立刻有可爱幼稚的识别度了。

那天，别人都看到老白率先上了车，小紫紧跟着也上了车，小紫坐在司机师傅的后面，老白坐在小紫右手后座。身边坐着的那个，就是看到蓝路牌的牙签。

这一路几天下来，在车子上，大家都是这样座位。

但是住宿的时候，小紫的房间总在老白的房间隔壁，用餐的时候，小紫都在老白的右首位置。小紫和老白都挺能喝酒的，以他们喝酒的状态来看，他们好像又不是特殊关系。有次晚餐，老白先把自己喝高了，然后逼着小紫喝，叫小紫妹子，说妹子你喝你喝，我都这样了你还不喝？表情讪讪的，小紫就很听话地大口喝酒，直到跑进洗手间去呕吐。如果一对男女关系好，怎么会这么拼酒呢？老白明显是拿自己的醉酒挟持绑架别人的意思。

牙签是矮瘦子，整个人从里到外，如黑水漫溢过后的树枝，又干又黑，但牙签精力充沛。"除了颜色跟餐桌上的牙签相反，基本形态还是一致的——头大脚细。"这话是小紫说的。她说这话的时候，牙签在一棵盛开着合欢花的树旁乘凉，目光有些迷茫。小紫又加了一句，他是插进大地牙缝里的牙签。

听到这话的人只有老白。严格地说小紫这一路上总是在老白的左右，即便是偶尔没走在一起，但是小紫也会拿眼睛瞄着老白，倒是老白走路总是不管不顾的，有一次竟在逛森林公园时走失了，大家等了一个多小时，还是小紫把他从路边的咖啡店里给叫回来的。老白站在大家的面前不好意思地咧嘴笑，像一个淘气的孩子那样腼腆。小紫也没说什么，就是眼神里有些烦躁。

老白手里拿了一块红褐色石头，他冲着阳光对那块石头看啊看，仿佛看一只正在孵化的鹅蛋。眯眼的时候，老白的侧脸很像台湾的一个男演员，酒窝很深很大，下巴坚挺。他年轻的时候想必也是一位帅哥。

小紫说看啥呢你？

老白慌忙把手插进背包里说什么也没看。

在返回车子的路上，小紫跟老白说，你这一身肉是怎么贴上去的呢？不如拿把片刀连砍带削一圈，恢复原貌。语调有种讨好的调侃。

从这话看，大家感觉小紫跟老白真不是一起的了。但是，她怎么会坐进这辆车呢，又跟大家走了好几天了。

那块写着鹭鸶树的蓝色路牌，闪过三五分钟之后，牙签见没有人跟他搭话，就把刚才发表的意见又重复了一遍，老白迎合一句，就是就是。牙签补充道：就在我和那三个字面对面的瞬间，我想到了鸟，哈哈。笑得有点尴尬和短促。

老白突然在后面细着嗓子说，我看你最像鸟。

便像应了他的话而来，老白看到在右前方，一个人从荒地横穿过来，拼命向公路奔跑。那人有两条棕红色的长腿，身子向前弓，像鸟一样跑步，老白担心他会在一怒之下飞翔起来。老白突然对窗外说有一只人鸟飞过来了，小紫没往窗外看，而是扭过头来看老白，老白马上把头低下去。

天色一望无际地灰暗下去，远处突兀独立的山峰涣散地环绕起一片裸露地表的土地，广袤的空间内，竟见不到人，只有一群无人看管的羊无依无靠地游走。老白嘀咕一句，本来就有一个人跑来了嘛。

司机在后视镜里看到老白似乎在随身携带的双肩包里翻什么东西，出行五天来，司机在后视镜里看见老白这样翻自己的背包也不是一次两次了。他就不明白了，这个传说中的有钱人怎么这样丢东落西的。

司机和车子都是从运输公司租来的，这司机的年龄跟车上的人相仿，人过中年，总戴着墨镜，一路上也跟大家搭话，话里话外强调一下工钱少之类的，是烟熏火燎地在社会上拼命赚钱养家糊口的急躁人。

小紫喊停车，老白也喊停车。

时近傍晚，天色风雨飘摇，万物皆藏入灰色的细雨内，远处的山口停着一座深灰色的高山，待一片云翳逝去之后，首先是小紫发现了异样，她喊停车停车，这路好像不对啊，来时也没见有这座卧佛山啊。大家都伸长脖颈往前看，果然看到一座状如卧佛的山脉横亘在路前。

不知道为什么这司机对小紫一直是很不待见的样子，他对其他人看上去还是比较热情的，比如他会在早餐之后主动替别人把箱子送到车上去，但他从没帮过小紫。司机鼻音很重地接过小紫的话说，你看花眼了吧？我怎么没看到有什么山？又很不耐烦地问身后的人说，哪儿有山？哪儿有山？你们看到前面有山了吗？

老白也喊停车。胭脂在车的最后说。怎么了怎么了？边说边往车头走。

老白把自己的黑色双肩包用力往车座上一放，对摇摇晃晃走过来的胭脂说，我的玛瑙石不见了。

大家昨天集体在河边山角找石头。其实这次出游，找石头是一个重点节目。什么石头呢？是玛瑙石。大家在河滩转悠了一天，午餐就吃了些点心水果，好在都有所收获，收获最大的是老白，因为他自称捡到一块有拳头大的红玛瑙。牙签以专家的口吻说这地方哪儿有值钱的石头，老白你不服拿出来看看，老白犹豫一下，果然从包里掏出攥着拳头的手来，老白张开拳头往天上一扔，说飞了。大家都围过来想看看老白的宝贝，但是老白不肯拿出来给大家看，胭脂以大姐的语调说老白你拿出来给大伙看看你的宝贝吧，放心，丢不了。老白还是不肯拿出来，老白甚至把双肩包抱到胸前，好像谁会冲过去打开翻包似的。

牙签认为老白就是虚张声势，牙签说真捡到了你能拿不出来？老白脸色十分不好看，小紫从后面站出来，在边上插了一句说，怎么就没捡到呢？难道非得给你看？牙签说你说有就有。

老白的玛瑙不见了，这车里的人都有嫌疑，本来开始的时候大家还当个笑话说，牙签叫得最欢，跟起哄似的说老白的玛瑙石他知道在谁手里，大家就逼着他问你怎么知道的？牙签说自己天生透视眼，想看什么就能看到什么，大家就让他说出来，牙签在车厢里煞有介事地走来走去。

这个时候胭脂当仁不让提出建议，她说，明天再说，明天一定查个水落石出，不行，就报案。

那天晚上，小紫主动要求跟胭脂住一个房间，胭脂也不主动问小紫什么，俩人相安无事睡到凌晨，小紫在朦胧的晨曦里突然抽泣，胭脂在小紫的抽泣声里起身去了下卫生间，回到床上扫了小紫一眼，看见小紫一双大眼睛正直愣愣地看着她，胭脂是聪明人，立刻关心地问你刚才做梦了？

小紫眼里涌动泪花，说是啊，可不是做梦了嘛，我梦见我最要好的，跟我好得像一个人一样的好友走了。胭脂一笑，说走了还会回来的，你不用这么伤感。小紫说，我说的走了不是走了，是没了，死了。胭脂又一笑，梦和现实是相反的，死了就是活了。

小紫说，她在梦里跟我说，我24号就回国了，我想见你一面。她是我最好的朋友，我说你回国定居吧，一个人在那个陌生的环境里有什么意思呢？她说回不去了，就开始哭，哭到披头散发，眼睛充血。我说你别哭了，有什么大不了的啊。她说她到日本后拼命干活，攒下了一点养老钱，可是现在全被骗光了，两手空空。我说你不是会画画吗？你画画吧，她说她早就不会画了，她在日本20多年，起初在老板的店里给人做整体按摩，后来自己开店，最好的时候她开了三家整体按摩院，现在，一切都没有了，一心只求速死。她这么说着便像放慢镜头那样倒下去。那个房间特别狭窄，到处都是坚硬的床角柜角桌角茶几角，在她的身边都是尖锐坚硬的东西。我冲她喊你可不能倒下去啊，你可不能倒下去啊。

　　胭脂从床上抬起沉重的一头卷发，说，那你这个朋友后来怎么样了呢？小紫说，后来她回国了，做私人看护。一个月前，她被一个姓李的中年妇女请到家里去看护她的丈夫，说钱不是问题，只要她老公高兴就行。她丈夫原来是搞房地产的，房地产最火的时候入行，现在房地产走下坡路了，他得了阿尔茨海默综合征，日复一日健忘，当然了，现在是初期，外人还看不出来。可他自己心里明白自己得了病了，就将公司交给了妻子，自己到处旅游。他有一个毛病，就是经常怀疑自己丢了贵重的东西，也经常说自己拥有了某种贵重的东西，一旦这个东西在别人的追问下拿不出来的时候，就说丢了。我的那个朋友，被他的妻子请来做他的陪护，陪他到处旅游。

春来江水绿如蓝

1

这座城市的人把南北走向的马路叫街，东西走向的叫路。"街"总是比"路"要宽阔得多，"街"也比"路"上人多车多热闹多。

少年林木口骑着山地自行车在"路"上飞翔。他风衣的后襟被夜风高高扬起，黑色的旗帜一般窜向远远的天空，月亮笑着胖脸追着他飞跑。

飞，飞呀，林木口喊着，松开车把扬起双臂。

苏若水站在自家的阳台上，她看着远处夜空里追着林木口跑的月亮。月亮流着雾水，雾水兴致勃勃地向灰色的天空流淌，流湿了一片星星，星星便如洗过了一样，在空洞一般的夜空里突兀地亮着。苏若水为自己的发现而兴奋，她转回身冲着客厅叫道：儿子，你过来看看，月亮流水了呀！

苏若水读初中的儿子正忙着写作业，他隔着写字桌探出头对母亲说：老妈，您老人家可真够诗意的，眼睛不管用了吧？

苏若水再看夜空里的月亮，真的就觉得自己的眼睛不管用了，花了，揉揉眼睛再看月亮，发现月亮高而远地悬着，如被水浸湿了的月饼。

夜的城市是热闹的，苏若水的目光放弃了热闹，从夜空直接扫向被月光打湿了的阳台，阳台上放着电话分机，就像苏若水的目光是开关一样，目光一到，电话哗的一声就响了。

所以，苏若水就在林木口飞翔时接到了一个老同学的电话。

苏若水怎么也猜不出这个男中音是谁，老同学自报了家门，苏若水这才叫道：方子名，怎么会是你呀，都多少年了，快有三十年没见过面了吧。男中音说：整整三十年，跟"故园三十二年前"仅差了两年。

当年上小学时，方子名是苏若水的同桌，是全班最淘气的一个，但是聪明，学习也好，鬼点子也多，在课堂上，常常向老师发难，提一些刁钻古怪的问题。方子名的爸爸是军区里的参谋长，白白胖胖的方子名上学和放学都有一辆绿色小吉普车接送，有一个小兵为方子名跑前跑后提书包开车门。

班主任拿方子名没办法，就让班长苏若水帮助方子名，还安排他们坐在一起，是同桌。

苏若水的爸爸在公安局工作，是公安局的副局长。两个革命后代坐一起，却有着千差万别的表现，苏若水规规矩矩，方子名乱说乱动。苏若水在方子名乱说乱动的时候，就举手向老师报告，苏若水站起来跟老师说：老师，方子名不遵守课堂纪律，他上课说话。方子名不等老师说话，便如弹簧一样弹起来，说：我要求罚站。方子名经常主动要求罚站，因为站起来他可以看到操场上正上体育课的学生。看得入了神，他便忘记了身在何处，冲着窗外足球场上的学生骂一句：臭，臭球。

方子名愉快地在这个班里读到小学四年级。四年级的暑假，方子名就跟他做军人的父母调到北京的一个大军区里去了。方子名走的时候，苏若水和同学们去送他，十几个小学生站在火车站的月台上欢天喜地大唱革命歌曲，苏若水当指挥，小脸激动得白里透红，眉清目朗。方子名的母亲作为文艺工作者，一下子就看出了苏若水的特点，她从车窗里探出头向孩子们挥手，而后转过身说：那个小姑娘的眼睛多美，像洋娃娃的眼睛。方子名圆圆的大脑袋骄傲地扬起来，跟他母亲说：她是我女朋友。

方子名的生活跟着时间往前走，当兵读大学进机关，许多年过去了，可是，苏若水的眼睛还在他心里。有时候，苏若水在他的梦里出现，苏若水还是小时候的样子，是一个穿着淡粉色连衣裙，睁着一双纯净大眼睛的小姑娘。

方子名的妻子是他大学时的同学，北方姑娘的骨架子，高高大大，生孩子之前还有肉在骨架子上贴着，看上去还好一些，生了孩子之后，身上的肉跟着孩子一起从身上分离出来，没了肉，身架子又大，整个人都垮下去，尤其是晚上，穿了睡衣，就像一个骨架子挑了宽大的袍子似的，让方子名有说不出的不舒服。所以，方子名常常会无端想起苏若水，在无数次的想象中，苏若水的形象不仅越来越活泛，而且越来越迎合了他心里对女人的审美标准。

方子名天马行空地在国内几个城市调来调去，西北去过，海南也去过，南方北方的女人自是也见识过了，可是玩了许多年，苏若水还在他心里。

谁让童年的记忆总是那么令人难忘，那么美好呢！

苏若水说：你什么时候回来的？什么时候走啊？

方子名说：这回回来就不走了，要在沙家浜扎下去了。

苏若水说：好事，那咱们找几个同学聚聚吧。

方子名开了个玩笑说：我是不记得谁了，只有你还在我心里念念不忘。

一句玩笑话说得苏若水有一些激动，她侧过脸去，正好能看见镜子里的自己，眉眼都笑着的苏若水并不难看。

方子名后来又说：带上你老公和孩子，大家见见面。

苏若水把这件事和丈夫马天放说了，马天放说：愿意去，你自己去，我没时间。

事实上，马天放不是没时间，是没心情。

马天放正经历着爱情，这样说马天放又不够公允，怎么说呢？事情是这样的：马天放的单位刚刚分来一个大学生米俐，米俐第一天来办公室报到，就让马天放心头一颤，眼前一亮。其实，米俐那天也没怎么样，可是也用不着怎么样，米俐就那么往马天放的办公桌边上一站，一笑，马天放的心就飞起来了，就落不下去了，马天放飞起来的心带着他的眼神。

现在的女孩子个个都人精似的，大都会看领导的眼风，米俐也不例外。她很快就知道马天放的心里是怎么想的了，因此，她专等下了班再到马天放的办公室里来请示工作，或者汇报工作。一般下级来谈工作，马天放会说还有事吗？来人没事了自然明白领导是下了逐客令了，就走了。对米俐，马天放不说这样的话，他会跟米俐谈自己的工作设想，单位的计划，全是很宏伟的蓝图。米俐专注听，然后专注想，最后会露出雪白的细牙笑着说：领导，你真是当领导的料。

于是，马天放下了班就不愿意回家了，泡在办公室里，心里总是莫名地渴望着，每次望着米俐青春飞扬的笑脸，马天放时常想伸出手去摸一摸那张笑脸。但是，这手是不能随便就伸的，马天放是领导，领导得有个领导的样子。因此，马天放只能在没有伸手之前往台历上写诗词，只能早起跑步减肥，只能回家之后莫名叹气。苏若水对此浑然不知，有时候米俐把电话打到家里来，马天放的眼睛便忽地亮出一道兴奋的白光，但是，苏若水看不出来。只要马天放的脸色好，苏若水的心情就好。

马天放坐在客厅的沙发上大发人生感慨：人生苦短呢，一晃就过了大半辈子了，没几天好时光喽。马天放在家里发议论的时候非常多，一般情况下，只有马天放一个人发议论，苏若水在一边听着。马天放从来没想过苏若水说出自己的意见来，他认为，苏若水是属于没有思想没有脑子的人，让没有思想的人说出思想来，那不是拿鸭子上架吗？反过来，不管苏若水说什么做什么，马天放都会提出反对意见，事实往往证明马天放是对的，因此，马天放给苏若水的结论是：你怎么那么笨呢？苏若水也不反驳，她觉得自己是比较笨。

苏若水问：那我去不去呢？

马天放说：我不是说了人生苦短吗？

于是，苏若水没有带老公和孩子去，她自己去参加同学聚会了。说是同学会也只是四个人，只有苏若水一个女性，其他三个男人有两个是商人。

苏若水的变化太大了，方子名一见之下恍如隔世。方子名不便评论苏若水的变化，像多少年从来没有分别的样子，大大咧咧地跟苏若水握手。只是心里堆起来的美好想象顷刻之间土崩瓦解，落得个干干净净。

三个男人说说笑笑，把苏若水放在了一边。苏若水完全是个配角，苏若水做配角是做惯了的，所以，也没觉得三个男人冷落了自己。

方子名给身边的苏若水盛了一碗汤，说：这汤是美容的，你多喝点。苏若水说：老了，还美什么容？方子名恭维说：不老不老，你的眼睛一点也没变，还跟洋娃娃一样纯净。

方子名接着又说，只看你的眼睛，你还是一个少女。

苏若水经不住方子名的热情，那天晚上，多喝了几杯酒，脑袋晕乎乎地兴奋，之后，又跟方子名他们出去喝茶。大概已经是午夜了，苏若水才回家。马天放对于苏若水回家这么晚没什么反应，他睡着了。

苏若水躺到床上推醒马天放说：我同学说我的样子一点都没变，说我的眼睛还是洋娃娃一样的眼睛。马天放说：你以为这是表扬你呀？洋娃娃的眼睛，洋娃娃的眼睛什么样？个个都是空洞的没有内容的眼睛。

苏若水说：是吗？我怎么没想到？我还以为是表扬我呢。

　　一周之后，苏若水又接到了方子名的电话，电话显然是从酒店之类的地方打来的，方子名的声音以外，还有娱乐场所特有的嘈杂声。

　　方子名的确是在一家饭店里给苏若水打电话，和第一次相比，这一次，方子名对苏若水的称呼变了，热情也转移了方向，方子名说：喂，老苏，带几个靓丽年轻的女同胞来，我这里都是清一色的和尚，阴阳失衡，就等着你来救驾了。苏若水马上热情地想了想，一下子就想到了同事莫小蝶。

　　莫小蝶在电话里笑道：现在的男人喝酒还能阴阳失衡？小姐三陪一抓一把，都廉价，百八十元就打发了，你的这位同学是什么身份呢，连百八十元都不舍得花。苏若水说：我的同学品位高，是有身份的人啊。莫小蝶说：那好，我去，我就喜欢有身份的人。

　　那天方子名很兴奋，喝酒唱歌脸上都堆着笑意，苏若水不会唱歌更不会跳舞，所以，就把莫小蝶推给方子名。

　　后来，方子名跟莫小蝶聊天，方子名谈自己的成长经历，当然也提起了许多年前生活过的省军区大院。有那么片刻，莫小蝶沉默不语，方子名谈吐之间的聪明，让莫小蝶顿悟出一个道理：脑袋多出几根弦的男人，只要轻描淡写地挥一挥手，便可以把自己的人生弹出悦耳动听的乐章来。

　　她是多么欣赏和喜欢这种头脑灵活聪明的男人啊！

　　苏若水坐在一边，眼睛困得睁不开，又不好意思提前离开。莫小蝶说：苏老师累了，困了，散了吧。方子名说：好吧，以后再聚，现在我送你们回家，今天我感觉非常愉快。方子名说话时，眼睛看着莫小蝶，熠熠发光。苏若水就是再笨，也看得出来方子名的意思。所以，方子名开车送苏若水回家的路上，苏若水坚持要先送莫小蝶回家，说今晚她有责任把莫小蝶安全送回家。方子名从车镜里跟苏若水说话：老苏，还是先送你吧，顺路。苏若水跟坐在身边的莫小蝶说：太晚了，早一点回家休息。莫小蝶笑着说：放心吧，我知道你责任心强，苏老师。

那天晚上以后发生的事情苏若水就不知道了，但是，从此之后，方子名再没有跟她联系过，莫小蝶也没跟她提起过方子名。

2

有些人愿意到酒店之类的地方包个房打麻将，娱乐的成分有，赌的意思也存在，不过，莫小蝶只是为娱乐，输赢并不重要。既然输赢不重要，人就很放松，越是放松手气越好，莫小蝶快活地打牌，一招一式都带着韵味。

人活到了这个份上，就得说是幸福，幸福的人脸上都是快乐。莫小蝶的脸上就总是快乐，是看不出山水远近的快乐。

男男女女塞在十几米的包房里，气味自是多多，烟味和酒味是最浓烈的，混在一起，在这些男女的身前身后跳跃。

莫小蝶把一张牌打出来，方子名说：好牌，你又给我点炮了。边上的人说：你们是不是合谋了，不是她赢就是你赢，你们是什么关系？莫小蝶一笑，歪着头看方子名。方子名用眼神接住莫小蝶淬了火的目光，也笑了，尽管笑得蜻蜓点水，却意味深长。

　　有的时候语言是多余的，莫小蝶常常让多余的语言休息，让表情说话。

　　老刘从门外搬了饮料进来，跟莫小蝶和大家说，你们玩吧，我先走了。

　　从形象上看，老刘一点也不像大老板，四肢粗壮，紫黑脸，八字脚，浓眉阔嘴，眼神憨厚。冷眼一看，正眼一看，反正不管怎么看，都看不出来像个大老板。

　　老刘总是这样安排莫小蝶和他的朋友在一起娱乐。

　　老刘出了包房的门就给人打电话，喂，桑拿去，还是玉花都，怎么样？

　　老刘经常请人去各种娱乐场所，莫小蝶知道，莫小蝶跟人说，这是投资，不投资怎么能赚钱呀！是不是？于是老刘就夸奖莫小蝶：开事。"开事"是这座城市近年来的流行用语，带着时代特色的，类似于明事理的意思，又不完全一样，不一样的地方就是明的"理"，跟传统意义上的"理"有那么一点点出入。老刘很需要这种"开事"。

　　莫小蝶在单位里独来独往，当然也带着我行我素的意思，平时跟什么事也不搭界，看似超脱，却是活得无忧无虑的随意和舒坦，谁都知道莫小蝶这是被衣食无忧养的。同事这样解释：不是每个人都能超脱的，谁不想与世无争啊？你得有底子。"底子"也是这座城市的流行语，就是经济基础雄厚。

　　莫小蝶经济基础雄厚，这是不争的事实。

　　老刘在全国好多城市都开了厂，明年生意会做得更大，正打算去加拿大发展。既然如此，钱自然是这辈子包括下辈子下下辈子都花不完的。老刘舍得为莫小蝶花钱，浑身上下的包装且不说,因为再怎么包装也花不掉几个钱。莫小蝶跟老刘要保姆,老刘说行，没问题;莫小蝶跟老刘要宝马车，老刘说行，没问题;莫小蝶跟老刘要带草坪的花园别墅，老刘说行，没问题。莫小蝶说我不想要孩子，老刘还是一样说，行，没问题。对莫小蝶的要求，老刘脑袋里就有"行，没问题"这几个字醒着，别的字都睡觉了。

莫小蝶本来可以不上班的，可是莫小蝶喜欢上班跟大家在一起凑热闹，老刘对莫小蝶上班持坚决反对态度。老刘问莫小蝶，家里要钱有钱，要清静有清静，你上班图什么? 莫小蝶说：图什么? 我就图个乐子。

既然上班只是图个乐子，工作上出现问题就难免了，莫小蝶给学生讲课从不备课，迟到旷课也是常有的事，学生意见很大，反映到校长那里，校长就提醒莫小蝶，莫小蝶全当耳旁风，心想：最多我不干了，既然上班让我不快乐，我还来上什么班? 说不定哪天我就辞职。

什么是法宝? 漂亮就是女人的法宝。有一男同事这样说。莫小蝶纠正她的同事：错，漂亮是女人的财富，财富看得见摸得着，比法宝来得实在。莫小蝶说这话时，眼神流光溢彩，骨头缝里都渗出狐媚来。

女同事们对莫小蝶的态度就有些那个，看不惯莫小蝶发媚，但是，大家都不说，就是说也是背地里说，还遮遮掩掩的。苏若水是例外，背地里她从不发议论，她觉得这样做，是对同事不负责，她当着莫小蝶的面说，她还说得很直接，很热情。有一次，苏若水在走廊里跟莫小蝶说：有些男人不能理，社会很复杂，容易弄出一些不必要的麻烦。莫小蝶背靠着窗子，明媚地一笑，说：苏老师你说的是，你真是古道热肠的人。回家后，莫小蝶跟老刘说：她倒是不惹麻烦，可是她想惹麻烦能惹得上吗？要腰没腰，要胸没胸，整个一只大鸭梨。老刘说：你说谁呢？莫小蝶说：还能是谁，老苏，苏若水呗。

现在的苏若水的确是要腰没腰，要胸没胸了，好在苏若水不注意这些，她天生对美没什么感觉，不管身边的女人如何变换身上衣服的颜色和款式，苏若水总是以不变应万变，一身黑西装，她喜欢黑色。也许别的女人穿黑色能穿出一个俏丽和别致来，可是黑色到了苏若水的身上就成了黑乎乎的一片。

苏若水的丈夫马天放为了改变苏若水的形象，买了一套时装逼着苏若水穿。苏若水一见那套时装便说：这衣服我怎么能穿得出去呀，花里胡哨的，退回去，我不穿，多贵。马天放说：让你穿，你就穿，你看看满大街的女人，谁像你，弄得像灾民似的。为了照顾马天放的情绪，苏若水就把这套裙子穿身上了。

我们知道，不是每个女人都适合跟着时装走的，也不是每个女人都适合穿时装的。苏若水就不适合穿时下流行的时装款式。因为时下里正流行束身短款上衣和短款裙子。这种时装本来是为身材好的女人设计的，可是，苏若水的身材已经成了梨形了，穿上这套紧身衣裙，浑身上下都挤得满满的，胀胀的，身上的肉堆向不应该堆的地方，堆得苏若水感觉非常不自在。

在班车站，苏若水浑身不自在地跟一位上了年纪的大姐说自己老了不适合自己身上的衣服。那位大姐很会开导她，大姐以自己为例，说：我还没觉得老呢，你还敢说老？国外的女人四十岁生活才刚刚开始。

莫小蝶拿四十五度角的眼神偷偷打量苏若水。办公室的同事对苏若水的衣服评头论足，最后都说好看。苏若水脸上有一些欣喜说：好看吗？小蝶，你说说，你穿衣服有眼光。莫小蝶低头笑了，跟着莫小蝶笑的还有苏若水班里来跟她请假的学生。莫小蝶抬起头来说：啊？问我呢？好看，漂亮，挺时尚的。

苏若水本来已经坐到椅子上了，让莫小蝶这么一表扬，便站起来，走到镜子前看自己的新衣服：漂亮吗？那以后我就穿这套衣服。

大家表现出了极大的兴趣，瞪眼竖耳等着莫小蝶继续说下去。

莫小蝶真的就说下去了：苏老师，我看你学英语不是为了考研，是为了让自己更洋气。

苏若水眉眼舒展开，没心没肺地笑着应道：我不是为了洋气，真的是为了考研，考研是我的梦想。

莫小蝶在心里对自己说，天呢，世界上怎么会有这样的女人，她到底长没长脑子？

莫小蝶的想法正是马天放的想法，马天放常问苏若水你怎么那么没脑子？

苏若水本来是教政治理论课的，政治理论课像所有的考查课一样，教师讲课轻松学生学得也轻松。苏若水一个学期只有三十几节课，平时又不坐班，所以，马天放高兴地说共产党给他雇了一个保姆。可是，苏若水很快就不是他的保姆了，她成了像林木口这样少年的保姆了。

有一天领导把苏若水叫到校长办公室，领导说：苏若水，有个事给你说一下，校领导班子研究过了，觉得把成教班的学生交给你最放心，成教班换了三任辅导员，没一个让领导放心的，你就把这个任务承担下来吧。

谁都知道成教班的学生是什么成色，所谓成教班，就是成人教育班的简称，可是学校为了赚钱，收进来的学生，根本没有成人，都是初中刚刚毕业的少年。这些孩子说懂事还不懂事，说不懂事还自以为是。最关键的是这些学生差不多从小学起就放弃了学习，对学习永远没有兴趣。有一位家长跟苏若水说得非常实在，他说：我这孩子，从小娇生惯养惯了，不懂事，没礼貌，斗大的字也识不了几个，我不求让孩子能学到多少知识，你就给我看住了，别让他出去干坏事就行。对此，莫小蝶有一句非常精辟的语言，她说：成教班的学生收得越多对全省社会治安贡献越大。

苏若水就给这些学生做了辅导员，她不教课了。

苏若水接了成教班的当晚，马天放就跟苏若水发脾气：说你没脑子，你还真没脑子。苏若水说：这是领导信任我，怎么能说我没脑子呢？

没脑子这种评价苏若水都听习惯了，从来也没觉得多么难听。

苏若水出生的那个早春的夜晚，天特别冷，产房开着窗子，这使苏若水母亲脸上身上的汗成了冰水，一个晚上，苏若水的母亲上产床下产床折腾了三四次，因为她肚子里的孩子一会儿要出来，一会儿又不想出来。苏若水的母亲最后一次上产床便恨恨地跟身边的产科医生叫道：剖宫吧，剖宫吧，这个孩子怎么这样啊，应该出来的时候不出来。产科医生冷静地说：来不及了，孩子的头又露出来了。苏若水的母亲便昏了过去。天亮的时候，苏若水紫青着一张胖脸被产钳夹到人世来，苏若水的母亲已经清醒过来了，她不看抱到她眼前的孩子，心里暗想：产钳夹出来的孩子百分之九十脑子不管用。小护士三下两下麻利地把苏若水包进襁褓，抱出产房。在走廊里，苏若水跟她穿着制服的父亲见面了，苏若水在雪白的襁褓里，竟睁开了眼睛，脸上竟有甜美的笑意。因此，这以后，苏若水三年不肯说话，她父亲就说：医院把自己的孩子给弄错了，明明是一个聪明绝顶的孩子，怎么现在变成了一个没脑子的傻大姐了？后来，苏若水从幼儿园到上中学，一直是班长，老师的评语是：关心班级、团结同学、热爱劳动、遵守纪律。但是，苏若水没考上大学，苏若水的母亲不甘心，想让苏若水复习再考，苏若水的父亲说：考什么考？那么没脑子考多少年也考不上，不信你问问她，是考还是不考，她准说考不考都可以。苏若水的母亲就问苏若水，不想苏若水的回答跟她父亲说的一样，苏若水的母亲长叹一声说：你这个孩子怎么这么没脑子啊。

　　苏若水便读了一所中专，读中专时，苏若水依然关心班级、团结同学、热爱劳动、遵守纪律，因此，苏若水要毕业那年，学校里的一个保送到某师专读书的名额就给了她，苏若水的学历就这样提了一格，大专毕业。

3

苏若水的妹妹苏若冰从美国回来了，还带着她的女儿苏珊和丈夫刘医生。苏若冰大学一毕业就给自己找了一个留学美国的牙医做丈夫，嫁到美国就做了全职太太，每次给家里打电话都是报喜不报忧，所以，在苏若水的父母心里，苏若冰才是他们的骄傲。苏若冰给母亲零花钱也大方，出手就是上千美金，相比之下，靠工资过日子的苏若水手头总是紧巴巴的。

苏若冰还知道照顾姐姐的情绪，说话很内敛，刘医生却是小人得志的样子，说话动不动就冒出一两句英语来，还比比画画的，耸肩晃头。苏珊跟她老爸比，有过之无不及，满口美式英语，舌头在嘴里打着卷，一句中文也不肯说。

刘医生无论如何要请一家人出去吃饭，马天放便选了一家全市最好的星级酒店。刘医生让众人点菜，谁也不肯点，刘医生便让马天放点，马天放笑着说：我点就我点，但是，得说好了是我请客。刘医生说，我请我请。

酒是好酒，菜是好菜，酒菜上了席，刘医生不用拿菜单就知道这一桌子酒菜吃下来是什么价，脸上的表情就没有原来那么轻松自得了。马天放全当没看见，应酬得上下自如，谈笑得体，席间，马天放接了一个电话，他到外面去听电话，一去就是半个多小时，回来应酬了两句说是单位有事，结完账就走了。

苏若冰从马天放的眼风里看出了蹊跷，后来悄悄跟苏若水说：姐，马天放可不是当年的马天放了，你得用心点。苏若水说：用什么心，都老夫老妻的了。苏若冰笑着说：听说有的官喜欢包二奶，你就不怕马天放也包个二奶什么的？苏若水笑道：那才好呢，省得我伺候他了。

后来，苏若冰在马天放的办公室里又为自己的推测找到了根据。那天苏若冰去马天放工作的政府办公大楼见一个同学，在走廊里，她跟那个同学说马天放是她的姐夫，那个同学立刻说：哟，马处长还是你姐夫呀，我在他手下工作，走，去他办公室见见面吧。苏若冰知道这个同学的意思，就说：那好吧。然后，苏若冰就被那个同学领到了马天放的办公室。马天放不在，办公室开着门，苏若冰坐到马天放的办公桌前就看到了马天放台历上的一首首唐诗宋词，苏若冰把那些手抄的唐诗宋词都看完了，马天放也没回来，可是，苏若冰心里却是有了底。

其实，苏若水跟马天放处朋友时，父母都不同意。起初，父母的不同意还只是说婚姻大事不可操之过急这样的话，后来苏若水把马天放带到家里来了一次，父母的反对态度就非常明朗了。但是苏若水自己坚持，苏若水的父母问她理由，她想了好一会儿，说没有理由。她母亲跟她父亲说：你看看，终身大事，她自己都说不出理由来，这孩子呀。苏若水的父亲告诉苏若水，并不是在大机关里工作就有前途，关键得看这个人有没有做领导的素质，我看马天放就不是那块料，为人做事缩头缩脑，说句话半天表达不清意思。苏若水的母亲接着说：这还是小事，你跟马天放结了婚，你就要接受他的家人，七大姑八大姨，三天两头从农村来了，你接不接待，不接待，马天放不高兴，夫妻感情就要受影响；接待吧，你接待不起，就你们那点工资，够花吗？苏若水的母亲又说：马天放也没什么专业特长，一个师范大学学哲学的，有什么用处？苏若水的父亲说：哲学我在党校学过，就是没事硬说成事。苏若水老老实实地坐在椅子上听父母训话，低着头，整整一个下午一声不出，末了，苏若水的父亲问：同意分手了？苏若水说：我还没想好。父母见说不通苏若水的思想，就放弃了说教，他们托人给苏若水介绍男朋友，苏若水也去见，见完了，也就没有下文了。父母没办法就由她去了。

苏若冰跟苏若水说：姐，你的确需要好好经营一下你的婚姻了，马天放即便是现在没有外遇，起码他有这个心思，你想想，中国上下五千年，从《诗经》到白话诗，什么不好写，他为什么偏偏写那些东西，像招情广告似的。苏若水说：诗词还不就是除了情就是爱的。苏若冰说：那可不对，他为什么不写金戈铁马，为什么不写阳关古道，为什么不写田园风光，为什么不写江枫渔火？哪怕写一写晓风残月也好。苏若水说：我知道你是学中文的，别说话一套一套的。苏若冰说：不是我一套一套的，是为你着急。具体内容我也记不起来了，反正都是栏杆拍遍无人揩英雄泪之类的东西。苏若水说：你还中文系毕业呢，那不是辛弃疾的词吗？苏若冰说：让我怎么说你呢？苏若水说：你别瞎操心了，你姐夫我还不了解，他不是那种人。他工作累，就那么一点爱好，写写诗词，让他写好了。苏若冰无奈地叹口气说：算了，我跟你说不明白，像你这样的女人真是最幸福的女人，糊涂是一种大幸福。

苏若水在单位也是这样幸福着。

她选定的班长，一个看上去老实厚道的小镇少年，把另一个班的女生肚子给搞大了，又不负责，不承认是自己干的，还找社会青年去威胁那个女生，叫那个女生闭嘴。那个女生不肯闭嘴，回家把父母亲戚领到学校，一群人直接去找校长。校长于是跟苏若水大发脾气，问苏若水的学生是怎么管的？话里话外的意思是苏若水收了那个小镇少年的好处，并且当天就通知成教处长，扣发苏若水一年奖金。同事们都替苏若水不平，莫小蝶快人快语：这不是明显欺负人吗？换了我，绝对不答应，又不是你一个班出事，为什么不扣别人的奖金？苏若水说：扣就扣吧，钱多就多花，钱少就少花，再说领导批评得及时，要是晚了，还说不定出什么大事呢。说这些话时，苏若水脸上完全是幸福的表情。

现在，苏若水坐到办公室里，有一片阳光正扫在书上，苏若水半张脸都埋在书里，考硕士研究生她准备了许多年，考场也进过几次了，就是没有被录取。

林木口撞开门，嬉皮笑脸地站在苏若水面前。

这个喜欢独自一人在夜晚时分于大街上飞翔的少年，是苏若水班里的人物。

入学军训时，林木口在操场不停地跑，别的同学都休息了，他也不停下来，他还给自己买了一箱矿泉水，跑一圈喝两口水，然后接着跑。军训的武警对犯错误的学生实行罚站制，就是让学生站到检阅台上示众。林木口没有犯错误，但是也挤到检阅台上站着，还昂首挺胸地站着。而后，只要是上课，林木口就开始画画，画各种动物，也画身前身后的同学。当然，主要的对象是讲台上的老师，他喜欢的老师，他就画得好看一点，不喜欢的就画得人不人兽不兽的。下课铃声一响，林木口如军人听到了就寝命令一般，立刻趴在桌子上睡觉。十分钟之后，上课铃声哗哗一响，林木口腾的一下抬起头，口水还挂在腮边，精神头却十足，红着双眼开始了下一轮的写生。有一次在语文课上，莫小蝶实在忍无可忍，就指责林木口没有人生目标。林木口反驳说：谁说我没有人生目标，我有。莫小蝶说：你有什么人生目标，你说出来给大家听听。林木口马上说：我的目标是没有蛀牙。满屋子的学生哄堂大笑。

林木口跟所有的老师顶嘴，但是对苏若水是个例外，他从来不跟苏若水顶嘴。莫小蝶说，苏若水一定是给林木口施了魔法。

林木口不仅不跟苏若水顶嘴，还常常会在苏若水面前做出惊人之举。母亲节那天，林木口捧了一束康乃馨等在校门前，苏若水下了班车，林木口就迎过来，并且打开身上挂着的录音机，录音机的音量放得非常大，录音机唱着《好大一棵树》。有一次，苏若水感冒嗓子哑了，讲话发不出声，林木口就逃课冒着大雪跑到药店去给苏若水买咽喉片，在交给苏若水咽喉片的时候，他还讲了一句广告词：保护嗓子，请用金嗓子喉宝。苏若水教育林木口：你关心老师，老师表示感谢，但是，你不能上课的时候就跑出去，这是违反学校纪律呀。莫小蝶在一边说：什么关心老师，我看林木口就是不想上课，想跑出去玩。林木口翻了莫小蝶一眼，毫不客气地说：我们老师说话，用不着你插嘴，管好你的学生得了，像个鹦鹉似的。老师们都知道有关鹦鹉的一个段子，意思是说鹦鹉把自己打扮得跟三陪小姐似的花里胡哨。于是，老师七嘴八舌指责林木口外带成教班的学生，莫小蝶说得更直接，她说林木口是十足的神经病。

苏若水对林木口说，来老师的办公室要敲门，你怎么又给忘了？林木口收平了嘻嘻笑着的小眼睛。林木口是一张刀条脸，脸上的五官顺着脸型长，细眼耷拉眉。林木口无论在什么情况下，眉眼都像睡不醒似的。现在，林木口就睡眼蒙眬地对着他的辅导员苏若水。

苏若水说，林木口，你有什么事，说吧。

林木口不说话。

苏若水说：让你说话的时候，你不说话，不让你说话的时候你却说得没完没了。你总得让你的老师知道你现在正在想什么吧？你不说话，我怎么知道你现在想什么呢？说到最后，苏若水几近恳求了。

林木口说：老师我没事，我就是来看看你。说完，林木口转身就跑掉了。

莫小蝶随后走进了办公室，莫小蝶跟苏若水说：从今天起，我拒绝上课，我可受不了了，我都崩溃了，这哪里是上课，这是对牛弹琴。

莫小蝶点着手里的学生作文本走到苏若水面前：苏老师，你听听，你学生的作文是怎样写春天的，接着莫小蝶大声朗读道："春天是春天，红的是花，绿的是叶。"莫小蝶读完了，笑起来，一边开心地笑，一边拍着苏若水的肩。

苏若水说：这是谁写的？

莫小蝶说：还能有谁呀，就是你们班没有蛀牙的林木口呗。

苏若水说：这写得也没错呀，花就是红的，叶就是绿的，春天就是春天。

莫小蝶说：苏老师，你笑死我了。还是你有哲学思想，用你的哲学思想解释一下林木口的作品吧。莫小蝶把一张八开的打印纸放到苏若水的桌子上。纸上画着漫画，三分之一是莫小蝶的肖像，三分之二是一条连在肖像后面的粗壮的蛇尾，两只小小的蝴蝶翅膀贴在蛇体两侧。

莫小蝶说：苏老师，你要是解释不了，我找校长去解释。

4

莫小蝶的嘴是刀子，不过是软刀子。对于女人来说，使用软刀子杀伤力更强。

莫小蝶在方子名的办公室里还没有说上几句话，就让方子名心里感到十分妥帖，十分受用。莫小蝶说：以前，我从来没有进过这么让人感觉舒服的办公室，还是首都人民有品位。感觉就是好。

方子名问：什么感觉？莫小蝶一笑，想了想说：春天的感觉，秋天的感觉，温暖的感觉，冷漠的感觉，总之，又酷又爽的感觉吧。

方子名笑道：主人呢？莫小蝶马上说：一样的感觉。

有了这样几句玩笑开头，接下来的谈话就相当愉快。没出一个小时，莫小蝶就把要说的话说完了，应该办的事办成了。送莫小蝶出门，方子名突然说：你跟老刘是两种人。莫小蝶可爱地扬起一张笑脸问方子名：是吗？什么样的两种人呢？方子名说:你聪明伶俐,老刘有点木讷呆板啊。这一次莫小蝶没说话,方子名也不说话,一直把莫小蝶送到马路对面的停车场,大约有几分钟的路程,莫小蝶跟方子名都觉得时间过得很快,所以,莫小蝶拉开车门时,方子名低声说:就这么走了? 目光里有毫不掩饰的不舍。莫小蝶笑笑,什么也没有说。

莫小蝶来见方子名是老刘的指示。老刘要在商业区建一座超市,地段都看好了,许多批文也下来了,但是,还是建不成,过不了城建局的关。所以,那天,莫小蝶说她认识城建局局长方子名时,老刘当即让莫小蝶给方子名打电话,请方子名在香格里拉大饭店吃饭。那天,方子名还真的赴约了。

后来,老刘单独请方子名吃饭,是一家日本料理店。坐在日本料理的小包房里,木板拉门被老刘随手拉上,世界立时变紧凑了,表情也变得亲密了。老刘趁着这种此时特别需要的气氛还跳荡着,从包里拿出一个大档案袋来。老刘说:一点小意思,如果你还需要钱,跟我说一声就行,都是朋友,不分你我。方子名拍拍厚厚的档案袋,像要拍打上面的灰尘,说:你这是干什么? 你不是让我犯错误吗? 老刘说:没那么严重,一点小钱,你家在外地,就当我给你洗衣服的费用。方子名把档案袋推回到老刘面前说:你可不要游说我,我这个人立场不坚定,你别拉我下水,下了水淹死我,你准会在岸上看热闹。方子名几句话说得老刘厚嘴唇木了,吐不出一句有用的词来。回家的路上老刘琢磨不透方子名是什么意思,是嫌钱少了还是自己送钱的方式不对,想来想去,也想不出结论。老刘经商几十年了,大官小官也见得多了,他从来没见过像方子名这样的官儿。

以老刘的经验，一般情况下，如果这个官是贪官，不等你行贿，他就开始索要了，给多了他不嫌多，给少了他嫌少；如果这个官是清官，不仅不受贿，吃请也不受，三言两语给你扫地出门。像方子名这样的吃喝来者不拒，送钱一分不要的，还的确太少见了。老刘不怕跟贪官来往，因为送的不如得的多，也不怕跟清官来往，因为清官秉公办事，他是正经商人，做着正经生意。老刘想不透方子名是怎么一个人，就问莫小蝶。莫小蝶说：这你还看不清楚，这种人才是真正的男人，场面上圆得下来，毛病还不出，朋友一堆，为官为民都走得通。老刘酸酸地说：看不出来，你对他的印象这么好。莫小蝶说：是啊，就是印象好嘛。老刘说：那你去找他，看看能不能有个转机什么的。莫小蝶说：我不去，为什么让我去跟他谈？老刘说：你去找他，说不定比我找有效果，你有知识会说话，我没文化嘴不跟趟。莫小蝶说：我不去，我不管你的事。老刘整个晚上都跟莫小蝶赔着小心，还给小保姆放了假，亲自下厨，给莫小蝶做清炒蒜蓉苦瓜。莫小蝶吃饭的时候说：方子名不是愿意打麻将吗？我专门陪他打麻将，等感情培养得差不多了，我再跟他提正经事。老刘说：行，没问题，就是得讲究个分寸。莫小蝶笑着说：讲什么分寸，你不放心我呀？老刘挺着脖子说：笑话，谁说我不放心了？这点自信我还是有的。

　　莫小蝶陪方子名打麻将的时间加起来过了有三个月，莫小蝶这才到方子名的办公室跟方子名提建超市的事，不想方子名很爽快地就答应了，还答应得轻描淡写。因此，莫小蝶高兴，老刘更高兴。老刘说：还是你有两下子。还说：这个关系不能断，以后用得着他的地方多了。

有老刘这句话，莫小蝶与方子名的交往就算有了政策，一起吃饭，一起打牌，这是老刘知道的，当然，还有老刘不知道的，那就是他们有时还一起出去听听音乐会，看看电影。两个人看《英雄》的时候，坐在一个包间里。方子名说：小莫，你和张曼玉神形酷似。莫小蝶笑着说：别恭维我，我会当真的。在谈论张艺谋的艺术天分过程中，方子名的手很随意地放到了莫小蝶的大腿上，那只手没有任何抚摸之类的动作，就那么安分地放着，可是，那只手的温度却一瞬间通过了莫小蝶的整个身体，莫小蝶的心尖颤抖过一阵激动，这是一种很特别的激动，是脑袋麻木，身体却无比亢奋的激动，莫小蝶从来没有体验过这种感觉。后来，莫小蝶曾多次独自回味这种感觉，她没法解释清楚这究竟是一种什么样的体验，直到她想起《荷塘月色》里的一段话之后，她才跟方子名谈她的体会："这时候，叶子与花也有一丝颤动，像闪电一样，霎时传过荷塘的那边去了。"

方子名大笑说：说得好，我喜欢听这种有情调的甜言蜜语。

单位给方子名在乐华宾馆包了一处套房住，没和莫小蝶交往之前，方子名晚上多半出去应酬。方子名的职位足以让许多人巴结他，他是许多商人眼里的一块肥肉嘛，不吃肥肉哪能长膘呀！方子名一个人本来也寂寞，又是喜欢热闹喜欢赌的人，因此，来者不拒，只要有人约，就赴约，晚上回宾馆差不多都是午夜之后了。可是，现在，方子名晚上愿意留在宾馆里，因为，说不定莫小蝶会突然敲门，突然就探进头来说：我来了。

5

老刘在全国几个城市到处跑，在家的时间并不多，也没心情顾忌莫小蝶。尽管他们没有领结婚证，还属于同居，可那又怎么样？两个人都是过来人，过来人的意思就是两个人能走到一起都是经过仔细考虑的，都知道哪头轻哪头重。换一句话说，老刘对莫小蝶非常放心，这种放心绝对是以老刘强烈而坚定的自信心为基础的。在这一点上，老刘跟莫小蝶的前夫有很大区别。

莫小蝶上大学时，是公认的校花，也是活跃分子，是学校话剧团的主角。学校话剧团排《雷雨》，莫小蝶出演四凤；排《日出》，莫小蝶出演陈白露。同学们都说莫小蝶把陈白露给演活了，神形兼备，比专业演员还专业。莫小蝶把上下届的男生弄得神魂颠倒的，也有几个胆大的，主动跟莫小蝶搭话，下晚自习后，常有男生在校园的树丛后面突然冒出来，说请莫小蝶去吃夜宵或者到校园的咖啡厅去喝咖啡。一般情况下，莫小蝶都婉言相拒。隔着斑驳的月色，莫小蝶脸上的表情永远是深不可测的微笑。时间在莫小蝶的骄傲中悄悄流走，四年的时间弹指一挥，便了无踪影了。

那时候的女大学生还不时兴到娱乐场所去打工赚钱，但是，莫小蝶却偷偷做了先行者，她周日去一家酒吧唱歌，仅仅是周日，所以，谁也不知道莫小蝶花钱为什么那么阔绰，很多同学还以为莫小蝶的家境好。其实莫小蝶的家境一点也不好，父亲在一家家具厂做木工，退休了。母亲在一家街道小厂织手套，厂子倒闭了。几个哥哥姐姐下岗之后找不到工作，在街上摆摊卖菜。

一家七口人住在建筑面积不足五十平方米的老楼里，生存空间和生活质量可想而知。考大学那年，父亲为了省电费不让她开灯读书，她只好走到马路上去，在路灯下面夜读。全家人没有一个人认为莫小蝶会考上大学，对莫家人来说，祖祖辈辈能识字就了不起了。莫小蝶的二哥还跟莫小蝶开过这样的玩笑：你要是能考上大学，我用两只手走路，两只脚吃饭。莫小蝶的二哥还做了一个示范动作，双手着地头朝下倒立行走了一圈。莫小蝶气愤地跟她家里人说：你们看着吧，我不但能考上大学，我还能嫁一个好男人。

莫小蝶在大学里读了四年，没有一个男生让她动心过，不是这些男生个人条件不好，是家境不好，她一心想找一个家境好的男人，她知道穷日子是什么味道，她受够了。

大学毕业第二年，莫小蝶的工作还没有着落，按学校的分配方案她是被分到郊区一个镇子去教书的。那个镇子离市区很远，乘火车也要两个多小时的路程。莫小蝶去了那个镇子，也想先在镇中学干一段时间再调回市内。可是，第一天她就放弃了这种想法，小镇的街道泥泞不平，到处都是积水和生活垃圾，莫小蝶还没有走到镇中学就返回了火车站，这种地方，她一天都不想待下去。

莫小蝶只能靠婚姻改变命运了，人家说女人的婚姻是第二次投胎，莫小蝶睁大了双眼，寻找着第二次投胎的机会。就这样，两年的光阴就过去了，莫小蝶跟她的同学说，把毕业后的两年与读大学的四年加到一起，她整整蹉跎了六年岁月。六年呢！什么是时间短？那是一寸光阴一寸金的青春年华。

　　谁都知道年龄是婚姻的抛物线，年龄越往上走，婚姻质量越往下掉，再过几年，莫小蝶就过了最佳择偶年龄了。因此，当莫小蝶坐在军区司令员儿子的对面时，心里只有一个想法：就是他了，差不多就行了，我没选择了。

　　可是，事情总是跟莫小蝶的想象有那么一点点出入。司令员竟在莫小蝶结婚的半年后突发心脏病去世，司令员的去世直接影响了莫小蝶的生活质量。她前夫，那个边防营长随后就转业了。回城之后，靠着老娘四处求人才进了一家外贸公司。当时，外贸公司已经没有特权了，大家各显身手各自为政，抓一把算一把，走一步是一步。莫小蝶的前夫是没有步走的人，也不想有什么步。拿着几百元工资的人还特别喜欢钓鱼，起初是休息日去，后来发展到一周有三天至四天得去钓鱼。骑一辆破自行车，带着渔具，满身是蚊子咬起来的大红包和鱼腥味，但他悠然自得，而且乐此不疲。城市里哪里有地方钓鱼呀，想钓鱼得到城郊农民的养鱼池里去钓，得交费，所以，他工资的一部分基本是交给养鱼的农民了；钓鱼之余，他喜欢买各种彩票，这样，另一部分工资就捐给社会的公益事业了。莫小蝶的口袋不到月底总是空空如也，回娘家想给父母买一点熟食的钱都没有。在这种情况下，莫小蝶便到歌厅里去唱歌，贴补家用。有一次一个男人开车送莫小蝶回家，她前夫审来问去没完没了。莫小蝶不直接回答审问，她这样说：男人不怕没成就，怕就怕少廉寡耻。莫小蝶的前夫立刻破口大骂，越骂措辞越激烈，越难听，骂到贱人时，莫小蝶所有的愤怒都冲到了右手的彩色指甲上，彩色指甲伸出去如闪电一样迅雷不及掩耳，也迅雷不及掩耳地从那张叫骂的脸上刮过去。

"迅雷不及掩耳"是莫小蝶后来所想到的词，对于那个曾经一起生活过的男人，莫小蝶只记得这句成语了。

离婚很容易，同样容易的是莫小蝶调进市内一所学校教书了，再不用到处去找工作跑人才市场了。

帮莫小蝶调进这所学校的人是老刘。

在恍惚的烛光里，老刘有一搭没一搭地跟莫小蝶说生意经，酒吧的歌手正唱着一支很煽情的歌，老刘的生意经随着那幽怨的歌声像风一样吹过莫小蝶的耳朵，穿过莫小蝶金黄色的卷发，一直吹到身后看不见的空气里去，莫小蝶根本什么也没听清。莫小蝶不知道自己是从什么时候开始，便不会听人倾诉了。她还可以做出倾听的样子，只是思想不集中，满世界乱飞，无边无际的。

老刘的老，不在脸上，在眼神里，那是压着无数座大山的沉重和倦怠。沧桑，是莫小蝶第一次见老刘时最深刻的印象。可是，莫小蝶就同意了，莫小蝶心想：沧桑是什么，沧桑就是生活阅历，沧桑就是生存资本，沧桑就是生命经验，有了这三条，老不老不重要。所以，认识不久，莫小蝶就搬来跟老刘同居了。同居之后，谁也不主动提结婚的事，有一次，老刘主动说：等我忙完了这段时间，我要给你办一个风风光光的婚礼，大场面，亲朋好友的，七大姑八大姨的，凡是你想请的，全请来。莫小蝶笑着说：你看着办吧。老刘这一忙，就忙了一年多，总不见有忙完的意思。莫小蝶也不急：结婚不结婚也就是一张纸，无所谓。

有时候，莫小蝶问老刘，怎么你的前妻或者孩子就从来没有找过你呀。老刘说：我前妻死了，我前妻在没死之前没生过孩子。莫小蝶还想接着问点什么，但是，每次她都不敢多问，老刘脸色明显不好看。

老刘对莫小蝶很好，是真的好，当孩子一样宠着，当情人一样爱着，当宠物一样养着，有时候跟朋友们在一起，他管莫小蝶叫闺女，莫小蝶叫他老爸。每当莫小蝶跟他撒娇时，老刘就会说：我们永远不要孩子，你就是我的孩子。

莫小蝶在方子名这里找不到被当作孩子的感觉，但是体会到了一种从来没有感受过的快乐，这就是感受爱情和给予爱情的快乐。莫小蝶也说不清自己为什么会这样爱方子名，每次方子名吻她的时候，她都会战栗，双手会不由自主绕过方子名的脖子，一点一点，由下至上，插入方子名的头发，搜索一般地抚摸；她也会捧起方子名的脸，让心化成了一滴水，希望方子名能把这滴水吸了下去。有时，莫小蝶甚至怀着感恩的心境想：这个世界如果没有方子名，她莫小蝶就不会体会到爱情是这样激动人心的好东西。

莫小蝶如恋爱时期的少女，毫无理性地讨方子名的好，她替方子名打扫房间，给方子名洗袜子，带各种亲手做的家常菜让方子名换口味。为了给方子名买一套西装，她会在城里的几家商场转几天。在做这些事情的时候，莫小蝶不知道自己的脑袋在想什么，自己的手在干什么。她的脑袋里只有一个念头，那就是每时每刻都想跟方子名见面，所以，她常常会脸上挂着笑容十分霸道地踏进方子名的房间。

今晚，方子名突然跟坐在床头上看电视的莫小蝶说：小莫。

方子名从来都叫莫小蝶为小莫，不叫小蝶。方子名叫小莫时的语调很像跟他的下属说话一样。现在，方子名说：小莫，任何游戏都是有规则的。

莫小蝶就是再被爱情冲昏了脑袋，也能清楚地理解方子名的言外之意。莫小蝶眼圈一层层地往上泛红，待到那红色要堆积出泪水的时候,莫小蝶急忙站起身,逃一般离开方子名的房间。

6

老刘坐了两天一夜的火车，皮松肉软地回到家。本来他跟莫小蝶说乘飞机回来的，但是，他在路上突然改变了主意，主意一改，时间就差了一天一夜。莫小蝶打电话问他为什么没按时回家，他说他还需要再跑几个地方。莫小蝶说不会是去会老情人了吧？老刘说：你不放心下次就跟我一起来，免得那么多美女围着我打转。莫小蝶问老刘到底什么时候能回家，老刘告诉她最快也得一周，老情人太多。莫小蝶笑着在电话里说：那你就慢慢会吧。

老刘见不到莫小蝶，也不见小保姆。他先是给小保姆打了一个电话，小保姆家住郊区，电话一打就通了，小保姆说莫小蝶给她放假了，还有三天她的假期才满。老刘额头上的皱纹一下子连到了眉心，他给莫小蝶打手机，莫小蝶的手机没开，给莫小蝶的娘家打电话，莫小蝶母亲的回答吞吞吐吐，一会儿说莫小蝶刚刚出门，一会儿又说莫小蝶睡下了。老刘便不想再给莫小蝶打电话了，他一个电话把跟了他十几年的跟班从床上叫起来，他跟那个跟班说：到姓方的住处外守着，睁大了眼睛盯住大门，只要莫小蝶从那个大门出来，立刻给我打电话。

办完了这件事，老刘从家里出来，也没有开车，肚子饿，一个人想找个地方去喝酒。

老刘的家在太阳花园小区，太阳花园小区是被这座城市的人认作为富人居住的地方。所以，常有一些不法之徒瞄着这里，行窃的人有，行抢的人也有。两年前，就有女税务所长在家里被杀死，房间被翻得乱七八糟，保险柜里连一张纸片也没剩下。不久前，还有一位据说是千万富翁的老板在小区大铁门外挨了两枪，两枪都打中了要害，当场毙命，车和身上的现金信用卡手表统统都被歹徒抢走了。因此，对花园小区的业主来说，犯罪离他们很近，他们所能做的，除了掏钱多雇保安之外，就是小心行事了。

老刘夜半从家里出来加了一份小心，披了件装修工人的破夹克衫，低头弯腰从大铁门里出来，一个保安跟老刘赔着笑脸，大声说：刘总，这么晚了还出去？

街对面，隔着树影和楼的边边角角，大概有五百米或者更远一点的距离，白色的烟雾和着吵嚷声从忽明忽暗的炭火上升腾起来，深蓝的夜空便起了白雾一般，跟白雾一起飘散的还有一阵阵烤肉的焦香味。

那种焦香的味道远远地飘过来，那是老刘最熟悉不过的香味，许多年前，他也在一个小镇子上卖过烤肉串。烧烤小吃是老刘久违了的一种感受，那是一种能让他重新品味自己奋斗成果的感受。所以，老刘得意或者失意的时候，都喜欢一个人去吃烧烤喝啤酒。找一个角落坐进一群不认识的人中间，把一条腿放到塑料椅子上，踢掉鞋子，让脚丫子完全放松；脱光上衣，让肚皮和膀子也放松。不仅如此，他还可以随便骂脏话。如果他喝得高兴，一只手可以卷起半截裤腿，啪啪拍着长着黑汗毛的半截光腿跟着卡拉 OK 唱歌，他唱刘德华的《忘情水》："曾经年少爱追梦，一心只想往前飞。踏过千山和万水，一路走来不能回。蓦然回首情已远，身不由己在天边……"每每唱到这一句，老刘便潸然泪下，接着便冲着服务员大喊，酒，酒，我不说第三遍啊，我告诉你，我不说第三遍。装什么装？你跟我装什么装，我出不起钱吗？给所有人都上大扎，冰镇的，今天我请客。这时候老刘一定是喝高了。

市政府三番五次下令说要取缔烧烤一条街，但是总是取缔不了，老刘说：好。

老刘眼前的烧烤一条街可以用灯火通明来形容，相比之下，老刘身后的花园小区却只是夜色里的一堆黑色建筑。老刘随口说：装什么装？

老刘向街对面走，他得穿过三条马路，然后，他才能吃到烤肉串喝到冰镇扎啤。老刘思考着莫小蝶会到哪里去呢？

老刘终于在思考中穿过了三条马路，坐到了塑料椅子上，他踢掉了脚上的鳄鱼牌皮鞋，脱去雪白的袜子，一只脚放到塑料椅子上，开始喝酒吃肉串。三杯扎啤下肚，老刘想莫小蝶会到哪里去呢？他掏出手机给莫小蝶打电话，依然是关机。老刘在打过了三次电话之后，把手机拍到桌子上，抢过麦克风，他又开始唱《忘情水》了，他又开始请大家喝冰镇扎啤了，他又喝高了。

少年林木口骑着他的山地自行车在大街上飞奔，风衣后襟被夜风高高扬起，黑色的旗帜一般窜向远远的天空，月亮笑着胖脸追着林木口飞跑。

飞，飞呀，林木口喊着，松开车把扬起双臂。

我们知道，林木口总喜欢在夜深人静的时候，一个人在大街上飞翔。

周六和周日是林木口最快乐的日子，因为这两天林木口就可以像出了笼子的鸟，满世界乱飞，自由自在，无拘无束。他骑着一辆山地自行车，戴着一个头盔，大热天他还穿了一件黑风衣，他喜欢把自己弄成一个电影里骑士的样子，这样才"悍"，"悍"是林木口的同学嘴里的流行词，就是勇猛强悍无敌的意思。林木口为了让自己更显得"悍"一些，他弄了一把弹簧刀藏在身上，以备万一。其实，林木口也没有什么万一，他只是骑着自行车在大街上飞或者闲逛，不到深夜不回家。

学习，学习，再学习。这是林木口姥姥唠叨的主题。

林木口最怕姥姥唠叨，姥姥的唠叨是夏天里乱飞的蚊子，永远赶不走地跟着他。

林木口不想妈妈，妈妈死了，想也想不回来；林木口也不想爸爸，爸爸总不来见他，不想也罢。

林木口听着姥姥的唠叨长成了少年。

林木口姥姥的唠叨在林木口的同学们中传送，只要提起谁老妈爱唠叨，马上会有同学说，跟林木口的姥姥一样。尽管如此，林木口依然没有好好学习，初中三年只读了一年半就开始跟街上的小混混一起玩了。林木口的姥姥找到林木口爸爸的新家里去，跟林木口的爸爸要了一笔钱，这样，林木口才上了高职成教班继续读书。

骑着山地自行车的林木口感觉自己飞了起来，他穿过一条又一条马路，他身后的两条黑色风衣，就像他的翅膀一样鼓满了风，高高飘起来。林木口大声唱着歌：九妹，九妹，漂亮的妹妹；九妹，九妹，漂亮的妹妹；九妹，九妹，漂亮的妹妹。林木口的歌唱只变调不变词。

之后，林木口就跟面前的一个黑影一起咚的一声人仰马翻了。

林木口被摔痛了腿，摔破了脸，摔坏了心爱的坐骑——他的山地自行车，所以，林木口有理由愤怒。林木口理直气壮地一把揪住那个还在马路上爬不起身的男人。同时，他亮出了他的弹簧刀。他用弹簧刀抵住那个男人的后背。

7

如果老刘没看见揪着他的男人戴着头盔，如果老刘没看见夜色里的弹簧刀闪着寒光，如果老刘没看见蹬在他腰上的脚穿着一只军用黑皮靴。老刘的酒醉就不会被吓醒，老刘求饶的声音就不会打战。

老刘往回收紧身上的所有肌肉，同时，声音也收得细弱：有话好好说，有事好商量。

林木口便有一些激动，一激动，突然觉得这个老男人让人发笑，林木口忍住笑，沙哑着变声期的嗓音说：把钱全部给我掏出来。

老刘立刻发现了端倪，老刘纵身一跃，林木口被老刘在身后扭住了胳膊。林木口拼命向前探出头去，像被捉住了翅膀又一心想逃命的公鸡一样，大叫着挣扎着向后踢腿，企图让自己的身体从这个男人的手里逃脱出来。

林木口的力气还不足以逃脱老刘钳子一般的大手。林木口的叫骂完全暴露了他还是一个孩子。林木口被老刘揪到路灯下，林木口不叫痛了，他叫道：我——的——自——行——车。

老刘不说话，一直把林木口拖进不远处的一家饭店。

这是一家大饭店，大堂里灯火通明，有酒吧和茶座分布在大堂里，有人转过头来看。两个保安也跟了进来，老刘低声骂了一句：看什么，老子教育儿子。

林木口彻底老实了，他被老刘塞进一把椅子，被老刘掀掉了头盔。

林木口的发型是上午才在发廊里做过的，很前卫的莫西干式，就是贝克汉姆在足球世界杯期间的发型，脑袋两边的头发剪得很短，一寸宽的中间部位却用啫喱水堆得很高，一根根金黄色的头发齐刷刷向上竖着，从前额直堆到后脖子。

老刘揪着林木口的头发说：你不学好，你还弄了个洋鬼子发型？

老刘说完这句话才感到一阵头晕恶心，头重脚轻，他想吐。

老刘咬着牙把手机摔到林木口面前，说：给家里打电话，让你家的大人来见我。要不，我就报警，让警察把你抓起来。老刘的鼻子开始流血，老刘用袖子抹一把鼻血说：快点，臭小子，你想不想找死？

马天放对深夜家里来电话不胜其烦，苏若水是心有余悸，但是，每天晚上，她都是醒着一只耳朵睡觉，因为夜里来电话，那准是学生出事了，在她的心里，学生出事，跟她自己出事没什么两样。

所以，林木口的电话打过来，苏若水就翻身跳下床。马天放在苏若水的身后说：你还真是身手敏捷，行动迅速。

在路上，苏若水想，林木口夜里给她打电话一定是又惹了麻烦，这麻烦一定不是小麻烦，小麻烦林木口是不会来找她的，那么，林木口会招惹什么麻烦呢？林木口不会跟人打架，林木口虽然个子高，但是林木口是一个豆芽菜一样的身材，细胳膊细腿，他不敢跟人打架，他就只敢跟人家动动嘴皮子功夫。快到酒店的时候，苏若水突然明白林木口惹了什么麻烦了，林木口一定是在酒店里偷了客人的钱，林木口有这样的毛病。

才一个学年，林木口就偷了几个同学的生活费和饭票。

林木口偷的方式非常简单，他不管这叫偷，他说这是借，他不通过主人就从主人挂着的衣服口袋里借，晚上睡觉时他有可能去借，上课时他逃离课堂回宿舍去借，放学班级打扫卫生时也能从同学脱下来的外衣里借。反正，只要有机会摸到同学的口袋，只要同学的口袋里有钱他就会借。如果林木口能想起来并且时间充裕，他会在同学的口袋里留一张借条，写上自己的名字。如果他高兴，第二天他会给这个同学画一张肖像，当作赔礼道歉，全班五十六名同学，有三分之二的学生接受过这种赔礼道歉。

　　林木口借的时候多，还的时候少，林木口总是缺钱花。如此这般地借，班里的学生却不肯告诉苏若水，所以，苏若水一直被蒙在鼓里。可是，上学期，林木口"借"到了另一个班的学生宿舍，另一个班的同学对林木口就没有那么宽容了，他们把林木口告到了保卫科，林木口就在上课时，被抓进了学校的保卫科里。

　　林木口不承认自己是偷，他还说是借，保卫科科长说：借得有凭证。林木口说：我忘了写借条，你就没忘过事呀？保卫科就把林木口关了起来，还拿了警戒具给他看。保卫科长跟林木口说你知道我是谁吗？我是保卫科长，我当这个官快二十年了，我知道怎么对付你这样的人，你说不说实话，你不说，我会让你说。

　　林木口怕了，林木口一下子就认罪了，坦白得干净彻底，一件一件，算起来，总共"借"了近千元。

　　苏若水给林木口的父亲打电话，叫林木口的父亲到学校来。因为她不同意保卫科长的意见，以保卫科长的意见是把林木口交给派出所的警察处理。

　　那天的情景苏若水还记得，林木口的父亲挺胸昂首踏进办公室，他脸上的表情十分不耐烦，竖着眼睛听苏若水讲林木口的错误。林木口的父亲没等苏若水做结论性的总结，便说：嘿！多大个事呀，不就是拿了几个钱吗？多大个事呀还用得着找家长？苏若水一时愣在那里，她想不到林木口的父亲会把林木口的行为说成是"多大个事"。苏若水说：可是，可是，从小关心一个孩子的品行比教育他学知识还重要啊。林木口的父亲说：老师，我尊重你，可你也用不着跟我上纲上线，我就知道不杀人不放火就是好人，不犯罪就是良民。林木口的父亲从腋下夹着的包里掏出一叠百元钞票放在苏若水的办公桌上，他说：这些钱够了吧，我很忙，我的生意很多，我把孩子送到学校来是让他学知识来了，不是让他学品行来了。

苏若水把钱推给林木口的父亲，让他直接去找校长谈。林木口的父亲说：这样更好，你们校长我全认识。

后来，不知道林木口的父亲找了哪一位校长，林木口和苏若水都没有受处分，这件事就算是过去了，不过，林木口在走廊里跟苏若水说：老师，找你的那个人不是我爸，我没爸，我老爸早死了。

苏若水推开饭店的转门，就看见林木口正伸长了细脖子向她这里张望。苏若水听不见林木口说了句什么，苏若水就坐到了老刘的对面。老刘说：你是怎么教育你儿子的？你儿子这是犯抢劫罪，你知道不知道？

8

林木口本来是不想找老师苏若水的，可是，他不找苏若水，他还能找谁呢？自从他爸爸去了学校一次以后，他就再也找不到他爸爸的人影了，他爸爸就从这个城市里消失了，还带着他的小老婆。林木口把那个花枝招展的女人叫成他爸爸的小老婆。林木口也不能找他姥姥，他姥姥太老了，走不动了。找老师苏若水也是没有办法的办法。

其实，林木口很怕苏若水，犯错误见了苏若水心里就突突，突突这个词，是林木口的心理感受，就是心脏狂跳的意思。但是林木口很爱苏若水，他觉得苏若水很像他的妈妈，对他很疼爱。冬天的时候，苏若水去检查宿舍卫生，见他的褥子薄，就从家里拿来了一床鸭绒褥子给他，苏若水给他铺床时什么也没说，眼神里放着慈爱的光辉。这光辉像春日里的太阳一样，一直悬在林木口的心里，一想起来就温暖。

所以，苏若水一进了饭店的转门，林木口就跟老刘说：我妈来了，有话你跟我妈说。

有苏若水在身边，林木口如找到了靠山一样，伸长了细脖子，指着老刘叫道：放屁。谁抢劫了？你有证据吗你？你吓唬谁呀你？

苏若水把林木口按到身边坐下，她不否认林木口是她的儿子，她一再向老刘赔礼道歉。老刘不说话，也没有走的意思。尽管已是深夜，饭店里来来往往的客人不断，这些客人从苏若水的面前走过，苏若水觉得有很多眼睛在看着她。苏若水侧转身体，伸手把林木口的莫西干发型压了压，但是，林木口的头发喷了啫喱水，压不平。林木口的几根指头插进头发里，拼命向上挑头发，以此表示对老刘的不满。

苏若水对老刘说：您看这样好不好？去医院，给您检查检查身体，医疗费我负责。老刘说：你看看，老刘指着林木口的头发说：你儿子这脑袋，这发型，这是什么玩意？

林木口又一次跳起身，刚想叫出声来，苏若水说道：你坐下，闭嘴，大人说话没你说话的地方，给叔叔赔礼道歉。苏若水对老刘赔着笑脸说：孩子不懂事，我工作忙，疏于管教，您多担待，回家我就给他剃个平头。

老刘抽出一支烟来点上，仍然没有要走的意思。

苏若水说：咱们还是早点去医院查查吧。

老刘把林木口的弹簧刀拍到桌子上说：你看看，你这个当妈的是怎么教育孩子的，半夜拿着刀子满街乱窜，不学好。苏若水说：是是是，我回去狠狠教训他。咱们还是去医院检查检查吧，这样，我就放心了。苏若水说着把包里所有的零零碎碎的票子数了数，还不够五百元。

老刘看着苏若水数完了钱，说：有什么好检查的，我现在说的不是去检查，我现在说的是怎么处理这个孩子。

苏若水说：我身上带的钱是不够，我现在就给家里打电话，让家里送钱来。

老刘说：你这个人怎么就听不懂我说的话呢？我不是想跟你要钱，你听没听明白？我是想问你，你打算怎么处理这个坏小子？

苏若水一下子愣在那里，从进门坐到老刘面前开始，从闻到老刘一身酒味开始，苏若水就知道林木口的麻烦不会是小麻烦，现在果真如此，她不知道自己应该怎么办。她完全可以给林木口的家长打电话，但是，她不能打，如果打了，她就会伤了学生林木口的心，林木口再也不会信任她，会从她的身边逃走，一步窜到大街上去，真的会从此成了街上的小混混了，这孩子一辈子就算完了。

此刻，林木口用无助的目光看着他的老师，苏若水又急又气，眼泪很不争气地下来了，她说：你怎么这么让我操心呢？你怎么会这样不争气啊？

老刘说：要教育孩子，你回家去教育，我没心情看，你把你的家庭住址电话号码工作单位写下来都给我，有事我再找你。

苏若水写完条子递到老刘手上，又把手里握着的碎票子递给老刘。老刘头不抬眼不睁地把苏若水拿着钱的手推回去。

苏若水说：千万不要报案，报了案，孩子的前途就毁了。老刘说：毁不毁那是你这个当妈的事，跟我没关系。

苏若水固执地说：那咱们还是去医院吧。

老刘说：你这个人怎么这么啰唆？我说不去就不去，你们走吧，快点走，别等我改变了主意。

苏若水离开时没忘了把手里的钱放到了老刘的面前，只有这样做，她心里才踏实一点。

出了饭店，来到大街上，林木口若有所思地皱起眉头，他跟自己说话：你不能改变世界，只能适应世界。

苏若水立刻停住了脚步，吃惊地回过头来看林木口，林木口说：老师，你说这话对吗？苏若水说：对，你知道这是谁说的？林木口说不知道。苏若水说：是萧伯特。林木口向黑暗里竖起大拇指说：悍！真悍。

苏若水说：林木口，你的脑袋里到底都装了什么呀？

同样的话，在苏若水回到家之后，马天放用到了苏若水的身上，只是语气有所变化，内容有所增加。

马天放从床上坐起身，冷着眼睛问苏若水：你脑袋里到底都装了什么？是不是装了一脑袋的水？学生的事，在学校归你管，在校外，归家长管。法律上还讲个监护责任呢，我跟你说，学生在校外的监护责任在家长。

苏若水脱了外衣，说：这个学生特殊，是没娘的孩子，他信任我才找我的。如果有可能我就把他领回家来当儿子养。

马天放用鼻子哼了一声，说：看不出来你还那么高尚？社会上有的是孤儿，你都领回来养吗？你脑袋里到底都装了一些什么东西？

苏若水的生活过得匆忙而潦草，她从来都没有注意到马天放对她说话常常带着不屑和反问。她习惯了，习惯了就成了自然，自然了，就没什么感觉了。

因此，苏若水什么也没说，上床睡觉。明天，她还得跟林木口的家长取得联系，能不能联系上她没有把握。

9

有的时候，生活一下子就从中间断开了，断得很突然，断得让人猝不及防，前后连不上，找不到头绪。如果脑袋清楚，想一想，回过神来，还好，把断开的生活修补上，即便是有痕迹，日子还可以继续。怕就怕整理不清自己的头绪，找不到应该走的路。

现在，老刘就找不到应该走的路了，他的脑袋有好几周的时间又空又痛。空，是空荡荡的那种白茫茫的空；痛，是塞进去了一团钢针的那种凛冽的刺的痛。

老刘晃着又空又痛的脑袋坐在他的办公室里，他的办公室依然宽敞而明亮，阳光还一如既往地从窗子里洒进来，落到老刘的脸上，但是，老刘的脸上再也见不到阳光了，他黑着一张脸看墙上的一幅字画，这幅字画是方子名给他写的，上面写着这样的字——"布被秋宵梦觉，眼前万里江山"。方子名的字写得龙飞凤舞，当时方子名怕老刘认不出来，还指着每一个字给老刘读了一遍，老刘现在还记得方子名当时得意的样子。

布被秋宵梦觉，你跟谁盖一床布被了？啊？眼前万里江山，你想占了谁的江山？啊？老刘说着，一大步跨到字画前，三下两下把墙上的字画扯下来，从十六楼的窗子里扔出去。

老刘做完这件事，拍拍手掌，站在窗前往下看，不远处的南湖碧波万顷，绿树成荫，荷叶如盖。以前，老刘也看这些风景，看得爽心悦目，心旷神怡；现在老刘也看同样的景色，却看不见，就觉得天地之间是一片灰白的颜色。

老刘上下班的路上，也经常扭着脖子看窗外，为了看得清楚，他把车窗摇下来，有时候甚至把脖子探出去。他的司机，一个年轻的小伙子，知道老板脸色不好看，所以，每当老刘把脖子探出窗外的时候，就把车速放慢，但是，老刘马上会说：快点开车。

老刘的日子在莫小蝶的一张妇产医院开出来的化验单的面前断得七零八落。那张化验单是一把白色的锋利的大片刀，无情地霸道地又毫无章法地凌迟着老刘的自尊心。

莫小蝶却不知道老刘的感受，莫小蝶的脸上甚至得意扬扬，红光闪耀。莫小蝶愉快地走过来，长长的白色真丝睡裙扫过紫檀木地板，站在沙发对面，莫小蝶笑着说：告诉你一个好消息，亲爱的，我有了。

这种报喜的方式很通俗，但是，接着，莫小蝶就用了一句更加通俗的话跟老刘说：孩他爸，你过来听听孩子的心跳是不是像你一样有力？

老刘耷拉着眼皮，抬起双腿，伸长了，顺着茶几，大大方方把腿和脚摆到茶几上。这种动作是莫小蝶最不能忍受的，以前，只要莫小蝶在家，老刘绝对不敢这样做。茶几很大，全玻璃的，每一个制作细节都很精致，它被围在一圈红色真皮沙发里，上面永远放着一瓶鲜切花，一盘从水果店里买来的进口水果。莫小蝶不做任何家务，布置茶几却十分上心，她不让小保姆动手，茶几上的鲜花是她精心插好的，水果是特意挑选的。莫小蝶说客厅的茶几是主人文明和文化的象征。莫小蝶从不允许老刘把脚或者乱七八糟的东西放到茶几上，她说只有暴发户才会如此没有品味没有教养。

现在老刘不怕莫小蝶说他是暴发户了，暴发户怎么了，没有我这个暴发户，你会过上衣食无忧的好日子吗？我爱着你，护着你，疼着你，养着你，难道就是为了让你骑我的脖梗子拉屎吗？

老刘让这些话在嗓子眼上蹦下跳，最终憋紫了一张苦脸。

老刘确信在精神和物质方面，他都给了莫小蝶极大的满足，因此，无论在什么情况下，他都非常自信。有一次，有个女人把电话打到家里来了，那女人气愤地告诉老刘要好好管管莫小蝶，因为莫小蝶勾引她老公，当时，老刘不急不气，对那个女人心平气和地说：错误在我，是我没有足够的魅力。这件事，老刘根本没有放在心上，还当玩笑跟莫小蝶说，莫小蝶当时笑道：你就不怕我真的有外遇呀？老刘说：不怕，除了我，谁也养不活你这条美人鱼。莫小蝶说：认识你这么长时间，今天你才说了一句有思想的话。

这件事发生还不到半年，仅仅半年的时间，莫小蝶就用实际行动告诉老刘，老刘的思想就是一堆大粪。

老刘也是劝过自己的，而且劝过无数次，他在心里跟自己说：有什么了不得的，不就是红杏出墙吗？不就是跟别的男人上床了吗？有什么了不得的，你不是也跟几个女人上过床吗？怎么了？也不妨碍你过日子吧？不就是怀了别人的种吗？你不能生育还不许她跟别人生育吗？可是，劝归劝，一见到莫小蝶，老刘的心里就不舒服，就有一股火燃烧着从丹田向胸口冲去，胸口马上突然间胀痛不止。结果是，老刘经常性地感到胀痛的胸腔里装了一颗被烈火焚烧的心。

老刘像是要把火烧火燎的心弄凉快了似的，用力摇脚上的拖鞋，拖鞋打在茶几上，啪啪响。老刘突然说：你们单位有个老师叫苏若水？

莫小蝶转了转眼珠说：是啊，怎么啦？

老刘说：她有个儿子？

莫小蝶说：是啊，怎么啦？

老刘说：她儿子长得又细又瘦，不学好？

莫小蝶说：学不学好，我不知道，她儿子不是又细又高，是又矮又胖，跟他妈是一个模子里印出来的。常言道：有什么样的妈，就有什么样的儿子。

老刘说：那孩子长得三角眼耷拉眉塌鼻子大嘴叉子，说话结巴？

莫小蝶转着眼睛想了一会儿，说：你问这些干什么？你不关心你自己的儿子，关心别人的儿子是什么意思？老刘领着莫小蝶的思路走，说：那会是谁的儿子呢？难道是她跟别人生的儿子？

莫小蝶已经相当不耐烦了：什么她跟别人生的孩子，一定是她班里的学生，神经病林木口。

老刘忽然大彻大悟地说：噢，神经病，是神经病。

莫小蝶整顿一下脸上的表情，让笑意挂到眉梢上去。老刘不看她的笑意，老刘看着窗外的蓝天，困惑地皱着眉头。老刘扭在一起的大手青筋暴跳，整个人的衰老就从那双手蔓延开来。

莫小蝶心里唰唰发紧，螺丝似的一直拧下去，她突然觉得对老刘的衰老她应该负完全责任，可她不知道她应该怎么做。

莫小蝶把一只胳膊搭到老刘的肩上，依着老刘坐下，柔声说：我有件事想跟你说。

老刘没说话，身体闪开了。

莫小蝶把本来想说的话咽了回去，她说：我把工作辞了，你不是希望我当个全职太太吗？

老刘站起身说：这是你自己的事，用不着跟我说。

莫小蝶说：你这是怎么了，跟你说我怀孕了你不当回事，跟你说我辞职了，你还不当回事，你想怎么样？

老刘说：这两件事跟我都没关系，我为什么要当回事？

莫小蝶立刻叫道：好好，我跟你没关系，我认了，我肚子里的孩子也跟你没关系？你敢说吗？

老刘一笑，说：没把握的话我从来不说，你那么聪明，自己想去吧。

当晚，老刘就把小保姆辞了，他住进小保姆的房间，不管莫小蝶问什么，他一句话不肯说。

10

老刘西装革履地出现在苏若水面前，这让苏若水大为震惊。此前，苏若水一直以为老刘是某个建筑工地上的民工。从单位出来时，苏若水还特别准备了两件事，一件事是跟同事借了几百元钱装进包里，另一件事是给一个在医院工作的朋友打了一个电话。她这样准备是因为老刘给她打来了电话，老刘在电话里说有事需要跟她面谈。老刘说话的声音低沉沙哑，情绪低落。苏若水马上就想到那个被林木口撞倒的民工需要检查身体了。

苏若水曾经给林木口的父亲打过电话，打了五次，用了三天的时间，但是，林木口父亲的手机始终没有开机，问林木口是怎么回事，林木口说他爸死了。所以，苏若水决定到林木口的家里去看看。苏若水整整跑了一个上午，这才在城市西郊的城乡接合部找到了林木口的家。

苏若水上了一栋旧楼的顶层，便见到了开门打量她的老太太。

老太太的确非常老了，身体差不多九十度的弯曲着，衣服和裤子都是灰白色的，罩在老太太干瘦的身体上，出奇肥大。

在空间逼仄的小房间里，苏若水看见窗台和地上放了一些坛坛罐罐。老太太一边费力地弯下腰去规整那些坛坛罐罐，一边说装咸菜用的，每天在早市她能用这些咸菜挣十多块钱。

老太太抖着手给苏若水倒了一杯水，然后就站在苏若水的对面，慈祥而客气地打量着苏若水。她说：姑娘，喝吧，喝吧，凉开水解暑消汗，天热呀！怕中暑啊。我家的木口就是好运气，从小学到中学总能遇上好老师。林木口的姥姥看着苏若水把凉开水喝完，这才放了心，又说：这就好了，不能中暑了。多好的姑娘，多好的身体，要是我女儿有你这样的体格，她也不能扔下我和木口就走了。老太太的头震颤起来。

苏若水张了张嘴，却发现原来自己的表达能力十分有限，安慰老太太的话，她说不出来；林木口惹祸的事，她更说不出来。

所以，苏若水说：林木口的爸爸……

老太太说：姑娘，我不怕你笑话，说着从身后的柜子里翻出一张纸来递给苏若水：两个警察送来的，说是木口他爸犯事了。苏若水把那张纸接过来，那是一份罪犯入监通知书。老太太眼巴巴地看着苏若水，说：姑娘，是进去了？是什么罪呀？判了多少年呀？什么时候能出来？苏若水看着纸上的黑字，却不想让老人伤心，就说：不是重罪，用不了多长时间就能回来了。老太太把那张纸收回去，装进身后的柜子里说：姑娘，麻烦你，可别把这件事告诉我外孙子，要是他知道了，准得逃学。没文化就没前途啊。

老太太身后墙上的年轻女人笑眉笑眼地看着苏若水。苏若水只觉得胸口发紧，鼻子发酸，便告诉老太太自己这次来是普通家访，实际上没什么要紧事，只是过来看看。

老太太长长出了一口气，抖着手打开一个手绢包，她冲着窗前的亮光数那些零零碎碎的纸票子。老太太说：这是给林木口的生活费，我交给你，给了孩子，我也不放心。

苏若水只觉得墙上的女人正看着她，便把钱推回去。苏若水笑着说：从现在起，您老就不用再给林木口生活费了，他得了奖学金，生活费足够用的。老太太连声说：是啊？是啊，还是老师教导得好。

老太太装了一袋咸菜提在手上坚持送苏若水下楼，在楼下，苏若水不能不接过老太太手里的咸菜，如果她不接过这咸菜，老太太就会一直在大太阳下站着，就不肯越过一堆拆迁房屋的废弃门窗和横七竖八的旧木料，回到自己的家里去。

老太太尽量伸直身体，以便向苏若水挥手告别。

苏若水走出很远，心头还一阵阵发紧。

苏若水把口袋里的钱兑成了学生饭卡，交到林木口手上。她告诉林木口，每周她会给林木口的饭卡续钱，其他生活费她也会给，不许再向姥姥要钱，这是他们两个人之间的秘密，不可以对任何人说。

来见老刘，苏若水是有着承担一切的心理准备的。

苏若水跟着老刘走进一家茶坊。没有进门之前，苏若水抬头注意了一下茶坊门脸上脸上古香古色的匾额，心里想的却是自己包里的钱够不够买单的。在这座城市里，到茶坊喝茶是一种奢侈，是高消费，也许有钱人不这样看，但苏若水是这样看的，因为喝茶的费用远比吃一顿小饭馆要贵。到茶坊喝茶，其实不在茶上，在欣赏茶艺表演上，总会有漂亮年轻的小姑娘穿着旗袍翘着兰花指用半个小时的时间给客人表演茶道，中式的，日式的，韩式的，各种各样，客人随便点，当然这是要收费的，都算在茶水里面。不管是龙井毛尖还是碧螺春，一壶茶从几十元起价，直至几百上千元不等。苏若水曾经跟妹妹苏若冰来过这家茶坊，知道这里的价钱。

两位茶艺小姐表演茶道时，苏若水的心一直悬着，不知道这个西装笔挺的人到底想干什么，所以，半个小时的茶艺表演苏若水坐在那里眼睛看着，却是什么也没有看见。

茶艺小姐走出了门，老刘喝了一口茶说：这茶味道好，你尝尝。

苏若水直奔主题说：喝完了茶，我们去医院检查身体吧，医院那边我都联系好了。老刘问：是吗？你是一定要为你儿子负责了？

苏若水说：是。

老刘伸出手，握住苏若水的手说：我敬佩你。自我介绍一下，我姓刘。

苏若水说：我姓苏。

老刘说：我知道你叫苏若水，你的学生叫林木口。

老刘接着说：别那样看着我，我不是黑道上的人，我是正正经经的生意人，也算不上什么大生意，但是，赚的钱比你多，用不着你带我去医院检查。今天我请你来，就是想跟你这样的人交个朋友，没有任何目的性。不瞒你说，我这个人活了半辈子，做事从来也没有过没有目的性的时候，不过对你除外，我敬佩你，你高尚。

老刘送苏若水回家的路上中途停了车，他眼睛看着前面的路面问苏若水：感觉怎么样？苏若水不知道老刘的问话是什么意思，就说：很好。老刘发动车，开起来，说：那就好，只要你感觉好就行。

苏若水对老刘没什么坏印象，觉得这个看上去心事重重的男人不像坏人。

苏若水回家后跟马天放提起与老刘见面的事，马天放说：这种人还是离他远一点好，谁知道他心里打着什么鬼主意，谁知道他到底是干什么的？后来，马天放眼神暧昧地补充说：哪个男人还会对你打坏主意？苏若水说：也是。

这件事就这样过去了。

苏若水工作的学校地处郊区，晚上九点有最后一班公车通过，因此，苏若水给学生点完了名，出了校门，就小跑着往公车站赶。以前，苏若水也有赶不上最后一趟公车的时候，赶不上了，她就住在女生宿舍里。可今天她一定得回家，明天一早，苏若冰要回美国去，她怎么也得去机场送送妹妹一家子。当然，苏若水可以乘出租车回家，只是出租车的花费比公共汽车贵太多了，苏若水舍不得花掉几十元坐出租车。

苏若水的花伞被雨点打得啪啪响，苏若水缩紧身体，加快脚步，脚下溅起的水湿了她的半截裤腿。

老刘在苏若水的身边按汽车喇叭，一声又一声，苏若水不理睬，心想，这是谁呀，马路上开车不许大声鸣笛，这是常识，常识都不知道，还开什么车？

老刘的汽车跟着苏若水开，溅了苏若水一身水。苏若水跳到马路牙子上去，回过头才发现老刘已经下了车，两只脚都站在水里。

老刘说：我送你回家，快上车。

如果老刘是偶然遇到苏若水一次，那也就罢了，算不了什么大事，谁也说不定会在什么地方与一个相识的人不期而遇。但是，老刘很快就用事实告诉苏若水他不是偶遇苏若水，他是有意等着苏若水。

老刘把自己的"大奔"停在学校对面的马路上，等着苏若水出来。

有时候，苏若水从校门一出来，就会看见老刘。老刘戴着墨镜，老远伸出头来向苏若水招手。老刘的样子是不避讳自己被苏若水的同事看见似的，可苏若水却很惊慌，离开同事，加快脚步穿过马路，坐进老刘的汽车。如此三番五次，苏若水也成了身上有绯闻的人了。老刘被认作是富有的学生家长，以往女教师跟学生家长往来过于密切的事发生过。有人把这件事反映给校长。校长一笑说：胡扯，绝对不可能，把学校老的少的女教工算在一起，任何一个人有绯闻苏若水都不会有，这我心里还没数，我还怎么当这个校长？

老刘不断出现在苏若水的眼前，只是为了找一种感觉，他觉得只要苏若水在他的眼前一出现，他的心脏就不胀痛了，那颗被火烧过的心如被凉水冲过了，清清爽爽，安安静静的，比吃药管用。总之，从精神到肉体，感觉都非常好。具体是怎么样的一种感觉呢，老刘想了很长时间才想明白，就像他吃烤肉喝啤酒放开嗓子大声唱歌的感觉，就像他把脚丫子大胆地放到漂亮的茶几上乱晃的感觉，就像他小时候脱光了身子一个猛子扎进河里"搂狗刨"的感觉。

这种感觉，老刘能抗拒吗？

11

老刘辞了小保姆，莫小蝶能忍，因为小保姆的工钱由老刘发。老刘把莫小蝶的宠物高大的德国牧羊犬送人了，莫小蝶也能忍，因为那原本就是老刘的狗。老刘醉酒后把家里的玉器古玩摔个粉碎，莫小蝶也能忍，因为这些东西都是老刘买的。但是，老刘不理会莫小蝶，她不能忍。莫小蝶能回心转意，再不去找方子名，就是因为老刘曾经非常爱她，在爱与被爱之间，莫小蝶还是选择了被爱。

老刘依然故我，进了家门，甚至连眼皮都不挑一下。莫小蝶就如同这套别墅里任何一处油漆墙皮，主人没心情也用不着去打理它了。

为此，莫小蝶让老刘说出一个理由来，老刘不说，不仅不说，脸上连一点表情都没有，莫小蝶便大吵大闹。莫小蝶说：你不是也有过这样的错吗？我干涉过你吗？你干什么对我就不依不饶的？

老刘也不吵也不解释，还是把莫小蝶当一块旧墙皮。

莫小蝶还是吵，非问出个究竟来。老刘被逼得脸色发紫，胸口胀痛，便说：告诉你，你是我老刘的女人。然后摔上身后的房门，把自己关进卧室。

老刘不再给莫小蝶零花钱了，老刘还要把莫小蝶开着的车卖了，还要把这别墅也卖了。莫小蝶说：你敢，你凭什么？

老刘说：我什么也不凭，我愿意，千金难买愿意。我愿意怎么处理我的财产，这是我自己的事。

莫小蝶这才知道什么叫五雷轰顶，莫小蝶哆嗦着嘴唇叫道：你怎么可以这样对待我？

老刘重复莫小蝶的话，只是加重了语气：你怎么可以这样对待我？

莫小蝶说：我跟你过个什么意思？

老刘说：这可是你说的。

莫小蝶大哭：好啊，你早就有准备了，我说你为什么不跟我结婚呢？原来你从来就没想过要跟我结婚，你把我当成什么了你？用完了，没新意了，说扔了你就扔了，我告诉你，你休想，你别想称心如意！

此时莫小蝶的话还是赌气的意思，真和假的成分都有，可是，一周之后，这话就没有假的成分了，完完全全变成了誓言。

方子名打开了 VCD 机，方子名把莫小蝶从床上拉起来，到落地窗前和着美国乡村音乐跳舞，他说：这种运动好，让身心健康，是阴阳相合的补充，是最佳的养生之道。方子名教给莫小蝶很多床上的养生之道，这曾经让莫小蝶眼界大开兴奋不已，但是现在莫小蝶怎么也兴奋不起来，如果这次不是因为跟老刘赌气，方子名一个电话也不会把她招来。

莫小蝶在方子名的怀里摇着，夜风透过窗帘，一缕缕地吹进来，带着窗台上夜来香的浓郁味道，莫小蝶想：我还在乎什么？我还怕什么，世界上优秀的男人千千万万，想到这里，莫小蝶贴紧方子名，莫小蝶柔软的身体化成了水，莫小蝶带着一腔柔情说：我要跟老刘分手了，我跟他过不到一起去，差异太大。

方子名没有停住脚步，轻声说：别说话，别说话，运动的时候，不能说话，这是气功。

半个小时后，方子名出了一身透汗，冲了凉出来，给自己和莫小蝶各冲了一杯麦斯威尔，这是莫小蝶买来的，莫小蝶喜欢喝这种香浓甜腻的速溶咖啡。

方子名说：跟你说件事，其实，早就想跟你说了，没有适当的机会。方子名停顿了一下，像是考虑如何措辞，又像是一时忘了什么词似的，眼神飘向天花板。莫小蝶的心一阵紧似一阵狂跳，她闭住嘴，觉得自己拿着咖啡杯的手有一些发抖，每一寸肌肤都发烫。

莫小蝶抢先说：我爱你，我从来没这样爱过。

方子名说：我知道，只是官身不由己，明天，我要带队去美国芝加哥进修，进修时间是半年，学习城市管理。

那晚，莫小蝶很早就离开了方子名，本来按方子名的意思是希望莫小蝶多坐一会儿，但是，莫小蝶怎么也进入不了状态，所以，相对无言了一会儿，莫小蝶就起身告辞了。

好在方子名的手机没有换，莫小蝶随时可以同大洋彼岸的方子名通话，不过，通话也没有什么具体内容，都是互相问问天气，问问饮食之类的闲话。事实上，莫小蝶还怀着希望，那就是等半年以后方子名回来，可是，她觉得有必要把自己怀孕这件事告诉方子名，如果方子名不喜欢她留着这个孩子，半年以后，等方子名回来时再做人工流产那就晚了。莫小蝶用了三天的时间来考虑这个问题，这三天里她茶饭无心，如同行尸走肉一样没有灵魂。

不就是打个电话吗？她在心里跟自己说。不就是打个电话吗？她再一次在心里跟自己说。于是，她打了电话，她说：子名，我怀孕了，我跟老刘之间已经没有可能再生活下去了，我不知道这个孩子是不是应该留下来，你给我一个建议好吗？方子名好像想都没想便说：这是你个人的私事，我不便于参与意见吧？你说呢？对了，还有一件事我忘了告诉你，学习结束后，我就调回北京了，组织上都安排好了。但不管我在哪里，我们的友谊还在，距离不是问题，你可以常到北京来玩。

生命被抽空之前，一定有一个过程，可惜，很少有人能看到这个过程，能看到的都是抽走了生命的怪物。

莫小蝶躺在床上，觉得自己被一只无形的大手抽走了生命，在纱窗漏进来的月色里，她的躯体变成了抽干了肉的死虾，一寸寸地缩小。

12

日子过得快，来不及数，一年的时间就过去了，对于苏若水来说，这一年里没有发生什么大事，要说大事，就是林木口的漫画参加了东京的一个漫画大赛，得了一个二等奖。获奖证书寄到学校那天，苏若水高兴得差一点就在教研室里跳起来。

一年来,林木口每周六周日去漫画班学画画,苏若水负责出学费,苏若水跟林木口说:你只管好好学,钱的事不用你操心。林木口当时没心没肺地给苏若水打了一个举手礼:Yes,madam!苏若水当初还打了林木口一巴掌,训了一顿,没想到林木口竟学得这样出色。

为此,苏若水请林木口去麦当劳吃饭。在人声嘈杂的大厅里,林木口高着嗓门跟苏若水说话:老师,您收下这些钱,是大赛的奖金。林木口把一只花信封推到苏若水面前,信封本来是空白的,林木口在上面画着一幅漫画,一边是一个头发蓬乱斜眼朝天的少年,一边是一双洋娃娃般的大眼睛,大眼睛并不空洞,饱含着关切地望着那个斜眼朝天的少年。

苏若水把信封小心放进包里,钱却塞进林木口的衣袋:这些钱,是你今后的学费。

这次是苏若水主动给老刘打了电话,老刘的声音听上去很兴奋,他说:是你吗?苏老师,你等着我,我到你们单位去接你。

苏若水说:总是麻烦你,怪不好意思的。

老刘说:顺路。

苏若水笑着说:那好吧。我等着你。

等到苏若水坐到老刘的车上,老刘便笑着说:有什么事需要我做?尽管说。

苏若水说:说心里话,我自己都觉得有一些唐突,要不这样吧,你跟我到一个学生家里去看看。

老刘说:不用,我知道你是什么意思了,准是学生家里困难，让我献爱心，捐款，是不是？老刘笑着看了苏若水一眼说：我同意，只要是你苏老师的要求，我都答应。不就是几个钱吗？行，没问题。

苏若水想了一下说：恐怕比捐几个钱还要大的事？

老刘说：你说吧，没问题。

老刘越是这样爽快，苏若水越是不敢说，害怕老刘把这件事当个玩笑来处理。毕竟苏若水对老刘没有更深了解，她跟老刘的接触，也不过就是顺路搭个方便车，从上车开始到下车，老刘很少说话，苏若水也很少说话，两个人就那么坐着，听音乐，看街景，苏若水到家了，老刘的车在路边一停，然后继续开车。苏若水有一次请老刘不要再来接她了，老刘很无辜地说：我不是特意来接你的，下班回家，我正好路过你们单位，我也就是顺路带你一程，有你没你我都得开车回家，有你没你我也得路过你们单位。我真的没有什么坏企图。苏若水想，那就无所谓了。

昨天，林木口的姥姥来找苏若水，还给苏若水带了一袋自家腌的咸菜。老太太请苏若水帮忙给林木口找一家实习单位。送走了老太太，苏若水就开始给熟人打电话，联系林木口的实习去处，可是，人家都说没办法，其实，苏若水也知道这种结果是正常的，大学毕业生找工作单位都很难，别说林木口只是自费的大专生了。苏若水问马天放能不能给想想办法，哪怕是专业不对口也没关系，就是让林木口找个地方先干着，否则，整天无所事事，还说不定会闯下什么大祸来。马天放说：学生毕业了，你的任务也就算完成了，你干吗非要自己给自己找事？马天放说这些话的时候，苏若水的儿子也在身边，儿子接过马天放的话说：还是我老爸说得对，我妈关心学生胜于关心我，我早就有意见了。

苏若水小心翼翼地把自己的想法跟老刘说了，有几分钟的时间，老刘没有说话，脸上也没有表情。苏若水便说：要是你觉得为难那就算了，我再想别的办法。老刘突然长叹一声说：行，没问题，什么时间来找我都行，专业是不能对口了，那个孩子不是会画画吗，就让他到艺术学院继续深造，学费的事，我解决，你看行不行？苏若水连声说：行行，晚上，我请你吃饭吧，算是我表示感谢。老刘说：那好，我就想让你请我吃饭，喝粥也行。接着老刘似乎还有话要说，但是，老刘又把话给咽下去了。

苏若水请老刘在街边的一个小餐馆吃饭，苏若水说：对不起，等我发财了，我再请你到大饭店里吃饭。老刘说：你想发财吗？苏若水说：谁不想啊，不是有那么一句话嘛？金钱不是万能的，但是，没有钱是万万不能的。老刘笑着说：那你嫁给我吧，钱够你花的。苏若水说：不行，君子爱财，取之有道。

老刘便笑笑，什么也没说。此后，老刘和苏若水再也没有联系过。只是林木口的姥姥给苏若水打来过一个电话，对苏若水千恩万谢的。

苏若水本来是没有把这件事当一回事的，但是，关押林木口父亲的监狱把这件事当成了一回事，他们找到了电视台让电视台宣传宣传，他们说这是一个很好的典型，不仅对他们改造罪犯有作用，对社会治安综合治理也有作用。电视台的记者便去了监狱，采访了林木口的父亲，林木口的父亲对着电视镜头口若悬河，充分突出两个人，老刘和苏若水。电视台的人又找到了老刘的公司，老刘不谈自己，只谈苏若水的高尚品格，这样，电视台的人才发现，他们忽略了这个故事里的关键人物，记者和摄像几个人开着采访车找到了学校，找到了校长也找到了苏若水。苏若水没有思想准备，也不想对着镜头谈自己，就说：这是我应该做的。越是这样，记者就越是感兴趣，就追着问校长，校长便把苏若水充分表扬一番，让一边坐着的苏若水脸红一阵白一阵的。

苏若水上了电视，立刻有人向马天放汇报这个好消息，别人表扬苏若水，马天放都高高兴兴地接受，脸上也有自豪的样子，但米俐提起这件事来，马天放就不知道怎样把握自己的表情了。米俐说：处长，你夫人挺优秀啊。然后眼睛盯着马天放看，马天放低了头说：嗯。这以后，米俐下了班就不再来找马天放了。马天放很注意自己的公众形象，很希望自己在政治上跑步前进。对于男人来说，爱情跟仕途相比总是有那么一点点逊色的，马天放本来还想蓬勃生长的爱情就这样宣告结束了。

原来爱情的结束比爱情的开始还痛快，谁说爱来如山倒，爱去如抽丝？简直是胡说八道！是扯淡！马天放后来跟他的几个同事这样说爱情。

13

莫小蝶看着不远处夕阳里的几株丁香树，眼睛一眨不眨。紫色的丁香花早谢了，尽管丁香树依然枝繁叶茂，但花谢了，树就没了原来的韵味。莫小蝶想起了苏若水，想起苏若水曾经感叹她不用动身走路就可以欣赏丁香花的美丽日子让人羡慕。那天，苏若水还补充说：我每年的春天，就是丁香花盛开的时候，都特别想去人民广场的中央公园走一走，满园的丁香花味一定沁人肺腑，可是，等到花谢了，我也没时间去过。当时，莫小蝶还觉得苏若水很可笑，现在想来，不是苏若水可笑，是自己可笑。

要是以往，每当傍晚时分，莫小蝶都会在晚饭之后牵着她心爱的德国牧羊犬到小区的人行道上散步。这是只有别墅的小区，但小区够规模，绿地花园人工湖应有尽有，面积也大，沿着小区的甬道走一个来回要一个多小时，而用一个小时来遛狗，时间足够了。所以，大多数时间，莫小蝶在晚饭之后，都带着她的牧羊犬出来散步。高大的牧羊犬走在婀娜的莫小蝶身边，在绿树鲜花现代建筑为背景的画面里，莫小蝶是超凡脱俗的休闲一族。

不过，这是以往了，现在，莫小蝶坐在阳台上，看着长长的甬道或是眼前的几株丁香树发呆。怎么会是这样呢？

夕阳桔粉色的光，有一抹，恰好照在莫小蝶身后的玻璃上，莫小蝶身后的一堆绿色花花草草便罩在了光线里，分外鲜丽。莫小蝶伸手去捉那缕光线，光线瞬间就在她的手里变成了一根根细小的金针，横七竖八扎进莫小蝶心里。

莫小蝶忽然发现，一直以来，自己的心其实就跟这些看得见却捉不住的光线一样，始终在空中飞舞，无着无落，无所依托，现在，就连她肚子里的孩子都不肯跟她在一起，她只是在下楼时闪了一下腰，那个还一点点大的孩子就跟她告别了。

暑假里的一个傍晚，苏若水突然接到一个电话，是一个陌生的男人约她到清华律师事务所去。

在清华律师事务所，苏若水见到了那位请她去的张律师，也见到了莫小蝶。苏若水问沙发上坐着的莫小蝶说：你也在这里呀？叫我们来有什么事？

莫小蝶的面色很难看，脸和眼皮都浮肿着，她跟张律师说：请你等一下，我和这位女士出去说几句话。

莫小蝶在走廊里站住脚，她回头冲苏若水笑笑，眼睛里汪足了水，眼皮被这水泡成了两片桃花瓣，横贴住半个眼珠，说话的时候，莫小蝶的眉毛一跳一跳地拧着，拧出许多皱纹来。

莫小蝶看着窗外的景色跟苏若水说：苏老师，我给你讲一个故事听听。有个有钱的男人，心脏病突发，生命垂危，在病床上，他口授了一份遗嘱，他把所有财产都捐给了希望工程，当然，他留了一部分钱，是给一个不相干的孩子作学费的，代这个孩子管理这笔资金的，是这孩子的老师。你知道是什么原因吗？原因是——他认为这孩子的老师品格高尚。

莫小蝶突然大笑着说：这可真是最现代版的天方夜谭啊！苏老师，你说是不是呀？

黑　鸟

1

那天，是 5 月 25 日。

5 月 25 日的天空，云是大朵大朵的花，在大写意的蓝天上，静静地盛开着，阳光似绸缎，温情而浪漫。有微风，让阳光送来，附着金色，贴到人脸上，一直贴到远远的镇子外面去。

香水镇西北角，刚刚开业的莺莺洗浴中心张灯结彩，敲锣打鼓。在莺莺洗浴中心门前，镇中心小学的鼓乐队排着方队，由鼓乐队总指挥王小红老师指挥着，王小红老师的手臂高高扬起，在空气中用力地一抓又一抓，让围观的人们看着发笑。

女老板凤英穿着一身虾子红的衣裙，长裙子一直拖到地上，却盖不住她忙乱的脚，青灰色的皮鞋亮眼地在大红色的腈纶地毯上轻盈地点着碎步。凤英的一双银白色的珍珠耳坠闪着青光，随着她跳动的步子悠来荡去。凤英的脸，被一把刷墙皮的刷子大胆扫过，白得厚重，唇上却有一抹紫黑色的唇膏，是那一季节城里最时兴的唇色。

后来，凤英站直了身子，和镇长扯开一条结着红花的绸带。镇长的身后，一棵杏树，高高地开着花，水粉色的点子夸张地密密散在鱼肚白的天空上。镇长的黑色西装看上去相当挺括，跟凤英礼服般的虾子红长裙十分相配。

香水镇的居民并不多，互相都认识。人们看着那朵红花被剪进了一只绿漆的盘子之后，都说凤英家的祖坟冒青烟了，都说有钱能使鬼推磨，都说凤英还真是个人物。

捡破烂的老孙头是不久前从外地来的，现在，他将目光扫向凤英身边的镇长，一双眼皮挡着三分之二眼珠，见镇长跟凤英走进莺莺洗浴中心，他咧开嘴巴，露出一口黑黄色的细牙。

而后，老孙头从街角走过，悄无声息，如一只躲着人走路的流浪野狗。套在老孙头身上那件大红色的毛衣，大过了他的半条细腿，红过了镇中心小学的旗子。

鼓乐队的音乐声一停，看热闹的人们马上就散去了。正是水稻插秧的季节，香水镇的多数人成了忙着搬运过冬粮食的蚂蚁，累得既辛苦又快乐。

香水镇曾经是个又沙又碱的穷镇，但那是曾经了，现在可不同，盐碱地上种出了水稻，连年大丰收，穷镇一下子就变成了富镇，吹气似的快。因此，对于香水镇的人来说，插秧比什么都重要，那不再是单纯的劳作，而是往地里种钱啊。

在此之前，风连着怒吼了七天，不见有弱下去的架势。沙尘扬得满天满地，整个香水镇都是昏黄的颜色。老孙头那件大红的毛衣就如香水镇大街上跳过来的一把火，毫无来由地在大风黄沙里跳舞，像是非要点着了哪一处房子才满意似的，专捡房角柴垛边靠。

可是，5 月 25 日这天，天突然就安静了，有点让人猝不及防的味道，吓了人一跳，不过，这是好事，谁不想在晴空万里的日子里干活儿呀？

镇长从莺莺洗浴中心出来，心情看上去很好，脸上泛着红光，隔着越野吉普车并不明亮的窗子，他一眼就看见了街角的老孙头，他抹了一把玻璃，跟他的司机说：想不到香水镇还有这样的风景，那个老头儿，哪儿来的？还穿了件红毛衣，着火了似的。

镇长的司机说：不知道哪来的，神神道道的，说还会算命，算得特别准，说得有鼻子有眼的，镇长，哪天让他给你算一卦，算算官运。

镇长后座的派出所所长接过话道：他还神了，真要是准，让他到派出所来，免得丢牛丢马的事来找我们破案。

镇长说：让他破案？他不给我搞个案子出来就不错了。查查他的底细，现在什么人都有，谁知道他是干什么的。

吉普车从老孙头的身边飞驰而过，老孙头缩紧脖子，灰白的头发如火上冒着的青烟。

5 月 25 日，香水镇中心小学的李校长还不到 7 点就到了学校。昨天，学校的陆丽玫老师说今天一早要来他这里借钱。借钱这件事，陆丽玫几周前就提过了，李校长手头紧，一时凑不齐五千元现款，便跟陆丽玫说过几天再说。昨天夜里 9 点陆丽玫又打来电话急着借钱，说，没有五千借三千元也可以。

李校长还不到五十岁，文弱书生的一张白脸，文弱书生的一副细瘦骨架子，也有文弱书生的一腔浪漫情怀。李校长有两样人生爱好，写诗和作画，几十年过去了，两样都没弄出什么名堂，他跟别人说：我这还是初学乍练阶段，还不到火候。

李校长对陆丽玫老师有种说不出道不明的感情，就像对镇外那一片草甸子上盛开的马莲花，看不见的时候，也想不起来；看到了，就想摘一朵拿到鼻子底下闻一闻，吃进嘴里尝一尝，权当聊慰寂寞，没有别的意思。在寂寞的小镇上，读过师范学校的李校长，也只能以此发发书生的轻狂了。

两年前的冬天，是一个雪后的傍晚。陆丽玫从粉红色的残阳里走到李校长面前，被寒风吹得红艳艳的一张脸，透着只有李校长才识得的明亮。后来，李校长用一个当地常用的词形容陆丽玫的脸色——透亮透亮的。当时，脸色透亮透亮的陆丽玫含着笑甜甜地叫了一声李校长。李校长便把陆丽玫一双小手拉到自己的脸上，神神秘秘地咏唱："江山如此多娇，引无数英雄竞折腰。"

李校长给陆丽玫读他写的诗，陆丽玫听了一遍就背下来了，再以后，李校长常常给陆丽玫看他的新诗，每次看新诗之前，陆丽玫会把李校长以前给她看的诗背诵一遍，算起来，陆丽玫能背出五十多首李校长的诗了。但是，他们之间的关系不过如此，没有量到质的变化，其实，每一次见到陆丽玫，李校长都渴望着这种变化。

陆丽玫老师跟李校长说：等水到渠成吧，水是我的爱，渠是你的心。

学校的老师们都传说李校长对陆丽玫好，好到什么程度没有人去说。怎么说呀？这是只可意会不可言传的事，是吧？

李校长也当谁也不知道，在学校里，背着手走路，沉着嗓音说话，眼睛很少扫一眼陆丽玫，偶尔见了，点点头而已。他需要为人师表的形象啊。

有时候，李校长会安慰自己，他想：常言说得好，种瓜得瓜，种豆得豆。我可是不能在陆丽玫身上种下瓜和豆，我没资格收，也没胆量收。把关系处理到"点到为止"才是爱的境界。我还求什么？快有孙子的人喽。想归想，想和做总有那么一些别着人的意愿。陆丽玫晚上一出现，李校长原来的想和后来的做就有了区别。他抚摸陆丽玫的手和脸，陆丽玫的手和脸是肉体的代表，李校长总是渴望陆丽玫的肉体。

每当这种时候，陆丽玫也不躲闪，也不主动表示什么，有一次陆丽玫眼里浸着泪说：我崇拜你，渴望你的精神。

李校长不明白，陆丽玫为什么不可以主动把肉体奉献给她崇拜的人呢？精神和肉体的结合难道不是最完美的结合吗？都什么年代了？

时间的脚步往前走，践踏着李校长的激情，李校长的热望有些零乱了，有那么一些支离破碎了。

陆丽玫七点一刻走进校长办公室。李校长从办公桌里拿出三千元钱递到陆丽玫的手上，陆丽玫写完欠条放到桌角，然后粲然一笑，笑着的陆丽玫，唇红齿白。

香水镇的人白牙的少，长年喝含氟量严重超标的碱水，黄牙几乎成了香水镇人的一大标志。陆丽玫嫁到香水镇的那天，参加婚礼的人都羡慕新娘子有一口水晶一样的白牙。因此，人们都说站在新娘子边上那个又黑又瘦又矮的新郎有福气。当时站在人群里的王小红老师愤然一撇嘴，纠正身边的人：什么叫有福气？是有钱，是有势，黑子没有个当厂长的爸，他能娶个这么好的老婆？

陆丽玫隔着办公桌探过身来，对李校长柔声说：我还得请几天假，我妈病了，我得回娘家去看看。

李校长眼前突然飘过了一层雾气，灰蓝色的，生着烟，一时觉得眼前的陆丽玫很恍惚，眉眼甚至都不很清楚。

李校长的回话便有些词不达意：回家？啊，回家，好，好，好，那就回吧。

陆丽玫就在李校长一声声的好里面拿着李校长的钱带着笑容，走向房门。在门边，陆丽玫转过身，探回头，悄声对李校长说：校长，你借给我的钱，可是救命的钱，救我命的，你不要跟别人说呀。

李校长只觉得那团烟一样的雾气迅速在半空里聚集起来，挤扁了陆丽玫的脸。李校长不得不揉了揉眼睛，这才看清楚，陆丽玫留在门里的脚上正穿着大红的高跟鞋。接着那只大红的高跟鞋和陆丽玫的腿都不见了。李校长在陆丽玫走了之后，头无缘无故地剧痛起来，眼前一阵阵发黑，他不得不在 7 点 30 分之前，神情慌张地走出校门，打了一辆出租车，进城里看病去了。

王小红领着陆丽玫六岁的女儿小玫走进镇育新幼儿园。小玫的两只小辫子缠着鹅黄色的毛线，像两只黄色的大毛毛虫卧在脑袋的两边。王小红的短发齐刷刷梳到脑后，突出了一张男人面相的瘦脸，一副圆形黑边墨镜夹在这张颧骨突出的瘦脸上，远远看过去，很像一个高大的盲人由女童领着。

幼儿园的老师还没有来，王小红紧紧抓着小玫的手在幼儿园铁门前来回走，腿有那么一点点僵直，是腰强迫着腿走路，旅游鞋便踢起脚下一团团的沙子，呛得小玫用手里的布袋熊玩具捂住了脸。

王小红冲着幼儿园的铁门高声喊了几嗓子，直到幼儿园看门的老头儿过来开门放小玫进去。

7点30分，王小红风风火火返回学校。她目不斜视，不与走廊里走过的任何老师搭话，一直走到走廊尽头的校长办公室门前。她见校长办公室的门锁着，这才跟迎面过来的一位同事说话：李校长没来？还是走了？

王小红始终戴着那副墨镜，脸板着，这使她的脸显得更长，线条更硬，嘴上的棱角也愈发分明，从任何一个角度看，那都是一张硬木刻出来的脸。

那个同事摇头说没见到李校长之后，王小红再没有说话，一直穿过走廊走到操场上去，她对着已经等在那里的一些孩子喊：排好队，排好队，把号吹起来，把鼓敲起来，弄响点，弄出个气势来，快，快点，快点，快点。

王小红大着嗓门喊话，用力挥着手。孩子们在她的喊声里排好队，卖力地吹号敲鼓。这些孩子都怕王小红，因为王小红一脚踢过来，准会让他们翻身倒地。

王小红苦着脸整顿着鼓乐队的孩子：站好，站好，站好喽。然后，她带着那队孩子出了校门。王小红的步子非常急切，很像她在操场上领学生跑步前起步的动作。孩子们小跑着跟着她，弄出一片稀里哗啦乱响声。

上课的铃声响过之后，教导处的教导主任在办公室接待了五年级的两个学生。两个学生都是来问他们的老师今天为什么没来上课。教导主任去找校长汇报情况，这才发现，除了陆丽玫没来上班之外，没来的，还有李校长。

下午，镇长在全镇领导干部会议上讲话。主要的内容是传达上级关于落实社会治安综合治理任务的，镇长讲到情绪处，还举了一个生动的例子。镇长说：现在流动人口太多，太杂，也不知道是哪里冒出来的，比如，那个捡破烂老头儿，鬼鬼祟祟就不像个好人样子，装神弄鬼给人算卦，据说，镇里有的干部也让他算过命，搞封建迷信，邪门歪道，我们还有一些人信他这一套，成了什么样子？那个老头子，镇里不能留。派出所要把这件事落实了。

派出所所长在一边冲着坐在外间的镇长司机做鬼脸。镇长的司机也挤眉弄眼回敬派出所所长，两个人而后都低下头，装作谁也没看见谁。

晚上，下班前，派出所所长把路边正翻垃圾箱的老孙头叫到派出所。老孙头把背上的塑料编织袋放在派出所门口，拍拍手上的沙土，又胡乱地拍拍胳膊拍拍腿，整理好了之后，大大方方迈进派出所的大门。老孙头背驼腰弯，尖嘴猴腮，全身除了脖子和脑袋有三分之二的部分套在大红毛衣里，这使老孙头看起来很像套上行头，打好了场子，是走江湖的人手里直立起来向人亮相的猴子。

派出所所长像看演员在台上表演似的看着老孙头的一举一动。心想：看这阵势还要跟我握握手是怎么的？派出所所长坐正了身体，两手撑着桌面，正襟危坐，两眼直视老孙头的细眯小眼。派出所所长的态度让本来还想往前走几步的老孙头停住了脚步。

知道让你来干什么吗？

知道，知道，那还能不知道？

老孙头尖着嗓子说话，声调有些像影视剧里的小混混，这跟他看上去的年龄很不相称。

派出所所长有些不耐烦：知道？你知道什么，你说。

老孙头向派出所所长探过脑袋来，一脸神秘兮兮的样子，可刚刚张了张嘴又盯住办公桌上的香烟。派出所所长装作没看见说：站回去，站回去说话。

老孙头抓过香烟，说：不就是昨天晚上那三声枪响嘛，我知道，我不光听见了，我早都算出来啦。

5月25日，就这样过去了。

5月25日，的确是漫长的一天。

2

几个月前，凤英的洗浴中心还没有装修，那还只是几间又大又破的房子。凤英晚上住在自己开的美容院里。凤英的美容院在香水镇中心，一间房子，只摆得下六张美容床，靠门边上是一个黑人造革沙发。晚上，黑子经常满面春风地坐在那个破沙发上跟美容院里的女孩子们斗嘴。他东一句西一句地说，美容院窗子外明明灭灭的小彩灯都没有黑子的嘴动得快。

黑子一到了凤英这里，嘴里的舌头就特别管用，特别兴奋，肚子里的话，一句跟着一句被舌头顶出来。

有一次，凤英笑着说：你少来我这里耍油嘴滑舌，我不信这个，有能耐你跟小姑奶奶我一起过，算你本事。黑子说：过就过，你当我不敢呢？今天，我就不走了。凤英说：小样，你敢吗？你不怕陆老师一口吞了你？黑子说：嘿，我怕她？我怕过谁呀？凤英说：走，跟我去洗浴中心干点活儿。黑暗里，黑子跟在凤英的身后走，黑子在凤英的耳边说：宝贝，我知道你说的活儿是什么活儿。凤英笑骂一句：去你的，少跟我来虚的。黑子便伸出一只手来，在凤英的胸前摸了一把。黑子说：我来实的。

那天晚上，凤英双臂抱在胸前，倚着门，吸着烟，她跟黑子说：什么时候我的莺莺洗浴中心才能开业呀？急死我啦。黑子说：装修完了就开业呗。凤英说：狗屁，这还用你说，不是没钱装修吗？黑子说：我有钱。

凤英把香烟扔到地上，用高跟鞋尖碾了一下，一边定定地看着黑子，一边把身上大红色的羽绒服脱下来。天很冷，屋子里没有暖气，窗玻璃上结着厚厚的霜花，屋子四处是干巴巴的寒气。凤英很快就赤裸了身体，她双臂张着跑过来，凤英的前胸震颤起一团冷气，黑子抱住被冰冷包裹的凤英时，觉得凤英的骨节咯咯响。凤英的舌头却是热的，让黑子的粗脸马上全方位暖和起来，接下来，黑子的整个身体都让凤英的舌头弄得热气冲天。

凤英后来对黑子说：陆老师不会这样吧？

黑子立刻表白说：她会什么？她就会一天到晚背课文给我听。

凤英叫道：我的天呢！背课文？她在家里给你背课文听？

黑子说：是，是这么回事，她什么课文都会背，脑袋像录音机一样。凤英说：那陆老师的嘴是开关，一扭就放音。凤英说着把舌头送到黑子的厚嘴唇上。

黑子是吃馋了嘴的猫，见了凤英就想凤英的舌头。凤英说：这不难，拿钱来，三十万不多，二十万不少，够我装修房子就成。黑子便把私房钱从银行提出来，在银行的柜台上，凤英几把抓过一捆捆的钞票，塞进身后的大背包里。凤英动作过于急切，黑子眼神里便有抢那个背包的意思。凤英说：你用不着瞪着一双贼眼看我，洗浴中心开业了，我给你个经理当。

黑子说：我要跟你结婚。凤英说：结就结，一言为定，只要陆老师答应，只要你能离得了婚就行。凤英说这种话的时候，大眼睛眯成了一条细缝，眼珠在细缝里露出一点点，却死死盯住了黑子。

黑子咧了咧嘴，在银行的柜台前，凤英毫无顾忌地将一只指头点在黑子的嘴上，嘻嘻笑着说：又想坏事了吧？

凤英就是这样，总会让黑子热血沸腾。

有时候，凤英会说：哼，你小子和我是一路人，你跟陆老师是两路人。陆老师多冰清玉洁呀，多正人君子呀。说完，凤英会哈哈大笑，笑得黑子便跟着咧嘴，露出一排黄牙。

　　黑子初中没毕业就不读书了，没知识，人又长得难看，当年娶了陆丽玫这样的漂亮媳妇很满意，起初还把陆丽玫当宝贝，可是，后来就不当宝贝了。现在让凤英这么一说，他也觉得自己跟老婆是两路人，两路人就不能在一起过日子，还是跟凤英在一起舒服，说话舒服，干那种事时更舒服。黑子跟凤英说：我跟你在一起，心情就是一个字：愉快。凤英笑骂道：你真没文化，要不说你跟你老婆不是一路人呢，"愉快"是一个字？那是两个字。

　　黑子读书少，可是运气好，做化肥生意，做农药生意，样样生意都赚钱，还不少赚，赚了多少没有人知道，他自己放着，不给老婆，也不给父母。发了财的黑子出来进去，腰杆挺得直直的，说话呼三喝四，喝酒赌博玩小姐样样都做。陆丽玫生气，黑子骂：少跟我哭丧个脸，陆丽玫要是胆敢顶嘴，黑子就抡起干瘦的胳膊打过去让陆丽玫闭嘴。现在，黑子把他赚的钱都拿出来给了凤英，反正凤英答应做他的老婆了，这是黑子心里的底数。

　　有了这样的底数，黑子不仅是夜不归宿了，是要跟陆丽玫离婚。陆丽玫不离。世界的变化离这个小镇很远，小镇以外的城里人，也许不把离婚当一回事，说离就离了，但是，这里不行。从镇南到镇北，从镇东到镇西，屈指算算，哪有几个好女人离婚。陆丽玫她是学校里的老师，老师离婚，学生和学生家长一定在背后指指点点，陆老师丢不起那个人。

　　陆丽玫不离婚还有一个原因，也是一个重要的原因。婆婆年初答应给她一笔钱，托人把她的民办老师转成公办的。这个时候，她怎么能离婚呢？当老师是她一生唯一的愿望，如果当年不是为了实现这个愿望，死人说成活人，她也不会同意嫁给黑子。

所以，陆丽玫不能离婚，黑子便天天不回家，不回家陆丽玫也不离婚，她在家里挺着，熬着。

一晃几个月让陆丽玫给熬过去了，熬到了春暖花开的春天，熬到了这个风和日丽的下午。

这个春天的下午，细密的阳光洒了一地，柳树叶上都闪着白光，满天白亮亮的一片。这是香水镇这个季节里少有的好天气。陆丽玫就踏着一路细密的阳光走了过来，紧身的黑色衣裙使她那张没有血色的脸越发苍白。她目光迷离，神情凄楚，像路边随风跳舞的柳条不胜微风吹拂，一摇三摆，病恹恹的样子。相反，走在她身边的王小红却是英雄般地精神抖擞，短发，旅游鞋，牛仔上衣牛仔裤，根本看不出来是个女人。

陆丽玫走着走着便跟不上了王小红的脚步。王小红停下，回身看陆丽玫，那眼神里净是怜爱。陆丽玫捂着肚子说：我走不动了，算了，别去了，找了大半天了，也没有找到，就算找到了，那又怎么样，也不知道算得准不准，还得花钱。

王小红拉起陆丽玫的胳膊挎到自己胳膊上，拖着陆丽玫往前走，她说：我的大小姐，又怎么了？你就是这样，干什么事都虎头蛇尾的，反正也出来了，就找到为止。钱的事不用你管，我有，这钱我出就是了，多大的事呀？

陆丽玫不作反驳，跟着王小红走。

陆丽玫跟王小红在一起永远听话。

老孙头窝在香水镇一家食杂店的墙角，脸是灰褐色的，巴掌大的脸让皱纹分割得七零八落，尖鼻子刺向紧闭的嘴角，倒悬的木刺般锋利。老孙头的目光与他的倦怠的神情极不相称，那是尖锐而扎人的跳跃白刃。陆丽玫被这白刃扎得往王小红身后躲了躲，这个细节也没有逃过老孙头的眼睛。

老孙头欲擒故纵，对王小红说：我知道你们是来干什么的，我还知道，你身边的这个小姐对我不信任，今天我不给她算命，只给你算，算得不对分文不取。

王小红说：算了，别跟我来这套江湖把戏，我不用你算，我非让你给她算。

老孙头仰脸看陆丽玫，说：你信吗？

王小红抢过话：为什么不信，不信找你干什么？

老孙头端详陆丽玫的脸，而后又抓住陆丽玫的白白细手，反过来倒过去地看手纹，接着又拿出几枚大铜钱让陆丽玫往地上抛。所有的一切做完之后，老孙头问陆丽玫你要算什么，吉凶祸福，婚姻事业，哪一样？

王小红又抢着说：事业，事业。

老孙头问陆丽玫：说准了，真是事业啊？

陆丽玫犹豫了一下说：那就事业吧。

老孙头说：事业上，今年你要上一个台阶，可是难，不容易，还得舍得花钱。

陆丽玫问钱的事能解决吗？

老孙头答：钱的事解决了，什么事都解决了。

王小红与陆丽玫对视一眼，王小红又问老孙头陆丽玫的婚姻方面怎么样?

老孙头转着眼珠想了一会儿,说:她现在婚姻有问题,长不了,她婆家的人个个都是她的克星,她得自己想办法。

陆丽玫的脸色很不好看,铅灰色的,渗着沉钝的青光,两只脚不断地踢地上的沙子:"想什么办法?"

老孙头说:那就是你自己的事啦,不过,事过之后,云开雾散,你就有好日子过了,你还有个贵人能救你,只有他能救你。

王小红说:那贵人长什么样?是男是女?

老孙头又伸出指头算了算,说:天机不可泄露。贵人有贵人相,你们自己找去吧。

说完这些话,老孙头就不说了。

陆丽玫的眼前不断出现黑黑的火苗,天突然变黑了。任王小红如何问话,陆丽玫都不肯回答。往回走的路上,陆丽玫有几次差一点摔倒。陆丽玫轻飘的身子,薄薄的脸,黑而无神的大眼睛,活脱脱是葬礼上的纸人。

陆丽玫神情恍惚地对王小红说我怎么总觉得头上有鸟飞呀。

王小红扬脸看了一下白花花的天空,说:哪儿有鸟?王小红还用了一句成语:万里无云。

陆丽玫说:真的,你怎么就看不见?它们跟着我飞。

陆丽玫头上旋转着黑鸟走回自家的院子,一进大门就听到了公公在院子里喊叫。

陆丽玫的公公站在自家院子里对正端着猪食盆准备离开的亲家发火:你们家啥都缺?日子怎么过的?缺不缺尿盆子,我那还有个尿壶一块拿去得了。

能把话说到这个份上，也算是撕破了脸皮了。陆丽玫的父亲脸黑一阵白一阵，耷拉着脸，抖着手把猪食盆放回院子里。他嘟囔着说：你们不要了，我才想拿走。

陆丽玫的公婆对陆丽玫的娘家人永远表现出最充分最透明的厌恶。陆丽玫的娘家人不断到陆丽玫这里拿东西，大到种子农药化肥，小到木柴猪肉粮食蔬菜。春天拿冬天拿，一年四季，只要来了人，回去就不会空着手。陆丽玫每次回娘家也要拿婆家的东西回去，她不明着拿，偷偷拿。可是总能被她的婆婆发现。陆丽玫的婆婆跟她的邻居数落儿媳妇时说：我命苦呀，娶了个媳妇养了个贼。

陆丽玫的公公从不同他的亲家在一个桌子上吃饭。陆丽玫的父母来了，一般情况下，都是拿了东西或是钱就走。陆丽玫跟她的父母说你们以后少来，有事捎个信，我回去。但是陆丽玫的父母不听，还是来。发展到后来，陆丽玫的公婆对来串门的亲家就不说话了，就当家里没来人一样。

陆丽玫小心翼翼地侍候公婆，小心翼翼地等着，希望有天婆婆能把钱给她，所以，她告诉她父母不要来她的家，可是她没有想到，她的父亲还是来了。

陆丽玫像有一股力量推着她似的跳过大门，冲到父亲面前，一脚踢飞了那个猪食盆。

3

陆丽玫的公公显出了少有的高姿态，他一句话未说，对陆丽玫微笑了一下，转身进了自己的房子。陆丽玫觉得公公的笑阴险而龌龊，公公黑黄的胖脸上流淌着一层牛油，这牛油结出了一副狐狸才有的狡猾笑容。

陆丽玫呆呆地站在院子里，仰头看天。天是湛蓝湛蓝的，陆丽玫两眼空茫，无数黑色的星星在天上转，无数乌黑的大鸟在天上转，越转越快，转得她不得不闭上眼睛。哪来的这么多的鸟啊？陆丽玫又在心里问自己。

直到陆丽玫的公公喊她，她还没有回过神来。

陆丽玫心里还在问：黑鸟，转转转，哪来的？这么多。

陆丽玫的公公坐在沙发里吸烟，烟灰又变成了一只只黑鸟在陆丽玫的眼睛前面打转。陆丽玫一脚门里一脚门外站在那儿，等着公公训话。陆丽玫的公公常常教训陆丽玫，基本上每一句话都是反问的语气。

这一次，陆丽玫的公公没有用反问句，他说：我给你要来了二胎指标，你看看，你准备什么时候要这个孩子？我们家四代都是单传，不能到了你们这辈就绝后了。

陆丽玫不说话，仍然愣愣地看着她公公手里的香烟。香烟上的烟雾一缕缕袅袅向上，直到变成一只只黑鸟。

陆丽玫的婆婆在边上低声说了一句：这家人都是哑巴，说句话这么费劲。

陆丽玫仍然不说话，眼睛里不断向外闪着让人捉摸不定的光。

陆丽玫的公公有些不耐烦了，他深吸了两口烟，提高了声音：我问你话呢！你到底打算怎么办，到底什么时候给我生孙子？

陆丽玫的婆婆狠狠挖了陆丽玫一眼，加上一句：都说黑子不愿意回家，到外面疯去。就这样的媳妇，他能在家待住吗？

陆丽玫还是不说话，她不想说，她觉得她没什么好说的。医生早就跟她说过，她的心脏病不允许她再生一个孩子了，这件事她的公公婆婆是知道的，所以，她不想再解释身体有病这件事了。

黑子的身影从院门闪进来，从窗子里望出去，阳光下，黑子的瘦脸是一块酱紫酱紫的熟猪肝。黑子踢了一脚跑过去向他摇尾巴的大黑狗，大黑狗便夹起尾巴溜到一边去了。黑子又踢了一脚大门边上的摩托车，摩托车还稳稳支在那里，没溜到一边去。

黑子兴高采烈地在门外叫道：爸，我要买辆捷达车。

陆丽玫的公公冲着黑子骂：不争气的东西，混账的东西，败家的东西。

陆丽玫的婆婆护着儿子说：你别什么事都拿儿子撒气，又不是他不想生儿子，他一个人能生出来儿子吗？

黑子推开陆丽玫大踏步冲到他父母面前，对他父母嬉皮笑脸：生儿子还不容易，你们等着吧，最多半年，我就给你们抱回来一个胖孙子来，保证是我的种。

黑子说这话时全当陆丽玫不在场，对陆丽玫看也不看一眼。陆丽玫对黑子的话没有反应，准确地说，她对屋里人说的话都没有反应。

陆丽玫僵直地站在门口，把公婆和丈夫全挡在门里。她觉得天上飞过来的黑鸟跟屋里的黑鸟混合到了一起，狰狞着嘴脸在屋里盘旋。有那一刻，那些黑色的鸟越变越大，张牙舞爪直冲到她的头上。她的头向上喷血了，血喷得很高，高得冲到了雪白的屋棚上。

　　陆丽玫的公公又说话了。他说：我也不跟你说了，你想怎么办，随便。从明天起，咱们分家，你们过你们的，我们过我们的，我没有钱养活你们。

　　黑子说：谁们呢？她自己过她自己的。我是我，她是她。我现在就走，我有我的住处。说完，黑子用力推搡了陆丽玫一把，跳出门，走了。

　　人世间的许多事不是三言两语就能够解释得清楚的，可是，对于陆丽玫来说，现在的她什么也不需要解释了。那天晚上，陆丽玫不吃不喝，坐在床上想一件事，这件事就是买或是借或是怎么弄到一支枪来，头上一刻不停旋转的黑鸟让她心慌意乱。

　　黑子从下午出去就再也没有回来过。

　　为了让自己静下心来，半夜里，陆丽玫坐在床上在黑暗里背诵冰心的《纸船》，她像唱歌一样背诵这首许多年前学过的课文：

　　　　我从不肯妄弃了一张纸，
　　　　总是留着——留着，
　　　　叠成一只一只很小的船儿，
　　　　从舟上抛下在海里。

有的被天风吹卷到舟中的窗里，

有的被海浪打湿，沾在船头上，

我仍是不灰心的每天的叠着，

总希望有一只能流到我要它到的地方去。

母亲，倘若你梦中看见很小的一只白船儿，

不要惊讶它无端入梦，

这是你至爱的女儿含着泪叠的，

万水千山求它载着她的爱和悲哀归去。

陆丽玫反复背诵着，直到天亮。天亮时分，风呼呼地在窗外刮着，像是有人把沙子一把把摔到窗户上，窗玻璃哗哗响。

陆丽玫的婆婆敲开房门，一扬手，把一包东西扔到床上，陆丽玫翻开看了，才发现那是女儿小玫的衣服。小玫跳下床去拉奶奶的手，嚷着让奶奶给梳小辫。老太太挡了一下，老太太说：找你妈去，以后，什么事都别找我了，我不管你了。

陆丽玫知道，这个家在她没有发言权的情况下，就这么分了。

于是，陆丽玫头上的黑鸟就旋转着，朝她扇动着黑翅膀怪叫，每只黑鸟都有一张狰狞的恶脸。

下班时，陆丽玫在学校走廊里叫住王小红。陆丽玫知道王小红家里有猎枪，王小红的弟弟就是因为用猎枪抢劫被抓进监狱的。

王小红听了陆丽玫跟她借枪的话哈哈大笑。王小红笑够了，说道：我家哪有什么枪啊，早让公安局给收走了。

陆丽玫重复：我要打鸟，不打人。

王小红问：打什么鸟？

陆丽玫皱眉说：大黑鸟，比乌鸦还大。

王小红说：好，打，都该打，打死一个少一个。我看你们家的那些鸟东西也该打。

陆丽玫说：人活着真没什么意思，死了痛快，干净。

王小红看着学校操场边上那几棵在风里东摇西晃的老榆树，狠狠地说：我不想死，我想让别人死。

俩人走出学校，王小红说：黑子跟凤英搞上了，你知道不知道？

陆丽玫大喘着气，风箱一样呼嗒呼嗒响，什么也没说。

凤英曾经是陆丽玫教过的学生，凤英当年读书时各科成绩从来没及格过，总给班里拉分。为此，陆丽玫没少批评她，也没少找她的家长。凤英读小学五年级的时候，对班里的体育委员产生了兴趣，每堂课她都要跟同学换座，不是坐到那个男孩子身前身后，就是坐到那个男孩子的身左身右去。有一次，凤英给那个男孩子写了一封情书，上自然课时，那封情书被一个顽皮的男生发现了，于是全班的男生传着抢那张纸片，课堂乱得一塌糊涂，自然课老师根本管不住那一群孩子，便把班主任陆丽玫叫到班上。陆丽玫把凤英叫到讲台前罚站，批评的言语中自是带着挖苦。凤英起初脸上还嬉笑着，东瞧西看，腰弯曲着，很是无所谓的样子，但是，很快她就严肃了，就不笑了。陆丽玫拿讲台上的教鞭打了一下凤英的腿，让她站直了身体。凤英在那只教鞭收回去的时候，愤怒地跳下讲台，跑到自己的座位前，三下两下把书装进书包里，猝不及防地闪过陆丽玫伸过来的手，跑出教室。在教室的窗外，凤英隔着玻璃冲着陆丽玫气红的脸叫道：咱们俩走着瞧，姓陆的。从此，凤英就不念书了。不读书了，凤英自由自在，花枝招展起来，在街上陆丽玫遇上了凤英便把头扭到一边去，凤英更不客气，干脆冲着陆丽玫连吐几口唾沫。

不知从什么时候起，凤英就在镇子上消失了，在街上见不到凤英，陆丽玫心里沉甸甸的，总有负罪感，总觉得是自己害得凤英读不了书，害得凤英没了前途。她甚至到凤英家里去了一次，想找凤英回学校读书。

凤英消失了有三年左右，等到凤英再回来完全不是原来的样子了，很时尚的穿着，看上去活得很好，见到陆丽玫还主动笑着说话，还请陆丽玫到她的美容院去做美容。凤英失踪了三年的历史被镇子上的人传来传去，都说凤英在南方的城里做小姐，赚了大钱，凤英对此也不解释。

镇子小，陆丽玫自然知道凤英的美容院在什么地方。

王小红见陆丽玫不说话，就又说：要是想收拾她，我去，把她的东西全砸了，三拳两脚，我让她鼻青脸肿再也不敢找黑子。

陆丽玫冲着王小红笑了一下，笑得莫名其妙。

陆丽玫说：要教训她我自己去，她是我学生，她能听我的话。

王小红搂住陆丽玫的肩膀：你去？她能听你的话？你去找凤英，等着挨揍吧。

陆丽玫又觉得满天的黑鸟在她的头上旋转。陆丽玫嘀咕了一句：我得借枪打鸟，这鸟老是在我头顶上飞。

陆丽玫晚上折进学校，月光踏着她的步子，抖着银白的光跟着陆丽玫，陆丽玫在一片月光里站到李校长面前。李校长的脸色是青灰色的白，有一抹月光正好照在李校长的脸上。

李校长收紧了腰说，这么晚了，你怎么来了？便去门边开灯。陆丽玫用整个身体挡住开关，说：开灯干什么，不是挺亮的。陆丽玫说完这句话，一屁股坐到李校长的床上，随手拿起一本杂志冲着窗子翻，书页在她的手里哗哗作响。

李校长也不往前移步子，要是以前，李校长会马上把陆丽玫拥进怀里，他还会给陆丽玫念他刚刚写好的诗，但是，现在，李校长就那么远远地站着，两臂耷拉着，眉眼也耷拉着，从陆丽玫的角度看过去，李校长是一条月光下耷拉着的影子。陆丽玫笑起来，声音很响，脆脆的，在夜晚的静寂的小学校园里，这笑声让李校长觉得带着邪气。

自从李校长的激情渐退以后，如果陆丽玫不去找他，他从来不先去找陆丽玫。他自己都觉得奇怪，以前的春天，春暖花开的时节，在一片阳光照耀的校园里，他的一根根神经都会竖起来，期待四平八稳的生活有一种改变，那是在四平八稳的生活基础之上的改变，四平八稳是底子，改变是点缀，陆丽玫就是那点缀上的亮点。可是现在，春天才刚刚开始，他心里的春意却阑珊得没了踪影。他的身体在温暖的春风里很力不从心，他问自己，我老了吗？

因此，李校长平时在学校里见了陆丽玫，就像跟其他老师那样很平淡地打招呼，他会说：陆老师，上课去？或者说：陆老师，下课啦。

最近，陆丽玫却常常找机会单独和李校长在一起。两个人单独在一起时，陆丽玫便提民办转成公办的事，说得很激动，话里话外让李校长觉得不着听。李校长觉得陆丽玫有些烦人了，过分了。在和陆丽玫的关系上，他想撤，可是感情上的事，的确不是可以快刀斩乱麻一了百了的事。

陆丽玫笑过了，长叹一声，没头没脑地说：你是我的初恋呢！惨白的脸上，晶莹的泪珠滚滚而下。李校长身体里的血一股又一股涌进心脏，挤得心咚咚跳，浑身酸酸的，麻麻的，是被醋泡着的感觉。

李校长心里问自己：这丁香一样结着愁怨的女人，你如何能不珍惜？

很快，陆丽玫脸上就没有泪了，黑眼睛如深洞一样扫向李校长，那是带着寒气的深不可测的目光。

李校长本想有所动作的手，收了回来，他站在陆丽玫的身边问：你来有什么事？

陆丽玫把那本杂志拍到床上，她说：我要跟你结婚。

陆丽玫的目光闪着坚定的幽幽的蓝光，李校长被吓得靠到身后的墙上，过了一会儿，他十分坚定地说：这绝对不可能，我马上是有孙子的人啦。

陆丽玫嘿嘿一笑，李校长从没听陆丽玫这样笑过，这笑声在夜的空旷的房间里带着怪异的气息。李校长不自觉地将身体移得更远一些，陆丽玫却走近他，伸出手来拍拍李校长已经蜡黄了的长脸说：跟你开个玩笑，而已，而已……你也会当真呢？

4

这是镇长第一次带客人到凤英的莺莺洗浴中心来，这时候莺莺洗浴中心还没有挂牌正式开业。镇长大着动作挥手跟凤英说话：都安排好啦，这是外地来的客人，都是大老板，是咱们镇的财神爷，把他们安排好了，你就是为香水镇做了贡献。

镇长的身后三个穿西装的男人瞪着眼睛看凤英。

凤英眼观六路地瞄了一眼那三个喝得面红耳赤的男人，马上说：放心，放心。我马上安排，马上安排，您都要什么服务？

镇长说：什么什么服务？除了乱七八糟的，每个项目都给我上。

镇长说话时，身体带动脖子和脑袋往右侧用力扭，镇长太胖，又是高个子，身体倾斜的幅度又过大，有点要倒下去的样子，凤英就势倚住镇长，看上去镇长跟凤英的关系非同一般。

于是，边上三个男人的表情都有一些放肆。

镇长躲开凤英依过来的肩膀，走到一边去站住，镇长的身后恰好是一片大海的风景画，足有半面墙那么大，蓝天碧海，椰影婆娑，外加白帆点点，画面里的空气都跳跃着干净。镇长就站在那幅画前说：我告诉你啊凤英，少给我整"景"。

凤英笑着说：我哪里敢跟您这样的大领导整"景"，您看看身后，我的"景"，都是干干净净的"景"。

客人被安排去了桑拿浴房，镇长转身往外走，凤英媚笑着跟着，在跟着的过程中，她丰硕的前胸不断撞到镇长的胳膊上，凤英在走廊的尽头说：镇长，你不能走呀，洗个澡我给你按摩，我保证让你通体舒泰。

镇长说：你让我通体舒泰，公安局让我掏五千罚款，去，忙你的去。

凤英厚着脸皮嘻嘻笑着，把镇长拉到身边的一间包房里，她把镇长按到沙发上坐下，甜着嗓音说：你是一镇之长，公安局还不得听你的，他们敢罚你的款，他们不想穿那身皮了？

镇长用鼻子哼了凤英两声，凤英根本不介意，凤英又说：你是贵人，贵人有福，福大命大，看你这耳垂，就能看出来。凤英说着，温热的手指贴在镇长的耳朵上。

镇长像赶苍蝇似的说：去去去，忙你的去。

然后，镇长就在包房的门前站着吸烟。

结账的时候，一个小姐把一张单子送到镇长面前，单子上的数字正好是五千。镇长黑着脸说：你们抢劫呀？三个人五千，把你们老板给我找来。

凤英袅袅婷婷地从走廊尽头摇过来，脸上还是媚笑：哪里不满意啊？领导。

镇长点着单子上的黑字说：你说哪里不满意？你自己好好给我看看。

凤英接过单子看了一眼，扬着脸看镇长的脸色说：你别生气，气大伤身，你说吧，我凭你赏，你给多少我收多少。镇长说：给你五百。凤英说：五百就五百，当我交个朋友好啦。

后来，镇长跟派出所所长说：给我盯住了，她跟我还敢来美人计，别人她什么不敢干？派出所所长说：别管别人了，我就管你，你将计就计了？镇长骂道：你想带着人来抓我，是不是？

凤英在镇长带人走了之后，心里狠狠骂了几句脏话，几句脏话吐出口，凤英突然间觉得镇长是相当有魄力的男人。所以，跟黑子谈镇长的时候，有一些兴致勃勃的，她说：玩完了，舒服了，不给钱，够绝！

黑子全当没听见凤英的话，他木桩般靠墙站着，他正在生气，因为凤英并没有让他到莺莺洗浴中心当经理的意思。

凤英不仅没有让黑子当经理的意思，她还蔑视黑子，她点着黑子的小脑袋说：就你这样的榆木脑袋还当经理？你这么小个脑袋，里面能装多少脑细胞，能解决多少个问题？

黑子说：你又看上谁啦？

凤英说：我看上镇长啦，怎么啦，你能跟他比吗？

黑子像霜打过的叶子，蔫到沙发上，过了一会儿，黑子说：你什么时候跟我结婚？

凤英双臂仰到沙发靠背上，悠闲地说：等着吧。

黑子说：等着是什么意思？

凤英立刻坐直了身体，说：瞧瞧，你这个人，等着是什么意思你都不明白？就你这样的，还想当经理？等着的意思就是你得先跟你老婆陆丽玫离了婚呗。

凤英点着一支烟，随手把烟盒扔给黑子，她把电话机抱在怀里，当着黑子的面给镇长打电话，她脸上笑着约镇长晚上到凤凰酒楼吃饭去。

其实，这之前，凤英就请过镇长去吃饭了，但是，镇长没去，镇长说他工作忙，没工夫，以后有的是机会。这句话让凤英兴奋了好几天，几天的时间里，凤英如在寒夜里终于找到了一间温暖的屋子，心里是踏实的快乐，她等着镇长先给她打电话，在她以往与男人交往的经验里，馋嘴的鱼，必定主动上钩，她是垂钓者，只要把好钓鱼竿就够了。几天的时间很快就过去了，镇长那边没有动静，凤英等不及，主动给镇长打过几个电话，每次打电话都是一个主题，绕来绕去约镇长吃饭，镇长每次都不应，说没时间。今天，凤英觉得镇长能应，因为镇长欠了她一个人情，五千元的消费，才给了五百元，这不是一个小折扣，这个折扣得让镇长拿感情来补。

凤英说：我请您到凤凰楼酒店吃饭去。镇长在电话里说：吃饭就免了吧，正式开业时，我去剪彩，这也是支持镇子经济发展，对不对。

在凤英一心一意打电话的时候，黑子走出莺莺洗浴中心，他的腿有一些打战，像很多喝醉了酒的人那样，步子发散。

黑子步子发散，腿脚打战并不妨碍他动手打人。他一脚踢倒陆丽玫，然后抄起身后的一把木凳子狠狠砸陆丽玫。黑子大喊大叫：我叫你不离婚，我叫你逼得我走投无路，我打死你，打死你算了，打死你就一了百了啦。

陆丽玫蹲在墙角，像狗一样蜷缩着身体，用胳膊护住脑袋，她任黑子打，她不出声，她用力咬着嘴唇，嘴唇流出来的血挂在衬衣的袖口上，殷殷的红。

约有一刻钟的时间，王小红便站到了黑子的身后，她看着黑子打陆丽玫，不出声，也不拉架，脸色通红，眼睛里只有眼白没有眼珠。

王小红扶着陆丽玫从镇医院回来的时候，天已经很晚了，刮着风，卷着沙子，夜空是深不见底的黑洞，黑洞全是风和沙子。

陆丽玫在半路上停下来，她跟王小红说我想借把枪打鸟。王小红长叹了一声说：要打，我替你打吧，你的胳膊骨折了，拉不到枪栓了。陆丽玫又说：你怎么就从来不哭？王小红在黑夜里无声地笑一下，说：我的眼睛不长眼泪，只长怒火。

5

市教育局关于民办教师转正的正式通知还没有下来，香水镇中心小学里就闹得沸沸扬扬的了。民办教师们都成了秋后的树叶子，纷纷急不可耐地落到了地上，扎扎实实寻找自己的出路。民办教师转成公办，就是拿了一个铁饭碗，对于这个思想还保守的镇子，对于这些找不到金饭碗的民办们来说，转成公办教师，也算一件改变命运的头等大事了。

陆丽玫比其他人更在乎这次机会。这次转正，也可以说是她挽救性命的唯一出路。她现在还能想什么呢？就想着一件事，那就是转为正式教师。等到了民办转公办的文件一下来，陆丽玫心里就有了一些底了，有两个硬指标对她特别有利。其一，有大专以上学历。陆丽玫已经通过了师范类的大专成人函授考试，尽管是函授，但是她拿到了毕业文凭，是国家承认的正规大专院校的文凭。其二，有优秀教师证。陆丽玫曾连续两年被评为镇教育系统的教学能手，一年被评为优秀教师。也就是说她手里已经有三个证书了。此外的一些软条件她也不比别人差，论教学水平，论文化程度，论管理学生的能力，陆丽玫觉得自己没什么可挑剔的。

这样一想，陆丽玫脸上多多少少不再那样愁眉不展了，也没见她有想找找门路的意思。那天王小红的一句话，让陆丽玫热乎乎的心全凉了。

王小红说：要不我说你头脑呆，民办转公办，有先进教师证有什么用？有毕业文凭有什么用？什么用没有。你得送礼，你不送礼，什么事也办不成。王小红还举了一个例子说明自己的观点，她气愤地说她弟弟的事。她说："我弟弟参与抢劫那次，也不是他一个人。他也不是主犯，那怎么样？主犯送了钱，找了人，结果主犯最后是判二缓三，我弟弟就给判了五年实刑。上哪儿去说理去？"

王小红跟陆丽玫不同，她用不着为转正的事担心。她本来就是师范毕业的，正式教师，学体育的。但是现在她很急，是为陆丽玫急。对陆丽玫的事，她总是首当其冲。去年，为了陆丽玫的班级能评上先进班，她把全校的老师都找遍了，她跟人家谈话，内容很简单：让陆丽玫的班评上先进班级。

学校有一个从外地新分配来的年轻教师不解，就说她们很像同性恋。话传到陆丽玫耳朵，陆丽玫跟王小红哭诉。王小红骂：哭什么哭？我找他去。王小红找到那个小伙子，什么也没说，三拳两脚打过去，问：同性恋怎么啦，着你惹你啦？

陆丽玫对王小红的话言听计从，对于她来说，王小红在她的心里不知从什么时候开始就变成了她的主宰，她的精神，她的知音，她的思想。她甚至有时候想王小红怎么不是男人，是男人她就嫁给她，一生一世不分开。

王小红现在提醒她送礼，于是，她就想是应该送礼。

送礼要有对象，送给谁呢，在这个问题上，陆丽玫跟王小红有分歧，以王小红的观点应该送给香水镇主管教育的领导人——镇长。陆丽玫则认为应该给市教育局的局长，最后，陆丽玫还是听了王小红的意见，因为，她们俩人谁也托不到认识市教育局局长的人。

她们托去找镇长的人很快就回话了，人家答应帮忙，但是，得花钱，至少两个整数。陆丽玫知道一个整数的意思就是一万，那么两个整数就是两万了。她每月的民办教师补助费不足五百元，公婆不给她钱，黑子也不给她钱，这不足五百元的一点钱除了她和孩子的生活费外，还要贴补娘家父母和兄弟。这么多年来，她手里没有一点积蓄。

陆丽玫公婆的房子本来跟陆丽玫的房子在一个院子里，自从婆婆把小玫的衣服扔到陆丽玫的床上以后，两处房子间就垒起了一道砖墙，尽管这砖墙不足一米高，但是，那是一个标志，是彻底各立门户的标志。陆丽玫翻过那道砖墙，厚着脸皮两脚站在婆家的门槛上，婆婆的脸色让她进也不是出也不是。

老太太明显对陆丽玫的两脚有意见，苦着脸呸一口口水吐到陆丽玫的脚前。陆丽玫脑袋立刻轰的一声，心里早想好的词，一句也想不起来，说出的话着三不着四。她说：你答应过我的，说给我钱办民办转正的事，现在，我找了人，我来拿钱来了。如今，没钱，什么事也办不成，再说，没了工作，我就得死去。

母猪从门边挤进屋来，在屋里东嗅西闻，乱转着。陆丽玫的婆婆不回答陆丽玫的话，冲着那头母猪骂：出去出去，你这个没心没肝没长眼睛的东西，你在屋里找什么，没人要的东西，作孽的东西，就知道吃，不下仔的东西。

陆丽玫的眼前一阵发黑，叫了一声"妈呀"。

陆丽玫的婆婆扭过脸来说：我不是骂你，你别多心，我是骂吃粮不下仔的猪呢。我哪敢骂你？以前说过给你钱，还能给你吗？咱们现在是两家，自己过自己的日子。到我老那天，我就是穷死饿死，也不去找你，讨饭那天，我也讨不到你的门上。

陆丽玫做最后努力。她低着头说：那你先借给我，没有两万，一万也行，五千也行，等我有钱了就还你。

陆丽玫的婆婆说：我不是说啦，一分没有。我一个穷老婆子，哪来的钱，我哪有钱给你去送人情去？你不是跟李校长关系好吗？你找他借去呀。

老太太接着大声骂那头猪。

陆丽玫只觉得坐在炕里的老太太的脸越聚越小，往墙里贴进去，疙疙瘩瘩变成了墙上的一块黑斑。陆丽玫的心打着旋往地下沉，只沉得她的两条腿注了铅似的移不动步子。

陆丽玫的公公扛着一支猎枪进了门，跟他的老伴说：弄把猎枪，新式的，好用，明天跟黑子上山打野兔子去。

老太太说：明天不行，咱们得去黑子的二姑家串门，火车票都买了，今晚上的，你看看。老太太说着从口袋里翻出两张票来，摆到茶几上。

陆丽玫的老公公不看车票，他摆弄着那把黑而亮的猎枪，说：那就改天打野兔子去，春天野兔子肥。

老太太说：这次去，咱们就多住些日子，老远的，过了夏天再回来。

陆丽玫没听清公婆说什么，她一见那支枪，眼睛骤然一亮。

陆丽玫一声不响地看着她公公摆弄那支枪，看着她公公把枪顺手放在窗台边。然后，她就回了自己的房子。

陆丽玫进屋之后，直奔窗子，伸出拳头狠狠砸在玻璃上，一拳一拳，直到手上的血像一条条红色的蚯蚓快速爬进她的袖口里，她这才停了手。

陆丽玫多日来昏胀的头脑，突然间随着那一股股的鲜血，清醒了，如濒死者的回光返照，她的思路开始清晰，一个个想法像黑夜里倏然亮起了灯让眼前明朗起来。

6

接下来，陆丽玫做了两件事。

第一件事，她去了凤英的莺莺洗浴中心，她想跟凤英谈谈。凤英拿了她丈夫的一大笔钱，就等于拿了她的钱，她希望凤英能从那笔钱里拿出两万给她，就算是帮她。大家都传说黑子给了凤英几十万，两万跟几十万比是个小数字吧？

陆丽玫知道凤英的莺莺洗浴中心在什么地方，但是，她还是先给凤英打了一个电话，凤英在电话里热情地笑着说：陆老师吗？你找我有事，那你就来吧，我在办公室等着你大驾光临。凤英的语气在办公室三个字上咬得特别重。

陆丽玫以前没有到莺莺洗浴中心来过，以为莺莺洗浴中心跟镇里的澡堂没什么区别，不过是名字不同吧，可是，事实上，陆丽玫到了莺莺洗浴中心才知道这里跟镇里的任何一家澡堂子都不一样。用颜色打个比方，澡堂子是暗灰色的，莺莺洗浴中心却是姹紫嫣红的。

凤英就坐在她姹紫嫣红的莺莺洗浴中心的一间办公室里，一头麦秆黄的卷发，方便面似的顺着脸倒挂下来，遮住了两边上挑的黛青色眼影，橘黄色的嘴唇闪着晶莹的亮光，腮红却是淡淡的杏花粉，这些颜色组合到一起，竟一点都不乱，反而使凤英本来很平面的五官显出了一些棱角。

凤英见陆丽玫进了门，没动身，顶着一头麦秆黄卷发稳稳地坐在她办公桌的后面。凤英的办公桌是油亮的紫檀色大班台，镇中心小学的校长也没有这么好的办公桌。

陆丽玫在凤英的扬手请人坐的动作下，在门边的沙发上坐下。凤英在陆丽玫落座后，终于起身了，她给陆丽玫倒了一杯咖啡。她说：陆老师，你尝尝这种咖啡，正宗的意大利卡布基诺，花式泡沫的，别看是速溶的，可是味道纯正，你尝尝，一定得尝尝。

陆丽玫便端起杯子，喝了一口，陆丽玫皱了一下眉，凤英哈哈笑了起来，说：苦吧？以前没喝过这种咖啡吧？

其实陆丽玫什么咖啡也没有喝过，她只是在城里的超市见过写着咖啡两个字的瓶子或是盒子，咖啡这种饮品离她的生活很远。

陆丽玫听得出来，凤英是话里有话。

陆丽玫不知道怎么开口好，就说：对不起，凤英，当年是我的错误你才没继续读书。

凤英笑着说：陆老师，我得感谢你呢，我就是读书也读不出来好结果，瞎浪费时间，现在多好，我活得如鱼得水。

凤英这么一说，陆丽玫就没话可说了。

凤英的腰围并没有粗起来，这和黑子的说法有出入，黑子曾跟陆丽玫说：我就是跟凤英好了，凤英怀上了我的孩子，怎么样吧？你离不离婚？

坐了一会儿，还是凤英抢先把话挑明了。凤英坐到陆丽玫身边的沙发上说：陆老师，我知道你是为什么来的，是为你丈夫吧？这你放心，我不会抢你的男人，你就安心回去过你的小日子去吧。

陆丽玫的脸青一阵红一阵，张了几次嘴，却几次都没有吐出声来。

凤英接着说：我走南闯北这么多年，天南地北地跑，见过的优秀男人多了，世界上比黑子好的男人多得是。陆老师，这还得感谢你，要不是当年我读不下去书，我还不会有这般见识，我还不会有这么大的家当，我见识不到那么多好男人。我这样说你别多心，我这个人你还不了解？说话有口无心。

陆丽玫又喝了一大口咖啡，但是，这一次，她没喝出苦来，准确地说，她什么味都没有喝出来。

凤英眼睛转了一下，恍然大悟的样子，拍着手笑道：陆老师，你怎么不说话，你不是向我来推销你的丈夫来了吧？真有意思，别忘了，你可是教育人的人民教师啊，当年你教导我的话，我全记在心里，一句也没忘呢。

陆丽玫脸色发紫，嘴唇哆哆嗦嗦，她说：黑子说你怀了他的孩子。

凤英又是嘻嘻一笑，站起身，面对着陆丽玫，往后仰身板，腰收得很细，她拍着自己干瘪下去的肚子说：我肚子里有孩子吗？就我这体形像是有了孩子吗？我怀了黑子的孩子？你回家再问问黑子，他有资格让我怀上他的孩子吗？

凤英说完对着陆丽玫身后的一面大镜子照照，然后又贴着镜子拍拍自己的两颊，杏粉色的两颊便成了红色。

凤英说：陆老师，你是生过孩子的人，你看看我这脸色，像是怀了孩子的脸吗？

陆丽玫说：黑子到底借给你多少钱？

凤英眼睛转了一圈，把房子的屋角地面都扫过了，说：黑子借给我钱？开玩笑吧？我什么时候借过他的钱？

陆丽玫没看凤英的脸，陆丽玫的目光穿过屋顶，她看见无数的黑色大鸟冲下来，啄她的头。鲜红的血迷住了她的眼睛，凤英的办公室便整个罩在一片血红里。

陆丽玫在心里跟自己说：怎么又有这么多黑鸟啊？

陆丽玫考虑着她的问题在大街上转，本来就不长的街道她转了一圈又一圈，一直走到了黄昏。

黄昏时分，风还怒吼着，天仍然是灰黄色。要是以前，天气好的时候，夕阳会很好看地悬在远处的树上，有时候，陆丽玫会领着她的女儿小玫看那些树梢上的夕阳，教小玫背儿歌或者唐诗。她背一句，小玫背一句，"春眠不觉晓，处处闻啼鸟，夜来风雨声，花落知多少。"小玫总是把最后一句读错了，她说成了：花落多多鸟。现在，近处树上的杏花不见了，只有风声，只有黑鸟在陆丽玫的头上盘旋。大风里的陆丽玫长发散乱，黑衣黑裤，鬼魂样地在风里飘过来荡过去。

她在马路上遇见了下班的镇长和派出所所长。

镇长是极负责任的镇长，他把这个小镇建设发展当成了他一生的事业，事无巨细，样样躬亲。他认为这个小镇的工作重点有两个，一个是发展生产，一个是保证治安，这两点做到了，小镇的居民才能安居乐业。

所以，披头散发的陆丽玫在大风里飘过来的时候，镇长便停住了脚，挡住了陆丽玫的去路。

镇长问派出所所长：这是谁家的女人。

派出所所长一见是陆丽玫陆老师，也停了步子回镇长的话：是中心小学的老师。

镇长见陆丽玫目光游移，神情恍惚，迎着他立在马路中间，对身边呼啸而过的汽车视而不见，便皱皱眉头。

陆丽玫忽然间冲着眉头紧皱表情严肃的镇长笑了。陆丽玫惨白的一张脸唇红如脂，嘴笑眼不笑，这笑让镇长莫名其妙。

镇长一怔，不由把脸转向派出所所长：你说什么？是学校的老师？

陆丽玫一把拉住镇长，把镇长拉到路边上，镇长没有想到这纸人一样的女人竟有如此大的力气，他不得不跟着陆丽玫向前走了三五步，派出所所长就被扔到了原地。

陆丽玫如抓到了一棵救命稻草一样，上气不接下气地介绍自己：我是中心小学的老师，我都干了快十年了，我年年教毕业班，年年学生考试都在全镇排第一，我教学水平是一流的，我还是先进工作者，还是全镇评出来的讲课能手，我有大专毕业文凭。我是民办的，我要转正成公办老师，我的条件都够就是上边没人，您给我说一句话，就差您这一句话了，您行行好，帮帮我吧。你要多少钱，我想办法给你弄，砸锅卖铁我也给你弄齐了。

陆丽玫越说越向前靠，越说越快。她眼睛圆睁，眼珠闪闪发亮，死死盯住镇长。

陆丽玫把所有的话都一股气吐完了，就像鼓鼓的气球突然被扎了一刀，刺的一声委顿了下去。

镇长对派出所所长说：你看看，这镇子的治安你是怎么治的，一个疯子也能拦住镇长喊冤叫屈。

派出所所长看了一眼仰脸看天的陆丽玫，小声对镇长说：她不是疯子，她真是镇中心小学的老师。

镇长自语道：这样的人，一个这样的人怎么当了老师？

陆丽玫就在镇长不住的问话中远去了。

镇长回到家把这件事跟他老婆说了，他老婆想了想说：你说的人可能是镇中心小学姓陆的老师，二姨家的小三子来说过她转正的事，还说要给咱们送重礼，我当时就告诉小三子，你不管这种事，让他别破车瞎揽载。

陆丽玫在黑的夜里把女儿小玫用被单包好，在黑的夜里把沉睡的小玫抱到王小红家里去了。抱女儿出门时，陆丽玫的结婚照从墙上突然掉了下来，玻璃摔了个粉碎，陆丽玫从黑子和自己的脸上踏过去。

那个晚上,小玫一个人睡在王小红的房里,陆丽玫翻过砖墙,砸开婆家的窗子,一伸手,便把窗台上的猎枪抓到手里。

陆丽玫端着枪在自家的院子里游荡,天上没有月亮,却有无数黑鸟,陆丽玫端着猎枪,瞄准,但是,她瞄不准,眼睛如罩上了塑料纸,她揉揉眼睛,冲着头顶,轰——轰,放了两枪,可是黑鸟还在她头上飞。陆丽玫又一次抬起枪,放,散弹轰的一声,像突然竞放的菊花喷开了,陆丽玫听到了响声,也看见了一只喊叫着冲向她的巨大黑鸟应声倒地。陆丽玫心里说:这下打着了。

黑子倒地之后,手臂还保持着冲向前的姿势,手还握着拳头,就差一米远的距离,那紧握的拳头就砸向了陆丽玫的脑袋。

王小红说:你不能去自首,自首,你也是杀人罪,也是死,还不如跑,跑得远远的。王小红回身锁上里间的房门,黑子就躺在里间的沙发上,身上盖着被子。

陆丽玫说:我得去上课,我得给学生一个交代。

清晨,陆丽玫照常去上班,那天,同事们除了发现她的脸色不好外,没有注意到她有什么异样。陆丽玫一整天没有出她的教室,一整天她没有讲一节课,她领着学生背课文,后来,她嫌学生跟不上她的速度,她就自己背,她一段一段地不知疲倦地背,她的学生从来也没有听过这样的课文。

后来,陆丽玫停止了背诵,她僵坐在讲桌后面,眼睛望着房顶,一动不动。

放学的铃声响了,陆丽玫站起身,她跟学生说:我还有几句，听完了，你们再走。她带着感情背诵道："忽然教堂的钟敲了十二下。祈祷的钟声也响了。窗外又传来普鲁士兵的号声——他们已经收操了。韩麦尔先生站起来，脸色惨白，我觉得他从来没有这么高大。……然后，他待在那儿，头靠着墙壁，话也不说，只向我们做了一个手势：'放学了，——你们走吧。'"

孩子们以为陆丽玫让他们放学，就在陆丽玫扬起手的瞬间，向教室外跑，陆丽玫叫住孩子们，她说：这是课文，都德的《最后一课》，明天的语文课我们写作文，题目就叫"最后的一课"。

7

市刑警队突然来了三个报案人，两女一男。全在六十岁以上的年龄，全是说话语无伦次，全是上气不接下气，全是抢着说话。年轻的值班警察听了半天也没有听出来什么内容。值班警察不得不让老头儿先说。

值班警察拿出报案记录本，指着老头说：一个一个来，你先说，叫什么名字？

老头儿回答：陆丽玫。

值班警察刚写下这三个字就觉得不对，抬头问：你叫陆丽玫，怎么听着像女人的名字？

老头儿答：是，是女人的名字。

值班警察往桌子上顿了顿笔，说：我问你的名字，你说女人的名字干什么？

老头儿包在肉里的眼睛尽量睁大，向上翻了翻，不说话了。

穿着紫色毛衣和紫色裤子的老太太像一个干透了的紫色大枣，呼地站起来大声说：费劲，真费劲，说话也说不明白。我说，还是我先说，陆丽玫是他闺女，他闺女杀人啦，他闺女是精神病。

值班警察彻底放下笔，问：你是谁，你跟陆丽玫什么关系，你怎么知道陆丽玫杀人啦？

紫色老太太的回答有条不紊：我是这老头儿的姐，是这老太太的大姑子，是陆丽玫的大姑，也是陆丽玫的媒人。陆丽玫杀人了，杀人犯法，法网难逃。所以，我们就来报案来了。

另一个白发老太太显然很不满意紫色老太太的话，气愤得直喘粗气，脸色发黑，嘴角开始流白沫。老头挺直了脖子，不看眼前吃惊的警察，他看窗外的柳树。

值班警察听出了事态的严重，说：法律有规定，不能说假话，说假话是要负法律责任的。

紫色老太太抢着说道：我们懂，我们明白。

值班警察给录音机接好电源按下录音键，说：那就说吧，把时间、地点、经过都说清楚了。

紫色老太太听了值班警察的话复又坐下：这些我都不知道，让我兄弟说吧。

老头儿翻了他姐姐一眼，探过身去，把嘴对准录音机说：早上五点多钟我姑娘给我打了一个电话，告诉我她杀人了。我就去了，到了我闺女家，家里没人，门都锁着，我在院子里转了一圈，看到地上有血，乌黑乌黑的血。我喊我闺女，没有人应声，我就回家了。

值班警察说：这你怎么就能说是你姑娘杀了人？

紫色老太太说：他姑娘早就跟他说过要杀人，跟我也说过，他姑娘是精神病。

白发老太太直喘粗气，她接过紫色老太太的话，说：我闺女原来性子好，就是跟这家人家结了婚变了。我闺女可孝顺我了，总给我钱，给我买药治病，我闺女走到这一步也是让他们家给逼的。当时跟他们家结婚我就不同意，就怨死老头子，看中了人家有钱有势，现在可倒好啊！我闺女都没有了，我还活着有什么意思啊。

紫色老太太不屑地反驳：你现在还说这个有什么用，要不是你闺女嫁给黑子，你们家的两个儿子能娶上媳妇？你们家能搬到这来吗？还不是在穷山沟里窝着，你现在怨这个怨那个干什么？再说，你闺女有精神病你不知道？信鬼信神的你不知道？妖精似的你不知道？

紫色老太太又对警察道：她闺女有精神病，精神病在法律上是不是有说法？是不是不追究法律责任了？

值班警察没有正面回答问话，而是拿起电话向他的队长汇报情况。而后问三个报案人：还有没有要说的了，没有了，就看看笔录，如果没有需要补充的，在笔录上按个手印。再在笔录后面写上一句话，就是以上笔录与我所说完全相符这句话。听明白啦？

老头儿有几个字不会写，还是值班警察帮着把这几个字添上的。

当值班警察问老头儿陆丽玫现在何处时，老头儿肯定地说，她上班了，她不知道我们来报案的事。

香水镇派出所所长接到市刑警队打来的电话时，捡破烂的老孙头刚刚离开。这是老孙头第二次被叫到派出所来了，上次来，派出所所长明确告诉他马上离开这个镇子，但是，他没有走。

这一次，老孙头在派出所待了整整一个半小时，还说他听到了枪声那件事，可是再一细问，他就又什么也说不清楚了。派出所所长不得不改变话题问他是哪来的。老孙头立刻说出了一个名字，是离这座小镇足有千里之遥的省会城市的名字。他还补充说自己是下岗工人。对于他为什么流浪到这里来了，回答相当简单。他说：他也不是有意要来的，顺应天意。他顺着铁路走，走一站算一站，就走来了。他还主动说：在香水镇他也不想多待，过几天就走。

派出所所长拿着电话话筒一时说不出话来，张着大嘴冲着窗外喊喂喂喂。窗外已没有了老孙头的影子。派出所所长的大嘴灌进了一大把沙子，他冲着地上呸呸直吐。大骂：该死，哪来这么多沙子？

就在派出所所长骂沙子的时候，镇小学体育教研组里的王小红也骂了同一句话——该死。

王小红两条长腿搁在办公桌上，手里拿一只乒乓球拍往地上拍一个乒乓球。她一边拍一边给她的同事讲寓言故事。应该下班了，但是王小红没有回家的意思，她没有结婚，也没父母，弟弟被抓走以后，她就不在家里住了，她另租了间房子，这间房子就在陆丽玫家后院，从陆丽玫家的后角门穿过去，就是王小红的住处。每天早上，王小红打开那个黑色的角门，在陆丽玫的窗前叫一声，陆丽玫便夹着一个小包从门里出来，两个人并肩去学校上班，下班时，两个人又并肩从陆丽玫家的大门进来。有时候，王小红很晚才回家，不过，无论多晚，她都从陆丽玫家的院子走过，通过那个角门回到自己的房子里去。

王小红拍着乒乓球给她的两个同事讲寓言故事。这两个同事都是男性，都是下了班也不急着回家的人，大多数情况下，王小红的寓言故事，实际就有这两个听众，可她讲得很卖力，给两百人讲课一样，嗓子完全放开，是中年男人低沉沙哑略带沧桑的声音。

王小红的寓言故事讲过无数次了，每次的内容都稍有变化，悲剧或者是喜剧结局顺王小红的心情而定。

现在，她说：一只狡猾的狐狸要跟一个老虎结婚，狐狸怕老虎不同意，就说：别看我长得小，但我有魔法，我是万兽之王，整个森林都是我的，我富有。老虎不信，当然也不同意狐狸的求婚。狐狸说：不信你就跟着我走，看看是不是所有的野兽都会躲着我走，都得逃出我的地盘。老虎同意了，老虎在前面走，狐狸在后面走。森林里的野兽见了它们，都躲得远远的。狐狸快乐地在老虎身前身后跳，一得意就忘了形，一不小心掉进了一个深沟里。狐狸对老虎说：亲爱的，你救救我吧。老虎往沟里看了看，说：你用你的魔力呀。狐狸说：傻瓜，我的魔力就对你有效。

说到这里，王小红就不说了，她问是谁救狐狸上来的？

派出所所长从体育教研组的窗前冲过来，步子迈得急切，脚下蹬起的沙土扬成了沙雾。他按照市刑警队队长的指示，派两个民警去陆丽玫家保护现场，自己到学校来抓陆丽玫。

可是，方圆也就是几百米的小学校里，找遍了，也没见陆丽玫的影子。

正值下班前的时间，派出所所长把所有的老师都堵在学校里不让回家。他问每一个人二十四小时之内何时何地见过陆丽玫。老师们都说没看见。当问到王小红的时候，王小红一口回答：看见了。昨天晚上 6 点多在陆丽玫家的商店见过；昨天夜里 9 点在陆丽玫家里见过；今天早晨 6 点 30 分在陆丽玫的家门前见过；今天上午 10 点整在马路上见过。

派出所所长对王小红说：那好，你，跟我回所里做笔录。

市刑警队的吉普车鸣着警笛呼啸而来，香水镇一下子就热闹了，人们在晚饭之后赶到陆丽玫家看热闹，看着穿便衣的警察在黑子身上拍照。

8

陆丽玫骑着一辆三轮车在公路上走，她这样在公路上走了一个多月了。公路是一条长长的在晨光里亮闪闪的白色带子，它跳跃着接到乌蓝的天上，乌蓝色的尽处，有一抹金色出现，每天一早，陆丽玫就迎着那抹金色走。

陆丽玫的右臂骨折还没有好，她只能用左手扶着车把，所以车速很慢，慢到身边的行人都一群群超过了她。陆丽玫身后的三轮车上有着各种各样花花绿绿的小商品，车把上高高飘起的彩色塑料气球在陆丽玫的头发边上飞。在一望无际的碧绿碧绿的田野中，陆丽玫的橘黄色纱巾跟着塑料气球飞扬。

这条丝巾是王小红从脖子上摘下来系到陆丽玫的头上的，当时，陆丽玫浑身哆嗦，腿脚站不稳，隔着窗子，她能看见黑子的身体长长的盖在被子下面。她问王小红怎么办呢？王小红说：你马上走，走得远远的，家里的事由我处理，记住了，别跟家里的任何人联系，从今往后，你找个地方藏起来，别让人知道你是谁。

陆丽玫说：可是，我得教书啊，我喜欢教书，我喜欢给孩子们当老师。

王小红长叹一声，眼泪在眼圈里打转，然后，她就把脖子上的纱巾摘了下来，系到了陆丽玫的头上。

陆丽玫扬着头骑车，各种读过的课文在她的脑子里出现，大段大段的，她甚至读出了声：

"曲曲折折的荷塘上面，弥望的是田田的叶子。叶子出水很高，像亭亭的舞女的裙。层层的叶子中间，零星地点缀着些白花，有袅娜地开着的，有羞涩地打着朵儿的；正如一粒粒的明珠，又如碧天里的星星……微风过处，送来缕缕清香，仿佛远处高楼上渺茫的歌声似的。这时候，叶子与花也有一丝的颤动，像闪电般，霎时传过荷塘的那边去了。叶子本是肩并肩密密地挨着，这便宛然有了一道凝碧的波痕。叶子底下是脉脉的流水，遮住了，不能见一些颜色……"

从上学读书那天起，陆丽玫便背诵课文，记叙文、议论文，甚至说明文她也背，不是刻意的，读着读着，她就能背诵下来，在上学的山路上，她因为背诵课文而兴致勃勃，阳光从松树枝里跳出来，照在她红彤彤的苹果一样的脸上，照在她的两条小辫子上，也照在她不断蠕动的嘴唇上。走出那片森林，总有一轮火红火红的太阳正在她的前面迎接她，再翻过两座绿色的山，在山的皱褶里有一面五星红旗，五星红旗的下面就是陆丽玫读书的学校。那是一片红砖砌成的校舍，那是一位山外来的老人出钱建的希望中学，说是中学，其实只有一个初中班，剩下的都是小学生。陆丽玫就在那个初中班里读书。陆丽玫读到三年级的时候，建学校的老人领来一个师范学校毕业的女教师，女教师教陆丽玫那个班的语文课。女教师穿一条花裙子，站在讲台上微笑着说：今天我们讲朱自清先生的《荷塘月色》。接下来，女教师像播音员那样用纯正的普通话朗诵那篇美丽的课文，女教师还用同样的声调表扬陆丽玫的课文背得好。初中毕业时，女教师亲自给陆丽玫填志愿，她问陆丽玫，你确定了？你真的想做一名小学教师吗？那个夏天的中午，女教师年轻的笑脸如她的花裙子一样鲜亮。女教师老远向陆丽玫扬起手中的大信封，她说：陆丽玫，祝贺你，你考上了，你可以实现你的理想了。女教师临走前把自己的裙子送给陆丽玫，她说：你一定能成为一名优秀的小学老师。

陆丽玫的父亲蹲在地上，把陆丽玫的通知书看了两眼后说了两个字：没钱。于是，陆丽玫当晚便开始高烧，一烧就烧了十几天，等到她高烧退了，她就跑到村外的一片山坡上去背诵课文，她还坐在树下劝自己：总会想出办法的。鲁迅先生不是说过：世上本没有路，走的人多了，就成了路。

陆丽玫给报社、电视台都写了求援信，没有回应。陆丽玫又给省城的一家杂志写信，这家杂志很负责，派了一个女记者来调查情况。那天，女记者坐了一天火车，半天长途客车，来到乡政府的时候是中午，女记者把陆丽玫的信和记者证给乡里的干部看了，乡干部说：这好办，今天是全乡村干部开会，你要了解情况就先到会场上去吧。一个老头儿被乡干部叫出会场，这位村主任说：啊，你打听老陆家，老陆家的人呢，儿子是混子，爹是折撅。女记者知道混子是什么意思，但是不懂"折撅"是什么意思，就问：什么意思？乡干部说：就是你们城里翻台、打包的意思。女记者说：那是在饭店工作？乡干部和村主任都笑了。乡干部继续解释：不是，这么说吧，你在饭店里吃饭，有一个穿着油渍麻花的人在你身边站着，等你吃完了，他就上来把你吃剩下的东西吃了或者带走。女记者愣愣地想了想，她没在餐厅或者酒店遇到过这种人。乡干部说：那是省城的餐厅酒店不让这些人进去，我们这里没人管。女记者问：那他们家里的人不种地吗？村主任说：种什么地，老陆家把地包给人家种了。女记者自语：这样的话，我还有没有必要去看看呢？村主任说：你去也没有用，就是你给了钱，老陆头儿也得拿去喝酒。女记者当天就返回省城了。村主任回家后把这件事跟老婆说了，村子里的人便都知道了这件事，村子里的人都说陆丽玫的脑子让发烧给烧坏了。

曾经的女教师和那条曾经的山路，是陆丽玫记忆里彩色的梦啊，陆丽玫只能在这色彩斑斓的梦里活着。

是从什么时候开始，陆丽玫离开了那条通向太阳的山路？是从什么时候开始，陆丽玫离开了她敬爱的老师？是从什么时候开始，陆丽玫的姑姑领着黑子来相亲了？这些，陆丽玫都记不得了。

朱红的地毯上，陆丽玫和黑子站在一起，他们在热闹的人群里向很多方向鞠躬，陆丽玫向东方独自鞠躬，因为不远处，镇中心小学的旗子在那里飘扬着。

陆丽玫第一天上讲台激动得浑身发抖，穿在她身上的那条花裙子也跟着抖，抖得裙子上一大朵一大朵的向阳花要掉下来一样。陆丽玫在阳光下低头看自己的裙子，看了一会儿，就像看见了当年的那位女教师正冲着她笑，所以，突然间她就镇定下来了。

没去试讲之前，陆丽玫换了好几次衣服，每一件穿在身上都觉得别扭，后来，她把这条裙子从柜子底下翻出来，黑子在陆丽玫的身边说：老土，这都是什么年代的裙子啦？陆丽玫说：我就要它。

这条裙子给了陆丽玫魔力，接下来陆丽玫在讲台上的表现很出色，一下子就让听课的李校长认可了，陆丽玫就做了那所小学的教师。

陆丽玫珍惜这条裙子，从此以后，她把那条裙子洗净包好，藏在柜子底下，有时候，她会把裙子拿出来，看一阵，然后再包起来。陆丽玫一直都保存着这条裙子。

现在，这条裙子就在她身后三轮车的一个包里。

没有人知道陆丽玫现在在哪里，连她自己都不知道，事实上，知道不知道又有什么重要呢？陆丽玫停止背诵课文，她在路边的一棵树下吃干方便面。

陆丽玫想一直走下去，走到一所学校去教书。

9

王小红经常在夜深人静的时候到陆丽玫家的院子外打转转。有时，她还站在院门外低声唱歌。有一天夜里唱过歌后，王小红翻墙而入，一直走向陆丽玫的房子。她推开陆丽玫家的房门，进了屋子，开了灯，铺开被子躺在床上。从此之后，每天夜里王小红都在半夜时分去陆丽玫的卧室睡觉，一早天不亮就起来回家。

派出所所长在某天清晨把王小红堵在陆丽玫家的门前，王小红一笑，伸手拢好风中飘舞的短发，等着派出所所长问话。

派出所所长说：睡得挺好呗？

王小红说：不是挺好，是挺甜，怎么啦？

派出所所长说：你就不怕鬼？

王小红粗着嗓子说：我就是鬼。

派出所所长说：告诉你，我跟你几周了。

王小红苦笑一声：那又怎么样？我弟弟的案子，你也跟过，你跟出什么啦？

派出所所长说：你弟弟是你弟弟，你是你，别拿你弟弟说事。

派出所所长的眼睛深深埋在皱纹里，有一道寒光从那堆皱纹里射出来，王小红立刻被电击了一般手臂乱飞，脸也被扭曲了。她说：你有证据吗？

派出所所长在香水镇镇办公楼找到镇长，他跟镇长说：镇长，王小红一定有问题。

镇长刚刚从乡下回来，皮鞋上挂着黑泥，湿的裤脚边是一层白碱渍子。镇长嘴不停，脚也不停，他一直往他的办公室走，派出所所长就跟在他后面。

镇长说：有问题，你就解决问题，你看我都忙成什么样了，水田的抽水机不够用，我得筹款马上派人到城里买抽水机去，没水还种什么稻子？

镇长进了办公室直奔办公桌上的电话，他在电话里跟人借款。

派出所所长说：你还不如跟凤英借，她能没钱？生意那么火。

镇长指头点着桌面说：还真让你说对了，就找她借，让她放放血。

凤英大着声音在电话里说话，派出所所长也能听得到，凤英说：我没钱，但是，我能给你弄来抽水机。

镇长说：那就更好了，现在这节骨眼上，抽水机比钱好使。

镇长放下电话，这才想起派出所所长刚刚提到的王小红，便问：你说王小红有问题？这你应该跟市刑警队去说。

凤英清晨就上路了，她借了辆客货两用车，自己开着到外省的一座城里去。她在那座城里认识很多男人，有个男人叫王大进，他的商场里就卖抽水机。

凤英开了两天的车，蓬头垢面外加腰酸背痛，进了城，她先去了家美容院。她躺在铺着粉红色床单的美容床上，看那些从自己身边走过的穿着粉红色工作服的小姑娘，心里别有一番滋味。当年，她就像这些小姑娘一样为客人服务，当然，后来，她嫌这里赚钱少，就去酒吧坐台了。换了酒吧又换歌厅，换了歌厅又换夜总会，就是在夜总会里，她认识了瘦小干枯的王大进。王大进第一次找她就迷上了她，非要娶她不可。她说可以先处处朋友，在处朋友这段日子里，王大进给她租了一套房子，房子不大，电器家具却是样样都不少，现在，她还记得那套房子的准确位置。

凤英从美容院出来便去了王大进的商场，一打听，有人告诉她，王大进不做商场了，开了所民工子弟学校，当校长了。凤英问人家学校在哪儿？人家说不知道。

凤英在城里转到傍晚，也没有找到王大进的民工子弟学校，就去了她曾经住过的那套房子。

在楼道里，凤英问一位老太太王大进是不是还住这里。老太太冲着灯打量了凤英一会儿，突然热情地说：你不是英子吗？凤英也认出了老太太，当年跟老太太住邻居的时候，她帮老太太搬过米提过菜。老太太把凤英拉进自己家，凤英问老太太王大进还住不住这里。老太太说：起初不住这里，现在又住了，王大进又领来了一个女人。凤英笑着说：他还能领来什么女人呢，一定又老又丑。老太太说：老是比你老点，丑倒是不丑，就是架子大，见谁也不说话，见谁也不撩眼皮，可不像你，跟邻居处得那么好。

凤英说：那我就在你这儿等他。凤英就坐在老太太的房里等，一等就等到了晚上老太太要睡觉的时候，老太太说：英子，你就住我这吧，凤英说我回宾馆去住，明天你要看见王大进就把我的手机号给他，让他给我打电话。

第二天一早，凤英还没起床，王大进就把电话打进来了，王大进声音兴冲冲地，他说：英子，我过去看你，你想死我了。

所以，凤英见到了王大进第一个节目就是一起上床睡觉。

王大进躺在凤英的身边说：还是你好。

凤英说：去你的，你不是又有了新欢了？

王大进说：瞎说，也就是对付事。

凤英便哈哈大笑，笑够了说：这话怎么讲？就你现在这身份，大校长，文化人，还不得找一个美女外加知识分子，我不行，没文化。

王大进指着窗外一处冷饮的招牌说：有文化顶什么用？对她我好有一比，冰冰凉冷饮。

凤英说：什么意思？

王大进想了想说：你说，也奇了怪了，那个女人，也是漂亮女人，中看不中用，不用说别的，她那手脚都冰凉冰凉的，没一点温度。

凤英还是嘻嘻哈哈地笑，说：那还不好，正好给你撤火。

王大进继续说：半夜醒过来，一碰着那女人的手脚我都发森，像死人的手脚。

凤英说：别得了便宜还卖乖，还不是你看中了人家，谁逼你了？

王大进说：你不知道，我是用她，她教书教得好，有经验，有水平，还很卖力，科班出身，她能把课文整篇整篇地背下来。

凤英呼地一下子从床上跳起来，抓住王大进的胳膊说：啊？你说什么？她会背课文？你马上领我去见见她，我怎么觉得哪里不对劲？她跟我是不是老乡？

王大进说：不是，人家说普通话，地地道道的普通话，没有一句方言。她可不像你，说话一嘴苦菜味。

凤英还是坚持一定要见那个女人。但是，临走，凤英也没有见到。王大进给凤英往车上装抽水机时说：那个跟他同居的女人去山上庙里拜佛烧香了，每个礼拜那女人都去。那个女人信佛，是虔诚的佛教信徒，每次去拜佛烧香，都在庙里住一夜，就为了吃没有油星的斋饭。

凤英说：这种人不是大善就是大恶，你可小心点，别哪天你被她杀了，都不知道是怎么死的。

王大进说：别说得那么吓人，就她那身板，风一吹，就能折几个跟头，还能杀人？

凤英说：杀人还用得着身板呀，不是有枪吗？我跟你说，我们那就有一个女人就是用枪杀了人，那女人还当过老师呢。我可不是吓唬你，说不定，我们家乡逃跑的那个杀人犯就是你找的那个女人。

王大进说：你跟我细说说，怎么回事？

凤英看看表说：对不起，没时间了，等我什么时候再来吧，到时候，我给你讲一个好听的故事。

王大进关上车门说：找到能顶替她的人，我就赶她走，让你这么一说，我也觉得有点不对头。

凤英回到香水镇后，就把这件事给忘了，她一心一意做自己的生意，她恨不能一天就能把全世界的钱都赚到手里。有了帮助镇长解决难题这件事，凤英的生意越做越红火，什么服务都敢上，市里的一些人也到她的莺莺洗浴中心来消费了。

结果，有天夜里，派出所所长带着人把嫖客妓女还有凤英一起带到了派出所。

凤英在派出所里嘴还挺硬的，她说：罚什么款？我这是为香水镇经济发展做贡献，我上了多少税你知不知道，我没跟你们要奖金就不错了。

派出所所长说：不光是罚款，我要对你进行刑事拘留，你犯有容留妇女卖淫罪。

凤英说：别说得那么吓人，我找镇长说话。

派出所所长说：实话告诉你，镇长让我盯着你不是一天两天了。

于是，凤英便花容失色了，她说：我可以立功赎罪。

凤英把与王大进同居的女人说成是陆丽玫，也就是想蒙混过关，可是，经她的嘴一说，事情就被说得有鼻子有眼的，说得就像昨天她刚刚跟陆丽玫通过电话似的。凤英后来还补充说，她可以亲自带路把陆丽玫缉拿归案。

10

李校长整个人像被一只天外飞来的巨手掏空了肉体，也掏空了思想。他不再焗染的头发是冒着灰白色的青烟，在这灰白色的青烟之下，脸上的皮紧紧陷进骨架里去，原本青白的面皮无端地泼上了一层黄色，是彻底的姜黄。冷眼一看，那是一张黄表纸贴过的脸。他扬着那张姜黄色的脸在下班后去小饭馆喝酒,小饭馆的老板大都是他的学生,所以,一般情况下,都是赊账。有一次他喝得高兴,喝过了头,倒在莺莺洗浴中心门前,凤英大叫着让两个小伙子把他扶进屋里,直接去蒸桑拿,然后让一个小姐伺候他。那以后,李校长就不去那一片喝酒了,他回家喝,喝多了,不吵不闹,倒头大睡。

李校长拖着脚走路,手臂还是背到身后去,但是,背后的两只手总是用力抓在一起,手背上的条条青筋时刻都暴着,像是随时准备把身体里的血都喷出来。每天上下班,李校长不走近路,为的是不经过陆丽玫家的院子,他绕过去走,一走,就得多走了十几分钟,有人问他,他说:这是为了多走路锻炼身体。

李校长现在也不写诗了,有一次一个老师请他给写一首诗参加一个比赛,他阴沉着脸说:写什么诗?那是以前荒唐,闲着没事消遣消遣,现在还哪有那个闲心。李校长现在是没有闲心了,他兼着陆丽玫这个班的班主任和语文课,上完课,他会坐在陆丽玫曾经坐过的椅子上发呆,眼睛看着窗外,当然,有时候,他会站到教室的后面去,教室后面的墙上是黑板报,黑板报上有陆丽玫的笔迹,那笔迹写着他的诗文。

李校长在一天下午把那些诗文全擦掉了,他跟班里的学生说:看着不顺眼。

第二天出黑板报时,收发室的看门老头儿给李校长送一个大邮包来。李校长只往包裹上扫了一眼,那包裹上工工整整的笔迹就让他吓了一跳。他愣了一会儿,把那个包裹拿回到他自己的办公室去。

办公室还是那间办公室，只是三个月以来，李校长没在这里住过一次，也没打扫过一次，靠窗的床单上满是灰尘和沙子。李校长关了门，回身反锁上，走近床，踏踏实实坐进灰尘和沙土里，他犹豫了片刻，最终还是打开了那个包裹。

几本小学教师教学参考书，都是用旧挂历的花纸包了书皮的，还有一本打印的小册子，小册子的封面上有手绘花边，有李校长的大名，有诗集字样。这本手工做出来的诗集里全是李校长的诗，足有五十几首。李校长抖着手把几本书都翻过了也没见一封信或者字条。

那天，李校长晚上没有回家，就住在办公室里，他搂着那本诗集睡觉，一夜无梦。

派出所所长在晚饭之后，回到派出所，一进了门，凤英就叫着要见他。凤英说：我交罚款，我交一万。派出所所长说：一万不行，得两万。凤英说两万就两万，多大个事？不就是几个钱嘛！全当我给香水镇做贡献了。当下，凤英就用手机给一个跟班的打电话，跟班的很快就带了两万现金来，凤英就走了。临走，凤英跟派出所所长说：你不想抓陆丽玫吗？派出所所长说：走走走，你的话谁信？你们这号人我见得多了，没一句话是干的，全是水分。

凤英还嘴硬说：你愿意信不信，你就等着后悔不能立功吧。

接下来就由不得派出所所长不信了，第二天一早，李校长拿了个包裹来见派出所所长。派出所所长打开那个邮包，里面只有几本小学教师教学参考书，没别的，再一细看邮包上的地址，派出所所长不能不信凤英的话了。

凤英再次被叫到派出所。凤英说：怎么样？信了吧，我可没工夫亲自给你带路，我还得赚钱呢。

派出所所长说：用不着你带路，你就把具体地址说清楚就行了。

派出所所长没跟上级打招呼，他带着一个实习警察上路了，一路上，他设计了很多抓捕方案，但是，到了那里，他发现这些方案一个也没用上。王大进非常合作，放下手里的工作开着自己的奔驰车带着派出所所长他们往山上赶。

山是青山，水是绿水，在青山绿水之间时间过得特别快，半个小时的路程，一晃就过去了，那座香火鼎盛的庙就在眼前。

陆丽玫穿着黑衣服跪在地上焚香烧纸。王大进远远地指着陆丽玫的背影跟派出所所长说：人可是给你们找到了，没我的事我就走了。

派出所所长对着陆丽玫的后背，操着纯正的家乡口音说：老乡来看你来了，咱们回家吃酸菜炖粉条子去。

陆丽玫没抬头，也没有转过身，她说：这就走，等我把纸钱烧完，今天是黑子的百天祭日，我得给他送点钱去。

几个月后，陆丽玫被检察院提起公诉，因为没有证据证明陆丽玫患有精神分裂症，所以，检察官指控陆丽玫犯有故意杀人罪，一审法院支持了检察院的指控，但考虑到陆丽玫是家庭暴力受害方这一特殊情节，以故意杀人罪判处陆丽玫无期徒刑。一审判决下来，王小红代替陆丽玫的父母到处找律师，她自己出钱在省城找了一位有名的律师，强烈要求做精神病司法鉴定。律师说：我可以接这个案子，不过，我没有把握打赢，你要考虑好，先有个心理准备。王小红红着眼睛说：不管赢不赢，不管花多少钱，我就是砸锅卖铁，这个官司都要打。王小红陪着律师到处取证，凡是王小红能想到的人，都找到了，这其中也包括李校长和镇长。大家的态度尽管各不相同，不过在王小红的一再恳求下，都同意出庭作证。

法院准许了律师的申请，并指定省城的一家医院做司法鉴定。

陆丽玫被送去省城做鉴定这天，凤英的莺莺洗浴中心分店刚好开业，凤英的分店不是开在香水镇上，是开在城里，离市看守所不远。正是上班时间，塞车严重，所以，押着陆丽玫的囚车一时就停在凤英的跟前。陆丽玫隔着铁窗的栏杆看街景，一看，就看见了正在剪彩的凤英。

凤英穿了件棕色貂皮短大衣，雪白的高筒皮靴，皮靴亮眼地在大红色的腈纶地毯上轻盈地点着碎步。凤英的一双银白色的珍珠耳环坠着青光，随着她跳动的步子悠来荡去。凤英的披肩卷发红光灼灼，让人一下子就会想到柜台上的假发。凤英的脸，却被这红卷发衬得白腻中略透桃红。凤英的眼皮和嘴唇是一色的银灰色珠光，这是城里时下最时兴的化妆。

后来，凤英站直了身子，和一个中年男人扯开一条结着红花的绸带。这中年男人不是香水镇的镇长，但也西装革履，气宇轩昂，脸上是机关领导干部特有的规范性笑容。凤英和那男人身后，几棵黑松银装素裹，反显得初冬的天空分外湛蓝高远。

陆丽玫把目光收回来，望向马路的另一端，目光停在一个红鼻子的雪人上，红鼻子雪人咧着嘴笑着，胖胖的脖子上系了一条红领巾，陆丽玫心想：这里一定有一所小学。想到这里，陆丽玫就直起了身子，想看个清楚，可是，囚车就在这一刻启动了。陆丽玫被带走了，一直带进了省城。

两位医生都穿着白大褂，都态度和蔼地向陆丽玫提各种问题，陆丽玫都一一回答了，而后，又做了各种医疗检查。陆丽玫问：完了？其中一位医生说：你还有什么要说的？陆丽玫说：我没有精神病，不信，我可以背诵课文给你们听。另一位医生说：好吧，你背吧。陆丽玫清清嗓子顺口背诵道："大约 32 亿年前，最原始的生命在海洋里诞生。根据化石所见，这些原始的生命和今天的细菌相似。它们以海洋里自然形成的一些有机物为生，所以是一些'异养生物'"。两位医生差不多是同时说：再背一篇。陆丽玫想了想，眼里浸了泪，她的两只手紧紧握到胸前，低头颤着嗓音背道：

"我从不肯妄弃了一张纸，
总是留着——留着，
叠成一只一只很小的船儿，
从舟上抛下在海里。

有的被天风吹卷到舟中的窗里，
有的被海浪打湿，沾在船头上，
我仍是不灰心的每天的叠着，
总希望有一只能流到我要它到的地方去。

母亲，倘若你梦中看见很小的一只白船儿，

不要惊讶它无端入梦，

这是你至爱的女儿含着泪叠的，

万水千山求它载着她的爱和悲哀归去。"

日前，陆丽玫的案子还没有终审。

精神病的司法鉴定是需要时间的，这一点，大家心里都有数。

执子之手

生死契阔，与子成说；执子之手，与子偕老。

——《诗经·击鼓》

1

当年，女孩杨小乐在一家小烤肉店里吃烤羊肉串。杨小乐对着焦而嫩的肉串大发感慨：什么是生活，这就是生活呀。呀，我怎么原来没想到啊，幸福无处不在呀。

那天，杨小乐穿了一件腈纶棉砖红色套裙，白色羊毛衫。杨小乐就那样幸福地坐在人声嘈杂、毫无品位的小烤肉店里。她大吃大嚼，她的脸红扑扑的，挡不住的青春四处洋溢。

这就是当年的杨小乐。看上去，青春的、幸福的、满足的，也是没有远大目标的杨小乐。

杨小乐的男朋友李汉方正是喜欢杨小乐这一点，这让他没有压力，很轻松、很愉快。所以，他坐在杨小乐的对面，看着杨小乐幸福地吃着肉串，便很想给杨小乐背一背《诗经》里面的《击鼓》。

后来，他没有背，他发现，跟杨小乐背这种诗太有点那个，也就是太有点矫情，太有点不真实，他说不出来。尽管，当时他的确是那样想的，但几次张嘴，又几次又把《诗经·击鼓》咽了下去。

当时，李汉方27岁，大学毕业3年，靠着他老爸的余威进了省里某局。李汉方没有什么政治理想，也没有什么经济理想，跟那些还到处求人找工作的同学相比，他简直就是王子。

王子是谁，王子就是想什么就有什么的人。所以，李汉方用不着绞尽脑汁想这想那的。

李汉方的老爸是某厅厅长，老革命，他是真正的老革命。省地方志上，以千余字的篇幅，写他的光荣历史。中央某领导到了这里，办完了公事，也要去他家里拜访他。总之，他老人家是属于这座城市很有影响力的革命历史人物。

五年前，李汉方的父亲离休了，但是，他提拔起来的一些年轻人正当着政。

李汉方就是这样，在他父亲的余晖之下，轻松自在地活着。

好在李汉方有一些高雅爱好，比如写毛笔字、读书、写作和下棋。写毛笔字，他喜欢临摹王羲之的书法；读书，他喜欢庄子和陶渊明；写作，他喜欢写随笔；下棋，他喜欢下围棋。所有这些，他都肯下功夫，没有功利色彩的功夫。因此，他达到了无为而治的境界，都弄得像模像样的。尽管如此，他不参加任何投稿和比赛，全当自娱自乐。自娱自乐是什么感觉？那是身心放松、心情愉悦的感觉。

李汉方的世界一片明亮，那是透着满天阳光的明亮啊。因而，他做事不急不躁，性情不愠不火，浑身上下，找不出年轻人的浮躁之气。上班他很少说话，按时按点，领导交给的任务全部完成，也不争先进，也不争奖金。下了班，他就钻进自己的房间，读书写字，当然有时他也出去走走，就是找杨小乐一起吃吃肉串看看电影逛逛古籍一条街。

世界是世界的，李汉方是李汉方的。任凭世界风云激荡，李汉方依然闲庭信步。

李汉方的父亲特别喜欢这个最小的儿子，他认为儿子是个文化人，比他，比其他两个女儿都好。品行好，不急功近利，不张扬，不造作。而这些，都是一个人最好也是最不易惹事的优点。李汉方的父亲在官场上混了几十年，他看透了万种人生。他常教育他的子女无祸是福。他认为，小儿子李汉方是能够完全能领略他人生真谛的人。

杨小乐看中的不是这些，而是李汉方自己都没有察觉到的东西。杨小乐并不像李汉方想象的那样单纯。胖乎乎的杨小乐是一个看上去单纯、实际很不单纯的女孩子。杨小乐大学刚毕业，学校分配她到一所中学去教书，她放弃了，想进机关或是报社，凭她的家世，这种想法只能是一个想法，就像人家说的，想想吧，别做梦了。所以，杨小乐就想走一条曲线救国的路子：通过婚姻找一个比较好一点的工作单位。当然，也是有原则的：不能为了有一个好工作就卖了自己的一生。最好是婚姻又好，工作单位又好，两全其美，鱼和熊掌兼得，假如不能兼得，权衡利弊之后再说了。

所以，杨小乐还没有毕业就开始与男青年做夫妻打算的见面了，到了李汉方，已经见了第十六位了。

李汉方属于不善辞令的人，见面那天，介绍人说的话比李汉方说的都多，基本上是杨小乐和介绍人说话，好在介绍人手机响了提前离开，要不，李汉方怀疑杨小乐就跟介绍人成了。介绍人一走，场子就冷了，杨小乐笑着说：呀？我才发现，原来你多多少少还有些自闭性质的沉郁，这是很特别的气质，很有魅力。李汉方一怔，说：是吗？杨小乐说：你喜欢什么颜色？李汉方老老实实答：绿色。杨小乐说：呀！又问：你喜欢南方还是北方？李汉方又老老实实地回答：北方。杨小乐拍手说：呀！问：你喜欢诗还是词？李汉方随口说：当然是词。杨小乐把一个"呀"喊了一个长音节，然后说：我的天呐！问：你是什么血型？李汉方有些激动地说：AB型，你呢？杨小乐说：我也是。杨小乐接着说：我想起来一句话，好像是以前一个什么电影里演的，有那么一个场面，两个人相见了，然后，其中一个人伸出双手紧紧握住对方，说，同志——可——找——到——你——啦。杨小乐话音一落，李汉方伸出一双细长而白净的手，说，那咱们就再演一遍吧。两个人一边笑一边握手，如玩笑一般就把恋爱关系确定下来了。

有了这一点做基础，两个人相处得非常轻松，谁也不隐瞒什么，这也算很透明吧。

那天，李汉方和杨小乐从小烤肉店里出来，李汉方心里说什么也不想让杨小乐马上就离开他，于是玩了一个小心眼，说已经跟家里商量过了，今天领杨小乐到他家里去。杨小乐截住李汉方的话说，干吗弄得那样正式，你可别吓着我。李汉方忙解释说：没别的意思，就是请你到我家里去坐坐。杨小乐一歪头，笑着说，我偏不去。李汉方的脸上看不出反应来，意思是不去就不去好啦，那我也没有办法。杨小乐拉住李汉方的胳膊说，我开玩笑呢，你当真啦？李汉方说，可不是吗？杨小乐说，以后，我说什么话你别当真，我这个人就是假作真时真亦假，真真假假难提防。李汉方听了杨小乐的话没说什么，笑了。杨小乐说：你笑什么？有什么好笑的？你倒是说话呀！李汉方说，话都让你说了，我还说什么，都留着给你说吧。杨小乐听了很高兴，说，将来我们结婚了，别弄得我一天老说话，你不说话，让我提前进入更年期，变成一个爱唠叨的黄脸婆。李汉方又笑了，还是什么也没说，心想，杨小乐都说到结婚了，看起来形势一派大好。

深秋，四下里都结了冰碴，走在路上能感觉到脚下喳喳喳的响声。李汉方对杨小乐说，咱们打车吧。杨小乐说：算了，我觉得这很好，说不出来的一个好。李汉方又笑了，一笑露出一排洁白的牙齿来。杨小乐没心没肺地说：呀，你的牙，原来这样漂亮，可谓天下第一牙。李汉方贴过脸来说：那就让这漂亮的牙跟你接触一下吧，杨小乐马上就在马路上吻了李汉方一下。

一对老夫妻互相搀扶着从马路对面走过来，步子蹒跚。等老夫妻走了过去，杨小乐回头看了一眼，对李汉方说，你知道我说的那个好字是什么啦？李汉方说：我知道。杨小乐说：看他们多幸福，我就希望我的父母也能这样。李汉方知道杨小乐的父母早就离异了，所以一时不知道说什么好，就加快了脚步。杨小乐说：你就不能说点什么？李汉方说：我们也会这样，等你走不动了，我扶着你走，我们天天出来散步。杨小乐笑着说：臭美吧你，谁要跟你白头到老了。

快到李汉方家的时候，外边下起了细雨，是属于细小的冻雨。杨小乐一进李汉方的家里就觉得一股热气扑面而来，一种说不清道不明的温暖涌进杨小乐的心里。原来，李汉方的家里已经提前来暖气了，这比普通市民家要早十天时间。

李汉方的父亲坐在沙发上，对进门的李汉方和杨小乐看了一眼，说了声"来了"，也不知道是说给李汉方的还是说给杨小乐的，反正算是打了个招呼。李汉方的母亲隔了一会儿才从卧室里出来，叫小保姆给杨小乐倒了一杯茶，就又进了卧室。李汉方把杨小乐领进他的房间，他向杨小乐介绍他的藏书。杨小乐一进了李汉方的房间就低声对李汉方说起来：看看你爸你妈，对我怎么这样冷啊，还没有你家的室温对我热情呢！是不是你爸你妈不喜欢我。李汉方说：我爸最近身体不好，刚刚从医院出来，我妈就是这样，她不喜欢说话。你怎么这样敏感？杨小乐贴着李汉方的耳朵撒娇说：我就是这样敏感怎么啦？怎么啦？杨小乐的头发弄得李汉方的脸痒痒的，李汉方侧过脸来在杨小乐的脸上吻了一下。

聪明的杨小乐一下子就看了出来，李汉方并没有同家里人说明他们之间的关系，也没有说明今天她要来。所以，杨小乐晚饭没有在李汉方的家里吃，她在李汉方的房间里坐了一会儿就要走，李汉方也没有办法强留。临走时，李汉方的两个姐姐下班回来，一高一矮一胖一瘦，谁也没有跟杨小乐说话。李汉方领着杨小乐出了家门之后心里觉得不好意思，便对杨小乐说：你别在意，我家里人就是这样，基本上是各自为政。杨小乐说：我不在乎这些，我又不是跟他们谈恋爱，只要你跟我说话就行了，别人，我谁都不在乎。

但是，杨小乐没有想到，李汉方后来跟她结婚有些犹豫还真是来自他的家庭。

李汉方送走了杨小乐回到家时，他的两个姐姐正在谈论杨小乐。李汉方的二姐先说话了：汉方，这就是你的女朋友，怎么这么胖乎乎的，这是什么体形啊，将来结婚生了孩子，你天天对着她，你要是不讨厌才怪了。天呢，不是我说，那是什么体形呀？干十年重体力活才能变成那种体形。她想减肥都减不下去，反正一看，就是真正的劳动人民后代。

李汉方的母亲说：这哪里是姑娘的体形，我生了你们姐弟三个也没有这么胖过。

李汉方的大姐说：我看分手算了，胖倒不是问题，关键是长相太一般了，我们单位有一个女孩子，人长得特别漂亮，跟我的关系也特别好，人家就想找一个身材高大的男朋友，好保护她，免得总被一些男孩子骚扰，要是你愿意，我领她到咱们家里来，你见见她。

李汉方的母亲说：你原来领回来那个叫米凡凡的同学不是挺好的，白白净净的，又会说话，又会办事，个头又高，可比这个女孩子强多了。

　　李汉方的父亲实在听不下去，把杯子往茶几上用力一放，说：你们是给儿子选妃子还是找老婆？我看这姑娘当汉方的老婆不错。李汉方父亲的话，虽然听上去是替杨小乐说的，但是，李汉方心里听着也很不是味道。他父亲的话，实际上，是从另一个侧面印证了他母亲和姐姐说得很有道理。

　　就为了李汉方家人的这一顿挑三拣四的话，李汉方对杨小乐的热情减下去了很多，他把原来每天给杨小乐打几个电话的习惯改了。李汉方甚至不愿意杨小乐在他的单位里出现，也不愿意领着杨小乐出去玩了。也就在这时，曾经跟李汉方好了两年的米凡凡从海南回来了。

<h1 style="text-align:center">2</h1>

　　米凡凡脱去了大衣，立刻就尽显袅袅婷婷的身材。烛光之下，李汉方的心怦地一跳，忙把目光收到餐桌上。

　　米凡凡很明白自己在李汉方眼中的感觉，她有意走了几步，然后款款而坐。音乐缓缓流着，浪漫的烛光和着音乐让李汉方久违了一种心情。一种什么心情呢？那是从尘世里回到清净中的心情。米凡凡和李汉方就这样坐了一会儿，米凡凡低声自语道：真的，好久没有这样静下心来享受一下音乐了，瞎忙，也不知道忙了些什么。我觉得我老了很多，才三年，刚刚毕业三年，我好像过了三十年，不堪回首，"雕栏玉砌应犹在，只是朱颜改"。米凡凡见李汉方不说话，给李汉方倒了一杯酒，又说：我后悔当初没有听你的话，一意孤行，结果怎么样。还不是天涯孤旅，心碎红残。

李汉方截住米凡凡的话，说：算了，不高兴说就别说了。米凡凡眼里含着泪说：我不跟你说，跟谁说去，我能跟我父母说吗？当初，为什么你不求我留下来？李汉方说：我觉得人各有志，我也不想误了你的前程，你既然觉得海南好，那也一定有你的道理。

米凡凡狠狠喝了一口酒说：好，哪里不好？看对什么人说。有钱人到哪里都好，没钱人到哪里都一样，女孩子闯天下谈何容易？女孩子赚钱谈何容易！

李汉方问：你这次回来准备停多长时间？米凡凡眼睛闪着泪说：这就要看一个人了，这个人让我停多长时间，我就停多长时间。我听说你已经有了女朋友，怎么样？是不是挺满意的？

李汉方说：还好吧。米凡凡停了一下说：那，看起来，我不会在这座城市停太长时间了，你说呢？李汉方说：你心情不好，咱们就别说这些，今天就喝酒好啦。米凡凡长出了一口气说：那好吧，今天什么也不说了，就是喝酒，人生能有几回醉，举头邀明月，对影成三人吧。李汉方说：明月几时有，把酒问青天，不知天上宫阙，今夕是何年……何似在人间。

就在李汉方和米凡凡谈月亮和酒的时候，杨小乐正大汗淋漓地在健身房里踏跑步机。

有一天杨小乐问李汉方家人对她的看法，李汉方不说，被逼得急了，就说：你以后不要穿那身裙子，其实你不太适合那种衣服，显得你很胖。为了这句话，杨小乐提前跟李汉方停止约会。回到家，杨小乐对着镜子看了很久，她对自己的五官做了分析：眼睛虽然不大，但是还算不小；鼻子虽然不小，但也不算大；最好看的是嘴，她觉得自己的嘴长得最好，玲珑而不失性感。这样一分析，杨小乐信心大增，她的弱点不过是有点胖，胖有什么呀？胖是可以改变的。中国到处都能找到两样药，一种是壮阳药一种是减肥药。

杨小乐想通了，就将思想付诸行动。她到药店和商店买了一大堆减肥药回来，而且全力控制饮食。起初不吃肉和蛋，后来连米饭水果都不吃了，只吃减肥药和黄瓜。杨小乐的目标是十天减二十斤，这十天她不与李汉方见面，就说自己旅游去了，她想再见到李汉方时吓他一跳，让他认不出自己来。

杨小乐的母亲是医院里的护士，也算是略通医学的人。她对杨小乐说：乐乐，这样减肥是不行的，弄不好你连命都得搭进去，为了一个男人，你不值得。胖瘦各有所好，杨贵妃胖不胖，唐明皇还喜欢她呢。

杨小乐说：喜欢什么？喜欢还眼看着自己的女人让手下人给杀死？我要是杨贵妃，变了鬼，也把李隆基抓到阴曹地府去问个清楚,他有什么资格当帝王中的情圣。杨贵妃也不值得可怜，为了个老头子把命就给献了，还悲悲切切地哭天抹泪，值吗？那还不跑，等着人家来捉来杀，要是换了我，早跑了。

杨小乐的母亲说：你这张嘴就是像你爸，我不跟你说了，你到健身房去锻炼吧，比你不吃饭强。

杨小乐还是听了她母亲的话，她到健身房去踏跑步机，每天一个小时，是晚八点到九点。那天，杨小乐从健身房出来时，很想给李汉方打一个电话，她刚刚量过体重，她发现才五天的时间就减了八斤。这个成绩虽然跟预想的差一些，可是也不错。有了一个好心情，杨小乐觉得自己有了身轻如燕的感觉。杨小乐的手机刚拿出来，电话还没来得及打，她就被脚下的一团肉乎乎的东西给绊了一下。杨小乐叫了一声：我去！低头看看，一个人，拉住了她的脚。在这座城市里，"我去"，是一个类似于男人说的骂人的话，差不多专供女孩子表示意外意思的词。

应该说，杨小乐并不算乐于助人的人，但是，那天，她帮助了那个拉住她脚的人，叫了一辆出租车，把那个人送到了医院。医生说：要是晚来十分钟，就没救了，你不能走，还没交住院费呢。

杨小乐说，我救了他，这就是活雷锋了，我哪有钱交住院费？

医生说，那你就把这个人拉走，别死在我们这里。

杨小乐说：医院是干什么的，就是救死扶伤的，你们也不能眼看着一个人死呀。前期我做了活雷锋，后期就得你们做了。

医生没时间跟杨小乐说话，连个回答都没有就要走。

杨小乐拉住医生说：你看看我这个大活人值多少钱，把我押这儿行了吧？

医生说，你怎么那么多废话，住院得交现金，现在先期抢救已经完了，这个钱你也得交。

杨小乐说：好吧，好吧，我把我包里所有的钱都交给你，五百元，先救这个人的命好了。杨小乐说完就去交钱，交过了钱，不放心，又回到病房，那个心脏病发作的人已经醒过来了，杨小乐一进门，那个人就挣扎着坐起身，一脸感激之情。杨小乐从那个人的衣着上看出来，这不是一个没钱的人，所以，这才放了心。她说：你好好休息，明天我再来看你。

杨小乐就这样跟这个姓张的老板认识了。张老板是开咖啡店的，南方人，到这里来投资，店刚刚开，那个叫绿叶的咖啡店离杨小乐家不远，也在北安路上。

张老板因为杨小乐救了他一命，就一定要送杨小乐一件礼物，是一枚白金钻戒。杨小乐不收，杨小乐坐在张老板的办公室里说：这我可不能收，你知道这种礼物是不能随便送的，你还是留着送给你的夫人好了。张老板操着南方普通话说：收下啦，收下啦，我没有别的意思啦。杨小乐说：我没说你有别的意思，我只是觉得你得给我一次做活雷锋的机会，我收了你这么贵重的礼物，不是就当不成活雷锋吗？张老板说：收下啦，你也得给我一个报答的机会啦。

杨小乐快快乐乐地站起来，在办公室里走了两步，说：好吧，我大学毕业之后还没找到可心单位，在家里闲着，我就到你这里来打工，工资由你定，我只管干活儿。张老板说：好，好，好，我又欠了你一份人情。你来帮我，我感激不尽。杨小乐说：用不着感激，反正我得免费喝最好的咖啡，到时候，你别扣我的工资就行了。

到咖啡店之后，杨小乐发现张老板对她有些太关心了，连下班时多加衣服还要嘱咐。下雪时提着伞在门口等着。眼神也不对，那不是老板对员工的眼神，那是男人对女人的眼神。杨小乐装作什么也没看出来，希望找个机会把话说清楚。

一次，张老板让杨小乐陪他去和几个人吃饭。张老板这样跟别人介绍杨小乐：这是我朋友，好朋友。酒桌上的男人拿很暧昧的眼神看杨小乐。杨小乐接过话说：只要好字别去了那个子字就行，也就是说，不是女朋友就行啦，否则，还不得误了我的青春年华。边上一个人说：当张老板的女朋友怎么啦？又有钱，人又长得英俊，不好吗？杨小乐说：谁说不好呀？可是，我自知身价，掂量掂量我的斤两，我还就不喜欢有钱的，我还就不喜欢长得英俊的，我喜欢丑得让我心动过速的。张老板笑着说：我明天去整容，弄成一个丑得让你心动过速的样子。

话说到这个份上，张老板心里也明白了，但对杨小乐的关心依旧。杨小乐觉得，这也没什么不好，有人关心比没有人关心好多了。而且，她的确在张老板身上看到了一个兄长的影子。

杨小乐再照镜子发现自己瘦了许多，就想换一身衣服去见李汉方，给李汉方一个惊喜，谁想到，她还没有去，就在绿叶咖啡店里看见了李汉方和米凡凡。

米凡凡是挽着李汉方的胳膊走入大厅的，就在他们找位子的时候，杨小乐对身边的服务生说，那对客人我来招待，你不用管了。

杨小乐迅速走进休息室，涂了口红理了理头发出来，大大方方走到李汉方和米凡凡跟前，她笑容满面，还带着亲切，都是非职业性的。她对李汉方说：汉方，请人喝咖啡怎么不早通知我一声。李汉方不知道在这里会遇到杨小乐，脸上的表情有些尴尬。杨小乐全当看不懂李汉方的尴尬，她贴着李汉方坐下，拍手招来服务生，要了咖啡和一些西餐。

杨小乐对米凡凡说：今天我请客，你是汉方的朋友，那自然就是我的朋友。

米凡凡如落难公主一样挺直了身子做出苦难中的高贵。咖啡还没上来，杨小乐替李汉方正了正领带，拉了拉衣领，又理了理头发。然后说：汉方，看看，她长得多漂亮，肤嫩皮洁，齿白唇红，手细腰软，一看，就是能让男人灵魂转不过弯的，你没转不过弯吧？要是你转不过弯，我可不饶你。说着，倚到李汉方的身上，做一个小鸟依人状。

米凡凡是漂亮女孩子无疑，但是，杨小乐表扬的那些，句句是反话。米凡凡皮肤白皙没错，但是那天欠光洁，正长着小痘痘；米凡凡唇色惨白，还涂了银色唇膏，一说话，青黑的四环素牙暴露无遗；米凡凡最大不足就在手上，她的手短而粗，都不像是长在她身上的；当然，米凡凡坐在那里直挺挺的，怎么说也不可能挺出腰软来。所以，杨小乐这一通夸奖，等于把米凡凡狠狠骂了一顿，出了气的杨小乐情绪很好，她坐在那里东拉西扯，妙语连珠，弄得米凡凡有些垂头丧气，没精神，没情绪。

为什么不呢？我说错什么话了？后来，杨小乐对跟她发脾气的李汉方说。

李汉方说：你都说了什么你自己清楚，米凡凡刚从海南回来，心情不好，我来陪她喝咖啡怎么啦，还值得你这样？

杨小乐说：我没说什么呀，我不是还表扬她长得美啦？我还说她是一个大美人啦。

李汉方说：你那是表扬，你那是表扬？

杨小乐说：你知道不是表扬就行了。她心情不好，你在乎；我还心情不好呢，你为什么就不在乎呀？我爱你，才会这样。

我也不说太多的话了，大主意由你自己拿，跟她好，还是跟我好，你自己定吧。对了，你对我在这个咖啡店上班有什么态度？

李汉方气哼哼地说：我没有态度。

杨小乐说：你看见我穿的这身黑衣服了吧？现在，这套衣服跟我的灵魂是一个颜色，我就带着这种颜色的灵魂去上班了。

杨小乐没有去上班，她按着米凡凡给她的名片，给米凡凡打了一个电话，她请米凡凡出来谈谈。米凡凡是脸上带着怒容来见杨小乐的。米凡凡说：我和李汉方是老同学，在大学里我们就好。杨小乐一笑，说：那代表不了什么，别说你们在大学里就好，就是你们结婚了我也照样追他。你信不信，我不管时间长短，一定把他从你们的婚姻围城里救出来。我这个人说话算话，咱们公平竞争，反正你不嫌累就行了。你在海南都干了什么你自己心里知道，李汉方是眼里揉不得沙子的人，别弄到最后，你弄了个鸡飞蛋打，得不偿失。

米凡凡知难而退，飞回海南了，临走，给李汉方打了一个电话，说自己已经不适合北方的气候了，还是海南好。

3

一年后，李汉方的父亲患脑血栓去世，又四个月，杨小乐跟李汉方结婚了。结婚过程一切从简，李汉方觉得有些对不住杨小乐，杨小乐说：我这人不看过程，只看结果，我和一般的女孩子不一样。能和你生活在一起，我就满足了。几句话说得李汉方心里热乎乎的。

　　李汉方父亲住院期间，杨小乐陪着李汉方的母亲侍候老爷子，让老爷子非常感动，就做出两个决定，一个是坚决让李汉方跟杨小乐结婚，一个是跟市里来看望他的领导要求把杨小乐安排到一家报社。

　　杨小乐进了报社，立刻显出了她的聪明才智，不仅新闻稿写得又快又好，跟企业的领导还特别处得来。所以，写稿之余，广告拉了不少。广告费的一部分自然进了杨小乐的个人腰包，杨小乐的收入比李汉方多了许多。

　　经济是什么，经济就是权力，就是上层建筑的基础，尽管李汉方没有注意到这一点，还保持着原有的生活态度。但是，杨小乐觉得自己在这个家里能抬起头来了。

　　如果李汉方的老爸还在，或者他老爸给他留了遗产的话，李汉方怎么活都有道理，可是，事实上，这些如果都不存在。而且，李汉方的母亲没有工作，没有经济来源，当年做着官太太使唤小保姆惯了，老头子死了仍得使唤小保姆。所以，李汉方每月收入的一大部分给了他母亲。杨小乐嘴里没说什么，心里却很不高兴。话渐多，脾气渐长，特别是生了孩子以后，动不动就跟李汉方吵几句，借以发泄心里的怨气。

　　李汉方从来没有受过苦，也不知道钱的重要，从来不把钱当一回事，钱在李汉方的眼里是的的确确的纸片子。只要包里有钱，随手就花，任何一次朋友聚会之类的事，都是李汉方埋单，只要有人张嘴向他借钱，他一概说不出一个不字，并且，只往出借不往回要，时间一长就成了奉献了。李汉方没了钱就向杨小乐要，杨小乐说：我是你的金库吗？李汉方就厚着脸皮说：不是，你是我的宝儿。李汉方自从结了婚，就把白白胖胖的杨小乐叫我的宝儿。

李汉方工作上还是很有成就的，但是，他不会跟领导套近乎，见了领导躲着走，因此，没有一点提拔的迹象。

杨小乐说：你这样，一辈子也没有出头的机会，是不是咱们也给领导送一送礼，过年过节去串串门？

李汉方说：别弄那些没用的，工作好好干，领导心里有数。杨小乐气愤道：我去！有什么数。李汉方说：你怎么变得这样俗不可耐。

杨小乐立刻把身后的沙发靠背垫掷向李汉方，叫道：我俗不可耐？这个社会就是一个大染缸，我就在这个大染缸里扑腾，浑身上下都是恶臭，现在都臭气熏天了，我有什么办法？你好，你怎么样？还不是功不成名不就？我在单位里受气，你一点都帮不了我。

李汉方一气之下，摔门而去。杨小乐见李汉方走了，气得大哭。

杨小乐白天在单位里刚刚跟领导打了一仗。

事情是这样的，今年报评职称，杨小乐凭个人的成绩是绝对没有问题的，她要论文有论文，要工作业绩有工作业绩，要群众基础有群众基础，而且，在评报职称之前，她分别找了报社领导班子里的每一个成员，领导们都说她没有问题，所以，她抱了很大希望。可是，结果一出来，定了四个人，这四个人中有的外语考试没过关，有的没有科研成果，有的工作时间不够，但是，班子就定了这四个基本条件都不符合标准的人。杨小乐气冲冲直接找到报社社长，进门就问为什么？社长说：班子就这样定的，你就发扬发扬风格，明年再报吧。杨小乐说：社长，好像定的这些人哪个都应该发扬风格，就我不应该，我不是党员，不是中层干部，一个小老百姓，凭什么让我发扬风格？社长一听，脸色立刻难看起来，说，班子就这样定了，不能改了。杨小乐也不客气，立刻说：还有没有说理的地方啦，你是这个报社最高长官，你这样答复我，那我就到厅里去找，我去问问这是什么道理？社长立刻摆下脸来说：你愿意上哪里去找，就上哪里去找。杨小乐下楼就直奔厅里面，到了厅里，她找到职称办，把自己的情况讲完，问人家说为什么让我发扬风格？人家笑着说，那你就发扬发扬风格吧。

杨小乐晚上回家把这个事跟李汉方说了，李汉方说：算了，早晚都一样，多大个事呀，你用得着发这么大火吗？还跑到厅里去找领导。

杨小乐说：多大个事？我咽不下这口气。

李汉方说：咽不下气的事多了，咽不下，也得咽，咽得多了，就顺溜了。

杨小乐没有办法，就把这个事给咽下去了。

时间在鸡毛一地的生活里飞跑，谁也拉不住，人不承认时间行吗？

杨小乐的儿子康康说上小学就上小学了。杨小乐让李汉方找一找人，把孩子送一个好一些的小学，李汉方说：哪不一样，都是读书。

康康进了一所普通小学。为此，康康考试成绩一不好，杨小乐就要旧事重提，说李汉方没有为孩子尽心。

康康爱动，对学习不感兴趣，康康的老师经常找家长，每次电话一打过来，杨小乐就得马上到学校里去，挨康康的老师一通臭训。在康康老师面前，杨小乐为了儿子忍着，跟老师说好话，给老师买礼物，过节到老师家拜访给老师塞钱。可是，一回到家就发脾气，跟康康发，跟李汉方发。李汉方心里也生气，但是，他不说儿子，只说杨小乐。他说：你怎么这样，脾气一天比一天大，过不下去，就别过了，我也落个清静。杨小乐说，你休想，你做梦吧！

这天，康康的老师又打电话来了，说康康已经有两天没去上课了，问是怎么回事。杨小乐心里狂跳，跟老师说，康康感冒了。

康康哪里感冒了，天天都背着书包去上学，天天晚上按时回家，他到哪里去了？杨小乐一下子就想到了游戏厅。城里大街小巷到处是游戏厅，有关部门三令五申，不许未成年人进入。但是，游戏厅里玩游戏的，都是一些未成年的孩子。杨小乐接了电话，哭着跟李汉方说今天你别去上班了，跟我一起去找康康，这个小东西两天没去上课了，也不知道跑到哪家游戏厅去了。李汉方正穿鞋，听了杨小乐的话之后说，你去找找就行了，我得上班去，今天说不定不回来，晚上得加班。杨小乐大叫道：儿子都没了，你还去上班，你还有没有心呢？

杨小乐跑了一上午，走了八家游戏厅，在走到第九家游戏厅时，康康被杨小乐一把抓住了，她打了康康一巴掌，然后拉着康康去见游戏厅老板。

游戏厅的老板是一个四十多岁的黑胖女人，黑胖女人矗立在杨小乐和康康面前，怒目圆睁：咋啦？咋啦？这事我管不着，我做生意就图个发财，人越多越好。你是报社的我也不怕，我的大门上不是写着少儿免入吗？腿长在你孩子的身上，我能管得了吗？走走走，别误了我做生意。

杨小乐把康康拉到家关上门，一下子就给康康跪下了，她一边哭一边说：康康，你让我怎么办，你才七岁，七岁你就敢有学不上，跟家长撒谎在游戏厅里泡了两天，整整两天呢！你将来可怎么办呢。康康啊，你还想不想要妈妈啦？你让我还能不能活下去了？你做一个选择，你是要妈妈还是要游戏厅？你要是要游戏厅，妈妈现在就死在你面前。康康吓得直哭，抱着杨小乐说：我再也不去游戏厅了，我要妈妈。

从此，每天杨小乐宁可上班迟到早退也到学校去送接康康。周日，她上午陪着康康去学画画，下午陪康康去学外语，除非是外出采访，否则风雨不误。

但是，康康还是跟他的爸爸亲一些，因为，李汉方从来不打儿子，当然也不教导儿子，他在家里，只是儿子的一个玩伴。

有时候，杨小乐觉得自己是一只困兽，社会是她的大笼子，家是她的小笼子，大笼子套着小笼子，她想逃也逃不出来。打也罢，喊也罢，都无济于事，反倒弄得自己浑身是伤，肉痛，心也痛。

李汉方这边也不顺心，工作上且不说，就是杨小乐，他都有些悔不当初的感觉，有时候想起米凡凡，心里就立刻翻滚出一股热流来。

有天晚上，米凡凡来了一个电话，时间是夜里十点。当时，杨小乐正躺在李汉方的身边，凭直觉，杨小乐认为这个电话是一个女人打来的，李汉方声音很低地同对方说话，一说，就说了十几分钟，嗓音还十分温柔。

杨小乐翻身坐起来，亲切地大声说：汉方，汉方，你这样坐着多冷啊，快把睡衣穿好，看看，你的手冻得冰凉的，别感冒了。

杨小乐的话音一落，那边的电话就说再见了。

李汉方放下电话，杨小乐就骂了一句：半夜三更来电话，真是个疯子。李汉方腾地翻身坐起，然后又躺下。杨小乐笑道：生气了吧？这你还生气？要是你也学那些臭男人家里红旗不倒，外面彩旗飘飘，我就弄个红杏出墙给你看看。

李汉方说：就你，就你？还想红杏出墙？你还是红杏吗？

杨小乐狠狠踢了李汉方一脚，说，不是红杏怎么样，不是红杏怎么样吧你？

李汉方说：好好好，你是红杏，一个大红杏，行了吧。你累不累，什么都管，睡觉睡觉，休息休息。

杨小乐说：不睡，睡觉是小休息，我要死，死是大休息。

4

杨小乐的办公室有一个丈夫是个小官僚的女人，原来是排字室的排字工，因为她老公变成了小官僚，她也就摇身一变，成了记者。她底子太差，又不肯下功夫，一篇一千字的新闻稿她就能写出十个八个错别字。但是，因为她丈夫是市里有点权力的小官僚，所以，记者当不好就当了编辑室主任，外语找人替考也晋升了高级职称，生活幸福得直让同事们眼红。

　　小官僚的女人还特别愿意张扬自己的老公，话里话外都得让大家知道她老公如何如何又进步了，她老公如何如何爱她。每穿一件新衣服来，必先向大家介绍，这衣服是她老公从某某国家买回来的。她自我感觉太好，平时不大理会那些记者，但是，杨小乐除外，她知道杨小乐的一张嘴向谁都敢开炮。一次她把杨小乐的一个稿子给评了一个 C，第二天杨小乐就在一篇稿子里写了几句英文，她审稿子时，一个词也不认识，又不好意思去问别人，结果，闹出了不少笑话。

　　小官僚的女人咽不下这口气，有一天，中午吃免费工作餐，她对同事们说：你看人家杨小乐，什么都敢吃，一顿吃那么多也不胖。可是我，喝一口冷水都长肉，小乐你有什么秘诀？

　　杨小乐一笑，说：我的秘诀就是苦难，也就是说，胖是因为幸福，瘦是因为苦难。你应该高兴，因为你正幸福着。

　　因了杨小乐的这一番话，同事们都出了气，一通大笑，就管那个小官僚的女人叫幸福，管杨小乐叫苦难。

　　杨小乐对同事说，别这样叫我，这是提醒我在受苦，苦难中的人最怕别人提苦难这个词。傻子最怕别人叫他傻子是吧？这是一个道理。

　　现在，杨小乐的确用不着减肥了，结婚才 7 年的时间，杨小乐脱胎换骨变成了一个苗条女人。杨小乐都想不起来，7 年前她还为肥不肥的问题苦恼过，一想都觉得可笑，如今就是倒找钱，她也不会去遭那个罪了。肥也好，瘦也好，谁还在乎呀？她不在乎，李汉方更不在乎。杨小乐觉得她的生理年龄和心理年龄相距十万八千里，一个是青年，一个是老年。

报社里的女人，差不多都是神采飞扬的，为什么呢？因为，不仅她们自己有比较好的社会地位，丈夫也一个比一个出众，不是混成了小官僚，就是辞职下海捞了大钱。就说杨小乐所在的副刊部吧，八个女人，六个老公是小官僚，一个是商人，只有杨小乐的老公是平民百姓一个。杨小乐本来是不在乎这些的，但是，挡不住身边的女人经常刺激她，这种刺激是无形的，就如身边的空气，你说它不存在，可是它存在，还无时无刻不在。

最大的刺激莫过于房子。杨小乐家住着八十年代初建的房子，五十八平方米，一室半，外加一厨一厕。当年也是很不错的，但是，时间过了二十年，社会飞速发展，百平方米以上的大房子已经进入了很多家庭，本来，杨小乐并没有把房子当一回事，心里想，能住就行了，房子大还不是收拾起来麻烦。可是，有一次她的一个同事到她家里去，进了屋子就说：小乐，我真不知道你还住着这样的房子，都什么年代了，这房子得淘汰喽。杨小乐说：房子大小还不是就三个人住，够住就行了。同事说：那可不对，人活着才几十年，要活得有生活质量，尽量好好活。后来，杨小乐到那个同事家里去，她才发现，原来大房子和小房子就是不一样。她把这种想法跟李汉方说了，李汉方说我们单位正在集资分房呢，你想要？都是一百平方米以上的，交集资款就得十多万，哪里有那么多钱。杨小乐说：没钱想办法，集资房不要，市场上的商品房最少得二十多万，那就更买不起了。

杨小乐这么多年有七万存款，这些存款是她的稿费和广告提成，也是辛辛苦苦攒下来的，为了要房子，她把这些钱全部取了出来，又从母亲那里借了两万，同事那里借了一万，好歹凑成了十万，交了集资款。新房钥匙分了下来，李汉方和杨小乐都非常高兴，杨小乐从这间房里跑到那间房里，拍手叫道：我去，大房子就是好。装修房子的事，两个人都不提，因为装修一百平方米以上的房子，最少也得五万，他们到哪里去弄五万。杨小乐对着空洞洞的房子说，没关系，有女不愁嫁，有骨头不愁肉，将来我们有了钱再装修好啦。李汉方说：时间不会太长，我写的那本书出版了，怎么也得给两万三万的，简单装修也够了。杨小乐搂住李汉方的脖子说：我的傻哥哥，我还不知道你又有一本书要出版了。

搬进新房，杨小乐的同事都要来看看，杨小乐说，有什么好看的，还不是一样，就是房子。所以，同事们就不提此事了。杨小乐不想让她的同事来，有她的道理，她知道她同事家的装修都是像模像样的，她不想让同事说她买得起马配不起鞍子。

张老板偶尔给杨小乐打个电话或是传呼，打电话杨小乐三言两语急匆匆说完了事，打传呼她基本上不回话。张老板打电话给杨小乐，多半是请她吃饭或是泡吧，杨小乐一律回绝。杨小乐哪里还有那个闲心呢！她要忙家务，要管儿子学习，还要完成单位的写稿工作。

这天，张老板又给杨小乐来了一个传呼，杨小乐回传呼时张老板说：小乐，怎么你像个鬼似的，呼你，你从来都不回话。

杨小乐说：我是鬼，你怎么能呼得到，要是呼到了，你不是危险了。

张老板说：我不怕危险，我就喜欢女鬼回我的话。

杨小乐笑问：有什么事呀，张大哥。

杨小乐自从离开了咖啡店就叫张老板为张大哥，她觉得这样称呼张老板非常适合他们之间的关系。张老板为此称呼曾说：小乐，你强加给了我一个身份定位，我就只能往这个位子上定了，没办法喽。张老板在北方待的时间长了，普通话说得特别好，但是，是这座城市的普通话。他当着杨小乐的面跟他的朋友们说：杨小乐是他的普通话老师，因为，杨小乐说的每一句话，他都要在脑子里过无数遍。张老板生意越做越火，但是，他还是给杨小乐打电话。

张老板说：这次还真有事，我看了报纸上你开的随笔专栏了，写得很好，很有思想，很有深度，你想不想出一本书哇？

杨小乐说：我还能出书？现在出书是得自己花钱的，我哪里有那么多闲钱。

张老板说：你要是想出，我可以想办法，钱的事你不用考虑。

杨小乐说：张大哥，我真的好感动，先表示感谢了，出书的事，以后再说吧。说着说着，杨小乐的声音就有些哽咽了。

张老板问：有些话可能是我不该问，你是不是生活得不顺心？

杨小乐说：顺心，一切都好，工作、学习、丈夫、孩子，样样都好。

张老板说：那就好，听说你丈夫很有才气，是他们局里的大笔杆子，提拔了没有？你得学会社会学，这年头不上钱是行不通的。

张老板这番话倒是提醒了杨小乐。

其一，将来有机会把自己写的随笔集一个集子，也算给自己这么多年辛苦写作一个交代。其二，春节快到了，如果单位能发奖金，让李汉方也到领导家里去串串门。

没想到，春节报社给杨小乐发了五千元奖金，杨小乐高兴得不得了，回家就跟李汉方说：我要有一个大动作。李汉方听了没说话，他现在越来越沉默，在家里很少说话。杨小乐知道李汉方心情不好，厅里搞竞争上岗，李汉方笔试第一，演讲第三，民意测试也排在前头，可是，据有人说，这次李汉方没戏，说这个消息的人给杨小乐解释：没后台当然就演不成好戏了，只能当个跑龙套的。

第二天，杨小乐到城里最好的商场，买了三件鄂尔多斯羊绒衫，她准备让李汉方给三位局长一人送一件，至于这三件羊绒衫能不能起作用，她就没办法了。

李汉方看着那三件质地优良的银灰色羊绒衫怔了怔，对杨小乐说：你怎么想得出来，人家局长会要这种东西？你这不是骂人吗？

杨小乐说：我给他送礼，怎么能说骂人呢？让我拿出几万元送礼我没有，送件羊绒衫就已经要了我的命了，我自己还没穿过这么好的羊绒衫呢。

李汉方说：人家是不会把一件羊绒衫看在眼里的，算了，别自己找麻烦了，弄不好，反倒惹领导生气。

杨小乐说：生什么气，给他送礼，他生什么气。这是全市最好最贵的羊绒衫。

李汉方说：你认为这就是最好的，你不知道，局里来了最一般的客人都送两件这样的羊绒衫。算了，退回去吧，竞争上岗的事，领导愿意用就用，不用，我不是一样工作拿工资。

杨小乐说：你不去送，我去送，我就不信，你们的领导就那样不近人情。

李汉方说：就当我求求你，你可别给我惹麻烦了。

5

生活是简单的事，保持纯洁是复杂的事，杨小乐不知道李汉方是保持了纯洁，还是他脑子里根本就不知道纯洁外边是不纯洁。

杨小乐的羊绒衫没有送出去，原因很简单，李汉方为此事不跟杨小乐说话了。杨小乐安慰自己，算了吧，不送就不送，我又没有希望过要丈夫升官发财，跟着享受荣华富贵，两个人感情好，比什么都好。不当官也不是坏事，免得成了腐败分子，弄得人财两空。

杨小乐在报社，虽然是在副刊部，也兼管反腐专栏的写作；除了写一些言论性文章之外，有时也写纪实。写这种反面的纪实，是必须要和腐败分子见面采访的，见得多了，给她感触最深的就是：凡是腐败分子都有两部历史，一部是光辉史，一部是肮脏史。当他在台上的时候人们看到的是他的光辉史，在这部光辉史的照耀之下，他可以为所欲为，呼风唤雨，高高在上；而当他一旦变成了阶下囚时，肮脏史就被大肆渲染，见诸大小报端新闻媒体,他既是反面教材又是活靶子,连普通刑事犯都不如。

　　也许有许多既有光辉史又有肮脏史的官员还在台上呼风唤雨,可是,人家是既能请神又能送神的主儿,李汉方是吗? 不是。跟李汉方生活了七年,杨小乐太了解李汉方了,如他那样的人,别说送神,就是请神都找不到门。说得好听点,他是一个老实人,说得难听点, 他是一个简单的人。这样简单的人让他走进官场,后果都用不着设想。

　　这样一想,杨小乐把三件羊绒衫全退回了商店,把那五千元奖金拿去还债了。

　　可是,李汉方却被提拔了,局领导任命他做政教处副处长。

　　李汉方跟杨小乐说:你看看,我说不用送礼吧? 如果你把那几件羊绒衫给领导送去,效果绝对相反,人家领导会认为我这个人思想不正派,搞歪门邪道。做事,还是得相信组织的话。

　　杨小乐说:你说的那个组织是谁呀? 组织还不是由人组成的。

　　李汉方说:从我被提拔这件事上,就说明组织是有原则的。

　　杨小乐说:你看看你,说起话来好像你在家里也是领导了,我又没说谁谁谁没有组织原则了,我是说,你要有组织原则。

　　李汉方说:我不过是干工作,又不搞歪门邪道,争名夺利,我怎么会没有组织原则呢?

　　杨小乐说:我是为你好。

　　李汉方说:我知道。

　　做了官的李汉方变化还是有的,多多少少有些沾沾自喜,晚上或是加班工作,或是有应酬,回家的时间自然晚一些。杨小乐对此也有一些不高兴，最不高兴的是，常有一些女性往家里打电话。杨小乐明察秋毫，防患于未然。她给李汉方打预防针，她说：我天天写反腐专栏，都没什么好写的了。那些腐败分子，腐败都腐败不出个新花样来，不是贪色就是贪财，尤其以贪色为最，嫖娼、找情妇、包二奶，就这么点事，有什么意思呢？我真是想不明白，这些男人哪。

李汉方闷头吃饭不搭话，杨小乐那一点小心眼，他是最清楚的，可是，他从来对女色不感兴趣，一个杨小乐就够他受的了，有女人白送给他他都不要，他嫌麻烦。

杨小乐见李汉方不说话就接着说：傻哥哥，你可是知道的啊，我是专门研究反腐败的记者，对腐败分子，我不仅眼明心亮，而且，洞若观火，我就是咱们家里的纪检。

李汉方说：纪检同志，我汇报一下思想，现在，有一个女人总缠着我，你说我应该怎么办。杨小乐马上瞪大了眼睛，但一看李汉方挤眉弄眼，面带嬉笑，她明白了，就笑道：有办法，你跟她离婚。

李汉方又说：我还有一个情况要汇报，局里决定抽调我和其他几个人组成一个调研组，我当负责人，为期三个月，三个月后，要拿出一份全省 A 系统的普法工作情况汇报。

杨小乐说：那不是要经常出差？

李汉方说：那是当然了。

杨小乐说：那孩子怎么办，我也是经常出差的，孩子谁管？

李汉方说：你得支持我工作。

杨小乐说：我不支持，别以为我不知道，省里的干部到基层去，大吃二喝，乱七八糟。遇上居心叵测者，你前脚还没有走，后脚他已经把举报信寄了出去。

李汉方说：你是不是写反腐专栏写出毛病了，怎么让你一说，处处都有腐败，个个都是坏人。

杨小乐放下饭碗说：我就是不同意你去当什么组长，做得好了，那是局里办公室的成绩，做出了毛病，那是你的，你还是好好在政教处干你的事好啦。

李汉方说：这我说了可不算，局长亲自点名让我去的，局长的话，我敢不听吗？

杨小乐没说话，收拾碗筷，康康跑到杨小乐的面前要喝牛奶，杨小乐气哼哼地对康康说：找你爸去，我不管。

杨小乐同意不同意都没有用，李汉方已经走马上任了。

6

杨小乐心情说不上好，也说不上坏，总是悬着，总不如李汉方没有被提拔之前踏实。

悬着心的杨小乐一早上班，就被领导一个电话招到办公室。

领导说：小乐，有一个重要任务，纪委查出了一个大案子，让咱们派一个记者去跟踪采访，我想还是你去比较合适。

杨小乐说：能不能换个人去，我先生下周一要出差，一周都回不来，孩子没有人照顾。

领导说：孩子让你婆婆给带几天不就完了。

杨小乐一笑说：您还没见到我婆婆呢，她老人家患脑血栓，胳膊和腿都不听使唤，她能使唤得了我那个淘气儿子？

领导脸色有些不好看了，说：那就让你母亲帮帮忙。

杨小乐硬着头皮笑着，说：领导啊，我不是说谎，我母亲刚刚退休，她到农村去度假了，我总不能把孩子也送到农村去吧？我孩子正读着暑假补习班呢，钱都交了，580 元，这钱是不能退的。

领导把手边正审着的稿子一会儿放这边，一会儿又放到另一边，好像那篇稿子像杨小乐一样让他没有办法处理。领导最后抓住那篇稿子，抬起头来说：这钱我给你退，这个任务非你莫属，你准备准备吧。

杨小乐见推不掉任务就又问一句：跟踪采访，那得多少天呢？

领导说：你得有个思想准备，少说十天二十天，多说，就说不出多少天了，得看案子进展情况，不过，你也可以一周回家一次。

第二天一早，杨小乐一边吃饭一边对李汉方说：我周五要出差。

李汉方瞪了瞪眼睛，盯着杨小乐的脸，好像杨小乐脸上突然长了一块黑疤让他大吃了一惊似的。李汉方说：你能不能不跟我开这种玩笑，你出差！那孩子怎么办？

杨小乐有些生气：你跟我瞪什么眼睛？孩子怎么办？我知道怎么办？孩子又不是我一个人的，你想办法好了。

李汉方说：我没办法，下周一我得走，周六周日要加班写材料。你别去了，报社那么多人，非得你去？

杨小乐说：领导说了，以前也派过记者，拿不出稿子来，所以，就得派我去，我也得听领导的令，领导让我去，我敢不去吗？

李汉方说话立刻尖刻了，他说：别以为我不知道？你就是虚荣心作祟，要出出风头，别人都弄不出这个稿子，就你能弄出来，这你在报社里多有面子。

杨小乐啪的一下子把筷子拍到餐桌上，一张脸气得通红：我虚荣？我可以不虚荣，你养着我呀，我安安分分在家当家庭妇女。当家庭妇女多舒服，不经风不淋雨，上不用看领导脸色，下不用考虑群众关系，轻松自在，身心健康。可现在，我要受八面来风，十里埋伏，身心困顿，精疲力竭。

李汉方三口两口吃完饭，说：我没时间跟你说废话，你想办法吧，我是一定要去的。我带队，我还能带个孩子下去搞调研，人家怎么看我。

杨小乐气得在李汉方身后喊：反正我不管了。

杨小乐说不管，可是她怎么能不管呢？她抓起电话，给在乡下大姨家的母亲打了个电话，问把孩子送去行不行。杨小乐的母亲说：送来吧，我给你带着，但是，孩子那么小不能让他一个人来，火车上不安全。杨小乐说：没有人去送孩子，我把他送上火车，你到火车站去接他就行了，我跟列车员说好，让孩子到站下车。妈，你可一定提前去火车站接站啊。

杨小乐领着康康到预售票处买了一张周五的火车票，火车晚七点到 S 县。

杨小乐拉着康康回到家，就对康康千叮咛万嘱咐起来：在火车上可不要到处乱走，不要和陌生人说话，不要吃人家给的东西，不要东瞧西看，不要忘了写作业，听到了没有？

康康低头不说话，眼睛也不看杨小乐。

杨小乐急了，又把说过的话重复两遍，又问康康听到了没有？康康手里正玩着掌上游戏机。杨小乐一把把游戏机抢下来，问康康：妈妈刚刚说过的话，你到底听到了没有哇？

康康低声说：听到了。杨小乐说：妈妈说什么啦，你说一遍给我听听。康康把杨小乐的话说了一遍。杨小乐这才稍稍放下心。

康康从来没有单独出过门，别说出城，就是在市内，杨小乐也从来不让康康与小朋友一起出去玩，所以，康康这次单独乘火车，她一千个一万个不放心，可是，她有什么办法呢。杨小乐在心里跟自己说：什么做名女人不容易，做什么女人都够不容易的。

第二天一早，六点整，杨小乐出差前又跑到康康的房间，把正睡觉的康康弄醒，又嘱咐了一遍，她走回卧室，跟李汉方说：你千万千万屈尊给列车员说点好话，给列车员买点水果之类的礼物，求她一定照顾好康康。

李汉方眼睛还没睁开，昨天夜里他加班到12点写材料，所以，回答杨小乐的话就十分不耐烦：知道了，你就别啰嗦个没完了，我心里有数。

杨小乐出差一路上一句话也不说，她心里一直想着康康。

康康是下午一点三十分的火车，十一点，李汉方开完会回到家，康康正在家里看动画片。康康见了李汉方就说：爸爸，我跟你说一个事。李汉方说：没时间啦儿子，咱们得到单位吃口饭就去火车站了。康康说：爸爸，我说的就是火车站的事，我觉得火车很不安全，刚刚电视里的小朋友都说火车上有坏人。李汉方说：电视里的话不能全信。康康说：那你干吗天天看新闻联播？就在这时，电话响了，是李汉方的司机打来的，司机说下午想用一下车，去 S 县。李汉方一听，这个 S 县恰好是康康要去的那个县。

李汉方带着杨小乐给康康买的车票，还有给列车员带的水果，拉着康康下了楼，到了楼下，司机正等在门前。康康说什么也不肯上车，他说他一个人在家里也可以，言外之意，就是不肯去火车站。李汉方硬把康康抱上车，康康开始捂着脸哭起来。

李汉方问司机：去 S 县今天能不能回来，路况怎么样？

司机是一个新招聘来的小伙子，说话很轻松，脸上带着孩子般的保证，他说：绝对没问题，放心吧，现在走，六个小时就能回来。

李汉方跳出车，细眼睛眯起来，正午的阳光正照在他头顶上，李汉方走离车两步远，给杨小乐的大表哥打了一个电话，问去 S 县路况怎么样？

杨小乐的大表哥在电话里先是发出了热情邀请，接着说路况好得不得了，他还用了比喻，他说：妹夫，你见过北京的长安街吧？长安街什么样，这条路就什么样。

听了杨小乐大表哥的话，李汉方还有些犹豫，总觉得哪里不对劲，他甚至向司机要了一支烟点上吸了起来。

司机从车里探出头来说：处长，没事，走吧，现在不走，今天可是赶不回来了。

李汉方钻进车里，在他的手包里找出一个电话本来，他再次下车，给丁局长打电话，丁局长办公室没人。李汉方收了手机，回头看了看阳光下的局办公大楼，深蓝色的玻璃反映着阳光，他再一次闭上眼睛。

李汉方的脑子里跳出几个字来：再说吧。他自己都不知道"再说吧"这三个字究竟代表什么意思，但是，他上了车，车子向市区外驶去。

杨小乐一天心都悬着，吃晚饭的时候，她突然悟出这颗悬着的心，很像挂在旗杆中间的旗子，让人感到非常不吉利。一想到这一点，杨小乐的心就怦怦狂跳。

记者到基层总是要受到招待的，何况杨小乐还是跟办案的同志在一起，招待单位的人说：忙了一整天了，就晚上能吃个安稳饭，今天还有女记者在场，这饭更得吃好。有了这样的开场白，杨小乐就不好意思提前离开餐桌，可她的心思哪里在餐桌上，如坐针毡一般挨时间。杨小乐的正前方墙上是一台电子钟，嘀嘀嗒嗒的声音在她的脑子里无限扩大，她的脸色随着嘀嗒声变得青灰。七点整，杨小乐的耐性到了极限，她站起身，给各位领导敬酒，祝酒词说得颠三倒四，然后，她跑着回卧房给她母亲打电话。

杨小乐第一句话就问：没事吧？

杨小乐的母亲说：没事，没事，孩子到了，是他爸爸送来的。孩子爸爸连夜赶回去了，晚饭都没吃。下着雨，路滑，你给他打个电话，让他小心点，我看那个司机不太稳当。

杨小乐跟母亲说：你放心吧，你还不了解汉方，谁能出事，他都不能，他比女人都细心。

杨小乐洗完澡，不知道为什么，心里老是慌慌的，说不出的一种心烦意乱。她打李汉方的手机，怎么也打不通，没有信号。那里怎么会没有信号呢，又不是山区？

不安一分一秒地增加，她坚持着，每隔十分钟按一次重拨。

也不知过了多久，按了多少次重拨，李汉方的手机打通了。

杨小乐听到了李汉方手机里传来的嘈杂声，还有李汉方的喘息声。李汉方抖着声音说：这么长时间我的手机打不出去接不进来，跟死的一样。

接着李汉方又说：出事了，出车祸了，一死一伤。

杨小乐半天没有回过神来，但是，她听到扑通一声响，那是她一直悬着的心落到了地上，落到地上的心砸断了她的脚。她飘了起来。

等杨小乐回过了神，她又拨通了李汉方的手机，还是一片嘈杂声。杨小乐说：你马上保护好现场，你千万别离开现场，你听到了没有？

李汉方的声音混杂着汽车声传来：哪里还有心思保护现场，救人要紧，我正送伤者往回返呢。

此时，李汉方满脸是血，他一手撑着汽车的后备厢盖子，一手捂着脸上流血的伤口。黏糊糊的鲜血迷得他睁不开眼睛，他的脑子像他的眼睛一样，一片混沌。

杨小乐再也打不通李汉方的电话了，他关机了。这边，杨小乐一夜没有合眼，她坐在床上两手合十向老天祈祷。

第二天，杨小乐由 C 县县委派车送回家，一路上，她问司机有关车祸的一些问题，问到最后，司机说：这种事全看单位领导怎么定，说它是事就是事，说它不是事就不是事，每个单位处理都不一样，关键得看跟领导的关系。

杨小乐知道李汉方跟领导没有特殊关系，他连领导的家在哪里都不知道。

一整天，杨小乐打不通李汉方的手机，他一直关机，杨小乐在家里坐不稳站不安，她所有的聪明都被一只巨手从脑子里抽走了，她如白痴一样四处走动却没有思想。

晚上十一点，李汉方回家了。

杨小乐一见脸上手上都包着纱布、疲惫不堪的李汉方，眼泪唰地一下子就流了下来，两个人四目相对，彼此都不知道说什么话。

李汉方替杨小乐擦了擦眼泪说：不要紧，没事，你不用担心。

李汉方似有千言万语，但他用"你不用担心"截住了所有语言，被他咽回去的语言是一把钢丝，扎得他脸色紫青。

杨小乐看着李汉方的脸色问：有没有人帮你处理事故。

李汉方闷着头，半天说：就我一个人楼上楼下跑，半夜三更的，怎么好意思让人来帮我？

杨小乐问：你有没有跟局长说？

李汉方说：我说过了，实话实说。

杨小乐到底比李汉方要冷静得多，杨小乐说：你真是傻子，第一，你应该保护现场，第二，你不应该急着向局长说出了车祸，你这样一来，把你自己的后路都给堵死了，你，你真是，让我怎么说你呢？

李汉方说：咱们得相信领导，咱们也不能欺骗领导。

杨小乐说：好吧，好吧，好吧。杨小乐的声音越提越高，她用最高的声音接着说领导能怎么办？你都没有给领导替你说话的机会，如果你说你是公出，那领导或许替你说句话，处理轻一点，可是你没说。领导是按规定办事的，规定是什么？规定就是公事公办，你就等着公事公办你吧。

7

杨小乐的话一点也没有说错，第二天就应验了。

第二天，李汉方所在局的全局长就知道了此事，他对来汇报的人说：纪律整顿，纪律整顿，越整越出事，出私车这个事，三令五申，怎么就杜绝不了？按局里的统一规定办，派纪检去查，一查到底，严肃处理。

李汉方的主管局长丁局长正在外地出差，本来，他已经派人去了出事现场，可是，知道了全局长的意思之后，他的意见与全局长完全一致了，那就是派局纪检调查此事。

李汉方这边当然不知道局长们的意见，他天真地认为，他如实向组织说明了情况，领导不会坐视不管，法律上还得讲个情节呢？他出车是为了工作，领导上是会替他考虑这个情节的。

他给全局长打电话，他在电话里说：局长，我现在实在是太难了，能不能派个人来帮我一下。

全局长安慰说：你不要说了，局纪检马上介入，这是按局里的规定办事，你也不要着急，查清了局里自然有处理意见，你自己要先挺住，这样吧，实在不行你们政教处先处理吧。

李汉方又给丁局长打电话，那是他的主管局长，丁局长说：局纪检明天就开始调查，等调查结果出来再说吧。然后就把电话挂断了。

杨小乐坐在李汉方的身边，她看着李汉方满眼含着泪委顿得一句话也说不出来。

她一把抢过电话，再次拨通了丁局长的手机，丁局长刚刚听完杨小乐的自我介绍就说：我知道了，我知道了，我正在外地，有事回去再说。

杨小乐说：你不要挂电话，你听我把话说完，用不了你几分钟。

丁局长说：我不是说过了，明天局纪检就开始调查，处理结果等调查完了再说吧。

杨小乐说：我不是说怎么处理我们，我们不是想让领导袒护我们，你们处理时，可以公事公办，但是，现在，李汉方一个人满脸是伤又得借钱又得楼上楼下找医生给伤者治病，他一个人实在忙不过来，他快挺不住了，我们没有别的要求，就是局里给派个同志，帮帮忙。

丁局长说：等我回去再说吧。

放下电话，杨小乐恨不能抽李汉方一个嘴巴，可是，一见李汉方痛苦的样子，她便说：你没日没夜地干，怎么样了？出事了，谁管你？当时，如果你听我的话，不去那个什么调研组，能有这种事吗？你还以为领导会给你担着，你怎么这样幼稚，你以为你在领导的心里是谁呀，你跟领导是什么关系呀？话说回来，如果你说出去办公事了，有谁能知道？现在可好，人家认为你是公车私用，现场你又没有保护，还说不定交警怎么定这起交通事故呢？还不得把所有的过错都弄到你身上来。

杨小乐就如一个女巫，她说的话句句灵验。

李汉方很快从交警那里听到了这样的通知，所有过错都在李汉方的车上，尽管车是司机开的，但是，那是李汉方同意出车的。

李汉方就这样带着伤一个人挺了十天，死者躺在太平间里不肯出殡。原因很简单，死者家属说，我们拿不到交警的证明，我们不能出殡。交警那边不肯出证明，人家有人家的道理，人家说，我们必须跟车主见面，当事人来没有用。

局里不肯派人，死者在太平间躺着，伤者在病床上躺着，杨小乐只好又给办公室和政教处处长打电话，说到底，李汉方是给办公室搞调研，政教处的处长是和李汉方搭班子的人呢，这个时候，不要求他们做别的，只是帮帮忙啊，他们应该帮吧。

办公室主任对杨小乐表示同情，他说：需要我干点什么，你说话。

杨小乐说：死者的家属不出殡，你们当领导的，能不能出面跟死者家属协商一下。

办公室主任在那边停顿了好一会儿，说：我们出这个面不好吧？如果是局里指派的，那我马上就去，可是，局长没有话，我就是去了，也不能代表组织呀。

政教处长说得更简单，连表示一点同情都省略了，他说：李汉方不是给政教处搞调研，他是给办公室干活儿，这事你得找办公室。

杨小乐说：可是，全局长说你们处先处理。政教处长立刻说：局长也没有给我这个指示，我没法去处理。杨小乐说：那我就再去找局长。

政教处长说：这就对了，局长发话，我马上就办。

杨小乐跟李汉方说：咱们还是去找局长吧，这样拖下去，怎么办呢？

李汉方精疲力尽地说：找也没有用了，我明天去 S 县找找交警。

杨小乐把家里仅有的一千元现金塞到李汉方的口袋里，说：路上一定注意安全，到了 S 县请交警吃顿饭，这是家里最后一点钱了。

李汉方并没有用那一千元钱请交警吃饭，他到了看守所，去看了司机，塞给看守五百元，剩下的五百元他请看守吃了一顿饭，他请看守关照一下他的司机。杨小乐为此和李汉方大吵了一架，她甚至觉得跟李汉方这样的男人生活下去，实在是太不值了。

8

杨小乐对李汉方说：这样下去不行啊，找一找你姐夫吧，他在省里做官，跟你们的局长也熟悉，只要他给局长说句话，也许事情就好办了。李汉方给他姐家打了一个电话，他姐夫不在家。杨小乐接过电话跟李汉方的姐姐说话，边说边哭。李汉方的姐姐说：你姐夫晚上回来我跟他说，让他给你们回个电话，他要是能说上话，就一定会说的。

杨小乐和李汉方晚饭都没有吃，就坐在电话机边等电话，一等就等到了夜里 12 点。李汉方说：不要等了，没有用的。杨小乐说：怎么会呢？是不是电话出了毛病。两个人又检查了一遍电话机和电话线，根本没有毛病。杨小乐说：电话没有毛病。李汉方说：是人有毛病，算了，我不等了，明天我还得去医院，伤者还有一个大手术。

果然是人有毛病，第二天，李汉方的姐夫也没有来电话。

可是，还得想办法呀。杨小乐的领导跟杨小乐说，你还是得找你爱人单位的领导，出了这么大的事，哪有领导不派人的道理。另外，不是说，让纪检查你们吗，我给你出个证明，我再让纪委给你出个证明。有必要的话，让纪委的领导给你爱人单位的领导打一个招呼，都是为了工作，又不是出去旅游了。

杨小乐对报社领导的话感激地流了泪，她从来没有想到，她的领导是如此关心一个跟他吵过嘴的人。

杨小乐感激之情溢于言表，她甚至有些哽咽得说不出话来：谢谢，那就给我出一个证明，再让纪委领导替我说一句话吧，我出差，也是为纪委工作。

报社领导说：这边的工作我给你做，咱们也是实事求是，也没有向组织撒谎，但是，以我的经验，你必须同你爱人一起去找他们的领导，那是关键。

杨小乐恍恍惚惚回到家，进了门，见李汉方脸上的纱布已经揭掉了，两寸长的伤疤斜刻在脸上，又黑又紫。

李汉方见杨小乐盯着他的脸看，就说：还算命大，差一点点，我的右眼就废了。

杨小乐说：你干吗这么早就把纱布拿掉了，得了破伤风怎么办？

李汉方说：没事。

杨小乐说：没事？你应该让纱布留着，让你们领导知道，你是一个人带着伤挺了这么多天。

李汉方说：就别给领导添堵了，局里的事，一个接一个，没一个是让领导高兴的。

杨小乐长出了一口气说：我决定到局长家去找局长说一说情况，如果你不同意，咱们就离婚，你的事跟我也没有关系了，不是我逼你，我实在不能跟你这样的人生活下去了。你的聪明才智只是书本上的，离开了书本，你就是白痴，我不能和白痴天才生活一辈子，我没有那样的高尚情操。

杨小乐拉着李汉方先去了丁局长家，丁局长家楼下的门是程控门，按响了门铃一问，屋里的人说丁局长不在家。李汉方对杨小乐说：我说不来嘛，你偏要来，局长工作忙，你以为像咱们这样的普通人呢？

杨小乐说等到九点再来，如果还说不在家就明天早上来，怎么也得见到丁局长，你得跟他详细说一下情况，领导不了解你的情况怎么能行呢？人都怕见面，见了面，话说透了，就好办了。

李汉方说：就那么点事，再透还能透到哪里去？

杨小乐说：反正我是要到他家里去等他，这样，他不想见我也得见。

李汉方害怕杨小乐说话不知轻重，所以，就跟着杨小乐上楼了。

丁局长的女儿表情十分冷漠地把他们让进了屋里。杨小乐和丁局长的女儿说话，无非就是表扬这女孩子长得漂亮之类的话。就在杨小乐的表扬声中，丁局长回来了。杨小乐把见丁局长的最坏打算都想过了，但是，她无论如何没有想到丁局长从包里拿出一沓钱来，丁局长说：这些钱你们先拿去用。

杨小乐和李汉方都愣在那里了，这钱能拿吗？

丁局长那边已经下逐客令了。杨小乐不肯走。杨小乐想把送孩子的前因后果说一遍，但是，丁局长听了一半就说：不用说了，我听说了，你们不是已经给孩子都买了火车票啦，不用说了，这些事，等纪检查完了再说吧。明天我派人去安排死者家属出殡，都这么长时间啦，不出殡干什么？我的钱你们不拿，明天我到局里去给你们借点钱，先把伤者安置好。

第二天，丁局长派了政教处处长负责处理李汉方车祸之事，局长一出头，政教处处长就出面了。

组织出了面，死者家属同意死者出殡了。交警对李汉方说，你准备钱吧，死者家属要赔偿。

李汉方到哪里去弄钱呢，伤者住院，他已经花掉两万多了，这两万多都是他四处借的，可是，死者家属逼得急，扬言不及时给就要上法庭告状。关键时刻还是丁局长伸出了援助之手，从局里给借了两万元，加上杨小乐母亲给送来的两万元，这才算了事了。

出了车祸，李汉方的很多同事来安慰，大家谈来谈去都很惊讶，出了这么大的事李汉方竟然没有直接去见全局长。他们说，其实早就应该去见全局长汇报一下，检讨一下了。

杨小乐非常同意李汉方同事的看法，她催促李汉方去见全局长，一天又一天，李汉方总是推说有事，或者局长不在家。

杨小乐发火了，她说：我才发现你这样懦弱。

杨小乐和李汉方去见全局长。晚上去的，全局长不在家，李汉方又想打退堂鼓，杨小乐劝李汉方：你总跟我说全局长对你很好，人也非常正直，关心同志，一个同志累死在工作岗位上，他大会小会提这件事，一提起来，眼圈就红，这说明他是非常关心同志的。咱们也不是想怎么样，只是想跟领导说说情况，他怎么就会把咱们赶出来呢。李汉方让杨小乐说得有了信心，就跟杨小乐蹲在全局长家的门外等着。

也不知过了多长时间，全局长的车开回来了。黑暗里，全局长没有看见正有两个人等着他，所以，回头时，很是震惊的样子。

全局长说：你们就在马路边等着我了？

李汉方说等了一小会儿。

全局长说跟我进屋吧。

全局长给李汉方和杨小乐一人倒了一杯水，就坐在对面的沙发上等着这两个年轻人说话。

李汉方先做了一通深刻的自我检讨，全局长对李汉方的检讨好像是意料中的事，他直接问，你的伤怎么样啦？

全局长走到李汉方跟前，冲着灯光，看看李汉方脸上的伤疤，说：你看看，多危险，就差一点，你不是没命也得成瞎子。

李汉方马上说：那是，那是。

全局长又问：那个伤者怎么样了？

李汉方忙说：没大事，不是重伤，很快就会出院。

全局长说：那就好。

杨小乐见李汉方也没有说明自己为什么出车，就趁了局长不说话，把这件事提起来。刚说了两句，李汉方怕杨小乐说错话就阻止杨小乐，自己说是为了周一出差才送孩子的。

全局长截住李汉方的话说：不要强调客观，你想想，如果不是你手里有了车，你敢让司机把车开出去吗？干部队伍不是不抓，不是不管，机关里这么多人，不好管呀。你说你老实巴交的，你怎么就那么大的胆子，连个招呼都不打就让司机把车开走了？我要是外出，我还得跟上边领导打一个招呼呢？你这么大的胆子，说穿了，两个原因，一个是你抱着侥幸心理，第二，就是因为你当了一个小官，是不是？

李汉方低着头说：是是是。

杨小乐开始流泪，她知道，对李汉方的行政处分轻不了了。

全局长又说：车上了保险吗？

李汉方说：没上。

全局长说：你想想，这么大的经济损失，局里能给你出这个钱吗？你们两个人那么一点工资，你说说，你呀，你。

杨小乐的泪流得已经止都止不住了，她知道，李汉方的行政处分轻不了，经济处分也跑不掉，她心里的委屈都变成了眼泪。

出门时，全局长拍拍李汉方的肩，说：工作还得好好干，不能因为这件事就影响工作，组织上也不能因为干部出了点事，就把这个干部说得一无是处。但是，你记住，功是功，过是过，功不能抵过，这是原则。缺钱，跟我说，我自己掏腰包帮你解决解决。

9

杨小乐一阵阵感到头重脚轻，脑袋如顶了一块石头，脚下如踩了一团云彩，头上压着，脚下飘着，上天不能入地不得。

杨小乐出了全局长的家门一句话也没说，脸上也没有表情，走路深一脚浅一脚，好几次差一点被车给撞上。

李汉方扶住杨小乐说：宝儿，怎么了你？

杨小乐一把抓住身边的树干，低头呕了一会儿，一股咸咸腥腥的味道冲进杨小乐的鼻子，杨小乐不敢让李汉方看见她吐了什么，她自己也不敢看。李汉方说咱们打车走吧，快一点。

杨小乐依着李汉方的身子说：不，走一走，吸一点新鲜空气，我觉得胸口堵得喘不过气来。

路上俩人沉默了一会儿，杨小乐说：你说把不把车祸的事告诉康康？

李汉方说：算了，别让孩子知道，吓着他怎么办。

杨小乐说：我的意见正好相反，告诉他，把发生的一切都告诉他，跟他说，这就是社会，多残酷的社会呀。

李汉方说：你别听全局长那样说，他批评得越狠，越是对这个同志爱护。没来的时候，我心里没底，这回一来，听了局长一顿批评，我反倒放下心了。

杨小乐听了李汉方的话又低头去呕了一会儿，她直起腰来，脸上鼻涕眼泪都照着街边的路灯。杨小乐以哀痛的目光，看了李汉方一眼。

杨小乐自语道：还记不记得，以前我常爱说切肤之痛最痛，现在，我才知道，世上最痛的是挖心之痛。我知道为什么有的人腰上缠着炸药到领导办公室去自杀了。天大地大，不如人的嘴大，天高地高不如领导家的门槛高。人为刀俎，我为鱼肉，谁让我们不在应该待的地方待着，甘心情愿跳到案板上任人宰割了。

李汉方有些不高兴，就说：你就是管不住你这张嘴，想说什么就说什么，从来不知道考虑后果。

杨小乐倚着李汉方，两腿发抖，手攥得紧紧的，她让牙缝里的气流说话：我刚才说的就是你的后果。

当晚，杨小乐开始发烧，烧得浑身滚烫，一阵阵咳嗽。李汉方几天都没有睡好觉了，听了全局长的话之后，他安下了心，睡得很沉。

杨小乐不忍心叫醒李汉方，自己找了两片消炎药吃下去，坚持到天亮，李汉方一摸杨小乐身上烫得吓人，就决定送杨小乐去医院看病。

刚刚出了门，还没有下楼，李汉方的手机就响了，是政教处长打来的。政教处处长让李汉方去给医院送钱去，伤者家属一早就闹到政教处去了，扬言再不送钱去医院就告到法院去。

杨小乐说：让他们告去，爱怎么告就怎么告，再告，他也告不到我们头上来，有司机，有车主，为什么追着我们要钱？

李汉方说：咱们不得替局长考虑吗？得考虑局里的影响，做事得顾全大局。

杨小乐看着李汉方摇晃的身影在眼前消失，心里说不出的痛。

李汉方他还能到哪里去借钱？钱不是天上飞舞的纸片子，那是人手里的命根子，谁肯把命根子借给一个四处举债横遭灾难的人？

杨小乐在马路边站了一会儿，她很想给某个人打一个电话，借钱。

杨小乐把关系近的关系远的有钱朋友在心里过了一遍，否定了所有人之后，她突然想起了回北方投资的刘姓同学。

刘姓同学是她的大学同学，同学四年，两个人之间都有些说不清道不明的感觉，毕业分配时，同学们作鸟兽散，他们也就散了。刘姓同学到南方去发展，偶尔也有电话打给杨小乐，话里话外说不尽的思念。前一段时间，刘姓同学作为身价千万元的房地产商人回来投资，请同学们聚了聚，在酒桌上，他当着所有同学的面，对杨小乐说：小乐，你的事就是我的事，有事说一声，我立刻尽犬马之劳。

杨小乐是聪明人，她知道一个人张嘴说话就如市场上卖的散装白酒，里面有多少真假成分是看不出来的，可是，杨小乐现在没有别的人可以找，她只是想跟刘姓同学借两万元救急，两万，对于一个自称有几千万的人来说不是个大数字吧？

但是，杨小乐总觉得张不开口，过了一会儿，她下了决心，话不直说，投石问路，别弄得自己恶心自己。

刘姓同学的声音从电话里传来，精神饱满，热情飞扬：好久没联系了，真想你，我瞎忙，没给你打个电话问声安，没生气吧？还好吧！

杨小乐说：说不上好，出了点事。

刘姓同学到底是商人，精明。在这座城市里，"出事"就意味着不幸，就意味着花钱打点，想必刘姓同学一下子就想到了杨小乐给他打电话的意思。

电话那边不说话，停顿了一下。杨小乐也不说话，她已经无话可说了。

电话把刘姓同学的所有热情都滤掉了，刘姓同学的声音变成了一张白纸，没有任何颜色地传来：出事是正常的，这年头谁不出事，我也是四面楚歌，腹背受敌，难啊。哪天，咱们找个地方坐下来聊聊，互相吐吐苦水。

杨小乐心里直骂自己：混蛋，别人把你当星期天消遣，你还不知道？你真是自取其辱。

杨小乐在药店买了一点感冒药就往家里走，要哭，她也想回家去偷着哭。

杨小乐到家时，见很多人围在她家的门前，个个脸上都是怒容，恨不能把杨小乐整个吞下去才解气的样子。

一个女人说：你家漏水了，把三楼四楼都给淹了，我家的地板都给泡了，那是两百多元一平方米的好地板。

杨小乐气不打一处来，脸色更加愤怒：不是我家，我家也没有开水龙头，漏什么水？

等在门外的这些人也不跟杨小乐说话，待到杨小乐一开了家门，一下冲进屋里来，淌着满屋子的水，直奔各个有水龙头的角落。

水龙头全都关着，可是满地都是水。一个人啪啪打开橱柜门，一看，里面的水管子爆开了，水正向外喷。

杨小乐一边淘水一边流泪，她想，生活怎么会这样考验我。

毕竟是杨小乐家漏水淹了楼下三楼和四楼，赔人家经济损失之外还得去赔礼道歉。楼下的两家都是装修了房子的，也是刚刚搬进来不到一年，人家生气也是可以理解的。杨小乐淘完房里的水给李汉方打电话，可是，李汉方的手机欠费停机了。

杨小乐到三楼和四楼去赔礼，包括自己刚才的态度，并且表示一定赔偿人家的经济损失。四楼家里的大人不在家，四楼的儿子刚刚从单位回来，见要结婚的新房给水淹了正生着气，所以，对杨小乐没个好脸色：赔偿的事，我说了不算，等我妈回来再说吧。

三楼的男人说：算了，又不是你有意地，赔偿不赔偿都无所谓，关键你刚才的态度实在让我们接受不了。三楼的女人一句话没说，眼睛始终都愤怒着。

这下子，杨小乐彻底病了，李汉方领她到医院一检查，杨小乐肺部大面积感染，需要住院治疗。医生对李汉方说：肺病是最怕生气和累的，你可不要惹她生气让她干活儿累着。

那天是 10 号，恰好是全省实行社会医疗保险这一天，公费医疗一律作废。杨小乐的医保卡上只有 320 元钱，也就是说，除了这 320 元钱之外，所有的医疗费用都得杨小乐自己承担。杨小乐不是心疼钱，她还不知道命比钱重要吗？可是，她现在没有钱，住院费要先交 2000 元，她家里哪里还有 2000 元呢？她借的钱已经够多的了，她还到哪里去借钱住院？再说，康康马上就要回来了，她住了院，康康谁来管？

杨小乐跟医生说：我不住院，我只打针行不行？

医生说：你还是住院的好，治疗及时，还能做一下身体全面检查。

杨小乐直想哭，她扔下李汉方跑到马路上，马路上的车一辆接一辆，看得她眼睛发花，头发晕，她感到，自己终于变成了一片自由自在的羽毛，她在空气里飞，她在所有车子之上，所有行人之上，她碰不到障碍，她也不是别人的障碍。

这感觉真好，她跟自己说：别停下来，别停下来。

杨小乐没有住院，她每天去医院打吊针，上午一针下午一针，不管杨小乐愿意不愿意，医院的注射室都成了杨小乐理解人生的又一个课堂。

杨小乐在这里看到了许多人生风景：年老的来打吊针是一人打针，一人陪着；年少的来打吊针是一人打针，几个人陪着；唯有中年女人来打吊针总是独自一人，且行色匆匆，好像这世间需要她牵挂和承担的太多，好像她的生命比任何人都格外坚强，她用不着谁来照顾和安慰，老天会格外厚待她。杨小乐觉得自己是这些女人中最幸运的，因为，李汉方只要有时间就一定来陪她打吊针，甚至还给她买一些小食品之类的食物。杨小乐很知足了。

即便是不陪她来打吊针，晚上李汉方一回家，进了门，第一句话就是：今天还烧不烧。接着一只潮湿而绵软的手便盖在了杨小乐的额头上。许多次，杨小乐想：我就这时死掉了多好。

病来如山倒，病去如抽丝，杨小乐生病了，这才知道这句话实在是有道理。吊针几个疗程打下来，到医院去拍片子，没好，针还得继续打。杨小乐问医生，怎么还不好。医生说：我也希望你早点好，肺病需静养，你是不是爱操心生气？

走出医院，杨小乐说：我爱操心生气，我不操心生气行吗？

杨小乐被吊针打得头晕恶心，灵魂出窍，躯体风干。她出窍的灵魂跟着李汉方沉重的脚步哭泣，风干的躯体飘移在医院和家庭之间。

10

又一个月，老天终于让杨小乐的身体好了。

医生说：你这么快就好了真是奇迹，像你这么重的病人，我见得多了，不住半年医院是不会好的。

杨小乐说：老天终于睁眼了。

医生笑着说：想不到你这个当记者的还迷信啊。

杨小乐说：不是我迷信，是因为我原来太相信自己，太不迷信了，老天已经惩罚了我教训了我。

在杨小乐生病的日子里，李汉方有很多苦恼瞒着杨小乐。首先，局纪检调查结束以后，在证实李汉方说的话都是真的以后，局里开了一个班子会，李汉方的处长职务被免了；其次，局里不再借钱给李汉方，伤者的治疗费用，由李汉方一人解决；再次，伤者基本痊愈，但是，就是不肯出院，伤者家属给医生送了钱，医生于是便不肯下出院通知单。

所有这些，李汉方没有跟杨小乐说，杨小乐问起来，李汉方就跟她说都很好，一切都快解决了。杨小乐的心是跟着李汉方的，李汉方瞒得了她吗？起码，她心里清楚，伤者住院已经三个多月了，但是，病好了也不肯出院。

一天杨小乐在路上遇到了张老板，张老板见到杨小乐大吃一惊，他拉着杨小乐进了一家快餐店，一坐下就问：小乐，你怎么弄成这样，我都快认不出来你了？杨小乐忍住泪说：没事，我挺好的，可能是晚上没睡好觉，忙着写稿子累的吧。

张老板说：你瞒不了我，骗不了我，我是什么人，眼观六路，耳听八方，告诉我，谁欺负你了，我替你出气，我说到做到。

杨小乐说：谁能欺负我？但是，眼泪还是如开了口子的洪水在脸上汹涌起来，她抽泣着说你不要问了，问了也没有用。

张老板说：今天，你不说我就不让你走，你救过我的命，我不会忘的。

杨小乐就把李汉方出车祸和以后发生的事都说了。

张老板说：你放心吧，伤者不就是要钱吗，我解决好啦，告诉我是哪家医院，我一会儿就跟他谈判去。

杨小乐说：那怎么行？我拿什么还你的钱？我现在已经是四处举债，一贫如洗了。

张老板说：你哪里一贫如洗了？你不是还有一本随笔集要出版吗？把你手头的所有稿子都给我，我来出，赚了钱，就算还我了。

杨小乐说：要是赚不了钱，怎么办？

张老板笑着说：我是什么人，商人，聪明的商人，我能做赔本的买卖吗？要是你愿意，你可以做我的第一个签约作家，我正搞一个文化交流出版公司，你得支持我工作，把你认识的知名作家都介绍给我。

杨小乐回家没有把这件事告诉李汉方，她害怕李汉方多心，她偷偷把手稿送给张老板，张老板告诉她，伤者下周就出院你放心写东西吧。

李汉方再去医院，发现病人已经出院了，觉得奇怪，就问医生是怎么回事，医生说：谁知道是怎么回事，反正伤者拿了不少钱，可能是你们局里给拿的吧？

李汉方去问政教处处长，一直不肯出院的伤者怎么出院了，医生说是局里给拿了钱。政教处处长的回答十分含糊。他说：也可能是吧，要不，谁会出这笔钱？你不要管那么多了，伤者出院了不就行了。

李汉方一想也是，也许局里认为给他出这笔钱，名不正言不顺，怕后患无穷，谁知道哪天又弄出一个车祸来，就不声张地替他解决了。他甚至想到了丁局长，他想一定是丁局长为他说了话。

回到家，李汉方兴高采烈地对杨小乐说：我的宝儿，告诉你一个好消息，伤者出院了，再也不会四处无理取闹了。

杨小乐不想把实情告诉李汉方，就故作震惊地说：是吗？真想不到，太阳从西边出来了，终于有了结果了。

李汉方说：还是领导出面最后把这件事给处理了，要是凭我个人的能力，那是一点希望都没有哇，到什么时候还得相信领导。前些天，我什么也不敢跟你说，就是怕你再有一个三长两短，我都快被伤者家属给逼疯了。

杨小乐说：都过去了，就别再想了，想起来，心里就堵得慌。

李汉方又重复说：真想不到，局里替我出钱，把这件事给了了。

杨小乐苦笑了一下，说：那你就给你的领导好好干活吧，报一辈子恩。

李汉方说：那是，工作得好好干，卖力干，要不，都没脸见领导。

杨小乐说：你真是一个好同志。

11

半年后，由于李汉方工作出色，官复原职了。对此，杨小乐有自己的看法，说心里话，她是不希望李汉方再去做什么官了，可是，见李汉方身心愉快的样子，就闭了嘴。心想，那就让他身心愉快地活着吧。

不久，杨小乐的随笔集出版了，正像张老板预料的那样，书一出版，卖得很好。张老板要给杨小乐稿费，杨小乐说什么也没要，她对张老板说：从今往后，你就是我的亲哥，哪有妹妹跟亲哥要稿费的。张老板笑道：我早就是你亲哥了，东北人真是活雷锋，我都快成活雷锋啦。

一座中西合璧、高近百米的高层建筑上，女人杨小乐，迎着风站着。女人杨小乐脸色蜡黄，体瘦如柴，筋骨紧张，面肌颤抖，她目光仇恨地望着楼下一颗颗数不清的黑脑袋，大声喊道：你们逼得我先生没有活路，你们往死里逼他，现在我就从这里跳下去，我要用我的血，告诉你们，我先生是为了工作，车祸是意外，是个意外，那是一个意外啊！杨小乐扯下脖子上的橙色丝巾，一扬手，扔进风里，她看着一团橙黄变成了一个奇大无比的太阳，这太阳就照在她的头顶上，照得她睁不开眼睛。她双手捂住脸，然后，纵身一跳。

杨小乐被李汉方推醒，李汉方摸摸杨小乐的头说：出了一头汗，又喊又叫，是不是做噩梦了？

杨小乐说：是，这半年，真是一场大噩梦。

李汉方说：现在噩梦过去了，而且，再也不会发生了，我向你保证。经过这件事，我才知道，什么叫相依相伴。

杨小乐说：经过这件事我才知道，什么叫"执子之手"。

李汉方说：明年，我休个长假，带你出去呼吸点新鲜空气，你不总说在城里觉得闷得慌吗？我们也出去旅旅游。

杨小乐学着小品演员的腔调，笑着说：去一去比较大的城市。

李汉方也学着杨小乐的腔调说：去一趟铁岭。

康康听了爸爸妈妈的表演马上跑过来加了一句：秋波，就是秋天的菠菜。

上　邪

"上邪，我欲与君相知，长命无绝衰。"

——汉铙歌十八曲

1

凶杀案的破案率很高，只不过是时间早晚罢了。罗丝丝对面的男人说。

坐在罗丝丝对面的男人是警察，不喜欢穿制服的巡警。罗丝丝看着这个男人，以一种几近痴迷的目光，以一种很容易让男人产生一些想法的目光。事实上，今天，罗丝丝很渴望她的目光能达到这种效果。

罗丝丝的眼睛是她脸部最漂亮的一部分。人家说眼睛是心灵的窗子，罗丝丝就沾了这个窗子的光，因此，很多人都说她长得靓而媚。

罗丝丝跟巡警陈克思认识有半年啦，现在是夏天，认识的时候是冬天，是一个冬天的晚上。

认识有半年了，时间不算长，当然也不算短，作为男人和女人来说，足够了。不是吗？罗丝丝心里这样想。

先说说那个被罗丝丝叫作神奇的晚上吧，因为，后来两个人的关系发展得是够神奇的。

那个晚上，天飘着雪，还不到夜里九点，西部酒吧的特别激情节目还没出演，罗丝丝和女伴丽丽从卓展商场出来，心情很好，她刚刚买了一件逸飞牌粉红色内衣，花掉了三百八十元。一件不到二尺长的布头花掉三百八十元，对丽丽来说是高消费。丽丽说：这太高消费啦。罗丝丝因此感觉很好，浑身热乎乎的，脑袋也热乎乎的。走过西部酒吧时，罗丝丝的女伴丽丽随口说，我听说西部酒吧很黄色呀，净是脱衣舞，脱，脱，脱，一直脱到一丝不挂。

罗丝丝用力踏了一下脚下的雪，甩甩短发，说，别瞎扯了，就这天，还脱衣舞？丽丽说，真的，不信，咱们进去看看。罗丝丝说，看看就看看，有脱衣舞你请客，没有脱衣舞，我请客，怎么样？然后，她们就走了进去。

其实，并不是所有都市里的女孩子都去酒吧泡日子，在此之前，罗丝丝就从来没进过酒吧，她不能喝酒，一喝酒脸就通红，身上就起小红点子，用罗丝丝自己的话说：我酒精过敏，神经亢奋。

罗丝丝与丽丽刚刚找了个角落坐下来，眼睛还没有来得及好好看看酒吧里各色暗淡的脸，几个流氓就滋事了。争吵之声起初还在小范围听得到。罗丝丝对丽丽说，这哪里是黄色，这分明是黑色。罗丝丝的女伴丽丽说：小点声儿，流氓与流氓之间打架，跟咱们有什么关系？罗丝丝的女伴丽丽现在自己经营一个儿童服装专柜，生意说不上好，也说不上差，但是，世面见得自然比罗丝丝多，罗丝丝就闭了嘴，跟丽丽做了个鬼脸。

争吵声突然间就爆发了，连个甚嚣尘上的过程都省略得一干二净。有几个粗壮的中年老外向门边移动，手上的黄毛闪着金光，罗丝丝眼睛注意着那些金光，没在意争吵来自何处。罗丝丝把手里一杯大扎啤推给丽丽说：我可喝不了这么一大杯，吓着我啦。接着，罗丝丝真的被吓着了。黑暗里，扎啤杯子如炮弹一样直飞过来，砸向角落里的罗丝丝，罗丝丝的脑袋立时鲜血直流。

罗丝丝捂着流血的额角说：神奇！这也太绝版了吧？

三两分钟的时间，巡警就来了。高大的巡警三下两下把几个流氓按倒在地，动作之迅速，简直可以用迅雷不及掩耳来形容。因此，罗丝丝冲着那个巡警忙碌的背影惊叹：神奇！太绝版了。

罗丝丝踏着雪跟巡警去做笔录。在巡警办公室，罗丝丝嚷着跟丽丽说是黄色还是黑色，这个西部酒吧？巡警被逗笑了，说，你还有心思讲颜色？先录一下笔录。

然后，就录笔录，然后，罗丝丝跟这个叫陈克思的巡警认识了。

严格地说，罗丝丝与这个男人只是普通朋友，普通到什么程度呢？起初只是偶尔在街上遇到说说话，后来就相约到酒吧来喝喝酒，酒后，自己回自己家，这个男人都没有送过她。

罗丝丝大学毕业后一直没有找到可心工作。如今可心的工作不好找，更何况罗丝丝读的不是名牌大学，又是读语言文学系。语言文学系，说穿了，在这个社会上没什么大用，基本上可有可无，因此，罗丝丝，就在城里游荡着，罗丝丝跟她的同学解释自己的处境时说，我是城市游鱼，彩色的，姹紫嫣红的，绝版的，神奇的。

罗丝丝常爱说两个词，表示非同一般，一个词是神奇，一个词是绝版。这也是她读语言文学系四年之后，最突出的，最富有创造性的文学语言了。

罗丝丝的父亲是生意人，家里并不缺钱，罗丝丝能考上大学就是给她老爸长脸了。所以，罗丝丝的父亲跟罗丝丝说：你愿意干什么都可以，我养得起，你的任务就是给我找一个好女婿。罗丝丝跟她又矮又胖又黑的老爸说：这你就一百个放心好啦，我一定给你找一个绝版的。

不过，罗丝丝在这件事情上基本没有什么想法，也不想那么早就找一个固定的男朋友，她还没玩够呢，结婚更是不知道哪辈子的事，她想都没想过。凡是读过文学系的女孩子差不多都想有一天成为作家，罗丝丝也不例外。她喜欢写诗，也写散文，都是浪漫的，悬在天上的句子，因此，发表的并不多。不过，罗丝丝总是喜欢写，希望有一天，一举成名。罗丝丝曾经的一个男友告诉罗丝丝，功夫在文外，那个男友是在读文学博士，罗丝丝把这位文学博士的名言留在了脑子里，却一脚把这个文学博士踹了。

罗丝丝总是找不到她心里的那个绝版而神奇的男人。

时间有的是，罗丝丝不急，因而，罗丝丝活得自由自在，甚至还有点兴高采烈。谁让衣食无忧的感觉这样好呢！

罗丝丝跟巡警陈克思接着喝酒，陈克思眼睛盯在杯子上，好像并没有注意罗丝丝灼灼的目光，罗丝丝挑起了一个话头，接着讲述那个凶杀案的事。

罗丝丝说：我们学校不是有个东湖吗？就在那个湖的边上，发现了一具女尸，是我们学校院里快乐餐厅的女老板。听说她跟我们学校的后勤处长关系不一般，她老公扬言要把那个处长碎尸万段，谁能想到，那个女老板死了，她老公和那个后勤处长还好好活着呢。你说，能是谁杀了那个女老板？

陈克思说：这可不好说，没有抓到罪犯之前，任何人都是嫌疑人。

罗丝丝扬起脸哈哈大笑，说：别瞎说了，那你看我也是？

陈克思说：说不定。

陈克思眼里藏着坚毅的光，在暗淡的酒吧才有的灯光之下，在他那张黑棕色的脸上，那目光让罗丝丝心动不已。

罗丝丝突然说：你把我抓起来吧。然后，把一只白胖的小手放进陈克思的手里。

当罗丝丝的手非常妥帖地放在陈克思的手里之后，罗丝丝明媚地笑着问道：你为什么愿意跟我一起来喝酒？

陈克思说：你说呢？

罗丝丝探过身体，把脸贴到陈克思脸上，说：我不说。

就在这个时候，陈克思的手机响了。

陈克思脸色有些阴沉，他扔下罗丝丝的手，起身走到一边去接电话。

陈克思的老婆柳小痣粗糙地大着嗓门对陈克思嚷道：老陈，今晚上，你就别回家了。我妈又把那个老头子领来了，家里睡不下。

那我上哪儿去？

随便，随便，你随便吧，你爱睡哪儿就睡哪儿吧，好啦，就这样吧。

接着，陈克思听到了哗哗洗麻将牌的声音。

陈克思气愤地把手机关掉，再回到罗丝丝面前时，陈克思脸上的眉眼更加阴沉。

罗丝丝依然明媚地笑着，好像任何事对她的情绪都没有影响，快乐得没有道理。

陈克思真有一些羡慕罗丝丝。

罗丝丝自我解释道：千好万好，不如心情好。

陈克思他能心情好吗？不要说二十年当巡警不见有升迁的迹象，就是他老婆柳小痣都让他的心情好不起来。

陈克思的晚上差不多都是在大街上走着的，他可以坐车巡逻，可是，他不愿意，坐在车里，他觉得闷，心里闷，提不起精神，不如在街上走。陈克思用脚丈量着他的管区，所以，每年，他都能被评为先进。证书不少，但是，只是证书，没别的。有人劝他，你没路子，就只能得个证书。铺垫得也够多了，换一句话说，这叫万事俱备只欠东风了，可是，这么多年了，这个东风就是不来。陈克思心里很不平衡，他带出来的人都做了他的领导，他怎么能平衡呢？在家里，他跟柳小痣谈起来，柳小痣跟听不见一样。柳小痣关心一件事，那就是赚钱，柳小痣开诚布公地对陈克思说，现在都什么时代了，有钱就有一切的时代。

在这种思想的指导之下，柳小痣在工作之余做过多种项目的生意，她批发过水果，倒腾过香包，现在转收废品了，家里家外，让柳小痣弄得不像个家，像废品仓库。更让陈克思不能忍受的是，柳小痣的母亲还常常带人到他的家里来打麻将，有时还带着一个老头儿来留宿。

房间小，住不下，家里来了人，柳小痣就让他自己找地方住去。有时候，陈克思想，这日子过不过真没什么意思。

可是，日子还是往前走，只是走得没有一点颜色。

认识了罗丝丝，陈克思心情才偶有一些不一样，是怎样个不一样呢？陈克思也不知道，反正，晚上能不能回家去住对于他来说有些无所谓了。巡逻的时候或是下了班的路上，他心里都有一些说不清道不明的渴望，因为，说不定，罗丝丝就会从哪一处角落里轻快地跳出来，一下子就站到他面前，脸上幸福地笑着，这种极具感染力的笑能让他脸上的肌肉松弛，脑子兴奋。

所以，陈克思偶尔愿意到这个酒吧来坐一坐，有时半个小时，有时两三个小时；有时是一个人，有时是和罗丝丝。

酒吧的老板陈克思认识，陈克思有时候自己来喝酒，酒吧的老板就偷偷问：那个小丫头怎么没跟你一起来？

做巡警的，管区里的地痞无赖认识，大款小款也认识。地痞无赖见了陈克思躲着走；大款小款见了陈克思老远就迎上来。这些有钱人时不时找陈克思喝喝酒套套近乎。有钱人活得自在，没人管，自己是自己的领导，说话放得开，做事更放得开，每次找陈克思喝酒都带个年轻漂亮的小姐，而且每次都是新面孔。

混得熟了，他们就说给陈克思找个小姐陪陪，陈克思不要，他们就说陈克思眼界高，是坐怀不乱的柳下惠。一次，一个喝醉酒的大款说陈克思：哥们装什么呢，男人都一样，你们局谁谁谁不也找小姐，怎么样啦，一点事没有。男人不采花那是身上的东西是豆腐渣，不好使。

陈克思连着喝了两杯大扎啤，有些兴奋，他不再沉默寡言，他甚至掏出了手枪给罗丝丝欣赏。他把手枪掂了掂，然后做了一个警匪片里警察玩枪的动作。手枪在陈克思粗大的手指间被玩得溜溜转，如玩魔术。陈克思收枪的时候，一不小心，手枪掉到了地上，引得罗丝丝一声爆笑。

罗丝丝说你看看我的手艺，然后她从背包里拿出一支圆珠笔来，她把圆珠笔在两个手指间玩得溜溜转。陈克思上学的时候还没有时兴这样玩笔，所以，当然那支被罗丝丝玩得溜溜转的圆珠笔到了陈克思的手里，一点也转不起来，很笨。罗丝丝看着那双玩笔的大手又笑了起来。

陈克思说：我是玩枪的，玩了快二十年了。

罗丝丝说：你要一辈子玩下去吗？

陈克思说：那当然了，我喜欢枪。

罗丝丝说：绝版，我就喜欢这样的男人，有男人味。

陈克思被罗丝丝表扬得又喝了两大杯扎啤，他晕了。

罗丝丝打了一辆出租车，把酒醉的陈克思弄到他老爸给她准备结婚用的房子里去。

壁灯打开了，如酒吧里的灯，放着茶水一样的淡黄色的微光。谁也不能否认环境的作用，陈克思一进了空无一人，还有着粉红色窗帘的这间屋子后，他的神经都集中到了一个地方，他无比兴奋……

陈克思醒了之后，慌忙从床上爬起来，慌忙穿衣服。穿裤子时，腿怎么也伸不进裤腿里，在陈克思的生命里，他还从来没有像现在这样手忙脚乱过。

陈克思说，对不起，我不是有意的，我不知道应该如何解释。

罗丝丝笑盈盈地说：解释什么？有什么好解释的，我又没有非你不嫁，两情相悦还是事吗？

陈克思出门时，罗丝丝倚着门说：我有一个大举措，绝版的，神奇的。

陈克思头也不回地走了。

2

罗丝丝在她父亲生日这天跟她的父母说了一件大事。罗丝丝站在她父亲面前，说，爸，我有一件事请示你老人家。罗丝丝的老爸把手里的茶杯放到茶几上，眼睛盯着电视里的足球赛，随口说：你能有什么大事，不就是要钱吗？说，多少？

罗丝丝倚着她父亲坐下来，笑着说：还真让你老人家给说着了，你女儿我现在缺钱，一串大数字。

罗丝丝的母亲坐到沙发上，眼睛在罗丝丝的脸上扫来扫去。

罗丝丝跟她妈说：老妈，我脸上有灰土啊？你扫什么扫。

罗丝丝的父亲拿出钱包。

罗丝丝说：钱是第二个问题，第一个问题是，我现在有男朋友了，我准备时机成熟了，就结婚。

罗丝丝的二老立刻坐直了身子。罗丝丝忙解释道：你们别紧张，他是一个好人，当警察的，是一个定会大有作为的好男人。

罗丝丝的父亲把手中的烟掐死到烟灰缸里，半天没说话。罗丝丝的母亲说：一个当警察的，能有什么作为？我不同意。

罗丝丝的父亲问：你们相处多长时间啦？

罗丝丝不耐烦地说：说不上有多长时间，反正很长时间了。

见父母都沉着脸，罗丝丝站起身，她低声说：你们不同意，那我就离家出走。你们要是不同意我离家出走，我现在就死在你们面前。我告诉你们，我跟他早就住在一起了，我生是他的人，死是他的鬼。说着，罗丝丝就从身后抓起吧台上的一把水果刀，向自己的肚子比划了一下。

罗丝丝的父亲一把抢过水果刀，用力扔到地板上，水果刀亮晶晶的在红枣木的地板上尽情跳舞。罗丝丝的父亲直腰骂道：你疯了，他有什么好，值得你为他死。

从此，罗丝丝被软禁，在此期间，罗丝丝给陈克思写信，情真意切，每一封信她都贴在她的房间里，直到罗丝丝的房间贴满半墙飘飘飞动的稿纸，她父母想放弃了。

罗丝丝的父亲走进罗丝丝的房间做放弃前的最后努力，他看着半墙壁的情书说：可惜，你把自己糟蹋成这样，他连个电话都没打呀。

罗丝丝想想说：好吧，我答应跟他分手，但是，我有一个条件，你得找你的朋友想办法让他做官，他是做领袖的材料。

罗丝丝的父亲没有说话，他转身走出女儿房间，回到自己房间闭门坐了两个小时，两个小时后，他把罗丝丝叫到客厅里，当着罗丝丝的面给他的老朋友某局长打了一个电话。

罗丝丝的母亲对此很不满意。罗丝丝的父亲说：你懂几个问题，以后有事用得着。罗丝丝的母亲说：还用得着他办？罗丝丝的父亲说：要不我说你头脑简单呢，小事找小人物办，大事找大人物办。

领导把陈克思叫到办公室时，正是九点，外面飘着雨，陈克思是带着雨点进来的。领导说：有一个决定，先给你通一下气，准备给你压担子啦。

压担子的意思谁都明白，就是提拔的代名词。陈克思激动得脸有些紫红，想不到的事，太突然了。他甚至有些紧张，连声说谢谢。领导面无表情，说，别谢我，是你工作突出。接着领导意味深长地看着陈克思的眼睛说，真想不到，你还有这样的能量啊。

陈克思不知道如何回答，他有什么能量啊？心想，有能量，我至于混到现在才有今天吗？

陈克思就这样做了官，是副处级的干部。任命下来那天，陈克思很高兴，他提前回家，本来想进门就把这个喜讯告诉妻子柳小痣，但是，走到楼前，那个喜讯飞离了陈克思的脑袋。柳小痣正在门外蓬头垢面地收拾废品，陈克思走过她身边时，她根本没有注意到陈克思。陈克思站在柳小痣身后说：你还有完没完？我早都不让你干这些事了，你还是干，你哪来的这个毛病？

柳小痣抬起头，油乎乎的汗脸上最突出的是眉心间的红痣。

当年这颗让陈克思动心的红痣，如今如一块无端飞落到柳小痣脸上的干血点子，让陈克思不想多看一眼。柳小痣说：你皱什么眉头？我不想有这个毛病，谁不想闲着什么也不干呢？算啦算啦，我懒得跟你说。

吃过晚饭，陈克思还是忍不住，就把提升这件事说了出来。柳小痣说：多大个事呀，副处，就是正处也没什么了不起。你知道我单位的同志怎么说处级干部？人家管处级干部叫处级驴。

柳小痣破坏了陈克思所有的好情绪，从进家门开始，直到处级驴这个词从柳小痣的嘴里吐出来，陈克思恨恨地说：那你想怎么样？

柳小痣说什么怎么样？我没想怎么样啊。

两个人再也无话，晚上，都躺到了床上，陈克思企图把胳膊放到柳小痣的头下。柳小痣说：别碰我，都累了一天了，腰酸腿疼，我现在就想睡觉。陈克思要发脾气，他没有理由不发脾气，他都想不起来有多长时间没干床上的事啦。柳小痣施舍一般说：好吧，好吧，就这一次。就起身脱内衣。

门房就在这时被钥匙弄得哗啦啦响，陈克思和柳小痣都怔在那里。柳小痣一边往身上重新套内衣，一边哆嗦着说：谁呀，这是谁呀？这么晚了，谁有咱们家的钥匙？

陈克思迅速跳到床下，一步冲进客厅。柳小痣的母亲推开门房先进来了，后面跟个红虾一样的胖老头。陈克思拧着浓眉冲着卧室反问柳小痣：你说，是谁？

胖老头神情紧张地站在客厅中央，柳小痣的母亲把胖老头拉到沙发前说：坐下，坐下，坐下吧，我就不信，她还敢找到这里来？

柳小痣的母亲对站在她面前的柳小痣说：去，去拿个西瓜出来，上午我买的，就放在冰箱里。

接着她说：今晚我们就住客厅，你们去睡你们的，不用管我们。

接下来发生的事，由不得陈克思和柳小痣不管啦。

柳小痣母亲的话音刚刚落下，陈克思刚刚回到卧室。楼道里便传来一阵杂乱而深重的脚步声，紧接着就是砸门声。柳小痣的儿子陈拉拉穿着背心短裤从房间里跑出来，大叫：干什么，干什么！还让不让人睡觉，明天我还有考试呢，砸什么砸！他嚷着，一把拉开了门。

在一个白发老太太的带领之下，有三四个人一下子涌进来，房门后，陈克思挂着的警服扑啦一声掉到了地板上，一些脚从警服上踏过去，一直冲到柳小痣母亲面前。一个看上去是白发老太太儿子的男人抓住柳小痣的母亲，吼道：你把我爸给骗哪儿去了，今天你不把人交出来，我就要了你的老命。

屋子一片混乱，来人吵嚷着怒骂着闯进了所有房间，陈拉拉跟闯进他房间的人动手打了起来，直到陈克思拔出手枪那些人才罢手，才大骂着威胁着离开。

柳小痣的母亲始终站在床前不动，两只胳膊盘在胸前，是任凭风浪起稳坐钓鱼台的样子。等到楼道里没有声音了，柳小痣母亲这才弯腰下去，把胖老头从床底下拉出来。她对那老头说：你别怕，没什么了不起的，我女婿是警察，我女婿有枪，毛主席都说枪杆子里面出政权，你看，怎么样？他们不是被吓跑了嘛。

陈克思一转身摔上门走了，门后的挂历摇几摇掉了下来。正好砸在柳小痣的头上。

柳小痣给陈克思打手机，她希望陈克思能回家。陈克思在马路上停下来，一看是家里的电话马上把手机给关了。他此时的气愤到了顶点，几乎是忍无可忍。自从结婚，柳小痣的母亲就成了他的黑色星期五，在他的家里经常出现不说，还霸道地指手画脚，什么事她都管，就连陈拉拉在班里座位排到了后面，她也去找老师吵架。她还到处给人许愿说陈克思什么事都能办。有一次，一个强奸嫌疑人的母亲找到陈克思，要给儿子改户口，以便减轻处罚。陈克思说我办不了，这是违法的，再说我是巡警，管不了户口的事。那个人说你家老太太说你就快升局长了，什么事都能办。陈克思当着那个妇女的面打电话问柳小痣的母亲。柳小痣的母亲在电话里大声说：我就那么一说，谁知道这个二百五就当真呢，轰走她，一分钱不给还想办事。告诉她，不是不能办，是不给她办。

柳小痣的母亲，自从老伴死了之后，就在自己家里待不住了，总想通过各种渠道找个老头儿，找到这个红虾般的老头儿已经记不清是第多少个了。按理说，陈克思没有理由干预丈母娘找老伴，但是，丈母娘总是把准老伴弄到他家里来住，他就受不了啦。有时候，陈克思下班到了家，一看柳小痣的母亲不在，心里就如开了一扇窗子，亮了许多。然而，接下来就是提心吊胆，那就是柳小痣的母亲说不定什么时候就会推门进来了，后面会跟着一个准老伴，特别是晚上他跟柳小痣睡觉时，总是安不下心，弄得他常常半途而废，心烦气躁肚子疼。他跟柳小痣说能不能少让你妈来几次？柳小痣立刻明确答复他，且说得头头是道还自命不凡，这一点，像足了她的母亲。柳小痣一边卖力地忙着家务一边说：不可能。我是我妈生的，没有我妈就没有我，容不下我妈就是容不下我，你跟你的同志说说，不许我妈进家门对不对，量你也说不出口。陈克思骂道：闭上你的臭嘴，惹不起，我躲得起，这个家以后我就不回来啦。这样一说，柳小痣马上发软功，柳小痣的软功就是放下手里的活儿哭天抹泪，而且，她还带上陈拉拉一起向陈克思发难。陈拉拉是柳小痣最忠实的捍卫者，只要父母一吵嘴，陈拉拉先是不说话，等他母亲一哭，他马上站到母亲一边高声质问陈克思：你想干什么？你有本事到单位使去，别在家里跟一个女人逞威风。

3

大约是陈克思任职两个月以后，下午三点钟的时候，太阳还明亮地照着，天干热，陈克思坐在开着空调的办公室里感觉不到外面的天热。他刚刚给下级开完会，他正为他的发言而满意。他坚信自己的领导才能，他甚至想，明年或者是后年，他就会在领导岗位上走得更远。政治生命给了陈克思许多乐趣，换一句话说，政治生命正在陈克思的面前展开了一幅美丽的远景，由不得他不兴奋。

没有人跟陈克思提过他是怎么坐到领导这个位子上的，上级和下级对此都讳莫如深，陈克思被蒙在鼓里幸福着。

罗丝丝嬉笑着出现在陈克思的面前，她说：嗨！陈处长，你不认识我啦？他们有很长时间没见面了，陈克思现在很忙，又是天天坐办公室，即使晚上不回家去住，他也不去酒吧消磨时间了。

所以，陈克思一见了罗丝丝马上有点激动，他问：好长时间没有你的消息，你跑哪儿去啦？那表情里有掩饰不住的亲切和关注。

罗丝丝还是那样阳光一样地笑着，明亮的笑，照亮了陈克思的眼睛和心灵。有那么一刻，陈克思脑子里闪出了一个念头：这阳光女孩为什么会晚生二十年，如果不是，我一定和她在一起，永世不分开。

罗丝丝穿了一件黑色短款砍袖 T 恤，紧身七分彩裤。彩裤上有大朵大朵向阳花竞相绽放。跟向阳花颜色一致的，是脚上的橙色旅游鞋和斜背着的一只橙色布挎包。只要罗丝丝稍稍有一点动作，便有一片细腻的白光在腰间闪烁，便有一片大胆的黄色在她身上灿烂。

陈克思眼前的罗丝丝，时尚中带着不羁和挥洒不尽的青春。

罗丝丝见陈克思有一些愣神，便笑着说：你发什么愣啊，今天我来找你，有点小事。

陈克思说：说吧，能办到的，我一定尽力。

罗丝丝说：你一个电话，保证解决问题。你手下的人把我老爸的洗浴中心给封了，还要罚款，你给说说，款可以罚，少点；洗浴中心可以封，少封几天。

陈克思说：好吧，我看看。

　　罗丝丝说：你还看什么呀，打个电话吧。罗丝丝说着伸出手把陈克思办公桌上的电话递到陈克思手上。

　　陈克思把电话放回去。罗丝丝开心地笑道：好吧，我等你消息。

　　送罗丝丝出门时，陈克思在楼道里遇上了一个正办这个案子的下属，就顺嘴问了几句洗浴中心的情况。第二天那个洗浴中心就开张营业了，款也是象征性地罚了一小部分。为此，罗丝丝一定要送给陈克思两万元表示感谢。

　　在陈克思的车里，陈克思又一次把钱推到罗丝丝的怀里，说：还用得着这样吗？说话时眼睛里的意思很复杂。

　　罗丝丝说：当然用得着了，我跟你的感情是感情的事。这不是我的钱，是我老爸的，不要白不要，就当是你替我收了，没钱了，我到你这里来拿。这样最好，免得我跟他要钱那么费事。

　　罗丝丝把信封塞到车座下，搂住陈克思的脖子撒娇道：想没想我，我让你说出来，要不，我就不放手。

　　陈克思说：想，好了吧，别闹了，让人看见。

　　罗丝丝说：我会考虑你的公众形象的，我不会给你添麻烦的，傻瓜。

　　陈克思想了想说：想去哪里？我送你。

　　罗丝丝说：现在，我想出去吃饭，我们找个地方共进晚餐，怎么样？你说话呀。你的话，就是我的命令啊。罗丝丝说最后一句话时，夸张地做出崇拜的样子。

　　陈克思马上就想到了那个晚上，心中无端地涌起一股热流，他把手放到罗丝丝的头上，亲切地抚摸了一下，他说：就做我的妹妹吧，这样，也许对你更好。

罗丝丝说：好吧，我下车。但是，罗丝丝没有下车，她只是说说。她倚在陈克思的怀里，自语道：我多想这条路没有尽头，一直一直走下去，直到你和我一起变老。

陈克思说：好吧，我们一起去吃饭，我请客。

罗丝丝说：我改主意了，咱们回家吃饭去，我给你露两手。

陈克思从罗丝丝的房里出来时，是傍晚了，灰色的天空似乎往下沉着，雨的重量都挤在那一片灰色里。陈克思又一次觉得自己犯了一次错误，并且，心情沉重地想，这样的错误，以后不能重复了。陈克思回头去看富豪家居五楼的窗子，罗丝丝正伸出头来向他挥手。

一周后的一个傍晚，罗丝丝一个电话让陈克思又迈进了罗丝丝的房子。

吃饭时，罗丝丝突然说：我都想不明白，你为什么还不离婚？你难道让我这样等你一辈子不成？

陈克思说：最初你不是说过……罗丝丝马上接着说：说过什么？开玩笑吧你？都到了这种程度，我说过什么都不算数啦。我想好啦，你不跟你老婆谈，我去谈，我把发生的事都告诉她，看她还不离婚？

陈克思说：你什么意思？

罗丝丝马上微笑着搂住陈克思的脖子，请陈克思原谅她。

这次，陈克思真的想悬崖勒马了，他觉得脚下的路越来越不那么踏实了。

此后，陈克思淡着罗丝丝，拿各种理由推着不跟罗丝丝见面。

罗丝丝的电话经常打进陈克思的手机。有时，在下班的路上，罗丝丝还会一下子就跳到陈克思的面前，有一些像不期而遇的样子。每当这时，陈克思的所有决心立刻土崩瓦解，心尖上漫过温柔，那是一种懈怠了所有坚硬的温柔。

<h2 style="text-align:center">4</h2>

人的生命中总是会被一些预感所困扰，不管是真是假，都当真。柳小痣一身大汗从梦中惊醒，她把刚刚做过的梦睁着眼睛又重温了一遍，她确信这个有色彩的梦是暗示，是预感，接着，她被自己的认定吓坏了。

有了这种想法垫底，柳小痣问陈克思话时，语调强硬，脸色严肃，就像上足了档又失控了的跑车，意思不明地横冲直撞。

她在深夜里推了陈克思一把，语意不明地说：我知道了，这次，我可是知道了，你说，她到底是谁？陈克思翻身背过脸去说：半夜三更，你神经病是不是？柳小痣腾地坐起身说，你怎么越来越不愿意回家啦？陈克思彻底醒了，就没好气地说：这哪里是我的家？这是你的家，你的娘家。柳小痣说：这不是理由，原来我妈也常来，你不是也回家？陈克思说：那你想听什么，你不是就是想听我说我在外面有人啦？有，你满意了吧？柳小痣道：你承认了我还不信了，谁跟你呀？要钱没钱，要势没势，哪有那么贱的女人。陈克思立刻顶了柳小痣一句：你愿意信不信。

早上吃早餐时，柳小痣又说：我舍不得吃，舍不得穿，都是为了这个家。陈克思低头吃饭不搭话。

柳小痣舍不得花钱打扮自己,化妆品只是起个润肤作用,衣服也只是起个遮羞作用。在陈克思看来,柳小痣是愿意把自己弄成灾难深重的样子。陈拉拉接过他母亲的话说:我妈就知道给家里挣钱,一点也舍不得花,她给自己买东西有两大特点:一是直奔减价柜台,一是直奔中老年柜台。柳小痣说:都快是老太婆了,穿什么都一样,我穿得再好给谁看呢?我要攒钱给儿子出国留学用呢。陈克思脸上没有表情,准确地说,还有一些反感的反应。他特别讨厌柳小痣在他面前拉拢儿子感情。有一次,儿子跟同学打了架,陈克思批评了陈拉拉几句,陈拉拉瞪着眼睛跟陈克思顶嘴,陈克思就随手抓起拖鞋去打陈拉拉,柳小痣马上冲上去跟陈克思大喊大叫,还跟陈克思拉拉扯扯。结果是柳小痣、陈拉拉母子相对陈克思,陈克思只有掉头摔门而去的份了。类似的事常常发生,今天也不例外,陈拉拉眼睛盯着陈克思的脸,见陈克思面无表情,三口两口吃了碗里的饭,起身离开,但是,眼睛却是直截了当的愤怒。

晚上柳小痣做了一个梦,她梦见陈克思怀里抱着一个女人。类似内容的梦,柳小痣不是做过一次了,但是,这一次很不一样,她清楚地在梦里看见了颜色,陈克思怀里的女人穿着粉红色的睡衣。她记得谁说过,有颜色的梦最准。

柳小痣见陈克思面无表情就又问道:你说句实话,你是不是外面真有了女人。陈克思正穿外衣,他说:问你妈去。

柳小痣在陈克思走出房门后提高嗓门骂了一句:放屁,滚远点,没你我也一样活得好好的。

　　话虽然这样说，但是，柳小痣心里堵得喘不过气，她进陈拉拉的房间跟儿子诉苦，语言颠三倒四，说来说去，由最初的怀疑变成了肯定。问陈拉拉，你爸爸外面有了女人我们应该怎么办？陈拉拉恨恨地截住他母亲的啰唆，说：他敢？他敢？15岁的陈拉拉以一个男子汉的姿态挺胸昂头，他站直了身子向他母亲保证：他敢，我就杀了那个女的。

　　当天晚上陈克思没有回家，陈拉拉给陈克思打电话，陈克思跟陈拉拉说他要到昆明出差，十天半月回不来。

　　柳小痣听了陈拉拉的汇报就给陈克思的领导打电话问情况，陈克思的领导说：是，派他到昆明去开会。

　　柳小痣这才放了心。

　　但是，柳小痣知道，她要想彻底放心，就必须从根本上解决问题，那就是不让陈克思有借口不回家。陈克思现在的借口，不是家里总有人来打扰嘛，不是嫌柳小痣的母亲吗？那好，柳小痣可以解决这些问题，她可以买一处房子。当然，买房子要花一笔大钱，柳小痣是舍不得花钱的人，可是，如果让她在金钱和陈克思之间做选择，毫无疑问她要选陈克思。

　　决心下了，剩下的就是筹房款。柳小痣想了整整一个晚上，决定贷款买房子，再把现在住着的房子转卖给她母亲，这样，她等于拿了一少部分钱却住上了新房，同时，也能保证家庭稳定。在目前的情况之下，这也算上上之策了。

　　柳小痣知道陈克思没有钱，所以她也用不着跟陈克思商量。她自作主张拿出了家里的所有积蓄，准备买房子。

　　对于像柳小痣这样的老百姓来说，房子的质量是最重要的，

395

这是百年大计的事。更为重要的是，这房子要临近师大附中。以陈拉拉的成绩考进师大附中不成问题，就是出现了不测，也可以进自费线，只要进了自费线，柳小痣就是花多少钱也要送陈拉拉进师大附中。总之，买房子要离师大附中近。

柳小痣花了一周时间考察市场，她花掉了头期房款的 20 万元。等到陈克思回来，柳小痣已经住进了价格相对昂贵的富豪家居 16 层。

柳小痣对着目瞪口呆的陈克思说：怎么样？这回，你没有理由不回家了吧？你还有什么话可说？

陈克思的目瞪口呆还有另一种意思，那就是他怎么也没想到柳小痣会买了富豪家居的房子。他如何能想象有着六百多万人口的大城市，竟会像一个小村子般狭小。

住进新家，陈克思整日提心吊胆，如脚下埋了一颗已经引爆的炸弹，不能前进，也不敢后退，绞尽脑汁想不出万全之策。如果是原来，也就是柳小痣还没搬进富豪家居的时候，罗丝丝还是他陈克思围场里一匹野马，即便是踢伤了他也给了他欢愉。可是现在，这匹野马一下子闯进了他家的院子，想想，城池失火焉能不殃及池鱼？现在的陈克思除了提心吊胆，剩下的，还能有什么呢？

陈克思打电话给罗丝丝，他跟罗丝丝说：你搬出富豪，我给你找房子，在没找到房子之前，你不要跟我老婆正面接触。罗丝丝没心没肝地笑着回应说：好哇，我无所谓，人家不是说只要感情有，喝水都是酒。我是只要感情深,露天也扎根。还有，我又不知道你老婆何许人，我就是想接触，都是痴心妄想。

5

两个女人怎么能接触不上呢？富豪家居建筑够高，面积够大，单元够多，可电梯只有一架，电梯的空间只有那么小。

柳小痣住进了富豪家居之后，她就在电梯里遇到罗丝丝了，当然，她不知道罗丝丝是谁。但是，她觉得这个姑娘看她的眼神有些不对，不对在哪里她也说不清。

罗丝丝第一次见到柳小痣时，一眼就认出来了。平板一样的前胸和山丘一样的肚子，这就是她想象中的陈克思的老婆。罗丝丝暗中为陈克思惋惜，怎么和这样的女人生活了十五年。她没想把这句话告诉陈克思，她觉得诋毁一个已经失去爱情，并且再也没有机会找到爱情的黄脸婆，是她看轻了自己。

后来，柳小痣发现，那个在楼道里遇到的姑娘原来就住在她楼下的某一套房子里。

柳小痣没有闲心去管别人的事，她现在不能收废品赚钱了，她改道易辙开始搞传销啦。在她的心里，她是必须赚到两份钱的，单位的工资是她温饱生活的保证，而赚外快是她发财致富的唯一途径。实践证明她是对的，十多年来，她正是靠着这一途径才积攒下了买房款。

柳小痣为了传销她的化妆品，常常主动跟电梯里的女人搭话，她知道能住到富豪家居来的女人都是有钱人，她们应该是她的大主顾。

有一天，在电梯里，柳小痣又见到了罗丝丝，她邀请这个媚眼对着她笑的姑娘到家里来坐坐。那天是周日，陈克思也在家，只是那天他没在客厅里。

那天，罗丝丝穿得很淑女，碎花白底的连衣裙，进了门，罗丝丝大大方方坐进沙发里，表情既成熟又开朗。她扫了一眼客厅，便谈论起柳小痣的发型，她说：你的发型很好看，跟你的脸型很相配。其实那天柳小痣的头发是随便梳到脑后的，根本也没有什么发型可言。柳小痣的所有注意力都在传销的化妆品上，因此，根本没有注意到罗丝丝言不由衷。柳小痣自谦说：还什么发型啊，快成老太婆了。她微笑着问罗丝丝：你出去旅游啦，皮肤得好好护理护理。

罗丝丝皮肤如被大酱淹过了的那种颜色，可是，这种颜色在一张洋溢着青春光润的脸上，那是别一番俏丽和健康，那是阳光粗粝的光线下勃勃盛开的鲜花才有的光艳。在一堆白底小碎花的棉布里，罗丝丝的活泼娇媚之气，怎么也藏不住。有那么一刻，柳小痣心里一动，感到丈夫陈克思的眼睛正穿过卧室的墙壁被沙发里的这个女人所诱惑。

柳小痣问：你带着父母出去旅游了？

罗丝丝说：没有。

柳小痣又问：那是跟男朋友一起去的？

罗丝丝笑着答：让你猜对啦。

柳小痣又问：你们到哪里去旅游啦，不是去了西藏吧，晒这么黑。

罗丝丝略停了一下，说：不是西藏，是昆明。

柳小痣把一个噢字拉得长长的，接着她把她的化妆品都拿了出来，罗丝丝简单看了一眼就说：我全要了，一样拿一套。

罗丝丝拿着一堆化妆品出门时，陈拉拉正好进门来。陈拉拉盯了罗丝丝一眼，一句话也没说。

柳小痣对陈拉拉说：你看这个阿姨怎么样？

陈拉拉低头说：不怎么样。

柳小痣缠着儿子小声问：不怎么样是什么意思？

陈拉拉不耐烦地回答：不怎么样就是不怎么样，有什么好说的，直觉。

吃饭的时候柳小痣旧话重提，跟陈克思说了陈拉拉对罗丝丝的评价。她是这样说的：我儿子长大啦，看人准。楼下那个姑娘叫罗丝丝的，儿子说她不怎么样。陈克思低头吃饭，一言不发。陈拉拉说：我看人就是准，哼！我什么不明白？我都15岁啦。

陈克思后来问罗丝丝为什么到他家里去？罗丝丝说：不是我主动去的，是你老婆拉我去的。去不去，又有什么关系嘛？再说这种事不会再发生了，我在市郊买了一处房子，那地方好，空气清新，视野辽阔，交通方便，山青水绿，那是最适合爱情生长的地方。什么时候有空你过去看看，怎么样？

6

陈克思去昆明的时候根本没想告诉罗丝丝，但是，他想不到一下了飞机，在机场，罗丝丝突然跑到他面前。罗丝丝没心没肝地笑着说：哇，神奇！真想不到，怎么会在这里遇上你。老天爷，这简直就是天意。天意呀，天意难违，相约不如巧遇，那我们就痛痛快快玩几天吧。

　　陈克思本来是想住进会务组给安排的招待所的，但是，罗丝丝跟陈克思说：为什么不住在一起呀？天高皇帝远，我们是自己的了。于是，陈克思就跟罗丝丝住进了大酒店。环境决定了人的心情，昆明的灿烂阳光和一望无际的蓝天，让两个人的心情都有说不出的一个好。陈克思乐不思蜀，甚至有两天没去开会，跟罗丝丝跑去丽江游山玩水了。半个月后回来的时候，他才发现要跟罗丝丝断了，还真不是一件容易的事。

　　这期间，罗丝丝一句也没提非陈克思不嫁的事，好像陈克思真的仅仅是她的玩伴，临时的，可有可无的。

　　这让陈克思放松了许多，精神一放松就有些神清气爽，印堂红润，眼睛明亮。当然，陈克思对性的要求也频繁了，他把他的性都给了罗丝丝，罗丝丝来者不拒，这使陈克思很感动也很感慨。因为，在这件事上，柳小痣常让他碰钉子，常让他半途而废。

　　罗丝丝总是躺在陈克思的怀里说：放心吧，亲爱的，我会把事情做好，我会考虑你的公众形象的。

　　罗丝丝如陈克思心里的一处美丽景致，离得远了，想；离得近了，怕。在想与怕的恍惚之间，陈克思同意和罗丝丝一起开一家咖啡店。店的名字是罗丝丝起，很长也很浪漫，叫卡布基诺情人午夜岛。

　　其实，陈克思没什么钱，但是，开店不能不拿钱出来，他就把罗丝丝曾经给他的两万元交给了罗丝丝。陈克思说这是物归原主，罗丝丝说不是物归原主，这是你的股份。登记注册的时候也是两个人的名字，陈克思的名字写在前面。

正是在这个店里，陈拉拉看到了他的父亲和罗丝丝在一起。陈拉拉那天跟一些同学从卡布基诺情人午夜岛前路过，是晚自习放学之后，八点多，陈拉拉向窗子里扫了一眼，一眼就看见了他父亲，然后，他看见了罗丝丝。

因此，陈拉拉情绪特别差，回到家把门摔上再也没出自己的房间。不管柳小痣如何问，陈拉拉就是不说话，眼睛横着，把脱下来的外衣踢过来踢过去，像是用他的衣服擦地板。

卡布基诺情人午夜岛的生意特别火爆，赚了钱，罗丝丝一分也不要，她给陈克思。她说：男人包里得有钱，多多益善。这一点跟柳小痣完全相反，柳小痣不让陈克思的包里有钱，发了工资她连工资条一起收到手上，她的观点是：男人有钱就变坏。

多少次陈克思想不去罗丝丝那里他都做不到，他的脑子管不住他的腿。有一次，一个跟他关系比较好的上级领导找他谈工作，工作谈完了又加了几句工作之外的话，说得很含蓄，可是，再含蓄，陈克思也听得十分明白。领导说：有一些反映，具体是什么我就不细说了，总之，你要考虑你的政治前途，不要因为一个女人乱了方阵。女人嘛，就是女人，红颜祸水这句古训还记着的好。陈克思把这些话说给罗丝丝听，当时，罗丝丝正往脸上贴面膜，露出两只漂亮的大眼睛来。罗丝丝对着镜子向陈克思挤眉弄眼，她说：红颜祸水，我红颜祸水吗？这评价也太高了点吧？哪天，我去会会你们领导，去祸害祸害他。

罗丝丝就是这样，三言两语就能把一个复杂的问题简单化，直到简单成一个玩笑。这一点跟柳小痣完全不一样，柳小痣是把什么问题都能复杂化，弄得陈克思一回家就心情不好，好像柳小痣就是成心让陈克思心情不好似的。

罗丝丝和柳小痣怎么会有那么多的不同啊！一比，就比出了山高水低。所以，尽管陈克思搬了新家，丈母娘也很少再来打扰了，他还是不愿意回家。

罗丝丝是他的休闲岛，柳小痣是他的紧箍咒。

不过，休闲岛里有时也不光是蓝天碧海，有时也会闯进野蛮的动物来。

这天，罗丝丝的父亲，看上去就如不怀善意的动物一般跟陈克思坐到了一起。陈克思以为罗丝丝的父亲怎么也得提一提关于洗浴中心的事，表示一下感谢，但是，没有，罗丝丝的父亲好像根本不知道有过这么一回事。

罗丝丝的父亲罗老板本来就是烟黑一样的脸，在灯光之下更显得阴沉。罗老板的开场白从他自己说起。罗老板说：我这个人的经历你还不清楚，这么说吧，我在监狱里是淘厕所的，出来以后在镇子上我是盖厕所的，进了城市我是造楼房的，楼房里边都有厕所，也跟厕所有关系。

陈克思挺直了腰板沉着脸说：人生在世谁都用得着厕所。

罗老板哈哈大笑：所以说，我是为人民服务的。我是为人民服务的，可我女儿不是。

陈克思说：你什么意思？

罗老板语调稍稍缓和下来，但是绵中裹铁，他说：男人嘛，找几个女人玩玩我能理解，我也是男人，我也玩过，不过，话说回来，我是什么人，个体经营者，天王老子都管不着，玩多少女人也没人拿我当腐败分子，对不对？你们这些端国家饭碗的就不一样了，一封举报信递上去，后果你们自己清楚。

陈克思站起身说：随便你吧。

罗老板拉住陈克思笑道：我就喜欢你这样的脾气，是个老爷们，孩子的事由孩子自己做主，我想干涉也干涉不了，但是，我有话在先，你们尽早结婚。

后来，陈克思把罗老板的话跟罗丝丝说了，罗丝丝笑着说：你不要管我爸怎么说，他的话你用不着放在心上。结婚是早晚的事，水到渠成最好。

可是，离婚，陈克思还没有想好。陈克思的日子过得拖泥带水，不很干爽了。

7

秋天的时候，咖啡店的生意就很火爆了，到了冬天，生意火爆得令人不可思议，天天爆满，人们争着来给咖啡店送钱。罗丝丝笑逐颜开，忙上忙下，她计划着开个分店，大展宏图。忙得不可开交时，她便把陈克思叫到她的店里去，她这样在电话里说：陈老板，你的店出事了，你快点来一下，然后就挂了电话。

做生意难免会遇到各种人，一接了这样的电话，陈克思马上想到的就是有人在店里滋事，因此，每次他都尽最大可能以最快速度赶过去，开着警车带着枪。罗丝丝见了陈克思便哈哈大笑说：有个女人想你想得寻死觅活，这还不是出事啦？我又没有占用你的工作时间，下班了嘛！

罗丝丝就这样，在想陈克思的时候便基本上可以见到陈克思。

柳小痣想见到陈克思的时候基本上见不到。

柳小痣觉察出儿子陈拉拉心情不好，就想给陈拉拉买一台电脑，可她对电脑不熟悉，她想让陈克思陪她到科技城去看看。陈克思答应了几天，就是没有实际行动。周日这天一早，柳小痣直接到陈克思的单位去了。陈克思总是值班，柳小痣相信会在陈克思的办公室找到陈克思。她想好了，不管陈克思愿意不愿意，都要强拉陈克思跟她去科技城。儿子又不是她一个人的，凭什么要她一个人事必躬亲。

到了陈克思的单位，收发室的老头儿从窗子里探出头来，以审视的眼光问柳小痣是谁。柳小痣自报了家门，收发室的老头热情地告诉柳小痣一个惊人消息。收发室的老头儿嘴里向外喷着热气说：陈处到他的咖啡店去了，就在康平大街上，你上那里去找他，准能找着。

柳小痣听见自己的脚卷起积雪的呼呼声，同时，她听见自己周身血液的抽泣声。而后，她听见自己呼吸窒息前喉咙发出的怪叫声。接着，她能感觉到眼睛向外喷出灼热的火星子。

横穿马路时，柳小痣的腿不听使唤，直奔飞驶而来的汽车，司机急刹车，冲她大骂瞎了眼睛了你。柳小痣重复司机骂她的话，她在阳光耀眼的雪地里大声说：我可不是瞎了眼睛嘛。

等到柳小痣走到了康平大街上，她完全镇定了下来，她安慰自己，这一定是一个误会，即使陈克思瞒着她在外面开了家咖啡店那有什么呀？还不是为家里赚钱。她甚至在脑子里闪出了一个这样的想法：也许陈克思见她太累了，才想法子为家里赚钱的。想到这里的时候，柳小痣觉得胸口似被一根钢针扎了，锐利地痛。

柳小痣带着这种锐利的痛感找到了卡布基诺情人午夜岛，那座在她看来完全花哨的陌生的房子。

大雪天里，粉红色的墙面上夸张地爬满一些绿色的塑料叶子，叶子之中藏着深红色的格子木门，红绿对比，十分抢眼，扎得柳小痣眼睛闪出无数数不清的光点子，这光点子和柳小痣的拳头汇合到一起，撞向红格子木门。木门里没有任何动静。

柳小痣感觉不到冷，尽管是零下三十摄氏度的气温，她的手心还在出汗。

一个中年妇女走过来，中年妇女刚刚晨练回来的样子，还不停地伸胳膊踢腿。那中年妇女说：你找谁呀，他们两口子还没来呢。

这一次，柳小痣又一次被胸口的钢针扎了一下，扎得更深更痛，她的眼睛甚至发晕，腿发软。

她使着两条不怎么听话的腿追着中年妇女问：那两口子长什么样？

中年妇女说：就那样呗。中年妇女还加了一句非常时尚的词来补充形容：男的高大威猛，女的小巧玲珑。

大约上午十点，地上的白雪让太阳照得更加耀眼的时候，躲在马路对面的柳小痣看见了她要等的人啦。

穿着棕色貂皮大衣的罗丝丝挽着陈克思的胳膊从街对面走

过来。柳小痣的心咚咚狂跳，她闭紧嘴，如果她不闭紧嘴，狂跳的心就能从嘴里跳出来了。

柳小痣看着罗丝丝先走到那片粉红色的粉墙中间，轻快地开了门，接着她看见罗丝丝回过头来，笑脸上阳光灿灿。

柳小痣长出了一口气，向卡布基诺情人午夜岛走去。在走向那里的时间里，她脑袋里几个人在吵架，吵得她的脑袋炸开了一样。

柳小痣咚的一声撞开门，满脸惨白地站在门口。然后，柳小痣随手抓起桌子上的杯子朝罗丝丝砸过去，接着，她把桌子上的五六个杯子都砸了过去，没有目标地砸，痛快淋漓地砸。桌子上的杯子没有了，她开始搬起了椅子，那椅子在她的头顶上转了一圈，最后，砸向窗子，寒冷在瞬息之间席卷整个屋子。

柳小痣停下手呼呼喘着粗气。

房间里只能听得见柳小痣的粗重的喘息声，柳小痣眉心的红痣如紫色的花朵一样绽放。

柳小痣本想大骂罗丝丝一顿什么污言秽语，可是，她住嘴了，她看见陈克思正用整个身体护着罗丝丝。罗丝丝在陈克思的背后，如阳台上安闲觅食的鸽子，神闲气定，根本没有把她的疯狂当一回事。

柳小痣的自信顷刻间土崩瓦解，于是，柳小痣把所有的愤怒都指向了陈克思，她说：你等着，有说理的地方。

一些人向往房子里灌风的窗子探头探脑。

柳小痣在回家的路上打了一辆出租车，她没头没脑地跟司机说：我给谁省钱呢？

司机没有回话，侧过脸来看柳小痣满脸的眼泪。

路上，司机说：大姐，啥事都别放心上，就是放心上也没用，世间的事，就那么回事吧。

柳小痣根本没有听见司机说什么，她正后悔，后悔刚才为什么没有抓破陈克思的脸。

应该说柳小痣大闹是在陈克思预料中的事，同时，他还预料到柳小痣扔下最后一句话的后果。

柳小痣在距离她的家两站路的地方下了出租车，在柳小痣到家之前，陈克思已经到家了。

在步行的二十多分钟里，柳小痣把她的婚姻前前后后理了一遍，把她的处境冷静地思考了无数次，她决定无论如何不能离婚。离婚就意味着陈拉拉没有了父亲，就意味着她没有了丈夫，就意味着她婚姻生活的失败。更为主要的是，她现在还有什么呀，半老徐娘，扔到大街，别说男人啦，就是女人也不愿意再多看她一眼。让她自己带着陈拉拉生活倒不是过不下去，但是，她咽不下这口气，凭什么啊！陈克思占了她的青春、劳动、爱情之后，就这样一脚把她踢开了？她成了什么啦？一双穿旧了的破鞋子吗？

柳小痣指着陈克思的鼻子说：你就这么值班啊！搂着个狐狸精值班啊？

陈克思对柳小痣说：小声点。

柳小痣说：你敢做就敢当，你怕谁听见？你怕儿子听见，是不是？柳小痣破釜沉舟，冲进儿子陈拉拉的房间，拉起陈拉拉说：你问问你爸，你问问他都在外面干了什么？

陈拉拉一把挣开柳小痣，冲进客厅，他眼睛冲着屋顶，喊道：我饶不了她，陈克思，你就等着给那个女人收尸吧。

陈拉拉的眼睛本来就有些斜视，眼白多，眼黑少，加上愤怒，他的眼睛落向陈克思的时候，就如两只硬摆在一起的灯泡，恶狠中带着狰狞。

陈克思自知理亏，犹豫之间，陈拉拉已经把书包扔进客厅。陈拉拉的书包准确地摔在陈克思的脚上，陈拉拉说：我不念了，这书，我不念了。陈拉拉说完夺门而逃。

陈克思的家庭矛盾马上变了性质，罗丝丝暂且不被提起。柳小痣跳起脚狠狠给了陈克思一个嘴巴，她哭叫着陈拉拉的名字跑下楼。

陈拉拉一夜未归，柳小痣一夜没有合眼，陈克思坐在沙发里一夜没有说话。他还有什么话可说，他把儿子给气跑了。

第二天一早，陈拉拉回家了，他站在客厅里，晃动着高大的身体，以孩子特有的眼睛盯着他的父亲，以成年人的语气跟他的父亲对话：你说，你能不能对得起我妈，你错没错？你改不改？

8

柳小痣跟陈克思开始了新一轮的争吵，争吵的内容，从陈克思下班不回家开始，到陈克思花心不改结束。

这已经是初春了，但是，这样的争吵，三天两天一次，一吵起来，陈拉拉便双手捂住耳朵。

陈克思便摔门而去，柳小痣叫天不应喊地不灵，蓬头垢面，茶饭无心。

柳小痣跟她的母亲说：这日子我还怎么过呀？

柳小痣的母亲说：哭什么？哭顶什么用？陈克思不就是当了个小官，他就老鼠搭梯子想上天了吗？你不会撤了他的梯子，让他回到地上爬去。

柳小痣不说话，仍然哭天抹泪。

柳小痣的母亲进一步说：找他的领导去，跟他的领导说他的丑事，看他还敢不敢？让组织规矩规矩他。

柳小痣说：这事让他的领导知道了，那他在单位还怎么干呢？

柳小痣的母亲高瞻远瞩地分析说：你不找他的领导什么用也没有，你以为他还能回心转意呀？男人要是上了这条路，那就是拉不住缰绳的牲口，野了。不跟这个女的，也跟那个女的。你想留住他，就让他回到他原来的位置上去，当个平头小老百姓。

柳小痣还是没听她母亲的话。找陈克思的领导去告状，她不是没有想过，准确地说，当时在卡布基诺情人午夜岛，她就想过了。她没有去，原因很简单，那是最后一招，能不用还是先别用，如果她用过了，那可是再也无计可施了。

她想先找罗丝丝谈谈，让罗丝丝放手，别再勾引陈克思。

柳小痣出现在卡布基诺午夜情人岛是傍晚，柳小痣进了门就看见了穿着春装的罗丝丝，是白领喜欢穿的那种款式套装，淡绿色的，显得罗丝丝的脸更加光洁和白净。

罗丝丝青春灼灼的眼光带着淡定，那是万水千山都走过的自信。柳小痣立刻感觉到她完全低估了这个二十多岁的丫头片子，这个女人的聪慧及应变能力绝对在她之上。顿时，她不知道应该跟这个霸占了她老公的年轻女人怎么说话，怎么斗智斗勇才能大获全胜。

罗丝丝平静地走过来，她说：我和你找个地方谈吧，这里不方便说话，你看好不好？

柳小痣跟罗丝丝上出租车的时候，罗丝丝还扶了柳小痣一把，柳小痣条件反射一般闪开了身子，从出租车的倒视镜里，她看见罗丝丝脸上若有若无的笑容。

这笑容增加了柳小痣的气愤，她坐到国际大厦的茶座里时，气愤已经使她脸色通红，整个脸涨了一圈。

罗丝丝给柳小痣要了一杯清茶，还对服务小姐笑着说：谢谢。

柳小痣把茶杯推到一边，说：你说说吧。

罗丝丝莫名其妙的样子，她轻轻地吹了一下茶叶，碧绿色的茶叶在杯子里上蹿下跳，这正如柳小痣此刻的心情。罗丝丝淡淡地笑道：是你找上门来的，你让我说什么？还是把你的意思说出来吧。

柳小痣心里抱着一线希望强压住怒火：你们到底是什么关系？她希望罗丝丝和陈克思一样否定他们之间有特殊关系，即便是假的，她也想听。

罗丝丝无所谓地说：你说能是什么关系？咱们都是文明人，咱们今天开诚布公地把话说透，你看好不好？

柳小痣狠狠地低声说：真不要脸。

　　罗丝丝笑着回答：你就是说出更恶毒的词也没有用，我非常理解你的心情，可是，心情归心情，事情归事情，这件事情已经不可逆转了，不能改变了，是既成事实，我不否认。你说个条件吧，能答应的，我全答应。

　　柳小痣说：你有什么资格跟我谈条件，陈克思不可能跟你是真心的。你别白日做梦想好事啦。

　　罗丝丝说：是不是真心我自己心里清楚，倒是你，我觉得再拖着陈克思没什么意义了，你留住了他的人，留不住他的心。对不对，你说呢？

　　柳小痣再一次压住怒火，今天，她必须压住怒火，否则，今天她找罗丝丝也就没有什么意义了。

　　柳小痣说：你一个姑娘，以后还要嫁人，这件事传扬出去，对你也没什么好处。

　　罗丝丝想都没想，就说：我实话实说吧，我从来没想过要嫁别人？我这一辈子非陈克思不嫁。

　　柳小痣说：那你就不想放手了你？

　　罗丝丝坚定地回答柳小痣：对。

　　柳小痣的忍耐终于到了极限，她腾地跳起来，大声说：我找你领导去。

　　罗丝丝说：这你就想错了，我就是我的领导，你没处告状去。

　　柳小痣骂了一句：那你想怎么样？

　　罗丝丝说：说话干净点，这是公共场所。

　　柳小痣说：你还有脸提干净这个词？就你，就你还敢提干净不干净？

罗丝丝起身往外走，柳小痣脸色青紫，一下瘫坐到椅子上。

可是，事情总要有一个了断，三天后的中午，柳小痣一问再问一路打听着，找到了罗丝丝父亲的公司。罗丝丝的父亲正和几个人走向他的汽车。罗丝丝的父亲好像一下子就猜到了柳小痣的身份，他很不耐烦地收了手里的钥匙，支开随行的几个人，他对跟在身后的柳小痣说：说吧，你找我是什么意思？柳小痣冲口而出：你女儿缠着我男人，你得管。罗丝丝的父亲眼睛狡黠地上下打量柳小痣一遍，说：你说话客气点，你怎么不说是你男人缠着我女儿呢，他有家有口的勾引我女儿，你让我管什么？我怎么管？柳小痣忙说：你不管，你就要付出代价。罗丝丝的父亲嘿嘿笑了两声：你用不着威胁我，我见得多了。要付出代价，也是勾引我女儿的人付出代价。柳小痣气得直哆嗦，胸口如要炸开了一样，她上气不接下气地说：有说理的地方，我到法院去告她，告她重婚罪。罗丝丝的父亲指一下马路对面的法院说：你告去，不用我给你指路吧？

罗丝丝的父亲说完，黑着一张长脸扬长而去。

9

周六这天恰好是陈克思的生日，陈拉拉起得很早，他把用了一周时间折成的幸运星全部装进一个大玻璃瓶子里。然后，他捧着这个玻璃瓶子走进柳小痣的卧室。

自从柳小痣跟罗丝丝谈过话之后，柳小痣经常夜半醒来，心脏狂跳，闷得脸色青紫，到医院一查，原来她得了心脏病。医生告诉她要休息，静养，可是，她能静养得了吗？以前陈克思不回家，她当是加班，可是现在不回家，她当去会罗丝丝了。因此，除非陈克思不回家，回家柳小痣就开始追问。她把所有的思想都变成了最粗糙的处理，那就是，追问再追问，最后，以陈克思是吃了狼心狗肺的陈世美当作每次追问的结束语。陈克思也干脆，他把牙具和换洗衣服装进包里，彻底住进了办公室。

柳小痣闷着，不给陈克思打电话，陈克思自然也不给家里打电话，在外人看来，这个家还和原来一样，内情只有这家里的人最清楚。

陈拉拉把玻璃瓶子送到柳小痣的手上，他说：这是我做的，送给你和我爸的礼物，你们就像这些幸运星，应该放在一个瓶子里。今天我求你一件事，给我爸爸打个电话，让他回家来过生日，我跟你一起到早市去买菜，咱们买排骨，我爸最爱吃你做的粉蒸排骨。

说完这些话，陈拉拉就定定地看着柳小痣的反应。柳小痣想想说：好吧。陈拉拉脸上有了一点笑意，他去翻他的箱子，翻了一会儿，翻出一个很精致的相架来，相架里装着他五岁时的全家福。陈拉拉拿着那个相架在客厅里转了几圈，总是找不到摆放的最佳位置。后来，他自语：我要放在一个最显眼的地方，让我爸一进了屋就能看见。

在早市上，陈拉拉看上去很高兴，他跟在柳小痣的身后，不断给柳小痣提各种建议，遇到鲜花摊时，他翻遍了身上所有口袋，坚持要用自己的钱买一束百合花。

陈拉拉后来把那束百合花与那个相架放在一起，就放在餐桌上。

陈拉拉不断问忙里忙外的柳小痣，问什么时候给陈克思打电话，问得急了，柳小痣说：愿意打，你自己打好啦。

陈拉拉脸上的粉刺红红的，刚刚洗过脸的陈拉拉就那样一脸粉红色站在柳小痣的背后说：还是你打，你打意义不一样，我爸一定在乎你打这个电话。

柳小痣说：我不打，要打，你打。

陈拉拉说：我打？行，我打就我打。

陈拉拉打了陈克思的手机。

陈拉拉对着手机说的最后一句话是：你早点回来，别让我妈傻等着。

陈克思没回来，柳小痣起初还有耐性等着，她拿了这样那样的零食给陈拉拉吃，她说：再等等。过了晚上九点了，陈克思打回家一个电话，陈克思说他加班，回不来了。

柳小痣一句话没说，她突然泪流满脸，她哽咽着拉住陈拉拉的手说：儿子，怎么办呢？儿子，怎么办？陈拉拉起身不回答，勾着头弯着腰在客厅里来回走，走来走去走进自己的房间去捧他的东西，然后他跑进厨房，他把百合花和相架摔到地上，最后，他把餐桌掀翻了。

10

初中二年三班的班主任向丽梅老师对她的一班学生说：陈

拉拉，陈拉拉呢？陈拉拉坐在一个角落里不回答，僵着脸，眼睛愤怒地盯住桌面，如愤怒的公牛那样摇头摆角，手脚还不断换着位置，弄得桌椅一阵乱响。

向丽梅显然有些不满，加重了语气：陈拉拉，陈拉拉，我点你的名字，你没听见啊？陈拉拉十分不情愿地说：听见啦。向丽梅走到陈拉拉面前说：你出来，跟我到教研室去。

说完，向丽梅自己先往教室外走，陈拉拉把桌椅碰得山响跟了出去。一出了教室的门，在走廊里，向丽梅就仰头看着陈拉拉的眼睛说话：昨天开家长会，你家长怎么没来？我一再强调，一定让你的家长来，为什么，为什么我说的话，到你这里就打了折扣，这半年，你家长没来开过一次家长会，你是不是没跟家长说开家长会的事。

陈拉拉低头不语。

向丽梅说：你说话呀！你爸为什么没来？

陈拉拉再一次摇头晃脑，手脚无处放地变换着位置。

语文老师向丽梅把句子断得七零八落，她说：你说话呀，你爸爸，你爸爸为什么，为什么开家长会，他不来？

陈拉拉突然提高了声调：别跟我提他，你少跟我提他，从今往后，我没爸，行了吧？

向丽梅十分震惊地说：怎么啦？怎么这样说话。陈拉拉不回答向丽梅的问话，喘着粗气，脸红脖子粗，眼睛里喷着怒火。

向丽梅想缓解一下气氛就说：孩子应该尊敬父母。向丽梅还想接着教导陈拉拉，陈拉拉瞪着眼睛喊了一嗓子：我凭什么尊敬他？他无耻。

向丽梅一下怔在那里，陈拉拉的声音刚一落下，教室里一片欢腾声，不断有男生发出怪叫。

教了二十几年书的向丽梅老师立时目瞪口呆，一句话也说不出来了，就在她一时还想不出来如何教导她的学生的当口，就在她身后的教室一片欢腾声的刹那间，陈拉拉夺路而逃。壮壮实实的陈拉拉在走廊的尽头把所有的阳光挡住了片刻，闪身逃出那片阳光没了踪影。这是下午四点整，距离学校放学还有两个半小时。

从此，陈拉拉从学校失踪了。陈拉拉的书包如一堆垃圾堆在他的书桌堂里，直到陈拉拉的母亲柳小痣到学校里来向老师请罪。

柳小痣眉心间的那颗红痣很是红艳，这使柳小痣本来并不美丽的脸，看上去很有些特别。

在柳小痣那张过于肥胖而青灰的脸上，午后的阳光里，红痣显得很活跃，竟朱砂一样闪着紫红色的艳光。

柳小痣顶着那颗红痣眼巴巴地看着向丽梅，还没等说话，眼圈就红了，但是，她的眼泪自始至终没落下来。向丽梅看着她的眼圈很不舒服，于是，就有些劝说的意思。向丽梅说：陈拉拉本来在一年级的时候是个好学生，他特别聪明，各科老师都说他考上重点高中没问题，谁知道这孩子变化这样快，才仅仅半年的时间，他就科科不及格了。这还不说，他还跟同学打架，张嘴就骂人，举手就打人。上周一，他把班长打得鼻口流血，就因为班长不同意他提前回家。他说你病了，你病了吗？他还跟我顶嘴，他说我就一个妈，我就是回去了，怎么样随便你。向丽梅老师接着说：再说，就是你病了，也用不着孩子回去呀，不是还有陈拉拉的爸爸吗？这孩子怎么变成了这样子，他爸爸不管他吗？

听了向丽梅的话之后，柳小痣反而平静了下来，柳小痣脸上看不出什么表情，眼角眉梢却挑了起来。柳小痣说：老师您不知道，他爸爸特别忙，单位里事多，总是加班，陈拉拉这孩子从小到大都是我管，是我没教育好他，不关他爸的事。

一丝不易察觉的笑意从向丽梅老师的脸上闪过，速度很快。向丽梅老师马上接过柳小痣的话说：男人都是这样，都是顾了事业就顾不了家庭，不能两全呀。

柳小痣说：向老师你真好，你能理解就行了，陈拉拉他爸爸没时间来开家长会，也没时间当面跟你道歉，你就原谅他吧。

向丽梅老师说：这倒用不着，家长谁来都一样，不过以我的经验，男孩子还是父亲多关心一些好。

一年前，陈拉拉刚刚入学的时候，向丽梅老师是见过陈拉拉的爸爸的，陈拉拉的爸爸牵着陈拉拉的手站在向丽梅老师面前，如许多成功男人一样，在向丽梅的眼里，陈拉拉的爸爸是一个衣着得体语言文明的好家长。

人一遇到无法解决的问题就容易迷信，越是迷信，就越是往迷信里钻，往迷信里寻找解决的办法。回家的路上，柳小痣一眼瞥见商场橱窗里的大镜子，一眼就瞥见了自己红红的眼圈顶上，露在眉心里的红痣。她停下脚步，半天没回过神来，红痣如火一样燃烧着。她突然开始后悔，后悔没早一天把这颗红痣弄掉，如果她当年听了她母亲的话，那么，她的生活也许就不会这样倒霉。现在最让她痛心的是，保不住婚姻，她就保不住儿子的前途，保不住儿子的前途，她活着还有什么意思，有什么希望？

11

柳小痣读初中的时候学习成绩不好，读高中时也不好，所以，她跟读大学就彻底没缘了。柳小痣的母亲在一家食品店工作，也算得上见多识广，起码，她自己是这样认为的。她强拉着柳小痣去见一个算命先生，那个算命先生说柳小痣的红痣害人害己，是不祥之物。因此，柳小痣的母亲狠狠骂柳小痣脸上的红痣，她让柳小痣把那个倒霉的痣弄掉。对此，柳小痣不说反对，也不说同意，拖着，直拖到柳小痣高中毕业什么也没考上。

柳小痣的母亲指着柳小痣的鼻子骂：你这个不听话的东西，我说你什么，你什么也不听，主腰子正，怎么样，啥也没考上吧？从你顶着这颗痣生下来，咱们家就开始倒霉，先是你大哥掉河里淹死了，接着你爸被下放劳改。你爸他是大学教授啊，满腹经纶的大知识分子去扛锄头种地，刚刚平反又死了。现在，你又什么也没考上。你给我记着，要是你还这样下去，不把那颗该死的痣弄掉，你倒霉的日子还在后面呢。

当时，柳小痣根本不能听她母亲的话，她怎么能把那颗痣弄掉呢？这颗痣正吸引着一个男人，这个男人亲吻她的时候总是先吻她的眉心，然后才是嘴唇。

这个男人就是陈拉拉的父亲，陈克思。

从某种意义上说，柳小痣是为陈克思留着这颗美人痣的，现在陈克思别说看她脸上的红痣，就是她的脸上长出花来陈克思都懒得看了。她留着这颗倒霉的红痣还有什么意义？

当年谈恋爱的时候，柳小痣是未婚先孕，陈克思本是不想结婚的，想多玩几年单身汉的幸福，但是他挡不住柳小痣的母亲给他压力。柳小痣的母亲知道女儿怀了孕就到陈克思的单位去发喜糖，宣布陈克思和自己的女儿就要结婚了，弄得陈克思不得不草率与柳小痣成婚。这么多年过来，陈克思一直对此耿耿于怀，这一点柳小痣心里非常清楚，她尽量多做家务，把这来之不易的婚姻进行下去。婚姻的脚步，一走就走了15年，15年呢！一天天地码到一起，也能垒出一座高楼来。柳小痣不信，能垒出一座楼的日子，就没有堆出感情？

回到家，柳小痣放下包就跑到卫生间对着镜子看额头，拿一块纸贴到红痣上，问自己，要是我弄掉了这颗痣，陈克思会不会看我就更不顺眼了，当初，他可是最喜欢这颗痣的。柳小痣端详自己的脸，一会儿把纸贴到痣上，一会儿又拿下来，就这样，她在镜子前足足站了两个小时，直到陈克思回家来。

陈克思衣着不整，沉着脸，拖着腿，一句话不说，换了拖鞋后，就满脚散着汗臭在房间里走来走去。

柳小痣额头贴着一块纸从卫生间出来，她试图让陈克思注意她的脸，可陈克思的脸根本没有转向她。

柳小痣快步走到客厅正中，眼睛盯着陈克思的脚，那双毫无目的散发着臭味践踏着干净地板的脚。要是以往，她一定会粗声大嗓命令陈克思去洗脚，但是，现在不是以往，她忍住了，她压着火，给陈克思端了一盆洗脚水。她说：洗洗你的臭脚。

陈克思本来要坐下了，柳小痣就在陈克思没有坐下的时候又说了一句话，她说：又臭又臊，没人味。

陈克思一脚踢翻了脸盆。他指着柳小痣的鼻子说：你不要得寸进尺，你能闹的地方都闹过了，你还想怎么样？闹你就能闹出个结果吗？是你把我往外推，我实话告诉你，从现在开始，我再不想见到你。

陈克思摔门而去。

这一次，柳小痣知道陈克思是不会回心转意了。她想了一夜，第二天一早直奔医院，她必须把眉心间的红痣马上弄掉。

外科医生是个很风趣的年轻小伙子，实习生。小伙子穿着白大褂呼啦啦地走出去，叫来他的指导医生。他跟那个指导医生说：主任，你看，这是一颗美人痣，打掉就太可惜了。

柳小痣和那个主任一对上眼，都愣住了。

主任医生原来是柳小痣的中学同学刘大为，上初三那年，刘大为偷偷给柳小痣写过一封信，赞美柳小痣的红痣，他把柳小痣的红痣比喻成红豆，他还在信的结尾处续上了语文课本里的一首诗：红豆生南国，春来发几枝，愿君多采撷，此物最相思。

初中生的柳小痣一点都不喜欢木讷的小个子刘大为，所以，她把那封信装进书包之后，低声骂了一句芦柴棒就装作什么也没有发生过。现在的刘大为看上去并不矮，也不瘦。白白胖胖的刘大为把自己的名片双手递给柳小痣，表情居然还是一往情深的样子。

柳小痣哪里还有心情看刘大为的一往情深，打掉了那颗痣，

　　她觉得厄运一下子就跑得无影无踪了，她必须趁热打铁去找陈克思领导谈谈，这是她挽救家庭的最后一个办法了，她没有别的路可以走啦。

　　一把手不在，柳小痣只好见了陈克思的另一位领导。这位领导对陈克思的"事"有所耳闻，只是不完全清楚。所以，看柳小痣的眼神就有一些意味深长。

　　柳小痣在这种眼神之下，一见到陈克思的领导原来想要说的话全变了意思。柳小痣红着眼圈说：我觉悟低，我不想让我家陈克思当领导了，他一心扑在工作上，又苦又累，天天得加班，顾不上家。工作比老婆孩子都重要，这样的男人有没有还有什么两样啊。求求领导，还是让他回去当平头百姓去吧。

　　陈克思的领导笑了笑，说：有什么苦你只管跟组织说，有困难跟组织讲，一定会为你解决的。

　　柳小痣含在眼圈里的泪汹涌而出，再也说不出话来，直到哭得上气不接下气。

　　陈克思的单位正在搞教育整顿，有几封举报信是揭发陈克思的，说他办洗浴中心的案子时徇私枉法，有婚外情，等等。纪检一调查，基本属实，陈克思成了教育整顿的反面典型，陈克思就这样被停职了。

　　对此，陈克思无话可说，但是，他把断送他政治生命的责任都算到了柳小痣的头上，他认为是柳小痣在领导那里告了他。所以，陈克思彻底下了决心，他把离婚起诉状送到了法院。他把协议离婚这道程序都省略了。

　　柳小痣一点也没有想到会是这样的结果，她不知道应该向谁去哭诉，想来想去，她给刘大为打了个电话。刘大为在电话里说：离婚也不一定就是坏事，我就离婚了，我不是过得挺好？在某种意义上说，离婚，对两个人都是解脱。

柳小痣说：可是，我不想离婚，孩子怎么办，没爸了。

刘大为说：怎么能说没爸了呢？你还年轻，还会有自己的婚姻，喜欢你的人自然会接纳你的孩子。晚上你有时间就出来，我请你吃饭。

柳小痣正犹豫之间，回头见陈拉拉站在她身后，陈拉拉问柳小痣：谁的电话？他说什么？他想干吗？

12

陈克思现在也没有什么好顾忌的了，职务没有了，就是职业没了也无所谓，他好歹还有一家咖啡店呢。往最坏处打算，他还可以靠着咖啡店生活。他有什么可怕的？要说害怕，他怕的就是柳小痣不同意离婚，柳小痣果然如他想的一样，就是不同意离婚，柳小痣在电话里跟他说：你休想，这辈子我就是不离婚，我拖死你。

法院开庭那天，柳小痣还没说上几句话，就一头昏倒在法庭上，法官不得不宣布：这桩离婚案延期审判。

见陈克思整日无精打采的样子，罗丝丝心里也不愉快，两个人见了面都没什么话可说，因为一说话，罗丝丝就喜欢问法院什么时候开庭。这让陈克思心里更烦，他就一支接着一支地吸烟，弄得房间里烟雾弥漫的。罗丝丝特别怕香烟味，所以，不管天多冷，陈克思那边一点上香烟，她便迅速冲到窗子前拉开窗子。还说：我这样被动吸烟非得肺癌不可。

每当这个时候，陈克思便掐灭手里的香烟，可是，过不了多长时间，他又继续吸他的烟。有时候，罗丝丝会说：她不就是想要钱嘛，这种女人，拖着不肯离婚就是想要钱，给她，她要多少给她多少，把咖啡店卖了总能满足她的胃口了吧？我都快被她逼疯了，这种精神摧残简直让人无法忍受。有时候罗丝丝又会说：这种女人的贪欲是没有止境的，我们得给她多少钱她才会放手？我们什么时候才能从这场噩梦里醒来呀？

面对烦躁的罗丝丝，陈克思不知道说什么才好。

这天，罗丝丝的女友丽丽打来一个电话，请罗丝丝跟她一起去参加摄影模特选美比赛。罗丝丝马上就同意了，她愉快地叫道：我的妈呀，你可是告诉了我一个好消息，我都快被闷死了。

罗丝丝先是去参加培训，培训班的老师，对罗丝丝的自然条件和艺术悟性大加赞赏。他说罗丝丝将来一定能成为世界级的摄影模特。他还以举例的方式，对罗丝丝的脸型、体形和眼睛做了这样的解释：世界名模罗燕在中国人眼里不是美女吧，可在西方人的眼里就是超级美女。越是民族的就越是世界的。老师的理论让罗丝丝信心大增，她没经陈克思同意就自作主张，把咖啡店转让给了丽丽，她不想干了，她不能一心二用，她要一心一意地把自己献给艺术。

陈克思很不满意，他说：这么大的事，你怎么也得跟我商量一下吧？罗丝丝正往脸上涂眼贴。她笑着回答陈克思：这有什么好商量的，我对钱从来不感兴趣，要是我对钱感兴趣，我也不会跟你好呀。接着她告诉陈克思：我现在的目标就是要成为世界级的摄影模特，一生只做一件事，我这一生，就认准这件事啦。

陈克思这才知道罗丝丝要参加摄影模特选美比赛。

陈克思看了罗丝丝一眼说：你的自然条件不适合干这一行。就是干，最多也是业余的，业余的还不如不干。

罗丝丝对任何事都不放在心上，但是批评她的长相，她是最在乎的。陈克思的话不管怎么去想，都是不承认她的相貌。罗丝丝说：我既然那样不受看，你为什么还跟我好？你今生的目标不会就是要找一个丑女人吧？

陈克思说：我不是那个意思，我是说文艺圈什么人都有，怕你不好把握。

罗丝丝说：这你就放心吧，再什么人都有，我都不怕，我有一个做警察的男朋友，我怕什么？

罗丝丝感到生活有了颜色，她又变成了原来的她，彩色的城市游鱼。罗丝丝比赛那天表现十分出众，主办公司的老总点名圈定罗丝丝为冠军。那天，陈克思也去了，陈克思对这种比赛从来都没有兴趣，别说只是一个公司搞的业余比赛，就是电视里放的世界选美比赛他都不看。这次去，主要是为了让罗丝丝高兴，换一句话说，主要是为了让罗丝丝知道他很关心她。

比赛结束后，陈克思想请罗丝丝出去吃顿饭以示祝贺的。陈克思到后台去找罗丝丝，一个收拾卫生的老妇人告诉他，罗丝丝走了，跟老总出去吃饭了。

　　陈克思听完这句话，什么也没说，只是笑笑。他对那个穿着粉红色大围裙戴着工作手套的老妇人说：这束玫瑰送给你吧。说着，他就把手里的一束玫瑰花送给了这个老妇人。

　　很多想法是在不知不觉中就产生了的，有时候真的很突然，让人来不及有思想准备。就在此时，夜里十点钟的时候，罗丝丝和陈克思同时有了一个相同的想法——自己选择的恋人是不是失于草率。不同的是，此时，罗丝丝坐在酒店的包房里，而陈克思正躺在办公室的沙发上。

　　其实，罗丝丝不在乎男人有没有钱，她对男人的欣赏是男人要像个男人，有英雄气概，比如陈克思；同时，她也欣赏男人的艺术特质和文化品位，比如正坐在她对面的姓郑的老总。

　　姓郑的老总看上去非常年轻，一身休闲装，还戴了一顶乳白色贝雷帽，轻松自在中带着"酷"。郑总艺术学院毕业，从影楼摄影做起，发展到拥有了几家分公司的文化总公司，是个受过艺术熏陶，又经过商战洗礼的人。总之，非等闲之辈。

　　席间，郑总不提他个人情况，也不说公司的发展前景，更不谈他拥有多少资产。他给大家讲段子，妙语连珠，用语保持在不失大雅又不失颜色之间，把大家逗得哈哈直笑，罗丝丝都快笑出眼泪来了。

　　郑总对罗丝丝说：你笑起来使我想起一种鸟，大家就问是什么鸟。郑总说：你们见过凤凰吗？大家说没见过。郑总说：凤和凰是两种鸟，罗丝丝很像凤。立刻有人说，看看咱们这些人谁长得像凰？谁长得像凰就可以求凤了。有个男人说：那还用说吗？郑总像嘛。郑总笑道：我哪配像凰啊，我像火烧火燎过的火鸡。

玩笑开过了，酒也喝过了，可是，大家都觉得不尽兴。郑总也是余兴未尽的样子，于是，他说，那咱们去唱歌还是去喝咖啡？问话的时候，他眼睛盯着罗丝丝。

罗丝丝笑道：喝什么咖啡呀，还是去唱歌，我们热爱艺术啊。

等到罗丝丝回到家的时候，天都快亮了。那个晚上，陈克思给罗丝丝打了二十几个电话。当然，他一次也没有挂通。

第二天，陈克思还没有见到罗丝丝，就见到了报纸上罗丝丝的大照片，除此而外，还有一张，罗丝丝与姓郑的老总在一起的合影。报纸上倒是没有说什么不负责的预言，不过，陈克思的心里还是很不舒服。

13

如果柳小痣看到这张报纸，如果陈拉拉看到这张报纸，那么后面的不幸也许就不会发生了，可是，这些如果都不存在，因此，悲剧就发生了。

法院又给柳小痣下了开庭通知，这一次，柳小痣专门去找了律师。

在律师的办公室里，柳小痣还没说上几句话就开始哭起来。

女律师见多不怪，对于柳小痣的哭诉似乎早在意料之中。柳小痣语无伦次地哭诉完了，律师回答得很实在也很干脆。她把一张纸巾递到柳小痣的手上，她说：你别哭啦，现在，你应该想的，是怎么样保住儿子的监护权和财产权，不是怎样挽救你的婚姻。你应该用法律手段维护自己的合法权益。

柳小痣说：我就是不想离婚，凭什么他要离婚就能离婚呢？法院是给他们这些狗男女开的？

一屋子的人都窃笑。

女律师把婚姻法从办公桌里翻出来，指着上边的条款给柳小痣看，她还对那些条款进行了逐条讲解，就快跟普法差不多了。柳小痣还是听不进去，一再强调自己不想离，这个婚就离不了。女律师最后失去了普法信心，她合上书说：看你也是有文化有知识的人，怎么就跟你说不通呢？你先回家冷静冷静再说吧。柳小痣灰着一张脸说：那我回家想想。

柳小痣等陈拉拉一回到家就抱住陈拉拉哭了起来。她告诉陈拉拉，这桩婚姻是保不住了。接着她对婚姻法做了最为简洁的概括：法律上有规定，一方不同意离婚，法官也能判离婚。她还跟陈拉拉说：儿子，妈妈无能，妈妈没办法啦。

陈拉拉替他的母亲一把一把擦眼泪，他自己也哭了。

陈拉拉后来问柳小痣什么时候开庭，柳小痣哆哆嗦嗦把法院的开庭通知书拿给陈拉拉看。15 岁的陈拉拉很迅速地算出来，开庭的时间是下周一。

陈拉拉算出了开庭时间后，安慰柳小痣说：妈，你放心，这事我出头来办，我爸不能和你离婚。

陈拉拉的话音刚落，刘大为打来了一个电话，是陈拉拉接的。刘大为自报了家门，又关心了几句陈拉拉要好好学习，不要因为父母的事影响了学业的事。然后就说要找柳小痣。陈拉拉对着柳小痣的急切的脸，提高了嗓门跟刘大为嚷道：我妈不在家。

还有,我们家的事用不着你关心。还有,你还嫌我们家不够乱呢?还有,以后别往我们家打电话,不许你再找我妈。

陈拉拉啪的一声把电话挂断了,踏踏走回他的房间。这天,再也没跟柳小痣说话。

罗丝丝现在是名人了,总有电话找她,而找她最多的是姓郑的老总。郑总不仅打罗丝丝的手机,还打罗丝丝家里的电话,有时候还到罗丝丝的家里来。

对于郑总登门,陈克思先前还忍着,但是,后来,他忍不住了,他跟罗丝丝说:他讨厌姓郑的到家里来。罗丝丝笑道:神奇!没看出来,你还这么狭隘?来个朋友怎么了?有什么大不了的,不过是一个普通朋友,再说,以后我发展事业还靠着人家呢。

陈克思说:什么事业啊,不就是摆各种姿势让人家照相吗?

罗丝丝笑嘻嘻地说:你怎么这么不懂艺术啊?我愿意摆各种姿势让人家照相,我要展示我的美丽,否则就浪费了。你也照哇,你可是就照不出我那种效果。

陈克思说:算了算了,我不跟你说,你好自为之吧。

每次陈克思不高兴的时候,罗丝丝都能笑嘻嘻地跟陈克思说话,一点也不生气,也不知道她的好心情是从哪里来的?但是,这的确缓解了陈克思的激动情绪,陈克思劝自己:毕竟罗丝丝还年轻,喜欢热闹也是正常的,对罗丝丝还是要看主流,这主流就是罗丝丝爱他。

罗丝丝有了新的朋友圈子,女的全花枝招展,男的全云山雾罩。在陈克思的眼里,这些人都是社会的不安定因素。这些人到罗丝丝的家里来，如果让陈克思遇上了，一律不给好脸色。

罗丝丝等朋友一走便笑着问陈克思：你这是干什么？弄得我的朋友都不敢到家里来了。

陈克思没好气地说：我就是不想让这些人到家里来，这都是一些什么人，还自诩是搞艺术的，乱七八糟，都属于扫黄打非对象。

可是，罗丝丝依然故我，罗丝丝是自由的，她从来都是自由的，没有人能限制她的自由。

14

15 岁的陈拉拉晃着成年人一样的身体出现在陈克思的单位里。他瞪着陈克思的眼睛说：这事，还有没有个缓？

陈克思立刻就想到了柳小痣，想到柳小痣让儿子来威胁他。

陈克思说：是不是你妈让你来的，她还嫌闹得不够？后天就开庭了，你回去告诉她，法庭上见。

陈拉拉走到办公室中间，他扑通一声跪到水泥地上，脑袋不停地撞击水泥地。他说：爸，我求你了，你别去法庭跟我妈离婚，我好好学习，把落下的功课都补上，我保证将来一定能有出息，让你骄傲。

陈克思拉起陈拉拉，眼里有了泪光，他说：不可能了，都到了这个份上了，没有回头路了。离婚以后，你可以跟我一起过。

陈拉拉抹了一把眼泪说：那我妈呢？我妈怎么办？你让她一个人怎么过？孤零零的，多可怜。

陈克思叹口气，什么也没有说。

陈拉拉又说：爸，我求你啦，别离婚了。

陈克思坚定地说：不可能。

陈拉拉停了片刻，在这片刻之间，陈拉拉的额头冒出一层细汗，脸色变得惨白，他的眼睛一只看着东墙，另一只看着天花板。

猛然，陈拉拉如野兽一样嚎叫道：那你就等着，你别后悔！然后，陈拉拉如野兽一样窜出房门。

陈克思没有把陈拉拉的举动当一回事，一个15岁的孩子，他能怎么样？过了一段时间就好啦，他甚至想，开庭那天，他无论如何要争取到陈拉拉的监护权，不管婚姻怎么样，陈拉拉是他的儿子，是他陈家的后代。

两个小时后，陈拉拉回到陈克思的办公楼下，腋下夹了一个硬板板的报纸卷。他躲在一家小食杂店门后，眼睛盯着马路对面的办公楼大门。

陈克思一般情况下不去罗丝丝那里，心情不好，去了也提不起精神来。但是，今天晚上他必须去，他得跟罗丝丝谈谈陈拉拉的事，他希望罗丝丝能接受他的儿子。

陈克思是夜里九点钟去罗丝丝那里的。潜意识里，陈克思希望罗丝丝正在家里等着他，他还把早买好的一箱伊利牌乳酸奶带上了，因为罗丝丝最喜欢喝这个牌子的酸奶。

陈克思乘坐的出租车向郊外驶去，黑暗里，陈克思没有注意到，另一辆出租车一直尾随其后。

陈克思本来就心事重重，一进了屋，就不仅仅是心事重重了，因为他看到了不想看的风景。

罗丝丝迷人地笑着，她穿了一件西式粉红色睡袍，长发散着，斜卧在沙发上，身边是一只巨大的白色布狗熊。仅仅是这些还不算风景，关键是，当陈克思转回身的时候，他看见郑姓老总正端着一只相机站在门后。

陈克思一脚把门踢上。眼睛问郑姓老总：你准备走还是不走？

争吵是在郑姓老总走了之后发生的。陈克思将怀里抱着的一箱酸奶扔到客厅当中，他愤愤地说：你，你，你，你这是干什么？我要是不来，你还得把他领到卧室去，领到床上去，是不是？你说！我原来怎么没看出你是这种品质。

罗丝丝也不示弱：我是什么品质？你放尊重点，你说话客气一点，你有什么资格这样教训我？

陈克思说：你说我有什么资格？我现在为你老婆儿子没有啦，政治生命没有啦，你说我有没有资格？

罗丝丝说：我跟你说清楚，第一，离婚是你自己决定的，我从来没有逼你离婚；第二，你所谓的政治生命从一开始就是我给你的，是我爸找了你的领导，为了你的自尊心，我才没有告诉你，你以为真的是你自己干出来的？笑话。

陈克思一脚踢翻了花架，花架和花盆同时沉重地砸在地板上。罗丝丝也一脚踢翻了茶几，茶几上的杯子瓶子纷纷在地板上滚开了。

楼下的邻居敲暖气管子表示抗议和愤怒。

罗丝丝跑进卧室，一把掀开床垫，在床垫的下面，平平整整地压着一件手工织品，织品的四周，用丝线绣着汉铙歌十八曲中的《上邪》，罗丝丝一字一泪地读了一遍。她自语：我能把什么人领到这张床上，我的心还能给谁呀？

这件长宽一米见方的手工织品是罗丝丝织出来的，也是罗丝丝以前给陈克思的生日礼物，正是因为这件礼物，陈克思才没有回家去过生日。

罗丝丝再不屑与陈克思争吵，她说：够了，够了，够了。就把那件织品揉成一团，摔到陈克思怀里。接着，她穿着睡袍和拖鞋跑出门。

陈克思吸了一支烟，便出门去找罗丝丝。城郊的夜半，出奇的黑和静，城市绿化林深不见底地跟夜色融为一体。陈克思从午夜直到天明，一个人在绿化带边上转悠，他很后悔自己出言不逊，伤了罗丝丝的心。

15

陈克思离婚案开庭那天，柳小痣又一次昏倒，法院不得不再次延期审判。

两天后，罗丝丝的尸体被一个赶早进城卖菜的农民发现了。农民以为罗丝丝露在枯枝败叶下的棉布睡袍是降落伞，一拉，拉出了面朝下的罗丝丝。

很快，警察们就把距离罗丝丝的住处不足五百米的绿化带封锁了。

罗丝丝后背中了七刀，刀伤深浅不一，法医鉴定有两刀足以致命。

罗丝丝的父亲拿着罗丝丝曾经写给陈克思的情书来到公安局，他拍着桌子指名道姓，说是陈克思杀害了他的女儿。他要公安机关严肃法纪，惩治凶手，否则，他就是告到倾家荡产，也要将陈克思绳之以法，也要给女儿讨个公道。

公安机关处理此案非常慎重，他们调来了省厅刑警总队的侦查员，对陈克思进行秘密侦查取证。

此时的陈克思对此一无所知，他还沉浸在悲痛中。

陈拉拉晃着他高大的身体，在马路上的拐角处，挡住陈克思的去路。他的话非常简单。他说：回家吧，爸，你不用再离婚了，我把事情解决了。说话的时候，陈拉拉脸上怪异地笑着。

侦查员的侦查报告很快就出来了，这份报告对陈克思非常不利。报告上说，罗丝丝的房间遍布陈克思的指纹；邻居证明案发当日夜里，罗丝丝家里发生过激烈的争吵和打斗；姓郑的文化公司老总证明曾在当日夜里见过愤怒异常的陈克思；凶案现场有目击证人证明，曾见一身材高大的男人与一个穿着睡衣的女人说话；罗丝丝尸体解剖后被发现，她已怀有两个月身孕。

陈克思被一个电话叫到领导办公室，一进门，陈克思两只胳膊被身后的侦查员扭住，同时，被下了手枪。这一切仅用了两秒的时间，陈克思却如等了一辈子似的叹出了一口长气。

陈克思主动交代，是自己杀死了罗丝丝。他还跟领导提了一个请求：尽早对他执行死刑，执行的时候请不要用枪，他玩了半辈子枪，不想被枪打死。

可是，在进一步的审讯中，一个新的问题出现了，那就是，陈克思说不清杀人凶器是刀还是匕首，对凶案现场的指认也十分模糊。再问，陈克思就说自己什么也记不清了。

陈克思被异地关押在一个县城的看守所里，他在看守所里不吃不睡，以求速死。

柳小痣来看陈克思，陈克思发现，只是半个月的时间，柳小痣的头发花白了。而柳小痣看着陈克思刀削过一样的瘦脸，心痛得泪水怎么也止不住。

每次临走，柳小痣都欲言又止，陈克思说：别说了，照顾好儿子吧。

柳小痣于是便失声痛哭。

她的儿子陈拉拉，现在用不着她照顾了，他住在精神病院里。

记忆终于飞离了陈拉拉的脑袋，似一片雾水般在明亮的阳光下消失。他什么都不记得了，他不记得有个爸爸叫陈克思，有个妈妈叫柳小痣，也不记得有个女人叫罗丝丝，更不记得有一片城市绿化带。

所以，陈拉拉很幸福。

每天，他热衷于一件事，就是在精神病院的围墙下踢正步，他大着嗓门给自己喊口令：立正，齐步走，一二一，一二一，一二一，一二三四五六七。

正如陈克思说过的，凶杀案的破案率很高，只是时间早晚罢了。